KB105224

정도전

정도전

3

꽃이런가 낙화로다

임종일
장편역사소설

인문서원

차례

1. 폐가입진廢假立眞

　장마는 길고 지루했다. 습하고 더운 날씨에 병장기는 쉽게 녹이 슬고 갑옷은 무겁기만 했다. 그래도 이성계는 집에서조차 무거운 갑옷을 벗지 않았다. 그만큼 신경이 날카롭게 곤두서 있었다.

　조민수는 최영이 가지고 있던 양광·전라·경상·서해·교주도의 군권을 그대로 차지하였다. 반면에 이성계는 기존의 동북면에다 삭방과 강릉도만 더 했을 뿐이었다. 군사력도 열세였지만 창왕과 내로라하는 권문세족들이 하나같이 조민수의 뒤를 받치고 있었다. 한순간이라도 방심했다가는 조민수에게 꼼짝없이 당할 수밖에 없었다.

　"정치가 뭔지 아무것도 모르는 무부가 앞일을 어찌 감당해야 할지 모르겠소."

　이성계의 말에는 걱정과 한숨이 그대로 섞여 있었다. 마주앉아 있던 도전은 이성계의 복잡한 심회를 이미 읽고 있다는 듯 빙그레 웃었다.

"두려우십니까?"

"……."

도전의 물음에 이성계는 선뜻 답을 못했다. 두려운 것이다. 도전은 그러나 적이 안심이 되는 표정으로 말을 이어갔다.

"두려운 마음, 바로 그런 마음이면 이기지 못할 것이 없습니다. 장군, 정치란 바루는[正] 것입니다. 세상의 어그러진 것을 바로잡고 굽은 곳을 펴는 것이 정치인데, 하늘을 두려워하고 백성을 두려워하는 마음에서 비롯되는 것입니다."

이성계는 혼잣말로 낮게 중얼거렸다.

"어그러지고 굽은 것을 편다?"

"그렇지요. 회군이 장수들의 반란이 아니라 나라와 백성을 살리기 위한 정당한 선택이었음을 보여주기 위해서라도 장군께선 이제 어그러지고 굽은 것을 펴야 할 것입니다. 그래야 비로소 장군에게 중망이 모아질 것이요, 장군을 따르는 신료들과 백성들이 있는 한 조민수와 권귀들도 장군을 함부로 하지 못할 것입니다."

"대체 무엇을 어디서부터 손을 대야 할지 도무지 모르겠소. 무신정권 이후로 쌓인 적폐(積弊)를 어찌 하루아침에 바로잡을 수 있겠소?"

그때였다. 밖에서 누군가 흠흠, 헛기침을 했다.

"아버님, 방원이옵니다."

"무슨 일이더냐? 삼봉 선생이 계실 때는 되도록 찾지 말라 일렀거늘."

"그게……, 기다리시던 손님이 오셨기에……."

이성계의 표정이 봄꽃처럼 활짝 펴졌다.

"그래? 어서 안으로 뫼시거라."

방문을 가리고 있던 발이 걷히고 손님이 성큼 들어섰다. 도전이 앉은 자리에서 일어서자 손님은 이성계보다 도전에게 먼저 깊숙이 허리를 굽혀 인사를 했다.

"삼봉 선생을 이렇게 뵐 줄은 몰랐습니다. 조준(趙浚)이라 합니다."

"말씀 많이 들었습니다. 정도전입니다."

처음 만나는 자리였지만 두 사람은 그리 어색하지 않았다. 도전은 오래전부터 조준이라는 이름을 이성계에게 자주 들었던 터였다. 조준은 또한 조인규의 증손으로 도전의 나주 유배 시절 제자였던 조박의 재종숙이 되었다.

조준은 나이에 비해 출사가 늦었지만 벼슬길은 아주 순탄했다. 우왕 즉위년(1374)에 급제한 뒤로 호군과 안렴사와 도검찰사 등 주로 군무에 종사하여 도전과 만날 기회는 없었다. 그래도 도전은 조준의 사람됨을 익히 알고 있었다. 왜구 토벌에 여러 번 공을 세워 최영의 천거로 공신에 올랐으나 이인임 천하가 된 세상에 염증을 느낀 나머지 과감하게 벼슬을 버린 이였다.

그 후 조준은 4년 동안 철저하게 은둔 생활을 하였다. 세상과 담을 쌓는 동안 경사(經史)에 몰두하면서 윤소종(尹紹宗), 정지(鄭地), 조인옥(趙仁沃) 등과 가까이 지냈다. 그들 중에 조인옥이 이성계의 휘하사인 조인벽의 아우로 자연스럽게 서로 연결되었다. 이성계는 조준의 강직한 성품과 품은 뜻이 남다르다는 것을 알고 마침내 그를 불러낸 것이다.

"두 분 대인께선 어찌하실 생각입니까?"

조준의 단도직입에 도전 또한 거리낌 없이 속에 말을 꺼냈다.

"지금 나라의 만 가지 악의 근원은 토지의 문란에 있으니, 무엇보다도

전제(田制) 개혁을 서둘러야 할 것입니다."

"그렇지요! 옳게 보셨습니다."

"전제를 어떻게 개혁하자는 이야기요?"

이성계가 물었다. 도전은 한마디로 잘라 말했다.

"사전(私田)을 혁파해야 합니다!"

사전을 혁파한다. 엄청난 일이었다. 현재 토지 제도의 모순과 문란은 토지 사유화 때문이다. 따라서 사전을 혁파하여 모든 토지를 국가에 귀속시켜 공전(公田)으로 만든 다음 민구수(民口數)에 따라 공평하게 분배하자는 것이 도전의 생각이었다. 그래야 민생을 안정시키고 나라에서는 조세를 안정적으로 거둠으로써 재정과 군자(軍資)를 확보할 수 있었다.

"사전을 혁파한다면, 지금 토지를 소유하고 있는 사람들 것을 뺏자는 말이 아니오?"

이성계의 걱정에 조준이 빙그레 웃으면서 답하였다.

"뺏는 것이 아니올시다."

"뺏는 것이 아니다?"

"토지란 본래 나라의 것이지 어느 누구의 것도 아니기 때문이지요."

"하지만 땅을 차지하고 있는 권문세족들의 반발이 거셀 터인데?"

"당연히 반발하겠지요. 그러나 사전 혁파는 본래의 제도로 돌아가자는 것일 뿐입니다!"

본래 고려의 토지 제도는 전시과(田柴科) 체제였다. 문무 관료와 직역(職役)에 따라 전지(田地)와 시지(柴地)를 나누어주되 수전자(受田者)가 죽으면 나라에 반납토록 했다. 또 백성들에게 거두어들이는 수조율도 10분의 1을 벗어나지 않아 위아래가 골고루 잘살았다.

그러나 의종 24년(1170) 무신란 이후 나라의 기강이 한순간에 무너지면서 전제는 나라의 통제권에서 벗어나고 말았다. 사적으로 매매와 상속이 가능한 사유재산으로 변해버린 것이다. 그때부터 권세가들은 전민(田民)을 탈점하는 데 혈안이 되었고, 토지 상속을 둘러싸고 부자와 형제간에 다툼이 끊이질 않았다.

"나라에 몇 안 되는 권귀(權貴)들은 주군(州郡)에 걸치고 산천을 경계로 땅을 차지하고 있는데, 백성들은 사시사철을 베옷 하나로 가린 채 등이 휘고 등골이 빠지도록 농사를 지어도 평생 송곳 하나 꽂을 땅이 없지 않습니까?"

도전의 말에 조준이 덧붙였다.

"조종(祖宗)의 법이 무너지자 벼슬을 살지 않은 자가 한인전(閑人田)을 먹고, 군대에 가지 않은 자가 군전(軍田)을 먹고, 아비는 나라에서 도적질한 토지를 자식에게 물려주고, 자식은 또 그것을 숨겨서 나라에 내놓지 않으니 한 번도 조정에 오르지 못하고 또 군문에 발도 붙인 적이 없는 자들이 가만히 앉아서 비단옷에 쌀밥으로 배를 채우고 있으니, 정말이지 말도 안 되는 일입니다."

"뿐만 아닙니다. 모두 조상으로부터 물려받은 땅이라 하여 서로 훔치고 빼앗는 통에 한 묘의 주인이 대여섯이나 되고, 일 년에 여덟아홉 차례나 도조(賭租)를 받아내니 백성들은 빚을 내서 도조를 내고, 그 빚은 아내를 팔고 자식을 팔아도 감당할 수 없어, 일하는 자는 도리어 굶주리고 일하지 않는 자는 도리어 부요를 누리니 이는 결코 하늘의 뜻이 아니올시다."

"옳습니다. 백성들이 원통해서 부르짖는 소리가 하늘에 사무치고 있어요. 전제 개혁을 통해 간사하고 교활한 무리들도 자연스레 척결될 것입니다."

뜻이 같으니 갈 바가 다를 리 없었다. 전제 개혁이 곧 민생안정과 부국강병의 책략이었고 패악과 부패 세력을 척결하는 지름길이었다.

정도전과 조준. 두 사람은 장차 용이 승천하는 데 없어서는 안 될 바람과 구름이었다.

조준은 곧 이성계의 천거로 지밀직사사 겸 대사헌에 올랐다. 그리고 대사헌의 이름으로 전제 개혁을 주장하는 장문의 상소를 올렸다.

"나라의 운이 길고 짧은 것은 민생이 괴로운가 즐거운가에 달려 있으며, 민생의 괴로움과 즐거움은 오로지 전제가 고른가 고르지 못한가에 달려 있습니다……."

그렇게 시작된 상소는 13가지에 이르는 전제 개혁의 조목을 구체적으로 제시하였다. 뿐만 아니라 단 1결의 토지라도 감추거나 빼앗는 자는 극형에 처하고 전제를 어기는 자는 대사령(大赦令)이 내려도 용서하지 말며, 판도사(版圖司)와 사헌부 기록에 남겨 그 자손은 대간(臺諫)과 정조(政曹)에는 들어갈 수 없도록 하였다.

· · · ·

이성계 쪽에서 전제 개혁을 들고 나오자 조민수는 덜컥 위기감을 느꼈다.

"보위가 갈리고 조정이 아직 혼란스러운데 갑자기 전제를 개혁하다니요?"

조민수의 볼멘소리에 이성계는 차분하게 대응하였다.

"지금 국고는 물론 군량마저 고갈되었고, 백성들은 곤핍하여 나라의 형세가 과연 존속하느냐 망하느냐 기로에 서 있습니다. 이럴 때 전제 개혁을 서두르지 않는다면 왕실의 안녕도 조정의 안정도 이룰 수 없을 것입니다."

"이 시중, 그건 잘못 생각하고 있는 겝니다. 지금은 바야흐로 새 임금이 즉위하여 성대를 구가하려는데, 조종 이래로 내려온 제도를 함부로 뜯어고치는 것은 혼란만 부추길 뿐이지요."

"말씀하신 대로 성대를 구가하기 위해서라도 전제의 문란을 바로잡아야 할 것입니다. 그래야 민생이 안정될 것 아닙니까? 혹시 전쟁이라도 일어나면 지금 실정으로는 단 한 달도 버티기 어렵다는 것을 누구보다 시중께서 잘 아시고, 또 일찍이 그 폐단을 지적하지 않으셨습니까?"

조민수는 뜨끔했다. 그 역시 한때 시중 자리에 있으면서 전제의 폐단을 거론한 적이 있었던 것이다. 그때 조민수는 일체의 사급전(賜給田)과 사사전(寺社田)의 조세를 군국(軍國)의 경비로 충당할 것을 주장했었다. 그러다 이인임에게 미운 털만 박혀 시중 자리에서 물러나고 말았다. 그러나 이제는 처지와 상황이 달라졌다. 권문세가를 등에 업고 권력을 쥐려면 옛 법을 그대로 유지할 필요가 있었던 것이다.

그렇다고 무턱대고 전제 개혁을 반대할 명분이 없었다. 조민수는 고심 끝에 한 가지 묘안을 짜냈다. 경산부(京山府)에 안치되어 있는 이인임을 조정으로 다시 불러들이는 것이었다. 비록 이인임의 하수인과 핵심들은 제거되었지만 권문세족들에게 그의 영향력은 아직 건재했다. 우왕 때 그랬던 것처럼 이인임을 어린 창왕의 섭정으로 내세우고 자신이 조정의 권력을 쥐려는 속셈이었다. 그것은 도리어 조민수에게는 돌이킬 수 없는 패착이 되었다.

조민수는 우왕의 장인이자 창왕의 외조부인 철성부원군(鐵城府院君) 이림과 짜고 이인임의 복귀를 서둘렀다.

"광평부원군(廣平府院君)은 일찍이 상왕전하를 옹립하여 왕실을 지킨 공이 지대하오니 그를 다시 부르시어 종사를 편케 할 계책을 물으소서!"

이성계가 즉각 반발했지만 창왕은 이미 교서를 내린 뒤였다.

"광평부원군은 부왕의 고굉이었으니 마땅히 그를 불러 막중한 국사를 맡길 일이오!"

천하의 간적이라고 했던 이인임에게 나라가 다시 돌아갈 판이었다. 그러나 하늘이 무심하지 않았던가. 창왕의 사신이 경산부에 이를 때쯤 이인임은 수명이 다되어 숨을 거두었다. 그 소식이 알려지자 백성들은 너나없이 기뻐하였다.

"천하의 간신이요 국적(國賊)을 사람이 베지 못하니 결국 하늘이 죽였다!"

그러나 이림과 조민수의 마음은 백성들과는 딴판이었다. 죽은 이인임을 내세워 권문세족들의 결속을 다지려 안간힘을 썼다. 예장(禮葬)과 치제(致祭)는 물론 시호까지 추증토록 하였다. 예장이란 나라에 공을 세운 이가 죽었을 때 국비로 장례를 치르는 것이요, 치제란 역시 공신에게 내리는 제사를 말하였다. 전의시(典儀寺)의 관리들이 크게 반발하였다.

"시호란 무릇 살아 있을 때의 공덕을 칭송하고 후세 사람들에게 권장하려는 것인데, 국적 이인임에게 어찌 시호를 추증한단 말인가?"

전의시가 하나같이 병을 핑계하고서 등청하지 않으니 명을 내린 자만 무색할 수밖에 없었다.

이인임 문제로 한 차례 파동을 겪은 뒤 이성계 세력의 전제 개혁 요구는 더욱 거세졌다. 창왕은 마지못해 도당에서 사전의 폐단을 논의토록 교서를 내렸다. 또한 사헌부와 판도사로 하여금 권세가들이 함부로 탈취한 토지에 대해서는 문계(文契)를 몰수토록 했다.

조민수는 그러나 창왕의 교서마저 깔아뭉개 버렸다. 이성계 쪽에서는 발끈했다. 그중에서도 이성계 휘하사 출신의 조인옥은 과격한 주장을 서슴지 않았다.

"백날 상소만 올리지 말고 조민수 그놈부터 확 쓸어버립시다! 내 이놈을 그냥······!"

도전은 그러나 단호하게 가로막았다.

"무력은 아니 됩니다. 무력이 아니라 당당하고 떳떳하게 공론을 일으켜야 할 것입니다!"

정몽주도 도전과 같은 생각이었다.

"의로써 말하고 의로써 제어하면 어찌 따르지 않겠소?"

"아무리 의를 말하고 상소를 해도 씨알도 먹히지 않는데 언제까지 말싸움만 하잔 말이오?"

조인옥은 잔뜩 불만에 차서 목소리를 높였다. 도전은 차분하게 답하였다.

"공론이란 천하 국가의 원기(元氣)요, 간쟁(諫爭)의 뿌리라고 하였으니······."

그러면서 뜻밖의 말을 꺼냈다.

"제대로 된 개혁을 위해서는 이인임의 죄부터 논핵해야 할 것입니다."

뚱딴지같은 도전의 말에 조인옥이 어이없다는 듯이 물었다.

"아니, 죽은 이인임이 뭐가 무서워 새삼스럽게 논핵하자는 겁니까?"

"사전을 혁파하면 국기(國基)가 흔들리느니, 조종의 법도가 무너지느니, 하며 반발하는 자들이 누굽니까? 모두 권문세족이요 도당을 차지하고 있는 대신들입니다. 그들이 모두 이인임과 한통속이요, 한 뿌리이니 이인임의 죄를 논하면 자연히 그들의 죄상도 드러나 넝쿨처럼 엮일 수밖에요. 그때 가서 조민수를 논핵해도 늦지 않을 것입니다."

도전은 반대파들을 무력으로 치기보다 언로를 통해 공분(公憤)을 일으키고자 했다. 마침내 우사의대부 윤소종이 허응, 민개(閔開)와 함께 이인임을 논핵하고 나섰다.

"전하, 개국 이래로 그 간사함과 죄악이 이인임에 비할 자가 없사오니, 그의 죄상을 철저히 규명해야 할 것이옵니다. 뿐만 아니라 이인임의 가산을 적몰하고 그 자손들을 멀리 추방하거나 금고하여, 간적이 나라를 그르친 죄는 몸이 죽은 후라도 천벌을 피하지 못한다는 사실을 나라사람들이 알게 하소서!"

이림은 난감했다. 이인임을 복권시켜 조민수의 입지를 세우려다 도리어 이성계 일파에게 공격의 빌미를 주고 만 것이다. 이인임의 죄상이 드러날수록 대신들 중에 엮이지 않을 자가 없었다. 그 자신조차 전민과 토지를 탈취한 죄에서 자유롭지 못했다.

수구 세력은 주춤할 수밖에 없었고, 이림은 이인임의 자손을 금고(禁錮)하는 것으로 무마시키려 하였다. 그 기회를 놓치지 않고 조준이 좌시중 조민수를 전격 탄핵하였다.

"조민수는 지난날 이인임의 후견으로 시중의 자리에까지 올라 전민을 탈취한 것이 임견미와 염흥방 못지않았사옵니다. 그런데 정월에 국적들이 일거에 제거되자 화가 자신에게 미칠까 빼앗았던 전민을 모조리 돌려주었다는데, 회군 후에 권력을 쥐게 되자 파렴치하게도 돌려주었던 전민을 다시 빼앗아 버렸습니다. 지금 좌시중은 다만 자신의 치부가 드러나는 것이 두려워 전제를 논의조차 막고 있으니, 그의 죄를 묻지 않을 수 없사옵니다!"

조민수는 펄펄 뛰었다.

"나에게 약간의 토지가 있으나 모두 선대로부터 물려받은 것이며, 남의 것은 털끝만큼도 취한 적이 없는데 이것은 억지이자 모함이오!"

그러나 누구 한 사람 조민수를 옹호하지 않았다. 대신들은 불똥이 자기에게 튈까 싶어 모른 척했다. 조민수는 이를 갈며 휘하의 원수들을 불러 모았다.

"이성계가 나를 죽이고 권력을 잡기 위해 모함을 서슴지 않으니 내가 먼저 그를 도모하지 않을 수 없소. 나를 도와준다면 그 은공을 결코 잊지 않겠소이다!"

그러나 원수들은 하나같이 고개를 가로저었다.

"회군한 지 얼마 되지도 않았는데 장수들끼리 권력을 놓고 다툰다면 나라사람들이 뭐라 하겠소이까?"

"더욱이 전제 개혁은 나라의 군비를 튼튼히 하자는 것인데, 이는 장수들이 오래전부터 바라던 바요, 또 백성들이 바라는 바인데 지금 우시중을 친다면 민심이 어찌 되겠소?"

회군 이후로 장수들은 민심의 향방을 정확히 읽었던 것이다. 그러니 권력을 잡아보겠다는 욕심만 앞세워 이인임을 다시 불러들이려 했던 조민수에게 등을 돌려버린 것은 당연지사였다. 조민수는 천길 낭떠러지로 떨어지는 기분이었다. 휘하의 원수들이 움직여주지 않으니 기댈 곳이라곤 창왕밖에 없었다.

이림은 그러나 조민수를 달래었다.

"지금은 사세가 부득의하니 잠시 고향에 내려가 계시다가 때를 기다리는 게 어떻겠소?"

"그럼, 조정은 어찌하실 생각입니까? 이대로 이성계에게 당할 수는 없지 않소이까?"

"이색을 내세울까 하오. 신진사대부들이 그를 따르고 또 이성계 밑에 이색의 문하들이 많다고 하니 저들도 어찌 함부로 못할 것이오."

"이색도 좋지만 강화왕(우왕)의 복위를 서둘러야 할 것입니다. 그러기 위해서는 이성계를 치는 수밖에 없소이다."

"나 역시 같은 생각이오. 이색과 우선 강화왕을 도성에서 가까운 곳으로 뫼시고, 그리 되면 섭정도 가능할 것입니다."

"부디 빠른 시일 내에 다시 뵙기를 기다리겠습니다."

조민수는 빼들었던 칼을 다시 집어넣을 수밖에 없었다.

· · ·

창왕은 조민수를 경상도 창녕(昌寧)으로 유배시키고 대신에 이색을 문하시중으로, 이성계를 수시중으로 삼았다. 창왕은 이색에게 '추충보절동덕찬화(推忠保節同德贊化)' 공신호와 함께 내구마(內廄馬) 한 필을 하사하고, 태후 이씨는 환관을 보내 주과를 하사하였다. 전에 없던 이색에 대한 기대감의 표시였다.

한편 이성계에게는 도총중외제군사(都摠中外諸軍事)라는 지위를 더하여

전군을 통할토록 하였다. 우왕 때 이인임이 나랏일을 맡고 최영에게 군사를 맡겼던 것처럼 이림은 이색과 이성계의 역할을 구별하려 애썼던 것이다.

이색이 나서자 이성계 쪽에서는 반신반의하였다. 그러나 성균대사성에서 밀직부사 겸 예문관제학으로 자리를 옮긴 도전은 누구보다 이색을 반겼다.

"한산군이 수상이 된 것은 참으로 잘된 일입니다. 도학을 따르는 유생들이 유종(儒宗)으로 받드는 분이요, 일찍부터 전제의 문란을 지적하고 개혁을 주장했던 분이 아니더이까?"

삼사좌사 겸 예문관대제학으로 제배된 정몽주도 같은 생각이었다.

"옳으신 말씀입니다. 앞으로 국정의 폐단을 혁신하는 데 큰 힘이 되어줄 것입니다!"

그들이 그렇게 믿는 데는 까닭이 있었다.

공민왕 즉위 초의 일이었다. 당시 원나라 국자감에서 수학하던 이색은 부친상을 당해 귀국했다가 공민왕에게 장문의 소를 올렸다.

지금 우리나라는 말세의 폐단이 한두 가지가 아닙니다. 그중에서도 전제의 문란이 극심하여 토지의 경계(經界)가 부정하고 세력을 가진 자들이 강제로 겸병(兼幷)하고 있으니 이는 까치집에 비둘기가 든 격입니다. 백성들은 하늘처럼 믿는 양식이 토지 말고는 나올 데가 없으니, 몇 마지기의 땅을 부지런히 갈아도 부모처자를 부양하기에도 넉넉하지 못합니다. 그러나 땅 한 뙈기에 조세를 받으러 오는 자는 혹은 3~4집이 되고, 혹은 7~8집이나 되는데, 그들은 권력과 세도를 앞세워 주인 노릇을 합니다. 힘없는 백성들은 그 많은 주인들에게 조세를 바치다 못해 부족한 것은 남에게 빚을 내기까지 하니 무엇으로 부모를 봉양하며 무엇으로 처자를 양육하겠습니까?

신의 어리석은 생각으로는 법제를 바꾸지 않고서는 그 폐단을 제거하기 어려울 것입니다. 나라의 수입이 증가되고 백성들이 기뻐하는 바는 나라를 다스리는 임금의 큰 소원입니다. 전하께오서는 무엇을 꺼리어 이를 행하지 않으십니까? 혹시 부자들의 토지를 빼앗기 곤란하며 오랜 폐단을 갑자기 개혁하기는 어렵다고 하신다면 이는 용렬한 임금이나 행할 소치요, 현군이 취할 바가 아니니 개혁이 실행되고 안 되고는 오직 전하의 결단 여하에 달려 있습니다!

공민왕에게 대놓고 통박을 했던 이색의 상소는 지금 이성계 세력의 주장과 하나도 다를 것이 없었다. 오히려 조준이 이색의 상소를 그대로 옮겼다고 할 정도였다. 그러나 도전의 기대는 완전히 빗나갔다. 이색은 시종일관 개혁을 저지하는 데 열심이었던 것이다. 시중이 된 이색이 가장 먼저 한 일은 조민수의 복권이었다. 이색은 창왕에게 고하였다.

"군공(軍功)으로 따져도 나라에서 조 시중에 버금가는 이가 드물거늘, 간언만 듣고서 일국의 수상을 하루아침에 쫓아낸 것은 천부당만부당한 일입니다. 더욱이 전하를 옹립하는 데 가장 큰 공을 세운 사람인데 상을 주지는 못할망정 유배에 처한 것은 성상의 덕을 해치는 일이오니 통촉하소서!"

옆에 있던 이림이 이색의 말을 거들었다.

"지금 이 시중 말씀이 하나도 틀린 것이 없사오니 마땅한 조처가 있어야 할 것이옵니다."

두 사람의 말에 창왕은 좌대언 권근을 조민수에게 보내 궁온을 하사하며 각별히 위로의 말을 전하였다.

"경에게 비록 죄가 있다고는 하나 나라에 세운 공로가 더 컸기에 과인은 귀양 보내고 싶지 않았습니다. 하지만 지금은 과인이 즉위한 지 얼마 안 되어 간관의 말을 듣지 않을 수 없었으니, 경은 잠시 몸을 쉬고 있으면 과인이 곧 부를 것입니다!"

창왕의 말대로 조민수는 곧 해배되었다. 유배 한 달만이었다. 누가 봐도 앞으로 이성계를 견제하기 위한 조치였다.

전제 개혁에는 처음부터 분명하게 선을 그었다.

"조종 이래로 내려온 옛 법을 오늘에 와서 가볍게 고치는 것은 결코 좋은 일이 아니올시다!"

도당에서 전제를 논의할 때에 이색은 딱 잘라 반대했다. 그 말에 이림과 우현보와 변안열 등이 적극 동조하였다.

"그렇다마다요. 전제를 갑자기 고친다면 혼란만 더할 것이요, 더구나 토지를 하루아침에 나라에서 몰수한다면 사군자(士君子)의 생계가 어려워질 것이 뻔한데, 당연히 함부로 고칠 일이 아니지요!"

신진사대부들의 우상이요 큰 스승으로 받들어지는 이색의 발언에 도전은 강한 배신감을 느끼지 않을 수 없었다. 공민왕에게는 당장 부자들의 땅을 뺏어야 한다고 요구했던 이색이 지금에 와서 옛 법을 고칠 수 없다니, 이거야말로 표리부동의 극치 아닌가. 도전은 이색을 향해 과감하게 포문을 열었다.

"시중께서 지난날 성균대사성을 지내실 때 저는 학관을 지내며 도학

의 실천 윤리를 들었던 사람입니다. 시중께서는 늘 말씀하시길, 정치의
문란을 바로잡고, 왕도와 백성의 산업을 일으키는 것이 도학이자 대감
의 임무라고 하셨습니다. 그 말에 이 나라 많은 유생들이 유종으로 떠
받들고 있습니다. 그런데 지금에 와서 나라와 백성을 살리자는 전제 개
혁을 반대하시는 까닭을 진실로 모르겠습니다."

"정 밀직, 그때하고 지금은 사정이 다르지 않소이까?"

"사정이 다르다니요? 시중께서 복중소(服中疏)를 올렸던 30년 전으로
따진다면 전제의 문란함은 도를 더했으면 더했고, 백성들은 그때보다
더 피폐해졌습니다. 달라진 것이 있다면 시중의 처지가 달라졌을 뿐이
겠지요!"

도전의 말처럼 이색의 처지는 분명 달라져 있었다. 30년 전에는 그의
말대로 '초야에 묻힌 미천한 필부'에 지나지 않았지만 지금은 조정의 1
인자요 상당한 규모의 농장과 노비도 소유하고 있었다. 전국에 있는 전
장(田場)만 해도 장단(長湍)과 한산(韓山)을 비롯하여 여흥, 안양, 이천, 광
주(廣州), 덕수(德水) 등 곳곳에 자리 잡고 있으니 그 세가 여느 세족 못
지않았다.

그런데 이색의 표리부동은 그렇다 쳐도, 도전에게 더 큰 실망을 안겨
준 사람은 정작 따로 있었다. 바로 정몽주였다. 도당에서 전제 개혁안을
놓고 격론을 벌이는 동안 정몽주는 내내 입을 다물고 있었다. 애가 탄
도전은 계속 정몽주를 쳐다보았으나 그 눈길도 피했다.

"나라의 재정을 맡은 정 삼사(三司)께서 작금의 현실을 말해주시지요."

참다 못해 도전이 일부러 말을 시켰다.

"글쎄요……."

정몽주는 어정쩡한 태도로 끝까지 의견을 표시하지 않았다. 그것은 암묵적으로 이색의 편을 들어준 것이나 마찬가지였다. 도당에서 나오는 길에 도전은 서둘러 어디론가 걸어가는 정몽주를 불러세웠다.

"사형, 사형! 잠시만 기다려주십시오!"

정몽주는 발길을 멈추었지만 돌아서지 않았다. 도전이 쫓아가서 다시 한 번 불렀다.

"사형……."

정몽주가 마지못한 듯 몸을 돌렸다. 굳은 표정이었다.

"사형, 어째서 아무 말씀도 없었던 것입니까?"

"대신들의 반대가 워낙 심하니 낸들 어쩌겠소?"

"……!"

설마 그럴 리가. 정몽주 또한 이색처럼 자신의 신분과 처지가 달라져서 생각이 바뀐 것일까. 정몽주는 내심 도전과 조준이 주도하는 전제 개혁에 마땅치 않은 표정이었다.

"그보다 삼봉, 세신대족들을 무마하기 위해서라도 지금의 전제를 그대로 유지하되 폐단만 철저히 제거하면 어떻겠소?"

"사형, 사전 자체가 이미 불법인데, 사전을 혁파하지 않고서 폐단을 제거한다는 것은 미봉책에 지나지 않습니다. 아시다시피 원종(元宗) 임금의 전민변정(田民辨正)에서부터 공민왕 대의 변정 사업까지 모두 실패로 끝나지 않았습니까? 어찌 몇 사람의 권문세족을 위해 만백성이 바라는 개혁을 미룰 수 있겠습니까?"

"뜻이야 백번 좋지만 현실이 받아주질 않으니 하는 말이지요."

정몽주는 미온적인 태도를 바꾸지 않았다. 결국 조준의 개혁안은 도당에서 부결되고 말았다. 이성계가 백관회의에 붙일 것을 주장했지만 참석자 53명 중에 사전 혁파에 찬성하는 자는 20명이 채 넘지 않았다.

정몽주는 끝까지 의견을 표시하지 않았다. 또한 이숭인과 권근 등 신진사대부들은 반대였다. 이들은 이색을 스승으로 따르기도 했지만 권문세족 출신이라는 한계를 벗어나지 못했다. 전제 개혁을 두고 조정은 개혁파와 수구파로 확실하게 갈라졌고, 정몽주는 사안에 따라 모호한 행보를 계속하였다.

그 사이에 몇 가지 개혁의 성과도 있었지만 만악의 근본인 전제를 개혁하지 않는 한 나라의 환부는 계속 썩어갈 수밖에 없었다. 도전과 조준은 수정된 전제 개혁안을 다시 올렸다. 사전 혁파보다는 우선 궁핍한 국가 재정을 확보하자는 것이었다.

"전곡(錢穀)이란 한 국가의 상비물인 동시에 생민의 목숨을 좌우하는 것이옵니다. 그러기에 『주례(周禮)』에서는 3년마다 1년간 쓸 전곡을 저축하고 30년이 되면 9년 치를 저축할 수 있어야만 전쟁이나 흉년이 닥치더라도 염려할 것이 없다고 했사온데, 지금 나라의 재정은 단 며칠도 버티지 못할 지경이옵니다. 따라서 비어 있는 국가 재정을 충당하고 무엇보다 군량 확보를 위해서라도 사전의 수조(收租)를 3년만이라도 나라에서 거두도록 하고, 또한 조세와 부역의 균등을 위해 전국의 토지를 측량하고 소유 실태를 조사토록 하소서!"

수구파는 그것도 반대하였다. 탁자 두드리는 소리와 고함 소리가 오가며 도당이 다시 한 번 시끄러워졌다.

"아니, 사전의 조세를 모두 국가에서 거두어버린다면 조신(朝臣)들은 굶어죽으란 말이오? 나라의 재정이 궁핍한 것은 어제 오늘 일도 아니니 마땅히 다른 대책을 강구해야 할 것입니다."

"굶어죽다니요? 사전의 대부분은 대신들과 권문세족들이 차지하고 있지 않습니까? 그들이 지금 곳간에 쌓아둔 것만 해도 평생 먹고도 남을 만하고, 또 몇 대에 걸쳐 물려주고도 남을 터인데, 겨우 3년 동안만 나라에서 거두자는 것도 반대하신단 말입니까?"

"허허, 모르시는 말씀. 대신들이 저 혼자 먹고 삽니까? 대갓집에 딸린 권속들이 수십, 수백 명인데, 그들의 입은 어찌할 것이며 대신들 체면은 또 어찌할 것이오! 정말 답답합니다그려."

적반하장도 유분수지, 개혁파는 수구파의 어깃장에 어처구니가 없었다.

"대감, 비단옷에 쌀밥에 호의호식하는 것도 모자라 무슨 체면이 더 필요하신지요? 대신들의 눈에는 유리걸식하며 굶어죽는 백성들이 보이지 않으십니까? 원성이 하늘에 사무치는데 대신들의 귀에는 정녕 들리지 않는단 말씀입니까?"

"뭐라!"

결론이 나질 않았다. 핏대를 세우며 고성이 오갔지만 감정의 골만 깊어질 뿐이었다. 결국 창왕의 명으로 조세의 절반만 거두어 부족한 재정에 충당토록 하면서 논의가 중단되었다. 하지만 그조차도 한 달을 가지 못했다. 창왕이 아무 이유 없이 명을 거두고 말았던 것이다.

개혁파로서는 무력감을 곱씹을 수밖에 없었다. 다만 토지의 측량과 소유를 조사하는 양전사업(量田事業)이 승인되어 전제 개혁의 불씨나마 살아 있는 것에 안도하였다.

・ ・ ・

"강화왕을 모셔오도록 합시다!"

이림의 말에 머리를 맞대고 있던 이색이 고개를 갸우뚱했다.

"강화왕을 모셔온다?"

"양전 사업이 끝나면 저들이 분명 다시 전제 개혁을 요구할 터인데 그러기 전에 대책을 강구해야 할 것 아닙니까? 강화왕을 도성 가까운 곳으로 모셔와 섭정토록 하고 조민수와 우익들을 조정으로 불러온다면 이성계도 쉽게 어쩌지 못할 것입니다."

"그러려면 마땅한 핑계가 있어야 할 터인데?"

"핑계야 얼마든지 있지요. 강화는 왜구가 언제 쳐들어올지 모르는 곳이니 안전한 곳으로 옮긴다 하면 될 것 아닙니까?"

"그렇다 해도 섭정은 쉽지 않을 것이오. 강화왕을 쫓아낸 죄가 있는데 이성계가 가만있겠소? 그보다는 가만……."

이색이 갑자기 말을 끊더니 미간을 한껏 찌푸렸다. 이림이 조심스럽게 물었다.

"왜? 더 좋은 계책이 있소이까?"

"가만, 가만."

손을 내저으면서 이림의 말을 막던 이색이 한순간 탁자를 쳤다.

"섭정이 아니라, 아예 감국(監國)을 청하도록 하십시다!"

이림의 눈이 휘둥그레졌다.

"감국이라니요?"

"지금 성상의 보령은 어리시고 나라에는 중심을 잡아줄 만한 큰 인물이 없어요. 그런데 민망은 이성계에게 모아지고 있다고 하니 저들이 행여 불측한 마음을 갖는다면 영락없이 당할 수밖에 없습니다. 그러니 차라리 원나라 때처럼 명나라의 감독을 받자는 말이외다. 왕명이 아니라 황제의 명으로 다스린다면 강화왕의 복위도 쉽게 이루어질 것이고, 이성계 세력도 감히 덤비지 못할 것이오."

이색이 말하는 동안 이림은 몇 번이고 무릎을 쳤다.

"옳거니, 옳거니. 정녕 상책 중의 상책이요, 왕실과 나라를 살리는 묘책 중의 묘책이올시다!"

"먼저 강화왕을 가까운 곳으로 모신 후에 내 직접 명나라로 가리다."

이림은 감격에 겨워 이색의 손을 붙잡고 머리까지 연신 조아렸다.

"이 시중이야말로 충신 중의 충신이올시다!"

계책을 세웠으니 미룰 것이 없었다. 곧바로 우왕을 여흥으로 옮기고 부(府)를 설치하여 황려부(黃驪府)라 하였다. 또한 고을의 부세를 취하도록 하였으며 시종하는 내수와 환관과 시녀들까지 늘려주었다. 시위와 의장과 기물 등 어느 것 하나 상왕으로서 부족함이 없었다.

그런 뒤에 이색은 명나라에 들어가겠노라 자청하고 나섰다.

"황제폐하께서 전왕 때부터 집정대신의 입조(入朝)를 요구해왔으나 모두들 두려워하여 가질 않았는데, 더욱이 군사를 일으켜 대국의 지경(地境)을 범하였으니 장차 황제의 진노를 감당키 어려울 것입니다. 하여 내가 직접 들어가 모든 오해를 풀고 오겠소. 또한 우리 임금께서 아직 어리시니 명나라의 감국을 청하도록 하십시다. 감독관이 파견되면 황제폐하께서도 우리에 대한 의심을 거두고, 군사를 일으켜 정벌하겠다는 생각도 접으실 것이니 이는 종사와 생민에게 큰 복이 될 것이오!"

개혁파 내에서는 당장 분노의 소리가 터져 나왔다.

"감국이라니요? 도탄에 빠진 백성들은 나 몰라라 하고, 몇몇 권귀들의 안녕을 위해 우리나라를 중국의 속국으로 떨어뜨리겠다니, 있을 수 없는 일입니다."

"지난날 부원배들이 고려 왕실을 없애고 우리나라를 원나라의 행성(行省)으로 삼아달라던 입성책동(立省策動)과 다를 바가 없는데, 이를 그냥 넘어갈 수가 없습니다!"

도전은 그러나 이색의 입조를 굳이 반대하지 않았다.

"이 시중이 명나라에 간다고 해서 뜻대로 되지 않을 겁니다. 행여 감국이 이루어진다면 자연 명나라와 왕래가 많아질 것이고, 원나라 때처럼 물적인 교류도 빈번할 것입니다. 하지만 지금 명나라는 나라를 세운 지 얼마 되지 않아 변방의 오랑캐들과 지경을 다투는 데다 황실도 안정되지 않아 미처 우리나라까지 신경을 쓸 틈이 없습니다. 더욱이 황제는 의심이 많아 걸핏하면 사신조차 길을 막는데, 왕래가 빈번할수록 그들의 치부가 드러날 것이니 결코 허락지 않을 것입니다."

"그렇다 해도 덜컥 감국이 이루어지면 어쩝니까?"

이성계의 걱정스러운 물음에 도전은 확신에 찬 어조로 말했다.

"결코 그리될 리가 없습니다. 그보다 이 시중이 명나라에 직접 들어가 중국의 변화를 목격한다면 개혁에 대한 생각이 달라질 수도 있으니 굳이 반대할 까닭이 없습니다!"

이색이 감국을 청하는 표문을 들고 명나라로 떠난 것은 창왕 즉위년(1388) 10월 중순. 개혁을 저지하기 위해 명나라에 가는 이색에게 도전은 오히려 개혁의 당위성을 설명하고 싶었던 것일까. 부사(副使)로서 이색을 따라가는 첨서밀직사사 이숭인에게 도전은 당부의 말을 전하였다.

"계찰(季札)이 노(魯)나라에 가서 주(周)의 악(樂)을 구경하고 그 덕이 성대한 것을 알았다 하더이다. 이제 도은께서 명나라에 가면 많은 것을 보고 느낄 터인데, 돌아오거든 느낀 바를 내게 꼭 말해주오!"

계찰은 춘추 시대 오왕(吳王)의 아들. 그가 일찍이 노나라에 가서 주악을 본 뒤에 열국의 치란성쇠(治亂盛衰)를 알았다 하는데, 도전은 이숭인이 명나라에 가서 계찰이 되어 돌아오기를 간절히 바랐던 것이다.

. . .

강화도에서 여흥으로 옮긴 우왕은 여전히 분을 삭이지 못했다.

"내, 기필코 이성계 놈을 쳐 죽이고 지난날의 수모를 갚고 말 것이야!"

당장이라도 개경으로 돌아가 이성계 일파를 제거하고 싶은 일념뿐이었다. 이색이 바라는 대로 감국이 이루어진다면 복위도 얼마든지 가능했다. 굳이 감국이 아니라도 기왕 궁궐에서 벗어났으니 한가로운 가운데 치세의 도리를 깨닫고 백성의 근심을 살핀다면 나라의 덕이 될 수 있었다. 그러나 끓어오르는 복수심에 하루하루가 여삼추 같았다. 우왕은 답답한 나머지 스스로 화단을 일으켰다. 그것이 자신뿐 아니라 다른 사람의 명까지 재촉하리라고는 생각조차 하지 않았다.

이색이 명나라로 떠나고 달포쯤 지난 어느 날. 고향에 안치되어 있어야 할 덕비(德妃)의 아비 조영길이 도성으로 숨어 들어왔다. 도성으로 잠입한 조영길은 지밀직 이무(李茂)와 이빈(李彬)의 집을 차례로 찾아가 꼬박 하룻밤씩 머물렀다. 그리고 사흘째 되던 날 새벽, 이림의 매부이자 판개성부사로 있는 문달한(文達漢)을 찾아가려다 행색을 수상하게 여긴

순검에게 그만 체포되고 말았다.

창왕은 조영길을 국문하지 않고 다만 적소(適所)를 이탈한 죄를 물어 곤장 1백 대와 함께 이번에는 아주 멀리 전라도 순천으로 유배시켰다. 그것으로 끝나는 줄 알았다. 그러나 조준은 사헌부의 장령답게 예리했다.

"조영길이 이무나 이빈하고는 전혀 가까운 사이가 아니라는데 도성에 몰래 들어와 만난 것은 필시 무슨 까닭이 있을 겁니다."

조준이 조영길의 행적을 다시 들추자 이성계의 표정이 금세 어두워졌다.

"수상쩍다는 생각은 했소만, 상왕이 일을 꾸밀 만한 처지가 아닐 텐데요."

"그것은 모를 일입니다. 이무와 이빈은 궁궐의 숙위와 왕명을 출납하는 밀직들입니다. 그런 자들을 조영길이 만났다는 것은 필시 황려부의 사주가 있기 때문일 겁니다."

"황려부에서 무엇을 노린다는 말이오?"

"상왕(우왕)이 제군사(이성계)에 대해 적개심이 크다는 것을 잊으셨습니까? 조정의 대신들도 개혁을 그리 달갑지 않게 여기는데, 손만 뻗친다면 얼마든지 도모할 수 있는 일입니다."

"일을 꾸민다면, 상왕이 나를 죽이고 복위를 꾀한단 말이오?"

그때 조인옥이 두 사람 사이에 끼어들었다.

"그렇다면 분명 철원군(최영)과 관련이 있을 겁니다!"

좌중은 깜짝 놀랐다. 생각지도 못했던 곳으로 불똥이 튀고 있었던 것이다.

"상왕이 복위를 꾀한다면 분명 믿는 구석이 있기 때문인데, 그게 누구겠습니까? 철원군이 비록 적소에 있으나 아직 살아 있다는 사실을 잊어서는 안 될 것입니다."

이성계의 사위인 이제까지 거들었다.

"그렇습니다, 아버님. 만에 하나 명나라가 감국을 받아들인다면 아버님과 저희들은 궁지에 몰릴 수밖에 없습니다. 상왕은 복위가 안 되더라도 섭정을 할 것이고 유배중인 철원군을 맨 먼저 불러올 텐데, 그리되면 대신들이 벌떼처럼 달려들어 아버님을 논죄할 것입니다. 그러기 전에 먼저 수를 내야 합니다."

"무슨 수를 낸단 말이냐?"

이성계의 물음에 조인옥이 한 치의 망설임도 없이 대답했다.

"철원군을 죽여야 합니다!"

이성계는 가슴이 철렁 내려앉았다.

"철원군의 휘하에 있던 자들도 조정에서 대개 쫓겨나거나 이제 종이호랑이에 지나지 않는데, 굳이 죽여야 할 까닭이 있겠소?"

"철원군이 살아 있는 한, 상왕은 그를 의지해서 분명히 음모를 꾸미려 할 것입니다. 20여 년 가까이 나라의 군권을 쥐었던 철원군이 아닙니까? 우리가 아직 군권을 완전히 장악하지 못한 상태에서 상왕이 무력을 쓰는 날이면 우린 꼼짝없이 당하고 말 겁니다."

이제의 말에 조인옥이 못을 박았다.

"알고 보면 최영과 이인임이 다를 게 뭐가 있습니까? 그를 살려두었다가는 이인임을 불러내듯이 기어이 다시 복귀시키고 말 것이요. 그리되면 제군사와 우리는 죽은 목숨이나 다를 것이 없습니다."

이성계는 결단을 내리지 못했다. 최영은 개국공신의 후손으로 공민왕의 고임을 받아 충성을 다한 신하요, 계묘년에는 자신과 함께 덕흥군을 물리쳐 왕실의 전통을 바로잡았고, 또 금년 봄에는 모든 악소배들을 소탕하여 민생을 건져낸 사람이기도 했다. 어찌 그를 함부로 처단할 수 있단 말인가.

그러나 최영의 죽음은 예견된 운명이었다. 윤소종이 조심스럽게 말을 꺼냈다.

"공(功)은 나라를 덮었지만 한 번의 실수로 하마터면 나라를 엎을 뻔했으니 그 죄가 천하에 가득한데 어찌하겠습니까?"

이성계의 손이 부들부들 떨렸다. 아무리 뜻이 다르고 대의를 위해서라지만 무장으로서 더없이 존경해왔던 최영을 죽여야 한다는 괴로움과 자책이었다. 그를 죽이지 않으면 자신이 죽어야 하는 현실이 차라리 원망스러웠다.

이윽고 조인옥과 이제가 연명으로 소를 올리고, 뒤이어 대간에서도 연이어 소를 올렸다. 창왕과 이림도 최영을 보호할 명분이 없었다. 더욱이 조영길 사건으로 자칫 우왕에게 화가 미칠 수 있었던 것이다.

최영은 끝내 참형을 당하였다. 죽음 앞에서 최영은 아무 말이 없었다. 그러나 언사와 안색은 하나도 변하지 않았다. 과연 풍신과 용모가 괴걸차고 청렴강직했으며 싸움 앞에서 물러설 줄 모르고 기어이 이기고 말았던 무장다운 모습 그대로였다.

"내가 일생에 욕심을 가지지 않았으며 그 증거로 내 무덤에는 풀이 나지 않을 것이다."

죽음을 앞둔 최영의 마지막 말이었다.

길거리에 놓여 있는 최영의 시체를 본 사람들은 말에서 내렸다. 거리의 아이에서 시골 부녀자까지, 그의 죽음을 듣고 눈물 흘리지 않는 사람이 없었다. 도성 사람들은 저자를 파했다.

때는 창왕 즉위년(1388) 12월. 최영의 나이 73세였다.

도당에서는 최영의 장례를 위해 쌀과 콩 150석과 베 250필, 그리고 피륙과 종이를 부의하였다. 충신에 대한 마지막 예우였다.

한편, 명나라에 간 이색은 지금까지의 고려 사신들과 달리 홍무제의 지극한 예우를 받았다. 고려의 집정대신이라 하여 세 차례에 걸쳐 접견하였다. 이색은 자신의 계획이 성사될 줄로 믿고 홍무제에게 감국을 청하는 표문을 올렸다.

국가를 보전하는 길은 대국을 섬기는 데 있으며 원방의 소국을 돕는 길은 국정을 감독해 주는 데 있사온데……. 엎드려 바라옵건대 감독관을 보내시어 성화(聖化)를 입게 하시며, 관후한 인덕으로 관리를 두어 먼 나라를 평안케 하소서!

그러나 홍무제는 쉽게 답을 주지 않았다. 한번은 접견하는 자리에서 홍무제가 이색에게 물었다.

"그대가 원조(元朝)에서 벼슬을 하여 한림을 지냈다면 응당 중국말(漢語)을 잘 알 것이니 짐에게 하고 싶은 말이 있으면 중국말로 하라!"

이색은 기회를 놓치지 않고 재빨리 중국말로 아뢰었다.

"소방(小邦)에는 무신들이 득세하여 정쟁이 잦사와 하루도 편할 날이 없사옵니다. 폐하께오서 소방을 감국하여 주시옵고, 또한 고려왕의 입조를 요구하신다면 무신들이 감히 날뛰지 못할 것이옵니다!"

그러나 홍무제는 이색의 중국말을 알아듣지 못해 껄껄 웃고 말았다.

"그대의 중국말은 꼭 나합출이 하는 말과 같아서 짐이 무슨 말인지 알아듣질 못하겠구나. 허허허!"

원나라의 북쪽 방언과 명나라의 남쪽 방언이 사뭇 다른 탓이었다. 이색은 통역을 통해 다시 한 번 간절하게 감국을 청하였다.

"감국은 소방을 살리는 길이요 대국을 위해서도 변방의 근심을 더는 일이옵니다. 감국이 아니라면 고려왕으로 하여금 조근토록 하시어 소방을 다스려주소서!"

홍무제는 가타부타 답이 없었다. 나이가 들어 제대로 못 들은 것인지 아니면 일부러 못 들은 척한 것인지 도무지 속내를 짐작할 수 없었다. 홍무제를 세 번이나 만났지만 이색의 계획은 어그러지고 말았다. 이색이 돌아올 때 전해진 예부의 자문은 분명했다.

사신들을 타일러서 돌려보내되, 감국은 없던 일로 할 것이요, 동자(창왕)도 조근하러 올 것이 없다고 말하라. 세우는 것도 저들이 할 일이요, 폐하는 것도 저들이 할 일이니 우리 중국은 상관치 않을 것이다!

낙심천만하여 이색이 귀국한 것은 이듬해인 기사년(己巳年:창왕 원년, 1389) 4월 초. 이색은 그러나 개경으로 곧장 올라오지 않고 서경에서 여흥으로 우왕을 먼저 찾았다.

이색이 정중하게 예를 올리자 우왕은 들뜬 소리로 반겼다.

"경의 우국충정에 무엇으로 고마움을 나타내야 할지 모르겠소!"

"신이 명나라 황제를 뵈옵고 상감마마의 친견과 감국을 간곡히 청하였으나 뜻을 이루지 못하고 말았사옵니다."

"아니오. 그만만 해도 이성계의 간담이 서늘해졌을 것이오. 그나저나 철원군마저 죽음을 당하고 말았으니 과인이 이제 누굴 의지하겠소? 경은 부왕께서 아끼셨던 신하요, 과인에게는 사부였으니 경은 모쪼록 복위가 이루어질 수 있도록 힘써 주어야겠소."

우왕의 입에서 태연하게 복위라는 말이 나오자 이색은 머리끝이 쭈뼛 섰다. 조민수와 이성계를 때려잡겠다며 기껏 환관과 내수 따위를 데리고 설치던 우왕 아니었던가. 그런데 섣불리 복위를 도모하다 일이 틀어지면 화가 어디로 미칠지 가늠할 수 없는 일이었다.

이색은 떨리는 가슴을 짓누르며 말하였다.

"상왕전하, 신의 어리석은 성품은 본래부터 한적한 것을 좋아했사온데, 늙은 몸으로 명나라에 다녀오느라 지치고 병까지 겹쳤는지라 이제는 그만 전야로 돌아가 여생이나마 편히 마칠까 하옵니다."

"아니, 경이 없으면 과인이 누구를 의지하란 말이오?"

"철성부원군이 있사옵고 여러 대신들이 있사오니 성려치 마소서!"

우왕은 못내 아쉬운 표정으로 말하였다.

"경이 그렇다면 하는 수 없지요. 다만 과인의 거처를 남경이나 장단으로 옮겼으면 하는데 도당에서 말이나 넣어주었으면 하오."

우왕은 개경과 좀 더 가까운 곳으로 옮겨 기회를 엿볼 심산이었던 것이다. 이색은 그러나 우왕을 만난 것을 속으로 후회하며 개경으로 올라온 즉시 사직을 청하였다. 이림이 붙잡고 뜯어말렸으나 이색은 오히려 이림에게 등을 떠밀었다.

"부원군께서 전하의 외조가 되시니 차라리 시중을 맡으시지요."

"경이 아니면 이성계 일파의 공격이 더할 텐데요?"

"황제가 청을 들어줄 때까지 전하의 조근을 청하세요. 감국이 이루어진다면 더 바랄 것이 없겠지만 전하의 조근이 이루어진다면 이성계 일파가 함부로 책동하지 못할 것이오!"

창왕은 어쩔 수 없이 이색을 판문하부사로 옮기고 이림을 시중으로 삼았다. 이림은 이색의 말대로 문하평리 윤승순(尹承順)과 첨서밀직사사 권근을 명나라에 보내 창왕의 조근을 다시 청하였다.

그것으로 그치지 않았다. 이림은 명나라에서 부르기도 전에 창왕의 조근을 서둘렀다. 판문하부사 이색과 판삼사사 심덕부 등을 종행관으로 삼아 직접 명나라에 들어갈 채비를 갖추었다. 날만 고르면 곧 발행할 참이었다. 하지만 창왕의 모후인 대비 이씨가 극구 말리는 통에 발행을 늦추었다. 그 사이에 윤승순과 권근 일행이 돌아왔고, 그들이 가져온 예부의 자문은 조정을 충격에 빠트렸다.

고려는 나라에 변고가 많아 왕전(공민왕)이 시해를 당하여 후사가 끊어진 이후 비록 이성(異姓)을 왕씨라고 속여 왕을 삼았으나, 이는 삼한에 좋은 일이 아니다……. 짐이 전에도 동자(창왕)는 올 필요가 없다고 하였으니 어질고 지혜로운 배신(陪臣)이 백성을 편안히 할 계책을 만든다면 비록 수십 년을 조회하지 않더라도 무엇을 걱정하겠는가!

'이성을 왕씨라고 속여 왕을 삼았다!'

청천벽력 같은 소리였다. 자문을 읽어가던 이림은 온몸이 부들부들 떨렸다. 명나라를 왕실의 병풍과 울타리로 삼아 이성계 일파를 견제하려던 계략이 도리어 더 큰 화를 불러오고 있었던 것이다.

"황제가 이런 자문까지 내렸으니 이성계 일파가 꼬투리를 잡지 않을까 심히 걱정스럽습니다."

그렇게 말하는 권근의 안색은 이미 하얗게 질려 있었다. 태산준령이 무너질 것처럼 예부의 자문은 흉하고 불길하기 짝이 없었다. 홍무제의 말은 얼마든지 왕위를 폐할 수 있는 전거(典據)가 되었던 것이다.

명나라의 감국과 창왕의 조근이 실패하자 이색은 아예 장단으로 돌아가 두문불출하였다. 창왕이 잇따라 사람을 보내 부디 돌아와달라고 간곡히 청했지만 이색은 끝내 고집을 꺾지 않았다. 엄청난 풍파가 곧 불어 닥칠 것을 예감하고 그 격류에 휘말리고 싶지 않았던 것이다. 그러다 마침내 김저(金佇)의 사건이 터지자 이색은 남몰래 안도의 한숨을 내쉬었다.

. . .

'이성을 왕씨로 속여 임금을 삼았다!'

홍무제의 말은 이림의 뇌리에서 도무지 지워지질 않았다. 하루하루가 살얼음 위를 걷는 것처럼 위태로웠다. 이색은 병을 핑계로 몸을 숨겨버렸고, 대신들도 쉬쉬하며 잔뜩 몸을 사렸다. 이림은 배신감에 치를 떨었지만 어쩔 도리가 없었다.

황려부의 우왕은 그런 줄도 모르고 복수의 칼을 갈고 있었다. 때마침 최영의 조카이자 대호군을 지낸 김저가 부령(副令) 정득후(鄭得厚)를 데리고 황려부를 찾아왔다. 우왕은 죽은 최영이 다시 살아온 것처럼 반가웠다. 우왕을 알현하자마자 김저는 눈물부터 흘렸다. 그러다 영비마저 아버지 최영을 생각하며 통곡하기 시작하자 우왕은 이를 갈았다.

"내가 진즉에 힘이 있는 장사를 얻어 이성계를 죽였더라면 이런 피눈물도 없을 터인데, 아직 쓸 만한 장사를 만나지 못한 게 한이로다!"

김저가 떨구고 있던 고개를 쳐들었다.

"전하의 뜻이 그러시다면 어찌 장사를 구하지 못하리까? 여기 있는 정득후만 해도 힘이 장사요 무술도 뛰어난데 다만 주인을 만나지 못했을 뿐입니다."

옆에 있던 정득후가 냉큼 부복하며 결기를 세웠다.

"신을 써주신다면 기어이 전하의 원수를 갚을 것이옵니다!"

"그대가 정녕 과인을 도울 수 있겠느냐? 과인이 원수로 여기고 있는 이성계를 죽일 수 있느냐 말이다?"

"신들도 이성계를 원수로 여기고 있사온데, 그자를 반드시 죽여 철원군의 원통함을 씻을 것이오니 전하께서는 말씀만 하오소서!"

이성계에 대한 복수심에 김저의 눈에서는 불꽃이라도 튈 것 같았다.

"그만한 의분이라면 어찌 이성계를 죽이지 못하겠느냐. 그대들이 내 뜻을 이루어준다면 평생을 그대들과 더불어 영화를 누릴 것이니라."

우왕은 김저와 정득후 앞에 단검 하나를 내놓으며 계책을 일러주었다.

"예의판서를 지낸 곽충보를 만나 이 검을 보여 주거라. 그자는 과인에게 은혜를 많이 입었던 데다 지난날 화원에서 훗날을 도모할 것을 충간했던 자이니 반드시 내 말을 따를 것이다."

황려부에서 나온 김저와 정득후는 그 길로 곽충보를 찾아가 우왕의 말을 그대로 전하였다.

"상왕전하께서 이번 팔관회 때에 거사를 도모토록 하셨소이다. 궁금(宮禁)이 풀려 사람들이 몰려드는 틈을 타 이성계의 명줄을 따버릴 생각입니다. 전하께선 거사가 성공하면 왕비의 동생을 처로 줄 것이며, 공과 더불어 평생 부귀를 누리겠노라 하셨소이다!"

곽충보는 깜짝 놀랐다.

"아무리 그렇지만 두 사람만을 믿고 어찌 막중대사를 도모한단 말이오?"

김저는 품속에서 단검을 꺼내 곽충보 앞으로 내밀었다.

"상왕전하께서 신표로 주신 것입니다. 공께서 우리 두 사람을 궁궐로 이끌어주시면 이성계 처치는 우리가 맡을 것입니다. 이성계를 죽이고 나면 나머지는 시중과 대신들이 알아서 하실 것입니다. 오로지 이성계 하나만 도모하면 끝나는 일이올시다!"

곽충보는 일단 그들과 뜻을 같이하기로 했다. 그러나 아무리 생각해도 뒷덜미가 서늘했다. 거사에 성공하여 우왕을 다시 맞아들인다면 공신이 되어 영화를 누리겠지만 실패한다면 목이 온전히 붙어 있을 리 없었다. 뜬눈으로 밤을 새우며 고심하던 곽충보는 다음날, 이성계를 찾아가 우왕이 신표로 보낸 단검을 내놓고 말았다.

세공의 솜씨가 무척 돋보이는 단검이었다. 칼집에 새겨진 여의주를 물고 있는 용은 당장이라도 날아오를 기세로 꿈틀거리고 있었다. 그러나 날카롭게 벼린 칼끝은 금방이라도 자신의 심장을 뚫어버릴 것만 같았다. 이성계는 두렵고 떨렸다. 우왕이 자신의 목숨을 노리고 있다는 사실은 이제 분명해졌다. 살아야 했다. 그리고……, 살기 위해서는 죽여야 했다.

이성계는 깊게 한숨을 내뱉었다. 살기 위해서는 죽여야 한다. 죽고 죽여야 하는 싸움의 끝이 어디인지, 또 어떻게 끝이 날 것인지 도무지 알수 없었다. 차라리 전쟁터라면 마음은 편했을 것이다. 적과 아군이 분명하고 승패에 따라 목숨이 갈리는 것은 당연한 일이었다. 그러나 정치는 달랐다. 앞에서는 웃으면서 뒤에서는 칼을 갈았다. 언제 누가 등 뒤에서 칼을 꽂을지 알 수 없는 일이었다.

이성계는 떨리는 마음을 추스르며 당장 도전을 찾았다. 하지만 이성계와 마주앉은 도전은 믿기지 않을 정도로 차분했다. 마침내 올 것이 다가오고 있음을 운명처럼 예감하였다. 도전의 눈에는 우왕과 수구파가 왕조의 몰락을 스스로 재촉하고 있을 따름이었다. 도전이 말문을 열었다.

"도의를 먼저 버린 것은 상왕입니다."

"그렇다고 상왕에게 죄를 물을 수도 없는 일 아니오?"

"물어야지요!"

"발뺌을 할 게 빤한데 어떻게 묻는단 말이오?"

"제군사께선 손자의 풍림화산(風林火山)을 아실 것입니다. 일단 움직일 작정이면 바람처럼 빠르게 벼락이 치듯 끝낼 일입니다. 공론에 붙일 것도 없이 상왕은 물론 주상도 보위에서 물러나야 한다는 말씀입니다!"

숨이 컥 막혔다. 도전은 그러나 단호했다.

"상왕의 출생에 의혹이 있다는 것은 나라사람들이 이미 다 아는 바요, 명나라 황제도 이성을 왕씨로 꾸며 종사를 이은 것은 좋은 계책이 아니라 했으니 더 이상 망설일 이유가 없습니다. 소위 수구 세력이란 자들도 명분이 분명하니 막지 못할 것입니다!"

"그럼, 사왕은 누구로 세운단 말이오?"

"······."

혁명을 이룰 수 있는 절호의 기회였다. 포의의 선비가 함주로 이성계를 찾아간 것은 천명의 소재를 알았기 때문이었다. 국적을 치고 회군을 단행한 것은 혁명의 물꼬였다.

도전은 그러나 한참동안 말이 없었다. 아니, 말을 아꼈다. 흉중에 품고 있는 말을 꺼내기에는 아직 때가 이르다 여겼다. 무력을 빌려 세상을 엎을 생각이었다면 고려 왕조를 벌써 무너뜨렸을 것이다. 도전은 무력이 아니라 개혁을 놓고 수구 세력과 피 말리는 싸움을 택했다. 민망이 아직 고려에 머물러 있기 때문이었다. 민망이 완전히 돌아섰을 때, 그때 비로소 혁명이 이루어질 수 있었다.

"이번에야말로 종실 중에 왕재(王才)가 있는 분을 골라 세워야 할 것입니다."

도전의 말에 이성계는 흔쾌히 답했다.

"당연히 그래야지요."

그날로 개혁파는 비밀리에 왕재를 골랐다. 종부시(宗簿寺)에 기록된 종실들은 숱하게 많았다. 그들 중에서 파계와 치국의 능력을 따져가며 마치 비목(費目)의 단자(單子)를 만들듯이 이름을 하나씩 추려냈다. 그렇게 해서 떠오른 인물이 신종(神宗)의 7대 손인 정창군(定昌君) 요(瑤)였다. 더욱이 정창군은 이성계와 사돈 관계였다. 정창군의 아우인 정양군(定陽君) 우(瑀)의 여식과 이성계의 6남 방번(芳蕃)이 일찌감치 혼인을 맺었던 것이다.

· · ·

　이성계 세력이 새 왕의 옹립을 은밀히 추진하고 있을 때 김저와 정득후는 수령궁에 마련된 팔관회장으로 들어가고 있었다.

　나라가 어지러워지면서 예전 같은 화려함은 덜했지만 썩어도 준치라고, 그래도 팔관회였다. 궁궐 처마에 달려 있는 등롱이 바람결에 한 번씩 흔들릴 때면 마치 용과 난새가 춤을 추는 듯하고, 연등에서 피어나는 연기는 구름으로 변하여 손에 잡힐 듯했다. 뜰에 벌여 놓은 잔칫상에는 떡이며 유밀과며 각종 전 등이 산같이 쌓여 있고 구슬로 장식된 백로와 진귀한 술과 향내 나는 귤이 그득하였다.

　연회가 무르익어가자 신료들 중에 취하지 않은 사람이 드물었다. 이윽고 음악이 연주되고, 잡희(雜戱)가 벌어졌다. 구경들을 하느라 대신들을 따라온 종자들까지 서로 좋은 자리를 차지하려고 다투니 궁궐은 삽시간에 저자 바닥처럼 소란스러워졌다.

　김저와 정득후는 사람들 틈을 비집고 재상들이 앉아 있는 곳으로 접근했다. 그런데 눈을 씻고 찾아봐도 이성계가 보이질 않았다. 김저가 옆에 사람에게 물었다.

　"어째 제군사는 보이질 않소?"

　"아, 소회에 나오는 길에 갑자기 탈이 나서 집으로 돌아갔다 하더이다. 그런데 왜 물으서?"

　"아, 아니오, 제군사의 수벽치기 솜씨가 하도 좋다기에 그거 좀 보려고 했더니 틀렸구먼."

　"아니, 내 제군사가 신궁이라는 소문은 익히 들었지만 수벽치기까지

잘한답디까?"

"들리는 말이 그렇다 하더이다. 거, 볼 것이 없어지고 말았네그려……."

김저와 정득후는 황급히 연회장을 빠져 나왔다. 그러나 처음부터 두 사람의 그림자를 누군가 밟고 다녔다. 이방과가 이끄는 이성계의 가병들이었다. 낙심해서 궁문을 나서는 순간 가병들이 두 사람을 에워쌌다. 정득후는 끝까지 저항하다 칼로 목을 찔러 자결하였지만 김저는 체포되었다. 순군옥에 갇힌 김저는 혹독한 국문을 받아야 했다.

"최영의 원수를 갚으려 한 것이다!"

김저는 처음에는 최영의 원수를 갚기 위해 정득후와 단둘이 공모했노라고 버텼다. 그러나 정해진 답이 있음을 알고 있는 이들의 국문은 인정사정없었다. 마침내 김저는 실토하고 말았다.

"상왕께서 시중 이림과 모의하고서 이성계를 암살하기 위해 나를 보낸 것이오!"

더 이상 물을 것도 들을 것도 없었다.

다음날 새벽.

이성계는 군사를 동원하여 궁궐과 각 사(司)를 점령하고 왕실의 부고를 봉하였다. 그리고 이방원은 지신사 이행과 함께 어전으로 들어가 국새를 거두었다.

그 사이에 흥국사에서는 수시중 이성계를 비롯하여 판삼사사 심덕부, 찬성사 지용기와 정몽주, 정당문학 설장수, 평리 성석린(成石璘), 지문하부사 조준, 판자혜부사(判慈惠府事) 박위, 밀직부사 정도전 등 9명의 중신들이 모여 창왕의 폐위를 결의하였다.

"지금의 임금은 왕씨가 아니라 권신 신돈의 자식이니 마땅히 폐위하고 정창부원군을 추대하여 정통을 계승한다!"

이것이 가짜 왕씨인 우와 창을 폐하고 진짜 왕씨를 세운다는 폐가입진(廢假立眞)이었다.

이성계를 비롯한 9명의 중신들은 군사들이 호위하는 가운데 국새를 받들고 대비 안씨의 정비전으로 나아갔다. 이성계가 국새를 내려놓자 아무 것도 모르는 대비 안씨가 의아해 하며 물었다.

"이게 대체 무슨 일입니까?"

이성계가 큰소리로 아뢰었다.

"대비마마께 고하옵니다. 태조께서 천명을 받아 나라를 열고 자자손손 계승하여 온 지 457년. 그러나 불행히도 공민왕 대에 이르러 손이 끊어졌사온데 국적 이인임이 단지 권력을 쥘 욕심으로 신돈의 아들 우를 왕씨로 사칭하여 임금으로 세웠으니……."

이쯤 이르자 대비 안씨의 안색이 새파랗게 질렸다. 그러나 이성계는 아랑곳하지 않고 말을 이었다.

"하오나 우는 성품이 극히 흉악하고 광포하여 나라의 기강을 무너뜨리고 백성들을 도탄에 빠뜨리더니 마침내는 죄 없는 조정 대신들을 한순간에 몰살하려 하였기에, 신들이 부득이 국새를 봉하여 이제 대비마마의 전교를 받고자 하옵니다!"

놀라움과 두려움으로 대비의 입은 차마 떨어지지 않았다. 한참 후에야 입술을 겨우 열고서 물었다.

"그, 그렇다면……, 충렬왕 이후 왕실의 손이 제대로 이어지지 않았는데, 이제 누구를 세운단 말이오?"

"오로지 왕대비마마의 전교를 받고자 하옵니다."

"후궁이나 지키고 있는 아낙네가 무엇을 알겠소? 그대들이 종친들과 의논하면 나는 그대로 따를 뿐……."

"신종의 7대 손인 정창부원군이 인자하고 왕재로서 덕을 갖추었다고 하니 정창군을 세우심이 마땅한 줄로 아뢰옵니다!"

"정창군이 마땅하다?"

대비 안씨가 낮게 뇌까리는데 이성계 좌우에 있던 중신들이 한목소리로 아뢰었다.

"그러하옵니다, 마마!"

대신들이 이미 정창군을 세우기로 한 터에 무엇을 더 물을 것인가. 대비는 힘없이 말하였다.

"그리들 하세요……."

대비의 교서에 따라 창왕은 강화로, 우왕은 강릉으로 옮겨졌다. 그러나 신돈의 자식으로 몰린 이상 왕씨 왕조에서 명을 보전할 길이 없었다. 설사 살아 있다 해도 두 왕에게는 치욕일 수밖에 없었다. 두 왕은 결국 한 달 후에 주살되고 말았다.•

새 왕으로 추대된 정창군은 한사코 왕위를 고사하였다.

• 우왕은 죽음에 앞서 눈물을 흘리며, "과인더러 공민왕의 친자가 아니라고 하였느냐? 그러나 사람은 속일 수 있어도 하늘은 속일 수가 없는 법. 자고로 태조 대왕의 후손은 대대로 용종(龍種)이라 하여 겨드랑이에 비늘이 있느니라. 자, 이 겨드랑이의 비늘을 보아라. 그래도 내가 공민왕의 친자가 아니더란 말이냐?" 그러면서 겨드랑이를 보여주는데 과연 돈짝만한 크기의 비늘 흔적 3개가 뚜렷하게 보이더라는 것이다. 그보다, 정작 사람들의 심금을 울린 것은 영비 최씨였다. 우왕이 죽자 영비 최씨는 10여 일이나 음식을 입에 대지 않고 곡하였으며, 밤이면 우왕의 시신을 끌어안은 채 자고, 낟알을 얻어다 절구에 찧어서 정성껏 상식을 올리니 이를 보고 가련하게 여기지 않은 사람이 없었다. 지난날 요동 정벌을 나갔을 때, 아비인 최영의 출정을 막아 우왕의 대계를 한순간에 물거품으로 만들었으니 그 통회가 사무쳤던 것일까. 우왕과 창왕이 무릇 15년 동안 보위에 있었으나 두 임금에게는 능도, 능호도, 시호도 없고, 『고려사』에는 어느 임금에게나 있는 사신(史臣)의 찬(贊 : 평)조차 남기지 않았다.

"내가 비록 종실이기는 하나 결코 왕이 될 만한 인물이 못 되니 마땅히 나보다 뛰어난 자를 찾아 그를 세우도록 하세요!"

정창군이 계속 사양하자 정비 안씨는 남경으로 사람을 보내 나무랐다.

"보위란 하루도 비워둘 수 없으며 종사 또한 막중한데, 어찌 그대의 뜻에 따라 가부가 결정되겠소. 이미 종친들과 조정에서 그대를 세우도록 뜻을 모았으니 그대는 다만 따르도록 하시오!"

정창군은 마지못해 어가에 몸을 실었다.

11월 기묘일(15일). 정창군 왕요가 수창궁에서 왕위에 오르니 그가 고려의 마지막 임금인 공양왕(恭讓王, 재위 1389~1392)으로 당시 44세였다.

공양왕은 폐가입진을 주도한 9명을 중흥공신으로 책봉하였다. 토지와 노비를 내렸고, 친히 종묘에 나아가 '황하가 말라 띠처럼 좁아지고 태산이 닳아 숫돌처럼 작아질 때까지 9공신의 공에 보답하리라' 맹세하였다. 그러나 아무리 돌에 새기고 하늘에 맹세를 한다 해도 가슴에 새기지 않은 한 헛것에 지나지 않았다.

이른바 9공신은 입궐하여 공양왕에게 사례를 올렸다. 공양왕은 더없이 기쁜 낯으로 9공신에게 연회를 베풀었다. 그러나 연회가 파한 뒤에 찬성사 강시(姜蓍)가 내전으로 따라 들어와 공양왕에게 넌지시 아뢰었다.

"9공신들이 전하를 세운 것은 다만 자신들의 화를 모면하려는 것이었지, 결코 왕씨를 위해 그리한 것은 아닙니다……."

강시는 왕의 사위인 강회계의 아비인지라 공양왕은 속에 말을 그대로 털어놓았다.

"내 어찌 그자들의 의도를 모르겠소?"

"전하께서는 모쪼록 9공신을 믿지 마시고 스스로 보전할 길을 찾으셔야 하옵니다!"

그러자 곁에 시립하고 있던 공양왕의 둘째 사위이자 우현보의 손자인 우성범이 덧붙였다.

"9공신은 분명 개혁을 내세우면서 기실은 자기들 마음대로 권력을 휘두르려고 할 것입니다. 그러니 전하께서는 믿을 만한 자들만을 가까이 두십시오!"

공양왕은 두 사위들에게 말했다.

"내가 너희들 말고 믿을 만한 자가 누가 있겠느냐? 너는 내가 어찌했으면 좋을지 한번 말해 보거라."

"저들은 김저 사건에 연루된 대신들과 전왕이 총애하던 자들을 그대로 두지 않을 것입니다. 그러니 저들의 청을 무조건 가납치 마시고, 죄가 있는 자들이라도 가까운 곳으로 유배시켰다가 곧 다시 불러들여 충성을 다하도록 마음을 쓰셔야 할 것입니다."

"나라에 대신들이 있고 세족들이 버티고 있는데 이성계가 함부로 흉심을 드러내겠느냐? 그보다 장단에 칩거하고 있는 이색을 속히 불러올 일이다. 그러면 능히 왕실을 지켜줄 것이다."

공양왕은 곧장 우성범을 장단으로 보내 이색을 불렀다. 이색이 기꺼이 올라오자 공양왕은 내전으로 불러들여 남면(南面)조차 하지 않는 파격으로 대했다.

"어서 오시오, 한산군!"

"미천한 몸이 이제야 성자(聖子)의 즉위를 하례 드리옵니다. 성상께오서는 부디 천세(千歲)를 누리소서!"

"과인이 평생을 한가로이 지내다 갑자기 이 자리에 앉을 줄은 생각지도 못했소. 과인이 무슨 덕이 있어 나라를 이끌어가겠소? 원컨대 경은 부디 과인을 도와 나라와 조정을 평안케 하여주시오."

"신이 무슨 힘이 되겠습니까? 하오나 전하께서 원하신다면 진충보국할 따름이옵니다."

공양왕은 그날로 이색을 판문하부사에 제수하고 조정을 개편하였다. 심덕부는 문하시중, 이성계는 수문하시중, 정몽주는 문하찬성사, 조인벽은 판의덕부사(判懿德府事), 성석린은 문하평리, 조준은 지문하부사 겸 대사헌, 그리고 도전은 삼사우사에 제배되었다.

그로부터 며칠 후, 공양왕은 순안군(順安君) 왕방(王昉)과 동지밀직사사 조반을 명나라에 보내 창왕의 폐위와 왕의 즉위를 고하는 표문과 함께 승습을 청하였다. 표문은 이례적으로 계본(啓本)을 따로 만들어 황태자에게도 보내고, 도당에서는 따로 명나라 예부(禮部)에 서신을 보내 공양왕의 승습과 조근(朝覲)이 하루빨리 성사될 수 있도록 힘써 달라고 청하였다.

그런데 왕방과 조반보다 며칠 앞서 명나라의 수도 금릉을 향해 숨 가쁘게 달려가는 두 사람이 있었다. 윤이(尹彛)와 이초(李初)라는 자들이었다. 그들은 무슨 밀사라도 되는 듯, 사람들의 눈을 피해가며 황황히 국경을 넘고 있었다.

이듬해 5월, 왕방과 조반이 명나라에서 돌아와 그들의 정체가 밝혀지면서 조정이 발칵 뒤집혔다.

2. 공양왕

도전이 삼사우사를 맡고 보니 짐작은 했던 일이었지만 나라의 재정은 말 그대로 파산 상태였다. 삼사(三司)란 나라의 재물을 관리하고 그 출납과 회계를 맡아보는 곳. 그러나 삼사에서는 단 하루의 나라살림을 꾸려갈 만한 재정이 없어 바닥을 긁고 있었다. 게다가 백성으로부터 거두어들이는 부렴(賦斂), 조운되는 곡물의 수량, 공상과 각종 연회에 소용되는 비용, 군량미의 수요 등 무엇 하나 제대로 파악되어 있지 않았다.

수세가 들어오더라도 쓰기에 바빴다. 그중에서도 불사에 드는 비용은 엄청났다. 법회니 도량이니 불사의 종류만 1백여 가지에 이르러 재정의 절반 이상을 지출했지만 군자(軍資)는 한 푼도 없으니 한심하기 짝이 없었다.

"왕실과 부자들은 재물이 차고 넘쳐 창고가 부족할 지경이라는데 나라의 부고는 텅텅 비어 거미줄만 치고 있으니 삼사를 지키고 말 것도 없더이다."

도전의 탄식에 조준은 고개를 절래 흔들었다.

"어제 오늘의 일이 아니지요. 양전 사업도 곳곳에서 권귀들이 방해하는 통에 애를 먹고, 전왕 대의 권신들이 그대로 도당에 버티고 앉아 있으니 또 얼마나 발목을 잡을지……."

"그렇다고 포기할 수는 없는 일입니다. 일단 도관찰사들에게 양전 사업을 재촉하면서 방안을 다시 강구토록 하십시다."

공양왕이 즉위한 지 두 달 만인 12월, 조정에서는 서둘러 양전 사업을 완료했다. 시일이 촉박한 탓에 동·서북면과 해안 지역과 섬을 제외한 6도의 실전 약 50만 결을 공전으로 확보하였다. 그러나 가장 시급한 목표였던 군자전은 단 1결도 책정되지 않았다.

개혁파에서는 다시 강력하게 주장하여 경기도를 뺀 나머지 지역의 사전을 혁파하였다. 혁파된 사전은 군인전으로 우선 지급되었다. 판도사에서는 공사전적(公私田籍)을 도성 한가운데 대로에 내놓고, 백성들이 보는 앞에서 불을 질렀다. 이로써 일부나마 사전이 혁파되고 기사양전(己巳量田 : 공양왕 원년)에 따라 작성된 토지대장만이 법적인 효력을 가질 수 있었다.

"얼씨구 좋네. 이제야 광명된 세상에서 성대를 누리겠구나!"

"이왕이면 노비 문서도 저렇게 확 불살라 버리면 얼마나 좋을까!"

나라와 백성을 병들게 했던 전적이 마침내 타오르자 백성들은 춤을 추며 환호하였다.

백성들의 피눈물을 짜냈던 전적이 타는 데만 며칠이 걸렸다. 그러나 그 불길을 바라보며 눈물을 주르르 흘리는 사람이 있었으니, 바로 공양왕이었다.

"대대로 내려온 조종의 사전지법(私田之法)이 과인의 대에 혁파되다니 참으로 애석한 일이로다!"

토지가 있고 백성이 있은 뒤에 임금이 부를 얻을 수 있고, 덕이 있은 뒤에 그 부를 보존할 수 있다는 말을 어찌 깨닫지 못했던 것일까.

전제 개혁은 이루어졌지만 도전이 바랐던 계민수전과는 상당한 거리가 있었다. 그러나 진짜 개혁은 이제부터 시작이었다. 도전이 다음으로 칼을 빼든 것은 노비 문제였다. 당시 노비는 '사대부의 수족으로 한 집안의 성쇠가 노비의 능력 유무에 달려 있다' 할 만큼 중요한 자산이었다. 그래서 토지처럼 노비 상속을 둘러싸고 가족 간에 쟁송이 끊이지 않았고, 노비의 탈점이 횡행하여 권문세족들은 수천 명의 노비를 거느리고 농장을 경영했으며, 때로는 노비가 뇌물의 수단이 되고, 권력을 유지하는 데 가병(家兵) 노릇을 하기도 했다.

더 큰 문제는 본래 양민이었으나 권세가들에게 토지를 빼앗기고 노비로 전락한 경우였다. 노비로 전락하면 부모 형제 처자가 갈라지니 인정으로 차마 볼 수 없는 일이었다. 또 나라에서는 그만큼 민정(民丁)이 유실되어 재정과 군사력에 손실을 입었다. 노비들은 주인에게 예속된 신분이라 부역과 군역의 의무가 없었던 것이다.

더욱이 노비를 마음대로 사고팔았는데, 말 값이 포 4~5백 필이라면 노비의 값은 포 1~150필에 지나지 않았다. 말 1필에 노비 2~3명 꼴이었다. 사람값이 짐승 값만도 못했다. 그것은 천리(天理)와 인륜에 어긋나는 일이었다. 아무리 천인이라 해도 나라의 백성이요, 임금이 살펴야 할 생령이었다.

도전은 노비의 매매를 일체 금하고, 양인에서 노비로 전락한 자들을 우선 변정시킬 것을 주장했다. 그러나 권문에서는 도감에서 결송(決訟)한 노비들마저 풀어주지 않았다.

"흥, 말도 안 되는 소리! 굶어 죽게 된 것들을 먹여주고 입혀주며 대가를 다 치렀는데, 어제까지 부리던 노비를 하루아침에 내놓으라면 농사는 누가 짓고 가산은 누가 관리한단 말인가!"

권문세족들은 기득권을 빼앗기지 않으려 발버둥을 쳤고, 중신들은 위아래 눈치를 살피며 납작 엎드렸다. 거기에다 공양왕은 대신들의 말에 따라 이랬다저랬다 하니 아침에 반포한 정령이 저녁에 뒤바뀌는 것은 예사였다. 오죽하면 '고려공사삼일(高麗公事三日)'이라는 말이 나왔을까.

사사건건 수구파에게 발목이 잡히던 개혁파는 방법을 바꾸었다. 개혁을 가로막고 걸림돌이 되는 자들을 간쟁을 통해 정죄하고 추방하는 것이 급선무임을 안 것이다. 개혁파는 이색과 변안렬을 우선 꼽았다. 이때부터 조정은 '잔악, 흉모, 포학, 악행, 아첨, 불충, 국문' 따위의 말들이 난무하고 '파직, 추방, 장형, 안치, 삭탈관직에 유배', 심지어는 참형까지 내려졌다.

양쪽 모두 물러설 수 없는 싸움이 지루하게 계속되었다. 수구파와 개혁파는 서로 뜻이 다르고 처지가 다르니 물과 기름처럼 겉돌 수밖에 없었다. 공양왕은 상소에 지쳐 심덕부와 이성계를 불러들였다.

"간관들이 연일 소를 올려 과인을 협박하다시피 하는데, 이건 너무 심하지 않소? 경들이 저들을 호되게 꾸짖어 다시는 이런 일이 없게 하시오!"

심히 불쾌하다는 어조였다.

이성계가 머리를 조아렸다.

"전하, 대간이란 대신들의 잘못은 물론 임금의 허물도 곧이곧대로 아뢰는 자리인데 어찌 신들이 이래라저래라 할 수 있겠사옵니까?"

그러나 이성계 옆에 있던 심덕부가 은근히 공양왕을 편들고 나섰다.

"전하, 아무리 대간의 상소라 해도 실수가 있을 수 있사오니 전하께서 옳고 그름을 따져 아니라고 여기면 내치시고, 옳다고 여기면 가납하시면 그만일 것이옵니다!"

"과인이 지금까지 아닌 것은 아니라 하고, 옳은 것은 또 옳다고 했지요. 그럼에도 똑같은 사안으로 소가 올라오니 간관들에게 수차 그칠 것을 명했지만 저렇듯 과인을 괴롭히질 않소?"

"그렇다면 전하께서 교서를 내리소서! 저들도 더 이상 다른 말을 못할 것이옵니다!"

심덕부의 말에 공양왕은 '옳다' 했다.

군주가 신하에게 내리는 말을 명(命)이라 하고, 군주의 명을 글[교서]로 반포하는 것을 영(令)이라 하였다. 신하는 군주의 명령을 받들어 시행하니 이를 정(政)이라 했다. 교서를 내린다 함은 법으로써 정령을 시행하라는 것이다.

공양왕은 즉시 교서를 내려 간관들의 입을 틀어막으려 들었다. 공양왕이 그런 식으로 수구 세력을 감싸고돌자 영삼사사와 종부시사(宗簿寺事)를 겸하고 있는 왕의 아우 왕우가 보다 못해 아뢰었다.

"전하, 죄상이 명백한 대신들을 무작정 끼고도는 까닭이 무엇입니까? 잘못을 저지른 자들은 일벌백계로 다스리고 개혁파의 주장을 받아들여 삼한의 폐정을 바로잡는다면 그게 바로 전하의 복이자 나라의 복이온데 어찌하여 현군(賢君)의 길을 저버리려 하십니까?"

공양왕은 언짢은 기색을 감추지 않았다.

"그대는 나의 아우이면서 어찌 이성계의 편만 드는 것인가? 그대가 이성계와 사돈을 맺었다 하여 세력으로 나를 핍박하려는 것인가?"

"참으로 답답하십니다. 불의와 타협하지 않고 종사를 바로 세운 자들이 누굽니까? 이성계, 정몽주, 정도전, 조준 등은 모두 전하를 옹립한 공신들입니다. 그런 충신들은 멀리한 채 어찌하여 지난날의 썩은 무리들만 감싸고 의탁하려는 건지 모르겠습니다."

"말을 삼가도록 하시게. 대신들이 썩었다고 하면 왕실도 썩은 것이고 나도 자네도 썩은 것인데, 썩은 것을 다 버리면 나라가 어디로 갈 것인지 생각이나 해보았는가?"

왕우는 할 말을 잃었다. 공양왕의 고집은 거대하고 단단한 벽보다 더했다.

며칠 후, 공양왕은 난데없이 교지를 내려 폐가입진에 공을 세운 자들이라며 첨서밀직 우홍수(禹洪壽)를 비롯하여 12명을 공신으로 책봉하였다. 12명 중에는 이성계의 아들 이방과도 들어 있었지만 우홍수와 정희계는 '김저의 옥'에 연루되어 간관들이 극형을 요구하던 자였다. 나머지도 폐가입진과는 관련이 없는지라 수구 세력을 보호하기 위한 너무나 빤히 들여다보이는 술책이었다.

간관들이 가만있을 리 없었다.

"전하께서는 이미 폐가입진의 공을 따져 9공신을 종묘에 고하고 상을 시행했사온데, 이제 와서 있지도 않은 공을 들어 공신으로 책봉하심은 잘못된 것이오니 삭제하소서!"

"아니, 과인이 그렇게 하겠다는데 무슨 말들이 그리 많은가? 시키면 시키는 대로 하라!"

공양왕은 고집을 꺾기는커녕, 오히려 역정을 냈다.

. . .

"이런 말도 안 되는 일이 있습니까?"

"그렇습니다. 전하의 고집에 휘둘리고 뒷짐만 지고 있다가는 개혁은 허사로 돌아가고 말 것입니다!"

공양왕이 수구 세력의 편에 바위처럼 버티고 있으니 개혁파로서는 위기감을 느끼지 않을 수 없었다. 공양왕에 대한 배신감마저 치밀었다. 그렇다고 그대로 물러날 수는 없었다. 개혁파에서는 이색을 다시 논핵함으로써 반전을 노렸다. 이제는 공양왕과 개혁파의 싸움이었다.

"공술에 따르면 이색은 조민수와 작당하여 창을 세웠고, 또한 명나라에 감국을 청하러 갔다가 여흥에서 우를 몰래 만난 사실이 밝혀졌으니 마땅히 그 죄를 다스려야 할 것이옵니다!"

사헌부에서 소를 올렸으나 공양왕이 답을 내리지 않자, 간관들은 다시 소를 올려 이색을 국문한 뒤에 극형에 처하라는 말까지 서슴지 않았다.

공양왕은 난감했다. 마음은 백번이라도 이색을 감싸주고 싶었다. 하지만 조민수의 공술이 있는 이상 이색을 국문하지 않을 수 없었다. 고민 끝에 왕은 장단으로 사헌부 관리를 보내 이색을 국문토록 하면서 단단히 일러두었다.

"이색을 놀라게 하지 말고 고문은 절대 하지 말라. 만약 복죄하지 않는다면 그때 가서 과인이 다시 교서를 내릴 것이다!"

그래도 마음이 놓이지 않았던지 공양왕은 다음날 뜻밖의 명을 내렸다.

"과인이 문묘에 배알하여 유학을 권장한 뒤에 장단으로 나가 전함을 시찰하고 또한 군용(軍容)을 사열할 것이니 유사에서는 속히 준비토록 하라!"

공양왕은 장단으로 나가는 길에 불쑥 이색을 찾아가 그 자리에서 사면하려는 생각이었다. 왕의 사위 우성범이 내놓은 꾀였다. 간관들은 공양왕의 그런 속내를 짚고서 출행을 반대하고 나섰다.

"전하! 지금은 바야흐로 바쁜 농사철이라 민폐가 극심할 터이오니 이 일을 나중으로 미루소서!"

난처해진 공양왕은 시중 심덕부를 불러서 물었다.

"간관이란 자들이 이제는 군사 검열도 못하게 하니 이 일을 어찌하면 좋겠소?"

심덕부는 이성계에게 내심 불만을 품고 있던 터라 은근히 공양왕을 부추겼다.

"임금의 출입은 대간에서 결정하는 것이 아니온데, 어찌 저들이 막는단 말입니까. 오직 전하의 뜻대로 하소서!"

공양왕이 장단행을 강행하자, 간관들은 일제히 합문 앞에 엎드려 임금의 거둥을 몸으로 막았다.

"굳이 전함을 시찰하시려면 군용이 장단보다 몇 십 배에 달하는 동강(임진강)이나 서강(예성강)으로 행차하심이 마땅한 줄로 아뢰옵니다! 통촉하시옵소서!"

"군용을 사열하려는 임금의 출입을 막다니, 이런 무례한 자들이 어디 있느냐!"

왕의 노성이 머리 위에 떨어졌으나 간관들은 오히려 공양왕의 말에 오금을 박았다.

"지금 전하께서 갑자기 장단으로 거둥하시려는 것은 이색을 대하고자 하심이 아니옵니까?"

속내를 들킨 공양왕은 길을 바꿀 수밖에 없었다. 왕은 예성강으로 거둥하여 전함을 사열하고 돌아오는 길에 태조의 현릉(顯陵)과 공민왕의 현릉(玄陵)을 참배하는 것으로 그쳤다.

공양왕이 궁궐로 돌아오자 우인열과 왕안덕과 우홍수 등을 국문하라는 사헌부의 소가 올라와 있었다. 그렇지 않아도 장단으로 가지 못해 심기가 불편해 있던 왕은 벌컥 역증을 냈다.

"굳이 이들을 국문하자는 것은 과인이 이들을 가까이하기 때문이 아닌가!"

공양왕은 보란 듯이 우현보를 판삼사사로, 파직되었던 우인열을 계림윤으로 삼고 왕안덕을 강원군(江原君)으로 봉하면서 대간과 사헌부에 엄명을 내렸다.

"그대들은 두 번 다시 왕안덕, 우인열, 우홍수 등을 탄핵하지 말라!"

그러고도 마음이 풀리지 않자 공양왕은 개혁파에서 논핵을 주도했던 윤소종을 예조판서로, 오사충을 다른 자리로 옮겨버렸다. 원래 대간과 형부의 직책이 아니면 간언을 함부로 올릴 수 없으니, 두 사람의 입을 아예 막아버렸던 것이다. 당연히 간관들의 소가 빗발치자 왕은 헌납 함부림(咸傅霖)을 불러 호통을 쳤다.

"과인이 대간과 형조에 명하여 앞으로는 왕안덕과 우인열, 우홍수를 놓고 일체 논핵하지 못하게 하였는데 그대는 이를 아는가 모르는가?"

"알고 있사옵니다, 전하!"

"그대가 알고 있다면서 무엇 때문에 논집(論執)을 그치지 않는 것인가? 과인이 비록 덕이 없다 하나 이미 임금이 되었는데 그대들은 과인이 임금 같지 않아 명을 따르지 않겠다는 말인가?"

공양왕은 자못 서슬이 퍼랬다. 함부림은 그러나 조금도 굽힘이 없었다.

"전하, 임금의 상벌이 올바르지 않으면 대간에서 논박하는 것은 마땅한 일이온데, 소를 올리지 말라 하시는 것은 전하의 눈과 귀를 스스로 막겠다는 말과 다를 바 없사옵니다."

"그대들이 아니라도 눈으로 보고 귀로 듣고 있으니 그만하라! 그래도 정녕 임금의 명을 따르지 않겠다면 죄를 받는 것이 마땅할 것이로다."

"전하, 아뢰옵기 황송하오나 예로부터 언관에게는 죄를 주지 않사옵니다."

"아니오. 현릉(玄陵) 때에는 간관들도 죄를 얻은 자들이 많았고, 과인이 여러 사람을 보았는데 과인을 바보로 아는가?"

함부림은 정색을 하고 또박또박 아뢰었다.

"전하, 현릉께서 즉위 초에는 어진 마음으로 정사를 펴 현군이라고 일컬어졌으나, 후에는 바른말을 하는 사람을 마음에 두지도 않고 오히려 미워하여 충신과 대간이 모두 그 화를 받았으며, 나중에는 언로가 막혀 끝내는 갑인년(甲寅年)의 변고•를 초래했던 것입니다. 지금 전하께서는 신

• 공민왕 시해 사건.

민(臣民)의 추대를 받아 대업을 계승하여 온 나라사람들이 태조 때의 세상을 다시 보게 되었다고 기뻐하고 있사온데, 전하께서 현릉을 본받으시겠다면 신민들이 어찌 실망치 않겠사옵니까?"

공양왕은 그러나 화를 누그러뜨리지 않았다.

"우홍수는 지금 공신이 되었고, 왕안덕은 일찍이 회군에 참여하였으며, 또 우인열은 명나라에 들어가 우의 죄악을 고하였는데 어찌 우를 다시 세우고자 했겠느냐? 이는 그대들이 과인을 능멸하기 때문이 아니고 무엇인가?"

"전하, 무진년 회군에는 권한이 이성계에게 있었으며 왕안덕은 기껏 그 휘하에 있었을 뿐입니다. 또 우인열이 중국에 들어가 조회한 것은 나라의 명에 따른 일이요, 우홍수가 공신이 된 것은 대간에서 이미 그 잘못됨을 아뢰지 않았사옵니까? 전하께서는 다만 대의로써 결단하소서!"

공양왕은 더 이상 참지 못하겠다는 듯 버럭 소리를 질렀다.

"대의, 대의! 그놈의 대의만 찾다가 나라의 원로대신들을 다 죽일 참인가? 대체 그 대의가 무엇인가? 이제부터는 과인의 명을 어긴 자를 그대들이 말하기 좋아하는 대의에 따라 처벌할 것이니 그대는 썩 물러가라!"

그래도 화가 풀리지 않았는지 공양왕은 그날로 예조판서로 전임시켰던 윤소종을 아예 금주(錦州)로 유배시켜 버렸다. 예조판서가 직무를 넘어 간언을 했다는 것이 죄목이었다.

· · ·

이성계는 공양왕이 한없이 야속했다. 우왕과 창왕을 폐한 것은 왕실의 정통을 바로잡기 위해서였다. 또 국정을 개혁하려는 것은 오로지 나라를 바로잡고 백성을 살리기 위함이었다. 그러나 임금은 그런 충정은 살피지 않고 수구 세력의 편에서 도리어 노골적으로 개혁에 적대감을 드러내고 있었다.

이성계는 공양왕 앞에 나아가 아뢰었다.

"전하, 조정의 신하들 중에 바른말 하는 사람은 오직 윤소종뿐이온데 전하께서 그에게 죄를 주신다면 장차 어느 누가 충언을 올릴 수 있겠나이까?"

공양왕은 짐짓 엉뚱한 변명을 늘어놓았다.

"실은 윤소종이 전부터 제군사를 모욕하였다는 말을 듣고 이번 기회에 그자의 무례를 나무란 것이라오."

난데없는 말에 이성계는 어리둥절했다.

"그게 무슨 말씀이옵니까, 전하?"

"얼마 전 심 시중이 과인에게 말하기를, 윤소종이 주위 사람들한테 제군사가 소인들에게 둘러싸여 그들의 계략에 빠져 있으니 반드시 후회할 날이 있을 것이다, 라고 했다는데, 감히 윤소종 따위가 제군사를 모욕했으니 죄를 주지 않을 수 없었소이다."

이성계는 그러나 대수롭게 여기지 않고 말했다.

"전하, 윤소종은 강개한 선비인데 그에게 죄를 주신다면 사람들은 전하께서 강직한 자를 싫어해서 그런다 할 것이옵니다."

"아니오. 내가 듣건대, 소종이 전왕의 폐신이었던 반복해에게 아부하여 갖가지 청탁을 다 했다는데, 어찌 그런 자가 강직하다는 말을 듣는지 모르겠소."

순전히 억측이었다. 윤소종은 공민왕 때 좌정언으로 있으면서 행신(幸

㉠ 김흥경을 탄핵할 정도로 강직한 인물이었다. 그때 다른 간관들이 행여 화가 자신들에게 미칠까 싶어 오히려 윤소종을 탄핵하여 파직시킬 정도였다. 그런 윤소종이 임견미에게 편당하고 반복해에게 아부했을 리가 없었다.

이성계는 공양왕이 끝내 자신의 뜻을 받아주지 않자 편전을 물러나오는 길로 사직을 청하였다. 공양왕은 내심 반가웠는지 가타부타 답이 없었다. 공양왕의 처사에 개혁파 내에서는 분한 감정을 노골적으로 드러냈다.

"적통을 바로잡고 지금의 임금을 세운 제군사를 어찌 저리 대접할 수 있단 말이오? 가짜를 폐하고 진짜를 세웠건만 도리어 가짜들만 끼고도니 잘못되어도 한참 잘못되었소이다!"

"그래서 뒷간에 들어갈 때하고 나올 때 마음이 다르다는 옛말이 헛말이 아닌 게지요."

"이대로 당하고만 있을 겁니까?"

이성계의 휘하사들은 도전과 정몽주와 조준을 겨냥해 불만을 터트리기도 했다.

"그보다는 윗분들이 대의가 어쩌고 공론(公論)을 세운다고 세월을 허비하더니 결국은 다 공론(空論)이 되고 결국 이런 꼴을 보자고 폐가입진을 했단 말이오?"

공양왕은 나흘이 지나서야 이성계에게 중사(中使)를 보내 위로하고 사직을 받아들이지 않았다. 그렇지만 공양왕의 완고함은 독단으로 이어졌다. 뜬금없이 회군공신을 책록하라는 교서를 내렸던 것이다.

당시 회군을 단행하여 사직을 안정시킨 이성계와 조민수, 심덕부 등 45명에게 모두 공신의 칭호를 내려야 할 것이다. 비록 변안열, 조인벽, 이원계 등은 고인이 되었으나 그 공은 잊을 수 없고, 윤소종과 남재 등은 사직의 큰 계책을 도왔으니 이 역시 칭찬할 만하다. 유사는 곧 포상의 은전을 거행토록 하라!

회군한 지 이미 2년이 지났는데 지금에 와서 공신을 책록한 것은 이성계와 적대적인 조민수와 변안열 등을 정치적으로 복권시키려는 공양왕의 꼼수였다. 이성계 세력은 당연히 위기감을 느꼈다.

"이는 제군사와 우리를 몰락시키려는 수작이올시다!"

그럴 때 지신사 이행의 상소는 더 큰 파문을 일으켰다.

"대간에서 연일 소를 올려 나라의 대신들을 탄핵한 것은 분명 9공신이 사주하여 정국을 혼돈으로 끌고 가려는 의도입니다. 9공신의 뜻이 아니라면 어찌 대간들이 함부로 설칠 수 있겠사옵니까? 이들의 죄가 결코 가볍지 않사옵니다!"

9공신은 즉시 사직을 청하였다.

"대간이 이색과 조민수 등을 논핵한 것을 두고 신들에게 허물을 돌리고, 우·창의 무리들이 신들을 미워하여 모함하고 비방을 일으키니 차라리 신들은 조정에서 물러나 생명이나마 보전하기를 청하옵니다!"

대사헌 성석린도 글을 올려 사직을 청하였고, 간관들은 일제히 합문 앞에 엎드려 이색과 우홍수 등의 죄를 물을 것을 격렬하게 요구하였다. 공양왕은 왕대로 격분하여 어선(御膳)을 들지 않은 채, 교서를 내렸다.

"이색과 우홍수 등은 이미 귀양을 보냈으니 다시 논핵하지 말라. 다만 이행은 공신들을 비방한 죄가 있으니 파직시키고, 9공신은 다시 정무를 보도록 하라!"

그러나 교서에 반발하여 간관들이 일제히 사직을 청하였다. 공양왕은 화가 머리끝까지 치솟았다.

"임금의 명을 가볍게 여기는 것은 이들이 과인을 임금으로 보지 않기 때문이 아니던가."

공양왕은 11명의 간관들을 모두 외직으로 폄출시켜 버리고, 대신에 김진양(金震陽)과 이확(李擴)을 좌사의와 우사의로, 민개(閔開)를 지신사로 명하였다.

이렇듯 공양왕과 개혁파가 극단적으로 대립하면서 정국은 혼돈 속으로 빠져들었다. 대제학 안종원(安宗源)이 보다 못해 좌사 권중화와 함께 공양왕에게 조심스럽게 청하였다.

"전하, 도당의 제반 정무는 막중하여 시중이 하루라도 없어서는 아니 되온데 지금은 9공신이 모두 사직을 청하고 나오질 않으니, 교서를 내려 그들을 다시 불러들이소서!"

공양왕은 시큰둥한 표정이었다.

"그들이 과인의 말을 달갑게 여기겠소? 경들이 한번 불러보지 그러시오."

안종원이 한 가지 묘안을 내놓았다.

"옛적에는 한 재상이 사직하면 도당을 모두 비령(批令：비준)하였으니, 전하께서는 일단 그들의 사직을 받아들였다가 다시 비령하면 9공신도 마지못해 일을 볼 것입니다."

안종원의 말에 공양왕은 마지못해 9공신에게 다시 벼슬을 내렸다.

그러나 정국의 불안은 잠시 수면 아래로 가라앉았을 뿐. 명나라에 사신으로 갔던 왕방과 조반이 5월에 돌아오면서 조정은 발칵 뒤집혔다.

· · ·

그보다 앞서 왕방과 조반이 명나라에 들어가자 예부에서 그들에게 물었다.

"파평군(坡平君) 윤이와 중랑장(中郎將) 이초라는 자를 아시오?"

두 사람 다 처음 듣는 이름이었다.

"어찌하여 그들을 물으십니까?"

이내 예부 관리의 입에서 나오는 말은 실로 충격적이었다.

"고려 사람 윤이와 이초가 며칠 전에 당도하여 황제폐하께 호소하길, 지금 왕으로 세운 왕요는 종실이 아니라 권신 이성계의 인척이며 장차 군사를 일으켜 대국을 침범하기로 모의한다는데, 폐하께서 심히 노하였소이다."

"대체 그게 무슨 말이오? 전왕이 상국을 범하려 하자 오히려 군사를 지휘하던 이성계가 불가하다고 하여 군사를 돌린 사실은 상국에서 더 잘 알지 않소이까?"

"윤이와 이초의 말인즉슨, 재상 이색이 상국을 범하는 일은 옳지 않은 일이라며 반대하자 왕요와 이성계가 그들을 살해하고 우현보 등 9명을 섬으로 유배 보냈다 하더이다. 그래서 귀양 중인 재상들이 비밀리에 윤이와 이초를 보내 황제폐하께 고하면서 친왕으로 하여금 군사를 거느리고 고려를 토벌해 달라고 청했다오."

예부의 관리는 윤이와 이초가 홍무제에게 올렸다는 밀서까지 보여주었다. 밀서에는 이색, 조민수, 이림, 변안열, 이숭인, 권근 등 10명이 이성계에 의해 살해되었고 우현보, 정지, 김종연, 윤유린(尹有麟), 이인민 등 9명이 섬으로 유배되었다고 적혀 있었다.

조반이 예부의 관리에게 말하였다.

"고려가 대국을 성심으로 섬기는데 어찌 이런 일이 있을 수 있겠소? 상국에까지 와서 모국을 모해한 윤이와 이초를 우리와 대질시켜 주시오. 그럼 모든 것이 명백하게 밝혀지리다!"

예부에서 윤이와 이초를 불러와 대질시키자, 조반이 대뜸 물었다.

"당신의 지위가 봉군에 이르렀으면 조정에 무상으로 출입하면서 나를 보았을 터. 당신은 내가 누군지 아시오?"

윤이는 대번에 불퉁가지를 놓았다.

"내가 당신을 알면 어떻고, 모르면 또 어떻단 말이오?"

그러자 왕방이 윤이를 다그쳤다.

"그대가 파평군이라면 아무리 못해도 품계가 종3품에 이르렀을 터인데 그대의 관직은 대체 무엇이었는가?"

윤이는 말을 얼버무렸다. 뒤이어 조반이 이초에게 물었다.

"그대가 중랑장이라면 대체 어느 군(軍)에 속해 있었는가?"

윤이와 이초는 머뭇거릴 뿐, 무엇 하나 제대로 대답하지 못했다. 당연히 그들의 신분은 거짓으로 판명되었다. 이제 그들을 명나라에 몰래 보낸 배후 세력을 캐내야 했다.

"이는 우리를 죽이려 명나라에까지 가서 모함을 한 것이니 배후를 밝혀야 합니다. 도저히 그 죄를 용서할 수가 없소이다."

이성계는 윤이와 이초가 말한 19명을 '이초(彝初)의 당(黨)'이라 규정하고 의혹을 밝힐 것을 요구했고, 간관들의 상소가 날마다 빗발쳤다. 공양왕은 그러나 처음부터 의옥(疑獄)으로 단정하였다.

"이 일은 윤이와 이초가 허무맹랑한 말로 날조한 것임이 분명한데 누구에게 죄를 물어야 한단 말인가? 이초의 당을 문죄하면 조정 대신들이 다 죽고 말 것이고, 그리되면 과인은 누구와 더불어 정치를 하란 말인가?"

그런데 일은 엉뚱한 데서 터졌다. 공양왕이 간관들의 상소를 덮어 누르고 있는 사이에 김종연이 갑자기 종적을 감추어버린 것이다. 김종연은 우왕 때 여러 번 왜구를 물리친 공으로 벼슬이 밀직에 이르렀으며, 9공신 중의 한 사람인 지용기(池勇奇)와 막역하게 지냈다. 마침 지용기가 이초의 당에 김종연의 이름이 끼어 있는 것을 귀띔해주자 그날로 도망쳐 버렸던 것이다.

이성계는 공양왕에게 대놓고 불만을 터뜨렸다.

"전하께오서 이초의 당을 극구 감싸시더니 결국 김종연이 종적을 감추어 버렸습니다. 김종연이 과연 죄가 없다면 무엇 때문에 도주를 했겠습니까? 전하께서 적당(賊黨)을 감싸는 것은 도리에 어긋나는 일이옵니다."

공양왕도 더 이상 '이초의 당'에 연루된 자들을 보호할 명분이 없었다. 뒤늦게야 연루자들을 가두고 국문토록 하였다. 그 며칠 후엔 도망갔던 김종연이 잡혀왔다. 그러나 김종연은 다음날 새벽 순군옥에서 탈옥해 버렸다. 누군가의 도움을 받지 않고서는 불가능한 일이었다.

순군에서는 사흘 동안 도성 안을 샅샅이 뒤졌으나 김종연의 행방은 묘연했다. 의혹은 더욱 커졌다. 윤이와 이초의 말만 있고 물증이 없으니 연루자들의 자백을 받으려 혹독한 고문이 가해졌다. 어쩌나 매질이 심했던지 윤이의 종형 윤유린과 최공철이 절명하고, 홍인계는 고문을 견디다 못해 자살하고 말았다. 정작 당사자들은 명나라에 망명을 해버렸으니 대질조차 할 수 없는 상황에서 무리하게 일으킨 옥사였다.

공양왕은 조용히 이성계를 편전으로 불러들였다.

"윤이와 이초의 무고에 공은 당연히 분을 느낄 것이오. 그러나 김종연은 도망가 버렸고, 윤유린은 옥중에서 죽어버렸으니 진실을 규명할 길이 없고, 나머지 사람들은 죄상이 아직 명백하지 않으니 일단 파옥하였다가 나중에라도 사실이 드러나면 죄를 다스리는 게 어떻겠소? 이는 과인이 결코 사사로운 정에 연연하여 하는 말이 아니오."

이성계는 고개를 떨어뜨리며 아뢰었다.

"전하, 신이 어찌 무고한 사람이 다치는 것을 원하겠사옵니까? 그러나 처음에 의혹이 제기되었을 때 전하께서 무작정 덮으려 하지만 않았던들 이렇게까지 옥사가 크게 일어나지는 않았을 것이옵니다."

"모두 과인이 부족하고 부덕한 탓이니 경이 잘 인도해 주시오."

"신이 어찌 전하의 뜻을 거스를 수 있겠사옵니까? 다만 속히 명나라에 사신을 보내, 윤이와 이초의 말이 무고임을 해명토록 하소서!"

"암, 당연히 그래야지요."

공양왕은 곧바로 연루자들을 석방하고, 정당문학 정도전을 성절사로 명나라에 보내면서 윤이와 이초의 무고를 해명하도록 했다. 그러나 도전이 명나라로 떠나고 없는 사이에 누구도 생각지 못했던 지각 변동이 일어났다. 이성계 세력의 한 축이었던 정몽주가 등을 돌리고 말았던 것이다.

. . .

"전하, 인명이란 지중한 것이오니 앞으로는 아무리 대역죄인이라 할지라도 주상전하께 세 번은 고하여 윤하(允下)하신 후에 집행되도록 하소서!"

둘째 사위 우성범의 말에 공양왕은 흐뭇하였다.

"당연한 일이다. 대간에서 이색과 그 무리들을 죽여야 한다고 했지만 물리치지 않았더냐."

"전하께서는 예전 무신의 난을 거울로 삼아야 할 것입니다. 이성계가 군사를 쥐고 있는 터에 전일의 난이 또 일어난다면 그 화가 분명 왕실에 미칠 것이옵니다."

"무슨 좋은 계책이라도 있느냐?"

"전하께서 즉위하신 지 벌써 해를 넘겼사온데 아직 선대를 추봉(追封)하지 않으셨사옵니다. 그 일을 정몽주에게 맡기소서."

"정몽주는 이성계의 당여가 아니더냐?"

그때 잠자코 듣고만 있던 셋째 사위 강회계가 입을 열었다.

"그렇지만 본래는 이색과 가까웠고, 또 이색의 문하인 이숭인과 권근들과도 가까이 지냈던 자이옵니다. 지금은 비록 이성계의 편당이지만 전제 개혁을 논할 때는 반대편에 서질 않았사옵니까? 그를 전하의 편으로 끌어들이시고 장차 한산군과 단양군(丹陽君 : 우현보)을 좌우에 두신다면 이성계는 분명 고립되고 말 것입니다!"

강회계의 말투로 보아 우성범과 이미 작당한 듯싶었다. 공양왕이 다시 물었다.

"이성계가 군권을 쥐고 있고, 그 우익들이 조정에 포열해 있는데 그 게 가능하겠느냐?"

"제군사의 지위를 가지고 있지만 실제로 군사를 움직이는 것은 각 원 수들이옵니다. 원수들을 각별히 가까이 하시되, 다만 정도전은 멀리 하 십시오. 이성계 일파에게서 내놓는 계책은 모두 그자 머리에서 나오는 것들입니다."

"정몽주는 가까이하고 정도전은 멀리하라?"

"그렇사옵니다. 전하께서 정몽주를 가까이 하시고 중임을 맡긴다면 틀림없이 정도전과 간극이 벌어질 것이옵니다. 먼저 정몽주와 정도전을 떼어놓고, 나중에 정도전을 축출한다면 이성계는 그야말로 날개 꺾인 새요, 이빨 빠진 호랑이에 지나지 않을 것입니다. 이이제이(以夷制夷)가 따 로 있겠습니까? 동지로 하여금 동지를 치게 만드는 것이지요."

"참으로 대단한 묘책이로구나!"

공양왕은 두 사위가 그렇게 든든할 수가 없었다.

며칠 후, 공양왕은 찬성사 정몽주를 은밀히 내전으로 불러들여 마 음을 떠보았다.

"경은 바로 의종의 충신 정습명(鄭襲明)의 후손이 아니오?"

"그렇사옵니다, 전하."

정습명이라면 인종에게 '태자(뒤의 의종)를 잘 보필하라'는 고명을 받은 신하였다. 그는 의종이 즉위한 뒤로 임금에게 잘못이 있으면 바른말로 깨우쳤다. 그러나 의종이 그를 꺼려하고 멀리하자 정습명은 독약을 먹 고 자살함으로써 극간(極諫)을 서슴지 않았다.

"의종 임금께서 정 충신의 간언을 귀담아 들었더라면 아마 무신의 난과 같은 화를 당하진 않았을 테지요. 그런데 과인의 좌우엔 어찌하여 그런 신하가 없는지 그게 늘 안타깝다오."

공양왕의 말에 정몽주는 가슴이 뭉클했다. 언제나 정습명의 후손임을 자부하며 자랑으로 삼아왔던 터였다. 정몽주는 공양왕의 말에 감격하여 고개를 떨어뜨렸다.

"전하, 신이 어찌 선조의 수성을 따를 수 있겠사옵니까? 하오나 한번 주군으로 섬겼으면 목숨을 바쳐 충성을 다했던 선조의 뜻만큼은 가슴에 새기고 있사옵니다."

"오늘 경의 말을 들으니 마치 정 충신의 풍도를 다시 보는 듯하오."

공양왕은 은근한 어조로 정몽주에게 말했다.

"경은 모쪼록 과인에게 정습명과 같은 충신이 되어주시오!"

"전하……."

"과인이 보위에 오른 날부터 지금까지 하루인들 마음 편할 날이 없었다오. 한가하게 세월이나 보내던 내가 갑자기 종사를 떠맡았으나 대대로 내려오던 조종의 법들이 하루아침에 바뀌고 나라의 원로대신들은 조정에서 쫓겨나니, 이러다 과인의 대에서 종사마저 끊길까 두려울 따름이라오. 자고로 대신이 중해지면 임금이 위험해지는 법 아니겠소?"

공양왕이 던진 말은 정몽주의 가슴을 들끓게 하였다. 정몽주는 떨리는 목소리로 아뢰었다.

"전하, 재주가 부족한 신이 나라의 은혜를 입어 오늘에 이르렀사온데 어찌 진충보국하지 않겠사옵니까?"

"고맙소. 경은 모쪼록 이 사직이 욕되지 않도록 과인을 도와주시오!"

70

．．．

그날 밤. 정몽주는 잠을 제대로 이루지 못했다.

공명(功名)이란 두 글자를 좇아 살아온 세월. 언뜻 되돌아보니 귀밑머리는 하얗게 세었는데 뜻을 이룬 것은 아무것도 없었다. 이성계와 정도전과 손을 잡고 나라를 바로 세우는 데 마음을 같이했지만 왠지 자신은 소외당하고 있다는 생각을 떨쳐버릴 수가 없었다. 모든 일을 정도전이 주도했던 것이다. 더욱이 이성계에게 민망이 모아지고 있었으니 공양왕이 던진 말이 새삼 가슴을 아프게 찔렀다.

'대신이 중해지면 임금이 위험해지는 법이다!'

정몽주는 고민에 빠졌다. 개혁도 좋고 나라를 바로잡는 것도 좋지만 임금을 억압하고 해치면서까지 세상을 바로잡아야 하는가? 의문스러웠다. 정도전은 임금보다 나라가 더 중하고 나라보다 백성이 더 중하다고 했지만 그는 임금이 있어야 나라가 있고 백성이 있다는 생각이었다.

이성계가 행여 왕위 찬탈이라는 비망(非望)을 품고 있으리라고는 생각지 않았다. 그러나 이성계와 함께 뜻을 도모하고 있는 정도전은 분명 위험한 인물이었다. 정도전의 흉회(胸懷)에 어떤 생각이 들어 있는지 정몽주는 누구보다 잘 알고 있었던 것이다.

도전은 기회 있을 때마다 말했다.

'세상을 다스리는 것은 다른 방책이 있는 것이 아니라 민심을 따라서 하늘을 받드는 것이다! 순(舜)임금에게 천하를 물려준 것은 요(堯)임금이 아니라 민심이었다.'

민심이라면 역성혁명(易姓革命)도 얼마든지 가능하다는 말이었다. 그러나 5백년 왕업을 어찌 하루아침에 엎으랴.

정몽주는 마음을 굳혔다. 이성계와 정도전, 그들과 생각이 다르다면 언젠가는 결별할 수밖에 없었다. 어제까지의 동지들과 결별하겠다는 것은 곧 적이 되겠다는 말이었다.

공양왕의 4대조를 추봉하던 날, 정몽주는 왕에게 청하였다.

"전하의 4대조를 추봉하는 이런 경사스런 날에 이색과 조민수 등을 사하는 큰 은혜를 내리신다면 나라사람들이 모두 기뻐할 것이옵니다!"

공양왕은 망설이지 않고 즉시 대사령을 내렸다. 대사령에 따라 김저의 옥과 이초의 당에 연루되었던 자들의 죄가 모두 용서되고, 언제라도 그들을 조정으로 불러들일 수 있었다.

그런 속도 모르고 대사헌 김사형(金士衡)이 공양왕에게 소를 올렸다.

"윤이·이초의 무리들 중에 우현보와 권중화와 장하 등이 아직도 도성에 남아 있으니 죄는 같은데 벌이 다르옵니다. 그들을 모두 축출하소서!"

공양왕은 김사형과 중신들을 불러 못을 박았다.

"그들의 죄상도 명백하지 않고 이미 대사령을 내린 터이니 다시는 따지지 마시오!"

그 자리에서 찬성사 정몽주가 공양왕을 거들고 나섰다.

"전하의 말씀처럼 이초의 당이란 본래 죄상도 명백하지 않고 전하께서 이미 대사령까지 내리셨으니 다시 논죄한다는 것은 불가한 일이오!"

김사형은 몽둥이로 뒤통수를 한 대 얻어맞은 기분이었다.

"대감! 불가하다니요? 그들의 죄는 대감이 더 잘 알지 않소이까?"

"죄가 있건 없건 전하께서 논죄를 그치라면 그만두어야 하는 것이 신하의 도리 아닙니까? 그런데 대사헌은 어쩌자고 헌관들을 시켜 전하의 심기를 어지럽히려는 게요!"

"……?"

졸지에 무색을 당한 김사형은 사헌부로 돌아와 당장 정몽주를 탄핵하는 소를 올렸다.

"이초의 무리들에게 편을 들고 법을 맡은 관원들을 모해하였으니 마땅히 정몽주의 잘못을 가려야 할 것입니다!"

형조의 안경공(安景恭)과 성석연(成石珚)도 정몽주를 탄핵하는 데 가세하였다. 이에 맞서 정몽주는 사직을 청하였다.

공양왕의 계책대로 일이 척척 맞아 떨어지고 있었다. 정몽주와 이성계 세력을 갈라놓을 절묘한 기회였다. 공양왕은 정몽주의 사직을 허락하지 않았다. 대신에 재상을 모해한 죄를 물어 안경공과 성석연을 파직시키고, 이근(李懃)과 이정보(李廷輔)를 대신하였다. 그런데 이근과 이정보마저 정몽주에게 죄줄 것을 청하는 게 아닌가.

공양왕에게는 더 바랄 나위가 없었다. 왕은 대로하여 두 사람 역시 파직시키고, 거듭 사직을 청하는 정몽주를 불러 대놓고 위로연을 베풀어주었다.

정몽주의 뜻하지 않은 행보에 이성계 쪽에서는 당혹감을 감추지 못했다. 그럴 때 서운관(書雲觀)에서 갑자기 한양 천도론을 들고 나왔다.

· · ·

"한양으로 도읍을 옮겼으면 하는데 어떻게 생각하시오?"

공양왕의 갑작스런 물음에 시중 이성계가 공양왕에게 물었다.

"전하, 갑자기 천도를 행하시려는 까닭은 무엇이옵니까?"

"서운관에서 올라온 소를 보니 도선비기(道詵秘記)에 지리쇠왕(地理衰旺)의 설이 있는데, 그 설에 따르면 장차 도읍을 한양으로 옮겨 개경의 지덕(地德)을 쉬게 하는 것이 좋다 하더이다."

공양왕의 말에 예문관제학 박의중이 아뢰었다.

"전하, 옛날부터 군왕이 참위술수(讖緯術數)로써 그 나라를 보전했다는 말을 들어본 적이 없사옵니다. 더구나 천도에 소요되는 비용과 백성들에게 끼치는 폐해는 이루 다 말할 수 없을 것이옵니다."

"과인이 그 폐해를 알지 못하는 것은 아니지만 음양의 설을 어찌 틀리다고만 하겠소?"

그때 말석에 있던 좌헌납 이실(李室)이 용감하게 소리를 높였다.

"전하께서 비결(秘訣)과 참언(讖言)만을 믿고서 천도하려는 것은 옳지 않사옵니다. 더욱이 지금은 추곡을 아직 거두어들이지 않은 시기인지라 천도를 하다 보면 인마(人馬)가 전답을 짓밟게 될 것이옵니다. 그리 되면 백성들의 원성이 높을 것이오니 통촉하시옵소서!"

공양왕은 대번에 미간을 찌푸렸다.

"비결에 만일 도읍을 옮기지 않으면 임금과 신하가 모두 없어질 것이라고 하였는데, 그대가 무엇을 알기에 옳지 않다는 것인가?"

5품에 지나지 않는 헌납 따위가 감히 중신들의 논의에 끼어들었다는 힐난이었다. 편전 분위기가 영 어색해지자 이성계가 조심스럽게 아뢰었다.

"전하, 천도에는 막대한 재용이 소용되고, 도성을 수비하는 군사들은 물론 정무가 본경(本京)과 남경(南京)으로 나누어져 일이 번잡스러우며 혼란을 초래할 터이니, 좀 더 시일을 두고 검토하는 것이 좋을 듯하옵니다!"

그러나 공양왕은 끝내 고집을 꺾지 않았다. 독단으로 문하평리 배극렴(裵克廉)을 양광도찰리사로 삼아 한양에 궁궐을 수축토록 하였다.

눈코 뜰 새 없이 바쁜 추수철에 토목 공사에 동원된 양광도 백성들의 원성은 하늘을 찔렀다. 한양 사람들은 졸지에 구실아치들에게 집을 빼앗겨 노인과 어린아이들이 산과 들에서 노숙하다 추위와 굶주림에 죽는 일까지 생겼다. 간관들이 천도와 공사의 중지를 거듭 청했으나 공양왕은 들은 척도 하지 않았다.

공양왕이 한양으로 천도를 단행한 것은 9월. 그렇지 않아도 임금이 없는 도성은 허전하고 쓸쓸하기만 한데 언제부터인가 이상한 노래가 떠돌아다녔다.

"왕씨가 도성을 버렸으니 장차 목자(木字)가 나라를 얻을 것이로세!"

이른바 목자득국(木子得國). 게다가 사람들이 귓속말로 은밀히 주고받는 참언이란 너무나 그럴듯해서 단지 호사가들의 허풍으로만 들리지 않았다.

"수덕(水德)이 쇠하면 목덕(木德)이 흥하는 것은 오행(五行)의 섭리일세. 그런데 임금이 한양으로 천도한들 무슨 소용이 있겠나?"

"아, 그렇다고 나라의 주인이 쉽게 바뀌겠는가?"

"거, 모르는 소리. 우주만물의 순환하는 이치가 오행의 상생설(相生說)에 있는데, 금생수(金生水)요, 수생목(水生木)이요, 목생화(木生火), 화생토(火生土)가 아닌가. 그래서 금덕(金德)을 칭했던 신라가 쇠약해지면서 고려가 수덕(水德)을 칭한 것이요, 이제 5백년 왕업이 쇠하였으니 우주의 이치에 따라 목덕(木德)이 일어날 수밖에 없는 것이라네."

"목덕이라고 해서 꼭 이씨만 가리키겠는가?"

"단군 때부터 내려오는 『운단구변도(雲檀九變圖)』라는 비서(秘書)에 다 적혀 있다네. 또 도선밀기에도 용손(龍孫)이 끝나면 십팔(十八) 자가 삼한의 주인이 된다고 했으니 십팔 자가 곧 목(木) 자의 파자(破字) 아닌가?"

"그렇다면 그 이씨 성을 가진 자가 대체 누구인 게야?"

"지금 조정 대신들 중에 이씨 성을 가지고서 위명을 떨치고 있는 자가 누구인가 한번 짚어보시게."

"이성계?"

"쉿! 천기를 누설했다 무슨 화를 당하려고 주둥일 함부로 놀리는가?"

"읍……!"

하지만 발 없는 말이 천리를 가는 법. 떠도는 말을 전해들은 이성계는 아연실색하고 말았다.

'참람하기 이를 데 없는 말이 어찌하여 떠돈단 말인가!'

이성계는 참언으로 인해 자칫 화가 닥칠까 두려웠던 것이다.

바로 그 즈음, 순군옥에서 탈옥한 뒤에 행방이 묘연했던 김종연이 갑자기 서경(평양)에 모습을 드러냈다. 전 판서 권충(權忠)에게 몸을 의탁하면서 김종연은 은밀히 세력을 끌어모았다. 노리는 것은 물론 이성계의 목이었다.

3. 정몽주, 반란

때 이른 삭풍에 강심도 얼어붙을 듯한데, 대동강 부벽루(浮碧樓)에 오른 서경천호 윤구택(尹龜澤)과 양백지(楊百之)는 한낮인데도 벌써 거나하게 취해 있었다. 권커니 잣거니 술잔을 주고받던 윤구택이 문득 양백지에게 말을 던졌다.

"이보게, 자네는 재상이 되고 싶은 마음이 없는가?"

양백지는 무슨 뚱딴지같은 소리냐는 듯이 눈이 휘둥그레지더니 이내 한숨을 내쉬었다.

"사내대장부로 세상에 태어나 재상 한번 해먹고 싶지 않은 놈이 있겠는가? 그럴 만한 재주도 배경도 없으니 신세만 한탄할 따름이지."

"내가 재상 한번 시켜줄까?"

"자네가? 하하하! 재상은 관두고 기왕에 무부로 입신했으니 원수라도 한번 해보았으면 원이 없겠네."

양백지가 말끝에 실없이 웃음을 흘리는데 윤구택이 정색을 하였다.

"자네, 김종연이란 사람을 아는가?"

"지금 나라에서 그자를 잡아들이려고 난리가 아닌가? 왜, 그 작자를 잡을 묘책이라도 있는가?"

"쉿, 조용히 하시게!"

윤구택의 말하는 품새가 심상치 않자 양백지의 눈빛도 금세 달라졌다.

"왜?"

윤구택의 눈꼬리가 가늘게 찢어지며 양백지를 쓰윽 한번 훑어보더니 이윽고 속내를 드러냈다.

"김종연이 장차 판사 조유(趙裕)와 함께 이성계를 도모하려고 하는데, 어떤가? 거사가 성공만 하면 어디 재상 자리가 문제겠는가?"

양백지는 화들짝 놀랐다.

"이성계가 제군사를 겸하고 있는데 무슨 수로 도모한단 말인가?"

"허어, 이 사람아, 내가 김종연을 만나보았는데 천하에 그런 모사(謀士)가 없다네……."

그러면서 윤구택의 입에서 김종연의 모사에 가담한 자들의 이름들이 쏟아져 나왔다. 조정의 대신들에서부터 서경에서는 전 판사 권충과 그의 아들 권격(權格), 동지밀직을 지냈던 이천용(李天用) 등을 포함하여 천호와 진무들 중에 가담하지 않은 자들이 없었다.

윤구택의 말대로라면 김종연이 심덕부의 조카 조유와 음모를 꾸미고 있었다. 서경에서 군사를 일으키면 동강을 맡고 있는 진을서(陳乙瑞)가 군사를 도성으로 돌리고, 도성에서는 심덕부 휘하의 진무들이 내응

한다는 것이었다.

"어떤가? 이성계 하나만 도모하면 정몽주와 정도전을 처치하는 것쯤은 그야말로 식은 죽 먹기 아니겠는가?"

"정녕 해볼 만한가?"

양백지가 미심쩍다는 눈치이자 윤구택은 짐짓 큰소리를 쳐댔다.

"허, 이 사람이 명색이 무부짜리가 칼을 거꾸로 차고 다니나? 이미 거사일까지 다 정해졌으니 자네는 졸개들 몇 명만 데리고 내 뒤만 따라오게."

양백지도 마침내 김종연의 거사에 가담키로 하고 기대에 한껏 부풀어 있었다. 그런데, 거사를 며칠 앞두고 동강의 군사를 맡고 있던 진을서가 갑자기 전주도(全州道) 절제사로 전임되는 통에 어긋나고 말았다.

거사가 틀어지자 윤구택은 갑자기 불안해졌다. 세상에 비밀은 없는 법. 두 사람만의 밀약도 지 알고 내 알고 하늘이 알고 땅이 아는데, 하물며 서경에서 방귀깨나 뀐다는 자들이 가담한 음모가 그대로 묻힐 리 없었다. 자칫 불도 질러보기 전에 불에 타 죽는 꼴이 되기 십상이었다. 윤구택은 사람들의 이목을 피해 개경으로 말을 내달렸다. 이성계에게 모든 사실을 일러바치고 제 한목숨이라도 건져보자는 심산이었다.

· · ·

'이런 쳐 죽일 놈들을 보았나!'

밤새 말을 달려왔다는 윤구택의 밀고를 듣는 순간 이성계는 분노가 치밀었다. 주먹이 부르르 떨렸다. 적장의 명줄을 숱하게 끊었던 손은 우악스럽기 그지없었다. 모사꾼들이 눈앞에 있다면 당장이라도 목을 꺾어

버릴 듯 싶었다. 그러다 한순간 회의가 물밀듯이 일었다.

'그들이 대체 나를 도모하려는 까닭이 무언가?'

모사에 가담한 자들 중에 심덕부와 지용기는 오랫동안 전쟁터를 함께 누빈 전우들이었다. 또 무진년 회군에서부터 폐가입진까지 뜻을 같이했던 동지들이기도 했다. 혹시 궁지에 몰린 김종연이 제 목숨이나마 연명하고자 꾸민 것은 아닐까. 그렇지만 꾸며낸 말이라고 하기에는 아귀가 너무 딱딱 들어맞았다.

"네 말이 털끝만치라도 거짓임이 드러날 때는 네놈의 목을 먼저 칠 것이다!"

이성계가 윽박지르자 윤구택은 벌벌 떨었다.

"이미 죽은 목숨이나 마찬가지이온데 무슨 거짓말을 하겠사옵니까. 제 말에는 한 가지도 보태고 뺀 것이 없습니다요."

"음!"

이성계는 어금니를 지그시 사리물었다. 김종연의 음모는 '김저의 옥'이나 '이·초의 당'처럼 간쟁을 통해서 밝힐 사안은 아니었다. 정도전이 있으면 계책이라도 물을 텐데, 하필 이런 때 명나라에 가고 없었다. 분명한 것은 피를 부르는 있다는 사실. 싸움이라고 생각하니 이성계의 마음은 도리어 편해졌다.

이성계는 이내 자리를 박차고 일어나 곧장 심덕부를 찾아갔다. 따르는 종자도 없었고 무장도 하지 않은 채였다. 그러나 거동은 마치 태산이 움직이는 것처럼 보였다. 이성계는 윤구택이 토설했던 말들을 그대로 심덕부에게 털어놓았다.

심덕부는 당혹감을 감추지 못했다. 조유는 그의 조카였고, 모의에 가담한 자들 중에 자신의 휘하인 진무 조언(曹彥)과 김조부(金兆府) 등 5명의 이름이 들어 있었던 것이다.

"제군사께 무어라 말을 못하겠구려. 그러나 이 음모가 사실이라 해도 나와는 터럭만큼도 관련이 없다는 것을 믿어주시오!"

심덕부의 어조로 보아 거짓말은 아니었다. 만약 거짓이었다면 혼자 찾아온 이성계에게 벌써 칼을 빼들었을 것이다. 그렇다고 당할 이성계도 아니었다. 송골매가 한번 깃을 펴면 그 그림자에 덮여 꼼짝을 못하듯, 심덕부는 심장을 꿰뚫어버릴 듯한 이성계의 눈빛에 이미 기가 질려버렸다.

"내 당장 조카 놈부터 잡아다 물고를 내겠소!"

심덕부는 즉시 선공판관(繕工判官)으로 있던 조유를 잡아 가두고 김종연의 권속들과 족친인 박가흥과 박천상(朴天祥)까지 잡아들였다. 조유는 모함이라며 펄쩍 뛰었다. 그런데 묘한 것은 박천상의 말이었다.

"오중화(吳仲華)에게 듣자 하니, 김종연이 순군옥에서 도망쳐 나와 처음에는 지용기와 정희계의 집에서 엿새, 박가흥의 집에서 열흘간 숨어 있다 성 밖으로 나갔다 하더이다."

순군에서 오중화를 잡아다가 대질시켰으나 박천상의 말은 거짓으로 드러났다. 그러자 공양왕은 윤구택의 밀고를 단번에 무고로 간주하였다.

"박천상이나 오중화나 사람됨이 부실한 것은 세상이 다 아는 바이니 석방토록 하라!"

그러나 윤구택과 조유를 대질시키면서 김종연의 음모가 사실로 밝혀졌다. 그제야 김종연 일당들을 서경에서 체포하였지만 공양왕은 조유만 교형에 처하고 나머지는 유배형에 처하는 선에서 마무리지었다.

이성계는 못내 섭섭했다. 김종연과 그 무리들이 설사 사혐(私嫌)을 품고서 모사를 꾸몄다 해도, 군사를 일으켜 일국의 수상을 도모하려 했다면 국기를 문란케 한 행위였다. 그런데 공양왕은 사안을 너무 가볍게 보고 있었다. 그만큼 이성계를 경원시한다는 말이었다.

이성계는 곧 자신이 덕이 없음을 탓하고 사직을 청했다. 공양왕은 처음엔 허락하지 않다가 이성계가 재삼 물러날 것을 청하자 영삼사사로 옮겼다. 그러면서 심덕부를 시중으로, 지용기를 판삼사사에 앉혔다. 그리고 뜻밖에도 정몽주를 수시중으로 삼았다.

공양왕의 처사에 이성계의 휘하사인 이지란은 분을 참지 못했다.

"심덕부와 지용기는 김종연의 음모에 거론된 자들인데 그들을 중용하다니, 전하께서 이럴 수는 없는 일이오. 제군사, 차라리 동북면으로 돌아가십시다. 여기 있다가는 다 죽고 말겠소!"

잠자코 있던 조준이 이성계에게 물었다.

"포은을 수시중으로 삼았던데 제군사께 언질이 있었는지요?"

이성계는 그러나 아무 말이 없었고, 조준도 더는 묻지 않았다.

정몽주의 등용은 가히 파격이었다. 품계는 정1품 삼한삼중대광(三韓三重大匡)에 이르고 익양군 충의백(忠義伯)으로 봉했던 것이다. 이성계 세력에서 정몽주를 갈라놓으려는 공양왕의 속셈이 노골적으로 드러난 처사였다. 심지어 우사의대부 홍길민이 정몽주의 고신에 서경을 거부하면서,

"정몽주는 본래 출신이 한미한데 감히 재상의 열에 올랐고, 재상이 되어서는 전제 개혁을 반대하고 문란케 한 자들에게 동조하였으니 2상(貳相)의 자리에는 적격자가 아니옵니다!"

라고 하자, 공양왕은 대신을 함부로 모함했다는 이유로 파직시켜 버렸다.

．．．

며칠 후, 명나라에 갔던 도전이 돌아왔다. 자신이 없는 사이에 무슨 일이 있었는지 돌아가는 상황이 어수선하다 못해 어처구니가 없었다. 임금은 한양으로 천도하였고, 수시중으로 뛰어오른 정몽주는 무슨 까닭인지 도전을 은근히 꺼렸고, 이성계는 동북면으로 돌아갈 작정을 하고 있었다.

"내가 삼봉과 더불어 죽을힘을 다해 왕실에 충성하고, 백성을 위해 정사를 바로잡으려 했는데, 뭇 사람들이 나를 원수로 여기고 죽이려 드니 아무래도 이 조정에서 용납되긴 틀린 듯싶소……."

이성계의 이마에 깊게 패인 주름은 그동안 고민이 얼마나 컸던가를 말해 주고 있었다. 도전은 그러나 좀 더 냉정해질 필요가 있었다.

"제군사의 한 몸에 종사와 생민의 운명이 달려 있는데, 어찌 진퇴를 경솔히 할 수 있겠습니까?"

"아니오. 나는 본래 말 타고 활을 쏘며 외적을 쳐부수고 변방이나 지키던 무부였지 정치를 하려던 사람은 아니었소. 그런데 어쩌다 삼봉을 만나 대의를 위해 몸을 일으켰지만 이렇게 참소가 끊이질 않고 심지어는 나를 죽이려 드니 어찌 견딜 수가 있겠소?"

"견디셔야 합니다. 나라의 큰 화는 웬만큼 제거되었으나 개혁이 다 이루어지려면 아직도 멀었습니다. 지금 갑자기 동북면으로 돌아간다면 참소하는 자들이 벌떼처럼 일어나 반드시 제군사를 죽이려 들 것입니다."

"내가 딴마음을 품은 것도 아닌데 주상께서 어찌 죄를 주겠소?"

"설사 죄를 받지 않는다 해도 나라와 백성을 외면한 채 일신의 안녕만을 바란다면 더 큰 죄를 짓는 게 아니겠습니까?"

"……!"

"제군사, 옛 역사를 돌이켜 보더라도 대인과 군자는 흔히 곤욕을 치르고 소인배들이 곧잘 뜻을 얻어 세상을 어지럽히지요. 그러나 하늘이 결코 무심하지 않았습니다. 조정에서 소인배들이 더 설치기 전에 마음을 다잡으셔야 합니다."

"그런데 포은까지 나를 경원시할 까닭이 또 무어요?"

이성계는 정몽주에 대한 섭섭함을 토로했다. 도전은 말했다.

"조만간 포은을 만나볼 생각입니다. 무슨 곡절이 있겠지요."

"삼봉은 끝까지 포은을 감싸는구려."

"감싸는 게 아니라 포은이 함부로 움직일 사람이 아니라는 것을 믿기 때문입니다."

"괜찮소. 포은이 돌아서는 것은 괜찮소. 하지만 삼봉은 무슨 일이 있어도 내게 등을 돌리지 않겠지요?"

"하하하! 동북면으로 돌아간다는 말씀이나 하지 마십시오. 한번 뜻을 같이했으니 생과 사도 마땅히 같이해야지요!"

도전의 말에는 힘이 실려 있었다. 그제야 이성계의 얼굴이 환하게 밝아졌다.

"삼봉이 나를 세상으로 끌어냈으니 끝까지 책임을 져야겠지요. 하하하! 그런데 삼봉, 참언을 과연 어디까지 믿어야 하오?"

이성계는 저자에 떠돌고 있는 목자득국설(木子得國說)에 대해 물었던 것이다. 순간, 도전의 가슴속이 꿈틀거렸다. 혁명을 위해 걸어왔던 길고 길었던 비탈길들이 마침내 끝이 보이는 것만 같았다. 그러나 지금은 혁명을 말할 때가 아니었다. 고려의 망국을 무섭도록 예감하고 있던 그였지만 천명이 따르지 않는다면 혁명도 한낱 몽상에 지나지 않을 따름이었다. 잠시 머뭇거리던 도전이 입을 열었다.

"한 나라의 흥망이 어찌 참언에 좌우될 수 있겠습니까? 오로지 하늘의 뜻에 달려 있을 뿐입니다."

"하늘의 뜻이라?"

"천명(天命)이지요."

"삼봉은 민심이 곧 천명이라 곧잘 말하는데, 그 민심을 어떻게 알 수 있단 말이오?"

"하하하! 아무도 모르지요. 그러니 『서경(書經)』에서는 민심무상이라 했고, 『시경(詩經)』에서는 천명은 덧없다고 하지 않았습니까? 단지 참언만 믿고 민심을 따르지 않는 자는 설혹 나라를 얻는다 해도 곧 망할 수밖에 없지요. 태봉의 궁예나 후백제의 견훤이 그 좋은 예가 아니겠습니까?"

이성계는 한참 동안 도전의 말을 묵새기더니 말머리를 돌렸다.

"그나저나 김종연 사건을 어떻게 처리하면 좋겠소?"

"그렇지 않아도 그 말씀을 드리려던 참이었습니다. 김종연 도당의 실상이 밝혀진 이상 심덕부와 지용기의 죄는 엄하게 물어야 할 것입니다. 그보다, 이번 기회에 군제를 철저히 개혁하여 각 도의 장수들이 장악하고 있는 군령 체제를 혁파해야 할 것입니다."

김종연 사건의 연루자 대부분이 유력한 장수들이었던 것이다. 도전은 구체적인 군제 개혁안을 이성계에게 내놓았다.

"이번 기회에 각 원수부(元帥府)를 파하고, 군사를 3군 체제로 편성한 다음 그 위에 도총제부를 둔다면 나라의 군령이 오로지 한 군데서 나올 수 있지 않겠습니까?"

"과연 삼봉다운 훌륭한 계책이오!"

"계책이 들어맞기 위해서는 제군사께서 다시 조정을 맡아야 할 것입니다."

"삼봉이 있는데 무얼 두려워하고 마다하겠소."

사헌부에서는 곧 군제 개혁안을 공양왕에게 올렸다.

"중외의 군사를 영삼사사 이성계로 하여금 이미 통솔케 하셨으니 여러 원수의 인장(印章)을 마땅히 회수해야 할 것이옵니다!"

인장을 회수한다는 말은 각 원수부의 장수들이 갖고 있던 휘하사에 대한 임면권을 내놓으라는 것이었다. 군제를 개혁하기 위해서는 절대 필요한 조치였지만 그것은 내심 혁명을 완성하기 위한 첫 번째 단계였다. 다음은 이성계와 맞설 만한 세력을 제거하는 일이었다.

사헌부에서 심덕부를 탄핵하고 나섰다. 심덕부뿐만 아니었다. 김종연을 빼돌린 지용기와 김종연의 모의에 이름이 오른 장수들도 탄핵 대상이 되었다.

그로부터 달포쯤 지난 12월 어느 날. 그동안 행적이 묘연했던 김종연이 서해의 곡주(谷州)에서 체포되었다. 기찰을 피해 산 속에서 숨어 지냈던 김종연은 추위와 굶주림에 지쳐 먹을 것을 찾아 내려오다 행인의 눈에 띄어 잡혔던 것이다.

조정에서는 순군진무 임순례(任純禮)를 급파하여 김종연을 개경으로 압송시켰다. 김종연은 몸이 쇠약해져 운신조차 제대로 못했다. 그래도 임순례는 끼니도 제대로 먹이지 않은 채 하룻밤 하루 낮 만에 3백 리를 달려왔다. 일각을 다투어 압송하라는 공양왕의 명이 득달같았던 것이다.

공양왕은 김종연을 순군옥에 가두고 조준과 설장수로 하여금 국문토록 하였다. 그러나 김종연은 지칠 대로 지쳐 눈빛은 생기를 잃었고 말을 제대로 잇질 못했다. 김종연이 가늘게 숨을 이어가며 뱉은 말이라곤,

"죽기가 겁나 도망치는 신세에 무슨 재주로 이성계를 도모하겠는가? 나는 다만 목숨을 부지하려 조유와 권격과 이천용 같은 자들을 이용했을 뿐이오……."

그러고는 그날 밤 허망하게 숨을 놓아버렸다. 공양왕은 김종연의 시체를 각 도에 조리 돌리도록 하고 일당으로 지목된 7명의 목을 베었다. 지용기와 박위 등 연루자들은 유배되었고 시중 심덕부는 파직시켰다. 그리고 이성계를 다시 문하시중으로 삼았다.

피바람이 한바탕 지나고 경오년도 저물 무렵, 조민수가 창녕에서 죽었다는 소식이 날아들었다.

· · ·

경오년이 다 가기 전에 꼭 만나야 할 사람이 있었다. 정몽주였다. 각 아문마다 개경과 남경에 분사(分司)가 설치되어 있는 통에 그동안 정몽주와 만날 기회가 없었던 것이다.

도전은 마음을 먹고 정몽주를 찾아갔다. 도전이 들어서자 정몽주는 읽고 있던 책을 덮으며 여느 때처럼 반갑게 맞아주었다.

"어서 오세요, 삼봉. 멀리 명나라까지 다녀왔는데 그간 너무 격조했구려."

"수상이 되어 공사가 다망하실 텐데요. 그런데 무슨 책을 읽고 계십니까?"

"허허, 시운(時運)이 어떠한가 싶어서 『주역』을 읽고 있었답니다. 『주역』의 64괘는 양(陽)을 돕고 음(陰)을 억제하니 군자가 도를 지키고 또 출처(出處)의 때를 알 수 있다 하지 않습니까?"

"사형……!"

"말씀하시구려, 삼봉."

"요즘 고민이 많으실 테지요?"

도전의 물음에 정몽주는 짐짓 한숨을 쉬더니 말을 다른 곳으로 돌렸다.

"책을 들여다보기는 하지만 덮고 나면 그대로 아득하니 이를 어떡하오?"

"하하하! 이제 저도 마찬가지랍니다."

"아니오. 나는 이제 늙은 서생에 지나지 않는 듯하오. 시대를 바룰 술책이 어설프니 보국에 공이 없고, 임금을 올바로 보필한 공이 적으니 머릿속의 지식은 다 쓸모없을 수밖에. 오히려 아는 것이 나라를 그르칠 수도 있지 않겠나 싶소이다."

말이 공허하게 헛돌았다. 두 사람 사이에 보이지 않는 벽이 어느새 가로막고 있음을 절감하면서도 도전은 어떻게든 그 벽을 허물고 싶었다.

"사형, 젊은 날의 원대한 기약을 저는 한시도 잊은 적이 없었답니다. 또 우리가 아직 해야 할 일이 태산같이 남아 있으나 그리 멀지 않은

데……."

"삼봉!"

정몽주가 도전의 말을 가로막았다.

"대신이 중해지면 임금이 위험해지는 법이오."

불쑥 내지르듯이 던지는 정몽주의 말이 도전의 가슴에 비수처럼 날아와 꽂혔다. 정권과 군권을 쥐고 있는 이성계를 꼬집어서 하는 말이었다.

"사형, 신하가 명군(明君)을 만나기도 어렵지만 인군이 양신(良臣)을 만나기도 역시 어려운 일입니다. 지금 이 나라가 쇠퇴한 것은 어느 임금 한 분의 잘못이 아니라 모두 신하를 잘못 만났기 때문입니다. 그런데 제군사는 우리를 믿고 개혁 정치를 도모한 사람입니다. 그에게 권력이 모인다 하나, 만약 이 시중이 아니었다면 우리가 이만큼이라도 해낼 수 있었겠습니까? 패자(覇者 : 춘추5패왕)의 시대에는 인군이 신하만 못하였으나 신하에게 전권을 맡겨 일대의 공업을 이루었습니다. 사형, 끝까지 함께 가십시다. 천년에 한번 맞이한다는 융성한 시대를 만들어보십시다!"

"……!"

정몽주는 말이 없었다. 도전의 말이 다 끝나도록 눈길을 다른 곳에 두고 있었다. 그래도 도전은 정몽주를 믿고 싶었다. 그의 심회인들 어찌 어지럽지 않으랴. 지란(芝蘭)은 불탈수록 향기 더하고 좋은 쇠는 두들길수록 빛이 나리니 굳고 곧은 지조를 함께 지키며 서로 잊지 말자 길이 맹세했던 동지가 아니던가.

도전은 그가 무슨 말이라도 해주길 바라며 기다렸다. 이윽고 정몽주가 무겁게 입을 열었다.

"삼봉!"

"……."

"삼봉, 우리 이제 마음은 논하되 시사는 논하지 맙시다!"

도전은 아득했다. 그동안 걸어왔던 길이 한순간에 사라지고 목숨을 걸고 이뤄왔던 공업(功業)이 그대로 물거품이 되어 버릴 것만 같았다. 배신감도 들었다. 분노도 치밀었다. 그보다는 회의와 절망이 가슴을 베는 듯하였다.

마음은 논하자 했으나 정몽주는 마음마저 닫고 있었다. 그는 여전히 도전에게 눈길을 주지 않았다. 이제 무슨 말을 한다 해도 마음이 돌아서지 않을 것임을 깨달았다. 도전은 이내 자리를 털고 일어섰다. 길이 다르다면 어쩔 수 없는 일이었다.

정도전과 정몽주.

한때는 마음을 나누었던 벗이요, 뜻을 같이했던 동지였다. 세상에서는 '2정(鄭)'이라 하여 두 사람을 당대 최고의 인물로 꼽았다. 그러나 이제 두 사람은 다른 길을 갈 수밖에 없었다. 도전에게 정몽주는 더 이상 사형(詞兄)이 아니었다.

· · ·

도전은 홀로 걸었다. 망설일 것도 거칠 것도 없었다. 제 한 몸 편하고자 함이 아니었다. 또 누구를 위함도 아니었다. 천명의 소재를 알았으니 목숨이 다하는 날까지 기어이 천하를 바루고 싶었다. 혁명은 더없이 괴롭고 사무치게 외로웠다.

도전의 개혁안에 따라 '3군도총제부'가 설치되었다. 이성계가 3군도총제사를 맡고 배극렴이 중군, 조준이 좌군, 도전이 우군총제사가 되었다. 이로써 형식뿐이던 종래의 5군제와 유력 장수들이 차지하고 있던 원수부가 폐지되고, 42도부(都府)에 속해 있던 일반 군사뿐만 아니라 한량관(閑良官)까지 3군도총제부에 두게 되었다. 공양왕 3년(1391) 정월의 조치였다.

전제 개혁을 통해 농민 생활을 안정시키고 국가 재정과 군자를 확보하는 성과를 거두었다면, 군제 개혁은 나라의 군사 지휘 체계를 엄히 세우고, 관직만 있고 직임이 없는 채 토지를 받았던 권문세족 출신의 한량관들을 통제할 수 있었다.

관제 개혁은 이미 마무리되어 있었다. 도평의사사는 실직(實職)을 가진 재상과 추상들만 참여토록 했고, 상서사(尙瑞司)를 설치하여 각 사(司)의 인장과 문서 수발을 통합했다. 전에는 각 사마다 인장을 따로 보유하여 관작을 남발하고 서리들이 재정을 천단하기 일쑤였는데 그 폐단을 일거에 제거해 버린 것이다.

지방의 수령제(守令制)도 어김없이 정비하였다. 도전은 수령직이란 임금을 대신하여 백성들의 근심을 나누는 중한 직임이라고 여겼다.

"지방의 수령이 소중해지면 천하 국가가 소중해지는 법이니 수령을 가볍게 여기면 백성을 가볍게 여김이요, 백성을 가볍게 여김은 천하 국가를 가볍게 여김과 같다!"

따라서 지방관이라도 대간의 심사를 거치도록 했으며, 수령이 탐학을 저질렀을 때는 부민(府民)들이 헌사에 고소할 수 있도록 획기적인 제도까지 마련하였다.

5월에는 공양왕의 재가를 받아 과전법(科田法)을 반포하였다. 이때 공전은 기사양전(己巳量田) 때보다 30만 결이 더 늘어나 80만 결이 되었다.*
그러나 폐단의 근원인 사전 혁파는 완전하게 이루지 못했다. 대신들의
이해가 엇갈리면서 경기도 땅에 한해 허락되었던 것이다. 또 현실의 벽
에 가로막혀 손도 대지 못한 부문이 한두 군데가 아니었다.

그런데도 권문세족들은 틈만 있으면 옛 법을 회복하려 했고 기득권
을 빼앗긴 불만의 화살을 온통 도전에게 돌렸다. 나중에는 악의적인 소
문까지 퍼뜨렸다.

"가난하여 땅뙈기라곤 손톱만큼도 없던 자가 스스로 과전법을 만
들어 수백 결의 땅을 차지하였으니 모두 제 뱃속을 채우기 위함이 아
니었던가!"

"그자가 스스로 총제사가 되고 싶어 갑자기 3군부를 설치했으면 했
지, 삼합갑족을 천한 병역에 복무시킬 것은 또 무언가?"

"정도전이란 작자가 백성들만 위하고 천한 노비들한테까지 관후한 것
은 그가 본래 천출(賤出)이기 때문이라는데 신돈하고 다를 것이 무언가?"

그 말을 믿고 개혁파 내에서조차 도전에게 등을 돌리는 자들이 있었
다. 그러나 도전은 대꾸하지 않았다. 대꾸할 가치가 없는 온갖 비난과
모함을 뒤로한 채 오로지 앞만 보고 걸었다.

권세가들이 차지하여 막대한 부를 취했던 염전과 철광 등 공상(工商)
까지 나라에서 직접 공영토록 했으며, 인재 양성보다는 붕당의 근원이
되었던 12도(十二徒) 사학을 혁파했다. 당시에 12도 사학은 출세와 사회

---

* 80만 결의 토지는 상공전(上供田 : 왕실 경비), 국용전(國用田 : 나라의 살림), 군자전(軍資田), 문
무역과전 등으로 나누었으며 공역(公役)을 맡은 자들에서부터 수절 과부에 이르기까지 토지를
나누어주었다.

적 지위를 보장받는 발판에 지나지 않았으며, 좌주문생제(座主門生制)와 함께 문벌과 학벌을 형성하여 개혁의 커다란 걸림돌이 되었던 것이다.

숨 돌릴 틈도 없이 도전이 다음으로 눈길을 돌린 곳은 사상 개혁. 곧 척불(斥佛)이었다. 세속의 권력과 결탁하여 갖은 비행을 저지르는 불교 세력은 나라를 병들게 하고 백성을 미망(迷妄)으로 이끄는 존재였던 것이다.

· · ·

3군총제부를 설치한 뒤에 공양왕은 도당의 간청에 따라 개경으로 환도키로 했다. 한양으로 도읍을 옮긴 지 넉 달 만이었다.

공양왕이 남경을 출발할 즈음, 내부령(內府令) 신원필(申元弼)이 왕에게 넌지시 아뢰었다.

"전하, 나라의 업(業)과 임금의 수명이 길고 짧은 것은 오직 기도를 얼마만큼 열심히 드리느냐에 달려 있사오니, 환도하시는 길에 천보산(天寶山) 회암사(會巖寺)에 들러 부처님께 국태민안(國泰民安)을 비소서!"

공양왕은 망설이지 않고 어가를 회암사로 돌려 승려 1천 명에게 반승(飯僧)을 베풀었다. 악관으로 하여금 향악(鄕樂)과 당악(唐樂)을 연주케 하고 왕비와 함께 손수 향로를 들고 다니며 승려들에게 음식을 권하였다.

도전은 공양왕의 불사를 만류하였다.

"전하, 임금이 중을 공양하는 것은 옛 법에 어긋나는 일이오며, 아무 일도 하지 않으면서 화려한 집에서 살고 좋은 음식으로 배를 불리는 중들을 먹이느니 차라리 헐벗고 굶주린 백성들을 구휼하시는 것이 군주의 인자한 도리일 것입니다. 지금은 나라가 중흥의 때를 맞이하여 기강과 풍속을 새롭게 진작시켜야 할 시기이온데, 전하께서는 구구하게 중들에게 절이나 하고 탑전을 높이 세워 저승의 복을 구하니 신민들이 실망할 수밖에 없사옵니다."

공양왕은 그러나 대번에 낯을 붉혔다.

"우리 현종께서는 일찍이 10만 반승을 행하였고, 충선왕께서는 불심이 깊어 108만 반승과 108만 등(燈)을 밝히기를 기원하였소. 그런데 과인이 기껏 1천 명에게 반승을 행하는데 백성들에게 무슨 해가 된단 말이오!"

"전하, 일찍이 국태조께서는 불사를 일삼다 신라가 망한 것을 교훈 삼아 후대의 군신들에게 함부로 사찰을 짓는 것조차 금하였사옵니다. 전하께서 불사를 중히 여길수록 백성들의 삶은 곤핍해질 것이요, 어진 정치를 망치는 길임을 잊지 마소서."

공양왕은 여전히 못마땅한 기색이었다.

"과인은 오로지 불법의 가호에 의지하여 나라의 태평을 열려는 것인데 경이 그리 말씀하시면 섭섭하지요."

"전하, 장차 흥할 국가는 사람에게 맡기고 망할 국가는 신에게 맡긴다 하였사옵니다. 하온데 전하께서는 어찌하여 허망하기 이를 데 없는 부처에게 나라를 의지하려 하시옵니까?"

"아니, 부처가 허망하다니요? 경은 말을 삼가해야 할 것이오! 과인이 전번에 왕비에게 병이 있을 때 약사법석(藥師法席)을 차렸더니 그날 밤 꿈속에 노스님이 보이면서 병이 거짓말처럼 나은 적이 있소. 또한 부처에게 빌어 병이 나은 자가 많은데 경은 어찌하여 부처를 허망하다 말하는 것이오!"

"전하, 부처 섬기기를 독실하게 했던 양무제(梁武帝)는 후경(侯景)의 난을 만나 그토록 섬겼던 동태사(同泰寺)에서 굶어죽었고, 당나라 헌종 또한 불씨(佛氏)에 독실하여 불골(佛骨)을 궁중으로 맞아들였지만 끝내 비명에 죽고 말았습니다. 어찌 중국뿐이겠습니까? 몽골의 침략을 받았을 때 강화로 도망쳤던 정부는 불력(佛力)으로 외적을 물리친다며 대장경을 인성했으나 강토는 몽골군의 말굽에 무참히 짓밟혔으며, 공민왕께서 승려를 어버이 섬기는 것보다 더 지극 정성으로 하였으나 끝내 그 몸이 망가지고 말았습니다. 모쪼록 전하께서는 허망한 불씨에 의지하지 마시고 요순(堯舜)과 공맹(孔孟)의 도를 받들어 삼한에 태평의 업을 이루어야 할 것입니다!"

공양왕은 그러나 들은 척도 하지 않았다. 한번 고집을 세우면 무슨 일이 있어도 관철시켜야 속이 풀리는 왕이었다. 왕은 도전에게 보란 듯이 회암사에 닷새를 더 머물면서 법회를 열고 왕비와 함께 밤을 새워 기도를 드렸다. 그리고 떠날 때는 친히 중들에게 포 1,200필을 내리고, 강주승(講主僧)에게는 비단과 명주 300필씩을 보시했다.

그때 도전은 결심하지 않을 수 없었다.

"내가 아둔하여 힘이 모자람을 알면서도 이단 배척을 나의 임무로 삼는 것은 요순과 공맹을 계승하고자 함이 아니라 불씨가 나라에 해를 끼치고 사람들이 현혹되어 윤리가 멸하게 될까 두렵기 때문이다!"

도전의 척불 운동에 젊은 유생들은 그를 유학의 으뜸으로 삼았다.

"유종이라 하고 대유라 하지만 진짜 학문의 깊이와 실천독행(實踐篤行)은 정도전에게 미칠 자가 없다!"

성균관 생원 박초(朴礎)는 공양왕에게 소를 올려 통탄을 하였다.

"정도전은 천리(天理)를 밝히고 인심을 바르게 하였으니 우리 동방의 진유(眞儒)는 오직 이 한 사람뿐입니다. 이것은 하늘이 전하께 고요(皐陶)와 이윤(伊尹)과 부열(傅說)과 같은 신하를 주어 요순과 하은주(夏殷周) 3대의 융성한 정치를 오늘날에 이룩하려는 것이온데 어찌 그의 말을 듣지 않는 것이옵니까?"

공양왕은 그럴수록 도전을 멀리하였다. 대신 그 옆에는 늘 정몽주가 있었다. 정몽주는 어느새 수구 세력의 수장이 되어 곧 이색과 우현보를 불러올 참이었다. 도전은 그대로 보고 있을 수만은 없었다.

· · ·

도전은 마침내 수구 세력을 제거하는 데 직접 나섰다. 마침 공양왕은 구언(求言)하는 교서를 신료들에게 내리자 도전은 장문의 소를 올리면서 이색과 우현보의 죄를 논하였다.

"전하께서 즉위하신 이래로 상을 받고 형을 받은 사람들이 많으나 김저의 사건에 연루된 자들 중에 어떤 자는 극형을 받았고 어떤 자는 발탁되었으며, 김종연과 난리를 도모한 자들 중에 누구는 살고 누구는 죽었으니 그 까닭을 신은 알지 못하겠사옵니다. 또 윤이와 이초가 명나라에 청하여 천하의 군사를 움직이려 했는데도 결국 그 진실은 밝혀지지 않았으니 이것을 무함이라고 한다면 천하에 토죄할 만한 난신적자가 어디에 있겠습니까?"

그러나 공양왕은 비답이 없었다. 도전은 이번에는 왕이 아니라 도당에 상서(上書)하여 이색과 우현보의 죄를 밝힐 것을 청하였다. 대간에서도 기다렸다는 듯이 우현보를 탄핵하고 나섰다.

"우현보의 죄는 이색과 다를 바 없으니 마땅히 귀양 보내야 할 것입니다!"

대간의 상소가 세 번이나 거듭되었으나 공양왕은 답을 주지 않았다. 그러다 갑자기 우부대언 이방원을 불러 일렀다.

"작년에 윤이·이초의 무리에게 특사를 베풀자는 의논을 시중과 했는데 이제 와서 대간이 다시 죄 주기를 청하니 그대는 시중께 일러 이를 금하도록 하시오!"

이성계는 할 말이 없었다. 시사를 놓고 간언을 하면 덕이 없으니 어떡하느냐고 하면 그만이었고, 폐단을 고치려 하면 조종의 법이 무너지는 것이라며 반대하고, 죄가 명백한 자들을 논죄하자고 하면 나라의 대신들에게 어찌 죄를 줄 수 있느냐며 감싸고돌기만 하는 공양왕이었다.

이성계는 이번만큼은 마음을 굳게 먹고 전(箋)을 올려 사직을 청하였다.

"윤이와 이초의 당에 공모한 자들의 죄가 명백하여 대간에서 자발적으로 상소한 것이온데, 전하께서는 마치 신이 사주한 것으로 여기시니 어찌할 바를 모르겠사옵니다. 신같이 무능한 자는 차라리 물러나는 것이 낫겠사오니, 현량한 인재를 택하여 대신케 하소서!"

어째 일이 잘못 돌아간다 싶자 공양왕은 좌대언 이첨을 이성계에게 보내 말하였다.

"대신의 진퇴는 나라의 운명에 관계되는 일이므로 경솔히 할 수 없으니 경은 사소한 일들에 개의치 마시오!"

그러나 이성계는 다시 전을 올렸다.

"나라에 큰일이 있거나 변방에 급한 일이 있어 적을 물리치는 일이라면 신이 어찌 사양할 수 있겠습니까? 하오나 어리석은 신으로서는 막중한 국사를 감당할 수가 없사옵니다!"

이성계는 공양왕이 우현보를 논죄할 때까지는 조정에 나가지 않을 작정이었다. 공양왕은 이성계가 못내 괘씸했지만 우현보를 철원으로 귀양 보내고, 다음날 사람을 보내 이성계를 불렀다. 그제야 이성계가 입궐하여 사례를 올렸다.

"덕이 부족한 내가 외람되이 왕위에 있으면서 어찌할 바를 모르겠는데, 경이 물러나면 나는 누구를 의지하란 말이오? 경은 늘 과인의 부족한 점을 바로잡아 주시오!"

공양왕의 말에 이성계는 섭섭했던 마음을 누그러뜨렸다.

"전하, 옛날 임금들은 나무하는 나무꾼과 소 먹이는 아이들의 말이라도 귀담아 들어 좋은 세상을 다스렸다 하옵니다. 전하께서는 오로지 바른말만 듣고 간사한 자들을 물리친다면 정녕 좋은 정치를 이루실 것이옵니다!"

"고마운 이야기요. 자, 내 술을 한 잔 더 받으세요!"

공양왕은 술병을 들어 친히 이성계에게 따라주었다. 그럴 때면 더없이 다정다감한 모습이었다.

그러나 수시중 정몽주가 공양왕으로 하여금 친히 5죄를 논의하라는 상소를 전격 올리면서 정국은 파국을 향해 가파르게 치닫기 시작했다.

전하께오서 즉위하실 때부터 소위 5죄를 가지고 사헌부와 형조, 간관들이 번갈아 상소하여 전하의 마음을 괴롭히고 있으나, 지금까지 명확한 결론을 짓지 못한 채 의견만 분분합니다. 그리하여 실제로는 죄 있는 자가 사면을 받고, 죄 없는 자가 억울하게 누명을 쓰는 경우도 분명 있을 것이옵니다. 이제 성헌(사헌부)과 법사(형조)로 하여금 관련자들의 진술과 문안(文案)을 자세히 살피도록 하여 용서할 수 없는 죄가 있는 자는 법률에 따라 엄히 처하고, 정상(情狀)이 의심스러운 자는 가볍게 징계를 줄 것이며, 죄 없이 무함을 받았던 자를 마땅히 가려낸 뒤에 옥 장(獄章:옥사)을 올리도록 하소서. 그런 다음 전하께서 재보(宰輔)와 신 료(臣僚)를 소집하여 친히 문안을 심사하시어 죄의 유무를 가려내신다 면, 인심이 복종하고 공도(公道)가 실행될 것이옵니다!

수시중 정몽주의 소가 올라오자 공양왕은 즉시 사헌부와 형조로 하 여금 5죄 관련자들의 옥장을 올리도록 명하였다.

5죄란 첫째는 왕씨를 세우려는 의논을 저지시키고 창을 왕으로 세운 자, 둘째는 김종연의 모의에 가담한 자, 셋째는 왕씨를 다시 세우려 할 때에 우를 맞이하려 한 자(소위 김저의 옥), 넷째는 윤이와 이초를 명나라에 보내 홍무제로 하여금 군사를 일으켜줄 것을 청했던 자, 다섯째는 선왕 의 얼손(孼孫)을 몰래 길러 반역을 꾀한 자 등의 죄를 밝히자는 것이었다.

그중에 다섯째는 정읍 사람인 중랑장 왕익부(王益富)가 충선왕의 서증 손(庶曾孫)이라고 사칭하자, 지용기가 몰래 그자를 후원하여 장차 반역을 꾀하려 했다는 의혹 사건이었다.

사헌부와 형조에서 각각 옥장이 올라오자 공양왕은 지체하지 않고 유사의 대소 신료들을 소집하였다. 수시중 정몽주를 비롯하여 문하부 와 삼사, 사헌부와 형조의 중신들이 정전으로 소집되었다. 그러나 국정 의 수반인 이성계는 당사자라 하여 상피(相避)하였다.

공양왕은 좌중을 한번 둘러보더니 다소 어두운 소리로 말을 꺼냈다.

"과인이 즉위한 이래로 죄상이 명백하지도 않은 5가지 죄를 가지고 대간에서 끊이지 않고 상소를 올려 과인을 무척 괴롭혀왔소. 이제 도당과 사헌부, 형조의 관리들이 다 모인 이 자리에서 죄를 명확히 분간하되, 경들은 이 자리에서만큼은 기탄없이 의견을 말하시오. 그러나 물러가서는 다른 뒷소리가 없어야 할 것이오!"

공양왕의 말을 받아 정몽주가 쐐기를 박았다.

"어찌 뒷소리가 있을 수 있겠사옵니까?"

이윽고 공양왕이 문안을 펼치더니 대충 훑어보는 시늉만 하고서 좌중을 향해 물었다.

"먼저, 왕씨를 세우는 것을 막고 우의 아들 창을 세운 죄에 관해서인데, 조민수는 분명 죄가 있으나 과인이 보기에 이색의 죄는 용서할 만하오. 경들의 생각은 어떻소?"

대사헌 김주가 아뢰었다.

"전하께서 잠저(潛邸)에 계실 때에 위왕(僞王) 우(禑)를 '현릉지후(玄陵之後: 공민왕의 후사)'라고 한 데 대하여 이색은 우가 왕씨가 아니라는 것을 알면서도 그의 아들 창을 세울 것을 주장하여 '아버지가 나라를 가졌다가 아들에게 전하는 것은 떳떳한 이치이다'라고 하였습니다. 이는 이색이 대의를 망각한 채 일신의 안녕만을 위해 국론을 호도하였으니 그 죄를 어찌 용서할 수 있겠사옵니까?"

공양왕은 김주의 말이 못마땅한 듯, 말을 곱씹었다.

"대의를 망각하였으니 용서할 수 없다?"

"그렇사옵니다, 전하!"

"음, 허나 이색이 본래 비겁하고 나약한 자라, 당시에 군권을 쥐고 있는 대장 조민수가 물으니 그만 덜컥 겁이 나서 '아버지가 그만두었으니 아들이 서는 것은 나라의 상례다'라는 말만 했을 뿐이라는데, 그만한 죄는 용서할 수 있지 않겠소?"

김주가 다시 반론을 폈다.

"아니옵니다, 전하! 당시 대장 중에 시중 이성계도 있었습니다. 이색이 이 시중은 신뢰하지 않고 다만 조민수가 두려워 그런 말을 했다는 것은 앞뒤가 맞지 않으니, 이것만 보더라도 이색의 죄는 명백합니다."

우상시 허응이 덧붙여 아뢰었다.

"신창이 즉위한 뒤에 이색의 아들 종학은 '주상이 즉위한 것은 순전히 아버지의 공이 크다!'라고 떠들고 다녔으니 부자간의 말을 미루어 보건대 그 죄는 분명하옵니다, 전하!"

공양왕이 반론을 제기할 만한 마땅한 말을 찾지 못하자, 정몽주가 재빨리 왕을 거들고 나섰다.

"전하, 조민수가 물었을 때 이색이 그렇게 말한 것은 그가 다만 절조가 없는 탓이온데, 지금에 와서 무슨 죄가 되겠습니까?"

뒤미처 김여지가 정몽주의 비위를 맞추었다.

"신의 생각에도 이색은 죄가 없사옵니다, 전하, 이색이 본심으로는 왕씨를 세우고 싶었다 해도 기세등등한 조민수의 뜻을 어찌 꺾을 수 있었겠습니까? 비록 죄가 된다 하더라도 응당 가벼운 징계에 그쳐야 할 것이옵니다."

그쯤 이르자 공양왕은 냉큼 결론을 지어버렸다.

"경들의 말을 들으니 이제 이색의 죄는 더 물을 것이 없소!"

공양왕은 두 번째 김저의 옥으로 넘어갔다.

"이 사건은 김저의 자백만 있을 뿐이요, 이색과 우현보는 공술한 말이 없으니 이색은 물론 우현보와 박가흥 등의 죄는 용서할 수 있지 않겠소?"

"전하, 전하께서는 어찌 사사로운 정을 가지고 그들의 죄를 용서하시려 하옵니까?"

하는 김주의 말에 공양왕의 용안이 일그러졌다.

"경은 과인이 사정을 둔다고 생각하오? 간관들의 말과 헌사의 공안(供案)에는 분명 모함도 있을 터인데 그 말을 다 믿는다면 대체 온전할 자가 누가 있겠소?"

공양왕은 그런 식으로 5죄에 관련된 자들을 대부분 용서해버렸다. 김주를 비롯하여 사헌부와 간관들은 엄하게 다스릴 것을 거듭 주장했지만 그때마다 정몽주가 나서서 마치 입이라도 맞춘 듯 왕을 거들었다.

"지당하신 말씀이옵니다!"

논의가 갈무리되자 공양왕은 엄한 어조로 명을 내렸다.

"조민수와 변안열은 가산을 적몰할 것이며, 이을진은 형률에 의거하여 죄를 처단하고, 지용기와 박가흥은 그전대로 부처(付處)시키라. 허나 우인열과 왕안덕, 박위는 종편(從便)을 허락하고, 또 이색과 우현보는 서울이나 외방에서 편리한 대로 살게 하라!"

그러자 정몽주가 기다렸다는 듯이 왕에게 아뢰었다.

"전하, 전하의 명을 법령으로 내려 이후에 또다시 5죄를 들어 논핵하는 자가 있으면 무고로써 다스리소서!"

"옳은 말이오. 당장 시행토록 하시오!"

이로써 5죄 논의는 다시는 거론할 수 없게 되었으며, 이색과 우현보 등 조정에서 쫓겨났던 수구 세력이 복권되어 언제라도 조정에 다시 들어올 수 있게 되었다. 무서운 파국의 시발점이었다.

· · ·

5죄 논의를 일거에 중단시킨 정몽주는 곧바로 세자 책봉을 서둘렀다.

"전하, 세자를 세우는 것은 무릇 나라의 대계를 세우는 일이옵니다. 하온데 충숙왕 이후로 세자를 제대로 세우지 않아 왕실이 늘 혼란을 겪었사오니, 이제 적자를 세자로 세워 왕실을 더욱 튼튼히 하소서!"

"과인이 아직 황제의 고명(誥命)을 받지 못했는데 세자를 먼저 세운다면 명나라에서 까탈을 잡지 않을까 걱정이오."

"전하, 전에 한산군이 입명(入明)했을 때 황제께선 고려의 집정대신이라 하여 대우가 남달랐습니다. 신의 생각으로는 세자를 먼저 세운 다음, 전하를 대신하여 고려의 왕세자가 입조한다면 황제께서 분명 크게 기뻐하실 것이옵니다."

"오, 참으로 훌륭한 생각이오!"

공양왕은 세자 책봉을 위한 봉숭도감(封崇都監)을 설치하고, 곧 찬성사 설장수를 책봉사로 삼아 세자에게 책봉문과 인을 주었다. 이때가 공양왕 3년 8월. 이날 백관들은 세자에게 전문을 올려 책봉을 축하하고, 왕은 신하들에게 연회를 베풀며 특별히 왕우와 이성계, 그리고 정몽주에게 내구마 1필씩을 하사하였다.

이제 정몽주의 정치적 위상은 이성계 못지않았다. 정몽주는 이미 이색과 우현보 등을 따르던 구 세력을 자기 세력으로 삼아 요소요소에 심으면서 이성계와 그 일파를 제거하기 위한 명분과 기회를 노렸다.

정몽주의 첫 번째 표적은 우군총제사를 겸하고 있는 정당문학 정도전이었다. 그러던 차에 '박자량(朴子良)의 옥'이 일어났다.

사헌부는 시정의 득실을 논집하여 임금에게 간하고, 관리들을 규찰하여 풍속을 바로잡는 것이 그 임무였으며 어사대, 감찰사, 사헌대, 헌대라고도 불리던 사헌부의 관리를 가리켜 대관(臺官)이라 했다. 이들 대관들은 장관인 대사헌(大司憲:종2품)으로부터 집의(執義:종3품)—장령(掌令:정4품)—지평(持平:정5품)—규정(規正, 또는 감찰:정6품)의 순으로 상하가 아주 엄격했으며 상명하복을 생명처럼 여겼다.

따라서 지평이 장령을 맞아들일 때면 섬돌에서 한 층 내려가서 맞아들여야 했으며, 장령은 집의를 또 그렇게 맞아들였다. 사헌부의 장관인 대사헌을 맞아들일 때면 집의 이하 여러 관원이 모두 한 자리씩 내려서 깍듯이 예의를 갖추었다. 뿐만 아니라 업무를 볼 때나 차를 마실 때도 위계를 엄격하게 따졌다.

그런데 사헌규정 박자량은 전부터 한 가지 불만이 있었다.

"사헌부에서 이색의 죄는 추궁하면서 죄질이 똑같은 우현보를 논핵하지 않는 것은 우현보의 아들 홍득(洪得)이 집의로 있기 때문이라. 집의는 아비가 연루되었으니 마땅히 상피해야 옳지 않은가!"

박자량의 말은 집의 우홍득의 귀에도 들어갔다. 그러나 우홍득이 못들은 척하고 등청하자 박자량은 뜰 아래로 나가 그를 맞이하지 않았다. 상명하복을 생명처럼 여기는 사헌부에서 하극상을 저지른 것이다. 대사헌 김주가 즉시 공양왕에게 아뢰었다.

"박자량은 헌관을 함부로 비방하며 집의를 영접하지 않았으니, 이는 아랫사람으로서 윗사람을 능멸하는 소위라 있을 수 없는 일인즉 마땅히 그 죄를 다스리소서!"

공양왕은 다른 어느 사안보다 빠르고 강경하게 대응했다. 박자량을 순군옥에 가두고 국문토록 한 것이다. 그러나 박자량은 당당했다.

"이색과 우현보는 죄질이 같은데, 본부(本府)에서 이색의 죄만 논핵하고 우현보를 함께 논핵하지 않은 것은 그 아들이 집의로 있기 때문이오. 그런데 우홍득이 이색의 죄를 논했다면 이는 곧 그 아비를 논핵한 것이나 다름 아닐 것이오. 그렇다면 동렬들과 함께 아비의 당을 논핵하면서도 상피하지 않으니 이것은 곧 자식된 자로서 그 아비를 인정하지 않는 것이요, 그 아비가 왕씨를 끊으려 했는데 그 사실을 알고도 간하지 않은 것은 왕씨를 인정하지 않는 것이라, 그렇다면 우홍득은 결국 아비도 없고 임금도 없는 사람인데 어찌 그를 상관이라 하여 영접할 수 있단 말이오?"

만호 유만수가 박자량을 다그쳤다.

"유사에서 우현보 등의 죄를 논핵한 것은 주상전하께 밀봉하여 아뢰었다는데 너는 그 사실을 어떻게 알았느냐?"

"규정 안승경에게 들었소이다."

밀봉하여 임금에게 직접 올린 소는 사사로이 누설할 수 없는 법이었다. 안승경을 잡아들여 문초하니 뜻밖에도 그런 이야기를 정도전에게서 들었다는 것이었다.

전에 안승경이 도전을 찾아가 묻기를,

"요사이 성헌과 형조에서 우·창의 일과 윤이·이초의 당을 논핵하면서 밀봉하여 아뢰었다는데, 선생님께서는 어찌 생각하시는지요?"

"자네들이 위왕(偽王)의 일과 윤이·이초의 당을 대악(大惡)이라고 하나, 이제 그 일은 논의하지 말도록 법령으로 정했으니 이미 끝난 일일세. 주상전하의 심기를 더 이상 어지럽히지 말고 그만들 두시게!"

도전의 말에 흠잡을 것이라곤 눈을 씻고 찾아봐도 없었다.

결국 박자량은 곤장을 맞고 유배되고 안승경은 졸지에 수군으로 떨어졌다. 지은 죄에 비해 벌이 너무 무거웠지만 다들 그것으로 그만이려니 했다. 그런데 다음날 아침, 한 통의 밀소가 공양왕의 탑전에 올라가 있었다.

"전하, 밀대(密對) 상서를 사사로이 누설한 것은 바로 임금을 업신여긴 것이오니 마땅히 정도전의 죄를 물어야 할 것이옵니다!"

그것은 정몽주의 사주를 받아 대간들 중에 누군가가 밀봉하여 올린 소였다. 공양왕은 기다렸다는 듯이 그날로 정도전을 평양부윤으로 전격 폄직시켜 버렸다.

· · ·

'포은이……, 다른 사람도 아닌 포은이 나를!'

누구도 예상치 못한 일이었다. 도전은 짙은 배신감에 몸을 떨면서도 허망하기 이를 데 없었다. 다른 자들이야 본래부터 절조가 없고 표리부동이라 제쳐 놓는다 쳐도 정몽주는 무얼 어쩌자는 것인가. 아무리 세상사가 때를 좇아 변한다지만 정몽주가 그렇게까지 자신을 모함할 줄은 몰랐던 것이다.

도전이 하루아침에 평양부윤으로 쫓겨났다는 말을 듣고, 이성계의 추동 저택으로 달려온 조준과 남은이 정몽주를 격렬하게 성토했다.

"정몽주가 다른 사람도 아닌 삼봉을 치다니, 이런 경천동지할 일이 있소? 어제의 동지가 오늘의 적이라지만 그래도 사람됨이 다르다는 정몽주가 형제처럼 지내던 정도전을 치다뇨?"

"우리가 호랑이 새끼를 키웠던 게지요. 그자가 누구 덕으로 출세했는데…… 이렇게 당하고만 있을 게 아니라 아예 정몽주를 쳐버립시다!"

순간, 좌중에는 긴장감마저 감돌았다. 그러나 도전은 의외로 차분하게 가라앉은 목소리로 말했다.

"아니 될 말이오. 한번 칼로 일으킨 세력은 칼로 유지할 수밖에 없고, 또 칼로 망할 수밖에 없소이다!"

내내 격분을 억누르고 있던 이성계가 도전에게 물었다.

"삼봉, 이렇게 앉아서 당할 수만은 없는 일 아니오?"

도전은 고개를 가로저었다.

"민심은 흐르는 물과 같거늘, 포은 한 사람이 어찌 그 물길을 막으리요. 다만 대감께선 이 일로 사직을 청하거나 결코 군권을 놓아서는 아니 될 것입니다. 설사 무슨 일이 있어도 끝까지 칼을 뽑는 것만큼은 자제하셔야 합니다. 천도(天道)가 결코 무심하지 않을 것입니다!"

도전은 평양으로 올라가는 길에 이성계에게 마지막으로 한마디 다짐을 더 두었다.

"장군!"

도전은 일부러 이성계를 수상도, 도총제사도 아닌, 장군이라 불렀다. 그가 처음 함주에 갔을 때의 마음을 되새기려는 것이었다. 이성계도 도전을 불렀다.

"삼봉……!"

"장군, 홍업(鴻業)의 비결은 백성의 마음을 얻는 자에게만 돌아간다는 것을 결코 잊지 마십시오!"

홍업!

이성계는 순간 귀를 의심했다. 정녕 '홍업'이라 했던가. 홍업이란 나라를 세우는 대업을 말하였다.

도전이 평양부윤으로 폄직된 것은 공민왕 3년 9월 정유일(丁酉日, 13일). 그러나 도전이 평양에 채 닿기도 전에 봉화현(奉化縣)으로 유배형에 처한다는 왕명이 떨어졌다. 폄직된 지 불과 7일 만이었다.

정몽주가 보낸 죽음의 사신이 시시각각 도전에게 다가가고 있었다.

· · ·

"정도전을 파직하고 봉화현으로 즉시 유배하라!"

도전은 무슨 악몽을 꾸고 있는 듯싶었다. 아무리 뒤집어 생각해도 그 사실이 믿어지지 않았다. 그것은 파직도 유배 때문도 아니었다. 사헌부에서 도전을 탄핵하면서,

"정도전은 일찍이 미천한 신분으로 출세하여 우연히 공신의 반열에 들었사온데, 그 속에는 늘 간악한 마음을 품고 있으니 마땅히 그의 죄를 다스리지 않을 수 없사옵니다!"

라고 하였다는데, 대체 '미천한 신분'은 무엇이며 '간악한 마음'은 또 무엇이더란 말인가. 순전히 도전을 나락으로 떨어뜨리기 위한 정몽주의 모함이었다.

도전을 제거하기 위한 정몽주가 꾸민 모략은 치밀하고도 절묘했다.

폄직되었던 도전에게 난데없이 유배형이 떨어지자 이성계는 항의의

표시로 사직을 청하였다. 그러자 공양왕은 기다렸다는 듯이 이성계를 판문하부사로 옮기고 심덕부를 다시 시중으로 삼았다. 때마침 이성계가 상을 당하였다. 향처의 사망으로 이성계는 조정에 나갈 수 없었고, 군사를 받치고 있는 방우와 방과는 모친상을 지켜야 했다.

정몽주는 이때를 놓치지 않고 이성계의 우익들을 하나씩 쳐냈다. 개성부윤 조반과 한양부윤 유원정, 휘하사 유만수가 차례로 탄핵을 당하였다. 조반은 공전을 탈취했다는 죄, 그리고 유만수는 어머니를 봉양하지 않고 동생들의 전민(田民)을 빼앗았다는 죄, 유원정은 며느리 삼으려던 규수를 자신이 취했다는 죄였다. 물론 하나같이 거짓이었다. 유원정만 해도 본디 자식이 없는 사람이었는데 없는 자식을 만들어서까지 죄를 얽어냈던 것이다.

그러나 이들은 곁가지에 불과했다. 정몽주는 정도전의 목을 원했다. 어떻게든 도전을 죽이고 나면 이성계가 감히 비망(非望)을 품지 못할 것이며 추종 세력들도 일시에 와해되리라 여겼다. 마음이 급해진 정몽주는 대사헌 김주를 불러 불같이 재촉하였다.

"정도전을 극론하라 했거늘 여태까지 무얼 하고 있는 것이오?"

"마땅히 붙일 만한 죄가 없어 헌부에서도 지금껏 고민하고 있는 중입니다."

"누가 그걸 몰라서 대사헌을 불렀겠는가? 죄가 없으면 만들어서라도 붙이면 될 터……. 촌음을 다투는 일임을 대사헌은 정녕 모른단 말인가!"

정몽주의 역성에 김주는 벌벌 떨었다. 도전에게 죄를 뒤집어씌우지 못하면 자기 목이 날아갈지도 모를 판이었다. 그래도 도전에게 뒤집어씌울 만한 죄가 없자 그의 혈통에 천노(賤奴)의 피가 섞여 있다고 몰아붙였다.

"정도전은 출생이 미천하고 파계가 명백하지 않은데도 외람되이 높은 관직을 받고 재상의 열에 섞여 있으면서 나라의 원로대신들을 모함하고 제멋대로 흔단을 일으켜 주상전하를 괴롭혔으니 어찌 살려둘 수 있겠사옵니까? 지금이라도 정도전의 직첩과 공신녹권을 회수하시고 극형에 처하소서!"

김주의 논핵은 같은 내용으로 세 차례나 거듭되었다. 사헌부의 터무니없는 상소에 밀직부사 남은이 반발하고 나섰다.

"전하, 정도전은 전하를 옹립했던 9공신의 한 사람이요, 불과 며칠 전까지 정당문학과 우군총제사로서 흠결이 없었으며, 다른 무엇보다 모든 자들이 아니라고 했을 때 정도전만이 홀로 외롭게 개혁을 선도하고 신명을 다하여 폐단을 고친 것은 오로지 사직을 바로 세우고 백성을 살리자는 충심이었사온데, 이제 와서 가당치 않은 말로 그를 모해하고 극형을 처하라는 것은 차마 인정으로도 있을 수 없는 일이옵니다!"

공양왕은 그러나 들은 척도 하지 않았다. 남은은 그에 항의하여 병을 핑계로 사직을 청하였다. 그렇지 않아도 구실을 찾고 있던 정몽주는 당장 남은까지 싸잡아서 논죄하였다.

"남은이 임금의 명에 불만을 품고 병을 가탁(假託)하여 사직한 것이라면 그 또한 죄를 묻지 않을 수 없사옵니다!"

결국 남은에게도 유배형이 내려지고 말았다.

도전은 피가 거꾸로 치솟았다. 정몽주가 일찍이 3장에 장원을 하고서도 고신을 받지 못했던 것은 출신이 한미하다는 이유 때문이었다. 그래서 누구보다 가계를 들추는 따위의 무함을 증오하던 정몽주였다. 그런 그가 가장 비열한 수법을 동원한 것이다. 또한 설사 가계가 미천하다 한들 그것이 죽어야 할 만큼 대역죄인가.

공양왕은 그러나 도전의 직첩과 폐가입진의 공으로 하사했던 중흥공신 녹권을 거두어들이고 봉화에서 나주로 이배(移配)하라는 명을 내렸다. 또 도전의 자식들까지 서인으로 떨어뜨렸다.

이로써 어그러진 세도를 만회하자던 동지의 원대한 기약은 깨지고 말았다. 도학의 으뜸이요 성리학의 시조라고까지 추켜세우고 하늘 같이 믿었던 정몽주였다. 시세에 따라 뜻을 저버리고 벼슬을 출세와 보신의 수단으로 여기는 자들을 얼마나 같이 비웃었던가. 그러나 정몽주도 그들과 하등 다를 것이 없었다.

공양왕의 맹세는 또 얼마나 거짓이었던가. 황하가 말라 띠처럼 가늘어지고 태산이 닳아 숫돌처럼 작아질 때까지 세세토록 함께 하며 설사 죄를 지어 그 죄가 왕실을 범한다 해도 용서하겠노라던 왕의 맹세는 차라리 저주였음이 드러난 것이다.

그래서일까. 봉화를 떠나 나주로 압송되는 내내 도전의 마음은 납처럼 무거웠다. 지난날 권신 이인임의 전횡에 항거하다 나주로 유배되었을 때는 두려울 것이 없었다. 옳은 일을 하다가 죄를 얻었으니 오히려 당당하기조차 했었다. 그리하여 '저 험한 태항산 올라가노라니 황하의 물이 내리쏟는구나'라며 호기를 부리지 않았던가.

그러나 지금은 시 한 수 읊조릴 마음조차 일어나질 않았다. 누구보다 절친했던 벗이자 뜻을 같이했던 동지의 모함으로 죄를 입었다는 사실이 차라리 서글펐다. 앞날이 어찌될지 알 수 없는 일이었다. 동지를 배신한 자는 옛 동지를 가장 무서워하고, 적보다 더 잔인했다. 그래야 자신의 변절이 정당화되고 살길이 열리기 때문이다.

'그렇다면……, 정몽주는 필시 나를 죽일 것이다!'

도전은 자신의 운명을 무섭게 예감하여 피가 나도록 입술을 깨물고 또 깨물었다.

4. 혁명

정몽주 천하였다.

공양왕 3년(1391) 11월로 접어들면서 조정은 아예 수구 세력들로 판을 이루었다. 우현보와 그의 아들 홍수의 관작은 이미 회복되었고, 김종연을 비호하다 유배되었던 우홍부 등은 일시에 해배되었으며, 윤이·이초 사건에 연루되어 파직되었던 권중화 등도 보란 듯이 조정으로 돌아왔다.

무엇보다 정몽주를 든든하게 한 것은 이색의 복권이었다. 사사건건 개혁의 발목을 잡다 못해 나중에는 명나라에 감국(監國)을 청하면서까지 개혁파를 견제하던 이색이 다시 왕의 부름을 받은 것이다. 이색은 성은에 감격한 나머지 눈물을 흘리며 사은소(謝恩疏)를 올렸다.

"신은 전하의 명을 받자옵고 너무 기쁜 나머지, 한시라도 빨리 전하를 뵙고 은혜를 사례하고자 곧 폄소(貶所)를 떠났사오나, 그만 충주와 여주 어간에서 병이 나 행보가 곤란하게 되었습니다. 그런 연유로 이때까지 궁궐로 나아가 전하를 뵙지 못하였으니 전하께서는 신의 쇠약함을 가엾게 여기소서!"

이성계가 없는 편전에서 공양왕은 자못 감회에 젖었다.

"전에 성헌에서 이색을 죽여야 한다고 고집을 부렸으나 일찍이 우리 공민왕께서 그를 예로써 대하였고, 또 위조(僞朝 : 우·창왕의 때)를 위해 명나라에 갔을 때는 황제 역시 그를 특별히 대우하였는데, 하물며 내가 어찌 그를 죽일 수 있었겠는가?"

공양왕은 당장 역마를 보내 이색을 정중하게 데려오도록 명하였다. 파격적인 예우였다. 개경으로 돌아온 이색은 그날로 이숭인과 함께 궁궐에 들어가 사례를 올렸다. 공양왕은 그들을 내전으로 불러들여 궁온을 베풀며 각별히 위로한 뒤에 이색을 영예문춘추관사(領藝文春秋館事)로, 이숭인은 지밀직사사로 삼았다.

정몽주의 정치적 위상은 가히 이성계에 못지않았다. 그가 출입할 때마다 따르는 구종배가 수십 명에 위의(威儀)가 당당했고, 시중 심덕부가 있었음에도 수시중 정몽주의 말에 따라 정사가 움직였다. 정몽주 뒤에는 공양왕과 이색과 우현보가 버티고 있었던 것이다.

해가 바뀌면서 왕안덕과 우인열, 박위, 지용기 등에게 사면령이 내려졌다. 이로써 개혁파에게 탄핵을 받아 조정에서 쫓겨났던 무장 출신의 중신까지 대부분 복권되었다. 조정은 이제 수구 세력이 개혁파를 완전히 압도했고 개혁파로 행세할 만한 자는 삼사좌사 조준 정도뿐이었다.

정몽주는 그래도 한시도 마음을 놓지 않았다. 도전이 아직 살아 있고 이성계가 목에 가시처럼 걸렸던 것이다. 이성계는 지난해 9월 이후로 정사에 참여하지 않은 채 죽은 듯이 엎드려 있었지만, 삼군도총제사로서 여전히 나라의 군권을 쥐고 있었다. 정몽주는 하루라도 빨리 가시를 제거하기 위해 노심초사하였다.

기회는 뜻하지 않게 다가왔다. 밀직사사 이염(李恬)이 공양왕 앞에서 난동을 일으켰던 것이다.

공양왕이 수창궁에서 연회를 베풀 때였다. 연회장 상석에는 시중 심덕부와 수시중 정몽주를 비롯하여 이색과 우현보 등 기로대신들이 줄줄이 들어앉았다. 그러나 이성계는 보이지 않았다. 그래도 누구 하나 아쉬워하는 사람이 없었다. 오히려 이성계가 없는 것이 홀가분한 듯 그들은 맘껏 취하고 크게 떠들어댔다.

연회장 구석에 있던 이염은 분통이 터졌다.

"어허, 저따위 꼴이나 보려고 왕통을 바로잡고 정치를 개혁하자고 했던가? 이건 숫제 죽 쒀서 개를 준 꼴이 아닌가!"

이염은 아무래도 분이 가시지 않는 듯 맞은편에 앉아 있는 조준과 김사형을 향해 씹어뱉듯이 말을 건넸다.

"노는 꼴들이 아주 보기 좋습니다. 훼방이나 놓고 눈치나 살피던 자들이 이제는 자기 세상이라도 되는 양 참으로 가관이올시다. 시정잡배들도 양심이 있고 의리가 있는데 저들을 아무래도 염통에 수염이 난 것이 분명하오이다. 안 그렇소, 대감?"

조준은 아무 대꾸도 하지 않고 애꿎은 술잔만 벌컥벌컥 비워냈다. 그도 부글부글 끓어오르는 화를 참을 수 없었던 것이다. 이염은 조준의 그런 속도 모르고 심사가 뒤틀리는 대로 말을 뱉었다.

"헌데, 대감들은 어째서 임금한테 바른말 한번 고하지 못하는 것이오? 충신들은 도리어 죄인이 되고 간신들은 저렇게 떵떵거리는데 대감들은 아무려나 상관없다는 겁니까? 정녕 삼봉 대감을 그대로 둘 것입니까?"

듣고 있기 민망했던지 김사형이 이염을 점잖게 나무랐다.

"그렇게 흥분해서 떠든다고 되겠는가. 술이 과한 것 같으니 오늘은 그만 진정하시게."

하지만 이미 취기가 오른 이염은 작정이라도 한 듯, 속에 담고 있던 말들을 거침없이 쏟아냈다.

"어허, 지금 내가 진정하게 되었습니까? 지금의 주상을 세우고, 나라의 정치를 이나마 바로잡은 사람이 대체 누굽니까? 도총제사와 삼봉 대감이 아닙니까? 대감들도 분명 뜻을 같이했던 분들이구요? 헌데, 삼봉은 되려 천하의 대역 죄인이 되었으니 이러고도 세상에 정의가 살아 있다고 말할 수 있는 겁니까?"

이염이 그렇게까지 흥분하는 데는 남다른 사연이 있었다. 그의 부친이 공민왕 때 판삼사사를 지낸 이수산(李壽山)이었다. 이수산은 공민왕이 흥하고 난 뒤에 후사를 세울 때, 우왕을 옹립하려는 이인임과 대립하였다. 그는 명덕태후 홍씨와 함께 종실에서 덕이 있는 자로 세울 것을 주창했던 것이다. 결국 우왕이 즉위하면서 이수산은 이인임에 의해 벼슬에서 쫓겨나고 말았다.

이염은 부친의 뜻대로 왕통을 바로잡았다는 데 누구보다 자부심을 가졌다. 그런데 위조로 불리는 우왕과 창왕의 치세 때 온갖 지위를 누렸던 자들이 지금에 와서도 공신을 자처하고 노는 꼴이 자못 거슬릴 수밖에 없었다.

이염은 앞에 있던 술잔을 들어 한 입에 털어 넣었다. 그때 마침 상석에서는 뭐가 좋은지 파안대소가 터지고, 잠시 뒤에 공양왕이 어좌에서 일어섰다. 그 순간, 이염도 무엇에 홀린 사람처럼 자리에서 벌떡 일어났다. 그러고는 누가 미처 말릴 사이도 없이 공양왕을 쫓아가 냉큼 어의 자락을 붙들었다.

"전하, 신이 한 말씀 드리지 않을 수 없사옵니다!"

공양왕은 이염이 와락 덤벼들자 비수라도 들이대는 줄 알고 질겁한 나머지 거조를 잃고 말았다. 옆에 있던 환관 강인부(姜仁富)가 황급히 이염을 떼어놓으려 했다. 이염은 강인부의 손을 우악스럽게 뿌리쳤다.

"놓아라! 내가 전하께 한 말씀 드린다 하지 않았느냐!"

그러고는 공양왕에게 소리 높여 아뢰었다.

"전하, 전하께서는 정창군 때를 벌써 잊으셨나이까? 나랏일은 날로 글러만 가는데 전하께서는 어찌하여 소인배들만 가까이하시고 충신들을 내치시는 겁니까? 전하께오서 진정 나랏일을 걱정하신다면 지금이라도 마음을 돌리셔야 합니다!"

이염은 끝내 울음까지 터뜨리더니,

"전하께오서 정녕 마음을 돌리지 않으신다면 신은 이 관모를 전하께 돌려드리겠습니다. 차라리 신을 죽여주소서!"

하면서 관모를 벗어 바닥에 팽개쳐 버렸다. 신하로서 감히 상상도 할 수 없는 불경이었다. 시종하던 환관과 대호군이 달려들어 이염을 간신히 떼어놓았으나 연회장은 난장판이 되고 말았다.

"저런 천하에 몹쓸 놈을 보았나!"

우현보가 분개를 하자 이색은 혀를 찼다.

"쯧쯧……, 그러게 말입니다. 실성을 한 게지요."

정몽주는 아무 말이 없었다. 그러나 속으로는 회심의 미소를 지었다.

. . .

다음날로 정몽주는 좌상시 김진양을 앞세워 이염의 죄를 논하였다.

"이염이 술에 취하여 전하께 광증을 부렸사온데, 단순히 주정이라고 하기에는 미심쩍은 점이 많사옵니다. 이염을 순군옥에 가두고 엄히 국문하여 죄상을 낱낱이 밝히도록 하소서!"

뒤를 이어 대간들이 잇달아 이염을 극형을 처할 것을 주장하면서 시위군들까지 걸고 넘어졌다.

"지난밤에 전하를 제대로 호위하지 못한 시위군의 죄 또한 묻지 않을 수 없사오니 그들을 모두 국문하여 형률에 따라 엄히 다스리소서!"

시위군의 죄를 따진다면 나라의 군사를 맡고 있는 이성계에게 얼마든지 죄가 미칠 수 있는 일. 정몽주는 이염의 난동을 빌미로 이성계를 노렸던 것이다. 정몽주는 시위군에 속해 있던 상호군과 대호군 등 7명을 순군옥에 가두고 국문토록 하였다.

'정몽주 이놈을 그냥!'

이쯤 되자 이성계도 가만있을 수가 없었다. 하룻강아지 범 무서운 줄 모른다고 정몽주 따위가 감히 올가미를 씌우려는 것이다. 분대로 하자면 단칼에 정몽주를 베어 버리고 싶었다. 하지만 최후의 순간이 아니고서는 칼을 빼지 말라는 도전의 당부를 잊지 않았다.

대신에 이성계는 전에 없이 무장을 갖추고서 궁궐로 들어갔다. 아무리 장수라도 임금의 허락 없이는 무장을 하고 입궐할 수가 없었다. 그러나 이성계는 일찍이 '검리상전(劍履上殿)'과 '찬명불배(贊拜不名)'의 특전이 주어져 있었다. 검리상전은 신하로서 검을 찬 채 신발을 그대로 신고 궁전에 오를 수 있으며, 찬배불명은 임금에게 절을 하면서 자기의 이름을 고하지 않는 것을 말하였다. 다만 지금까지 특전을 쓰지 않고 신하의 예를 깍듯이 지켜왔던 이성계였다. 그러나 지금은 자신의 존재를 왕과 정몽주에게 각인시킬 필요가 있었다.

무장을 갖춘 이성계가 탑전으로 들어서자 공양왕은 가슴이 철렁 내려앉았다. 이성계의 위의는 천군만마를 거느리고 있는 것만 같았다. 태산이란 움직이기가 어렵지 한번 움직였다 하면 숲이 요동을 치고 수풀은 떨기 마련이었다. 그래도 이성계는 왕 앞에 무릎을 꿇고 아뢰었다.

"전하, 지난번 연회에서 이염의 광망한 행동은 분명 용서받지 못할 불경이옵니다. 하오나 이염이 본디 고지식하기 이를 데 없어 언행이 과도했던 것이니, 전하께오선 너그러운 마음으로 용서하시어 극형만은 면하게 하소서!"

내심 겁을 집어먹은 공양왕은 떨리는 목소리를 억눌렀다.

"경의 청을 과인이 어찌 소홀히 듣겠소……."

결국 이염은 장(杖) 1백 대를 맞은 후 합포로 유배되고, 시위를 맡았던 무장들에게는 태형을 가하는 것으로 그쳤다. 뜻을 이루지 못한 정몽주는 이성계를 거세할 보다 확실한 명분과 기회를 기다려야 했다. 그 기회는 역시 뜻밖에도 금세 다가왔다.

· · ·

3월도 다 갈 무렵, 공양왕에게 참으로 반가운 소식이 날아들었다. 명나라에 갔던 세자 석(奭)이 무사히 귀국길에 올랐다는 것이었다.

세자가 명나라에 입조(入朝)한 것은 작년 9월. 정몽주와 세자시학을 겸하고 있는 우성범의 주장으로 조근을 청했을 때 개혁파에서는 사대(事大)의 예가 지나치면 나라의 굴욕이 된다며 반대했었다. 공양왕도 의심이 많은 홍무제가 행여 세자를 볼모로 잡아두지 않을까 하는 불안한 마음에 그다지 내키지 않았었다.

그런데 세자의 입조는 뜻밖에도 대단한 성공을 거두었다. 홍무제가 고려의 세자를 위해 다섯 차례나 연회를 베풀었으며, 또 귀국하는 세자에게 황금 2정(錠)과 백금 10정, 비단 1백 필을 내리면서 말하기를,

"이제 고려가 변방에서 흔단을 일으키지 않고 짐에게 신하의 예를 잃지 않는다면 무슨 화가 있겠는가. 고려왕은 다만 짐의 덕을 삼한에 펼치도록 하라!"

그 말을 전해들은 공양왕은 기쁨을 감출 수가 없었다.

"세자가 나라의 오랜 근심을 덜어주었으니 참으로 장하도다. 도당은 금교역으로 나가 세자를 맞이하고, 백관들은 선의문 밖에서 반열을 지어 성대히 맞이하도록 하라!"

뿐만 아니었다. 아우인 정양군 왕우와 판문하 이성계로 하여금 황주(黃州)로 나가 세자를 맞이할 것을 명하였다.

왕명을 받은 이성계는 기일보다 며칠 앞서 출영 차비를 갖추었다. 모처럼 답답한 도회를 벗어나, 산야를 누비며 마음껏 사냥이라도 하고 싶은 마음이 일었던 것이다. 그런데 부인 강씨가 이성계를 가로막았다.

"대감, 어쩌자고 몸을 가벼이 움직이시려는 겁니까?"

"그게 무슨 말씀이오?"

"대감께서 출영을 나간 사이에 정몽주 일파가 무슨 흉계를 꾸밀지 알 수 없는 일입니다."

"그렇다고 왕명을 거역할 수는 없는 일 아니오?"

"정 가시려거든 친병들을 데리고 가시지요."

"저군(儲君)을 맞으러 나가는 신하가 어찌 휘하의 군사들을 끌고나가 위세를 부린단 말이오."

"위세가 아니라 행여 닥칠지 모를 화를 대비하자는 겁니다."

이성계는 강씨의 고집스런 부탁에 못 이겨 요로에 친병을 가까이 두기로 하고 출영을 나갔다.

그로부터 정확히 엿새 후. 해주(海州)에서 난데없는 소식이 들려왔다.

"이성계가 낙마하여 중상을 입었다!"

사냥감을 쫓아가던 이성계가 말이 진창에 빠져 넘어지는 바람에 다리가 부러지고 중상을 입었다는 것이다. 소문은 빠르게 도성으로 퍼지면서 눈덩이처럼 커졌다. 누군가의 해코지라는 말이 들렸고, 살아날 가망이 없다는 말도 들렸다. 사람들은 일말의 불안감에 휩싸였다. 꼭 무슨 일이 일어날 것만 같았다. 그러나 정몽주에게는 더없는 낭보였다.

'하늘이 나를 돕는구나!'

정몽주는 자신도 모르게 속으로 탄성을 지르고 곧바로 이색과 우현보를 비롯하여 이숭인, 이종학, 조호 등을 불러 모았다.

"이성계가 지금 중상을 입고 움직이지 못하게 되었다니, 이는 하늘이 종사를 살피고 우릴 돕는 것이올시다. 이럴 때 나라의 화근을 없애지 않으면 장차 무슨 화가 닥칠지 알 수 없는 일. 이성계를 도모할 것입니다!"

정몽주는 자못 들떠 있었다. 이색의 아들 종학이 거들었다.

"더욱이 목(木) 자가 나라를 얻는다는 참언이 떠돌고 민망이 그에게 쏠리고 있는 마당에 그를 칠 수 있는 절호의 기회입니다!"

금세 흥분과 긴장이 뒤섞이며 좌중이 술렁였다. 그런데 이색은 아무래도 내키지 않는다는 표정이었다.

"이성계의 목숨이 위태하다고는 하나 아직 숨이 붙어 있다지 않소? 게다가 휘하의 군사들이 철통같이 호위하고 있을 터인데 무작정 덤빌 일이 아닌 듯싶소."

풍상을 겪은 노신다운 염려였다. 우현보도 조심스러웠다.

"무작정 덤빌 일이 아니라 이성계의 우익들을 먼저 축출시킬 일입니다."

"뭐라 해도 가장 큰 문제는 정도전입니다. 그자를 어찌 하실 겁니까?"

이종학이 정몽주를 보고 물었다. 정몽주는 한 치의 망설임도 없었다.

"죽여야지요!"

그러나 이색은 여전히 내키지 않는 표정이었다.

"주상께서 쉽게 윤허하지 않으실 터인데?"

그러자 우현보가 정몽주를 대신해서 대꾸하였다.

"어떻게든 윤허를 받아내야지요. 윤허가 아니라도 자고로 난신적자는 아무나 죽일 수 있다고 하였으니 망설일 것 없습니다. 그래, 수시중은 어찌할 생각이오?"

"아직 조정에 남아 있는 조준은 물론이려니와 유배중인 정도전의 죄를 만들어 극론으로 몰고 간다면 나머지 이성계의 우익들을 처단하는 것쯤은 어려운 일이 아닙니다. 그리 되면 이성계는 수족이 다 잘린 거나 마찬가지 아니겠습니까?"

"분명한 죄도 없이 다 극형에 처할 수는……."

누군가 이의를 달았지만 우현보가 단단히 말빗장을 걸었다.

"잡초는 뿌리째 뽑지 않으면 나중에 반드시 다시 자라나기 마련이오. 달리 생각할 것 없소이다. 수시중 말대로 이성계 일파를 송두리째 뽑아버릴 일이올시다!"

비겁하고 야비하다는 생각도 들었지만 이미 빼든 칼이었다. 의기도 양양했다. 그런데 이색이 한순간 찬물을 끼얹었다.

"그러다 이성계가 군사를 일으킨다면 어떡하실 겁니까?"

이색은 역시 노회했다. 정몽주는 그러나 단언을 했다.

"그럴 일은 결단코 없을 것입니다!"

누구보다 이성계를 잘 알고 있는 정몽주였다. 이성계는 최영과 달랐다. 최영은 자신의 뜻을 관철시키기 위해서라면 임금한테도 군사를 들이밀었지만 이성계는 함부로 군사를 쓰지 않았다. 수구파가 개혁의 발목을 잡고, 때로 위기에 처할 때마다 군사를 동원하자는 말이 수없이 오갔지만 이성계는 꿈쩍도 하지 않았다. 무장들이 이성계와 맞서는 것을 두려워했지만 이성계 역시 그들을 두려워했던 것이다.

이윽고 좌상시 김진양의 주도로 삼사좌사 조준과 전 정당문학 정도전, 전 밀직부사 남은, 전 판서 윤소종과 남재, 그리고 청주목사 조박 등을 논핵하는 소가 공양왕에게 올라갔다.

정도전은 본래 미천한 신분으로 기신(起身)하여 당사(堂司)의 자리를 도둑질하였고, 신분이 귀하게 되자 자신의 천한 근본을 감추기 위해 나라의 대신들을 참소하여 끊임없이 화단을 일으켰사옵니다……. 또 조준은 정도전과 마음을 같이하여 변란을 선동하고 권세를 농단하였으며, 이에 염치없는 무리들이 영합하였으니, 윤소종, 남은, 남재, 조박 등이 바로 그들입니다……. 삼가 바라옵건대 사직의 안녕을 위해 유사로 하여금 이들의 죄를 국문하여 형벌을 밝게 다스리옵고, 또한 정도전은 귀양지에서 즉시 처단토록 하소서!

불과 하룻밤을 사이에 두고 정몽주 일파가 올린 탄핵소는 조정에 일대 회오리바람을 일으켰다. 개혁파에 대한 대대적인 공격은 가히 '정몽주의 반란'이었다.

· · ·

그러나 정몽주의 야심찬 계획은 처음부터 빗나갔다. 공양왕이 선뜻 움직여주지 않았던 것이다.

공양왕은 애초부터 이성계와 개혁파들을 무리하게 숙청할 마음이 없었다. 자칫 이성계를 거세하려다 도리어 반란의 명분을 줄까 내심 두려웠던 것이다. 이성계를 치려다 우왕과 창왕이 폐위되었고, 이염을 죽이려 했을 때 검리상전으로 자신을 윽박질렀던 이성계의 모습이 지워지질 않았다. 행여나 꿈에 볼까 두려운 모습이었다.

그러나 마음이 급해진 정몽주는 왕명이 내리기도 전에 사헌부의 서리들을 풀어 조준부터 구금토록 하였다. 이때 조준은 집에서 책을 읽고 있다가 서리들이 닥치자 태연하게,

"내가 오로지 사직을 위했을 뿐인데, 무엇을 걱정하겠는가!"

그말을 전해들은 정몽주는 더욱 초조해졌다. 조준이 그토록 태연한 것은 이성계를 믿고 있기 때문 아니던가. 더욱이 신진사류들도 은근히

반발하는 기색이었다.

"화단을 일으킨 것은 순전히 권력을 취하자는 것인데, 이제 누군가의 피를 보아야만 끝장이 날 것이다!"

섬뜩했지만 결코 틀린 말은 아니었다. 정몽주가 칼을 빼들었을 때는 분명 누군가의 피를 묻히고자 함이 아니었던가. 상대를 죽이지 못하면 자기가 당할 수밖에 없었다. 정몽주는 김진양을 불같이 재촉했다.

"촌음을 다투는 일이거늘 언제까지 전하의 비답만 기다릴 것이오, 수단과 방법을 가리지 말고 전하의 윤허를 받아내야 할 게 아니오!"

김진양은 다른 간관들과 함께 아예 대궐 뜰에 엎드렸다. 대사헌 강회백도 가세하였다.

"전하, 정도전과 조준의 무리들을 속히 처단하시어 나라의 법을 밝히소서!"

그러나 공양왕이 내린 답은 '유배형에 처하라'는 것이었다.

정몽주는 초조해질 대로 초조해졌다. 이성계가 아직 해주에서 꼼짝 못하고 있었지만 마음만 먹으면 하루 사이에 얼마든지 달려올 수 있는 거리였다. 만약 그가 개경으로 돌아온다면 상황이 어떻게 반전될지 알 수 없는 일이었다.

그가 들어오기 전에 무슨 수를 내야 했다. 정몽주는 직접 궁궐로 뛰어 들어갔다.

"전하, 어제 오늘 사이에 간관들과 사헌부에서 올린 소는 참으로 사직에 관계되는 중대한 문제이오니 속히 가납하소서!"

공양왕은 그러나 정몽주를 은근히 책망하였다.

"판문하가 중상을 입었다고 해서 갑자기 그의 우익들을 죽인다면 나라 사람들이 어찌 생각하겠소?"

"전하, 그자들은 본디부터 불측한 마음을 품고서 이성계와 무리를 이루었던 난신적자들이오매, 대의에 따라 처단하지 않을 수 없사옵니다. 대간의 뜻을 속히 가납하소서."

"아무리 그렇다 해도 죄상도 분명치 않아 누가 봐도 의옥(疑獄)이라 할 것인데, 괜히 종기를 제거하려다 자칫 더 큰 화를 입을까, 나는 그게 더 두렵소이다. 그러니 이쯤해서 그만들 하세요."

공양왕이 짐짓 속마음을 드러내자 정몽주는 아찔했다. 그대로 물러섰다가는 오히려 자신이 벼랑 끝으로 내몰릴 판이었다.

"전하, 정도전 등이 나라의 제도를 함부로 개혁할 때마다 종실은 물론 대신들과 삼한갑족의 원망이 극에 달하였습니다. 자고로 정도전과 조준은 악의 뿌리요, 남은, 윤소종, 남재, 조박 등은 그 뿌리에 기생하여 자라온 자들입니다. 지금 그 뿌리를 뽑고자 함은 종사를 안정시키고 후환을 없애려는 것이옵니다!"

"하지만 그들은 나를 추대하여 왕통을 바로 세운 공신들이지 않소? 그들을 죽인다면 나라사람들은 은혜를 원수로 갚았다고 할 것이오."

"아니옵니다, 전하! 전하를 세우기 전에 정도전은 천명과 민심을 운운하며 감히 모반을 획책하였사오며, 조준은 사실 전하를 가리켜 가산을 다스릴 줄은 알아도 나라를 다스릴 줄은 모른다며 노골적으로 반대했던 자이옵니다. 이는 신이 9공신의 한 사람이라 누구보다 잘 아는 일이오니 전하께오서는 그들을 결코 은인으로 대하지 마소서!"

"그래서 경의 말대로 그들의 직첩과 공신녹권을 회수했고 정도전은 폐서인까지 시키지 않았소? 그런데 또 경의 말대로 했다가 만에 하나 판문하가 불만을 품고 군사를 앞세우기라도 한다면 경은 대체 어쩌려고 이러시오?"

공양왕은 노골적으로 속마음을 드러냈다. 이성계의 군사가 두려웠던 것이다.

"그러기에 이성계의 우익들을 속히 처단하여 미연에 화를 막자는 것이오니 전하께서는 속히 가납하소서!"

"……!"

그러나 공양왕은 완고했다. 합문 밖에서는 강회백과 김진양, 이종학 등이 엎드려 여전히 임금을 압박하고 있었다. 나중에는 부마인 우성범과 강회계까지 가세하였다. 속절없이 밤이 깊어갔지만 정몽주는 물러가지 않았다. 내선까지 거른 왕은 끝내 지치고 말았다.

"경들의 뜻이 그렇다면 어쩔 수 없지요……."

"성은이 망극하옵니다. 전하, 이로써 난신적자는 제거될 것이오니 신들은 목숨을 다해 종사를 지키고 전하의 덕을 펼 것이옵니다!"

정몽주는 즉시 지신사 이첨(李詹)으로 하여금 교지를 쓰도록 하였다. 그런데 다음날 아침. 교서를 읽던 정몽주가 펄쩍 뛰었다. 죄인들 명단 중에 가장 윗자리에 당연히 올라 있어야 할 정도전 이름 석 자가 빠져 있는 아닌가. 이첨이 급하게 교지를 써서 재가를 받느라 실수로 빠트린 것이었다.

정몽주는 그러나 앞뒤를 가릴 게제가 아니었다. 순군부에 믿을 만한 자를 따로 불러 단단히 일렀다.

"주상께서 이미 하교하셨으니 너는 즉시 보주(甫州)로 내려가 정도전을 옥에 가두고 처형토록 하라. 교지는 바로 내려갈 것이니라!"

"교형이옵니까? 참형이옵니까?"

"그런 거 저런 거 가릴 것 없다. 그자의 명줄만 거두어오면 된다!"

그러고는 김진양을 시켜 '정도전 복주(伏誅)' 교서를 다시 받으려 했다. 공양왕은 화들짝 놀랐다.

"정도전을 죽이다니? 그들을 국문하라 하였지 누구도 죽이라고 한 적이 없는데, 어찌하여 그런 말을 하는 것인가?"

그러면서 공양왕은 못을 박았다. 정도전과 조준은 광주와 이산(泥山)으로 이배시키고, 남은과 윤소종과 오사충 등은 수원부에 가두어 국문하되, 공사(供辭)가 정도전과 조준에게 관련되면 그때 가서 국문하라는 것이었다.

정몽주는 낙심천만이었다. 하지만 화살은 이미 시위를 떠난 뒤였다. 정몽주는 순위부와 형조의 관리들을 수원부로 급파하였다. 남은과 윤소종 등을 우선 잡아들이고, 국문하는 과정에서 장살(杖殺)은 얼마든지 시킬 수 있는 일이었다.

· · ·

이성계의 추동 저택은 무거운 침묵에 휩싸여 있었다. 주인은 외지에서 횡액을 당하고 수일 전까지만 해도 이 집 문턱을 수시로 넘나들던 중신들이 하나같이 죄인으로 몰렸으니 노복들마저 일손을 놓은 채 불안한 기색들이었다.

하지만 부인 강씨는 침착했다. 요로에 박혀 있는 1천여 명의 친병들이 그림자처럼 이성계를 따르고 있을 터라 무슨 변이 생기더라도 안전하리라 믿었던 것이다. 그러나 하루에도 수차례씩 시시각각으로 달라지는 정세에 불안을 느낀 강씨는 두 아들 방우와 방과, 그리고 사위인 이제를 집으로 불렀다.

"이제 중신들을 국문한다면 공사가 틀림없이 아버님에게 미칠 것인즉 사세가 매우 위급하게 되었네. 그러니 누군가 당장 아버님에게 달려가 설사 환후가 위태롭다 해도 집으로 모셔와야겠네. 아버님께서 일을 도모하지 않으시면 정몽주가 분명 우리 집안을 멸하고 말 것이네!"

논의 끝에 다섯째 방원을 보내기로 하였다. 이방원은 마침 친모인 한씨의 묘를 지키며 여막살이를 하느라 밤나무골에 따로 떨어져 있었기에 정몽주 일파의 눈을 피해 쉽게 몸을 움직일 수 있었다. 밤을 도와 해주로 달려가던 이방원은 임진강 건너 벽란도에서 부친을 만났다.

이때 이성계는 북청(北靑) 상만호 출신의 휘하사 황희석(黃希碩)의 호위를 받고 있었다. 신변은 안전했지만 신열이 심하게 오르고 고통이 온몸을 죄어들고 있었다. 방원이 숨 가쁘게 저간의 사정을 고하자 이성계는 극도의 배신감과 분노로 온몸을 부르르 떨었다.

"정몽주 이놈이 기어코……!"

마음 같아서는 한달음에 달려가 정몽주와 그 일파들을 단칼에 베어버리고 싶었다. 이성계는 그러나 곧 냉정을 되찾고 방원에게 물었다.

"그자가 군사라도 동원할 조짐이더냐?"

"소자도 자세히는 모르오나 들리는 말로는 박위 등과 은밀히 모사를 꾸민다 합니다. 이제 옥사(獄事)가 벌어지면 공사가 틀림없이 아버님에게 미칠 것이니 한시도 지체할 겨를이 없습니다!"

이방원은 부친을 부축하여 억지로 견여(肩輿)에 태우고 그날 밤으로 임진강을 건넜다. 칠흑같은 어둠이 앞을 가로막았지만 횃불 하나에 의

지해 잠시도 쉬지 않고 밤길을 달렸다. 벽란도에서 개경의 선의문까지는 40여 리.

이성계가 집으로 돌아오자 부인 강씨는 기다렸다는 듯이 마당에 화톳불을 크게 피워 놓고, 처마 곳곳에 장명등(長明燈)을 내달았다. 이내 집 안이 대낮처럼 밝아지자 친병들은 일부러 환호를 지르고, 어떤 자들은 북을 치고 대라까지 불어댔다. 이성계가 돌아왔음을 도성 사람들에게 알리려는 시위였다.

이성계는 자리에 누운 채로 막료들을 불러 모았다.

"중신들을 수원부에 가두었다는 말을 들었다만 삼봉과 우재(吁齋 : 조준의 호) 대감은 어찌 되었느냐?"

"삼봉 대감은 광주로 이배하라는 왕명이 있었으나 아직 보주에 갇혀 있고, 우재 대감은 유배되었으나 국문이 시작되면 정몽주가 결코 살려 두지 않을 겁니다."

사위인 이제의 대답에 이어 이복 아우인 이화(李和)가 분을 억누르며 말을 꺼냈다.

"당장 파옥(破獄)하지 않는 한, 옥에 갇힌 분들의 생사를 장담할 수가 없습니다!"

"전하의 윤허도 없이 어찌 우리 맘대로 파옥한단 말인가?"

이성계의 말에도 휘하사들은 너나없이 강경했다.

"윤허를 기다릴 틈이 어디 있습니까?"

"당장 정몽주와 그자의 당여들을 베어버려야 합니다. 먼저 화란을 일으킨 자들이 누구입니까?"

"그렇습니다. 이렇게 망설였다가 종내 우리가 당하고 말 겁니다. 그놈들을 처버리는 것쯤이야 무엇이 어렵겠습니까?"

당장 군사를 일으키자는 강경론이 우세할 때 이지란이 조심스럽게 입을 열었다. 그는 누구보다 이성계의 의중을 잘 살피고 있었다.

"칼을 빼든 자는 분명 정몽주이지만 그자의 뒤에는 임금이 버티고 있는지라 이쪽에서 함부로 칼을 휘둘렀다간 자칫 반역의 무리로 낙인 찍히기 십상이올시다. 그러니 우선 전하께 사람을 보내 대감의 뜻을 전하는 게 어떻겠습니까?"

날이 밝기만을 기다렸다가 이성계는 아우인 이화를 공양왕에게 보내 자신의 말을 사뢰도록 하였다.

"신이 외방에 나간 사이 조준 등이 죄인으로 떨어졌사온데, 신은 도무지 그들의 죄를 알지 못하겠사옵니다. 이는 누군가의 무함임이 분명하오니, 그들을 탄핵한 자들과 더불어 조정에서 변론토록 하소서. 그리하여 만약 조준과 정도전 등에게 죄가 있다면 국법에 따라 처단하시고, 모함임이 밝혀지면 전하를 기망(欺罔)하고 화단을 일으킨 자들을 용서해서는 아니 될 것이옵니다!"

하지만 공양왕의 답은 이성계를 못내 실망시켰다.

"죄인들과 그들을 탄핵한 대간을 어찌 대질시킬 수 있겠는가!"

그러자 정몽주는 기세를 올렸다. 당장 죄인들을 극형에 처할 것을 주장했다. 이성계는 이성계대로 아들 방과와 휘하사 황희석을 차례로 입궐시켜 정몽주의 죄를 논하였다. 서로를 가리켜 난신적자라 하는데, 공양왕은 어느 쪽에도 확실한 답을 주지 않은 채 시간만 질질 끌었다. 그 사이에 파국은 운명처럼 다가서고 있었다.

파국의 주인공은 이성계의 다섯째 아들 방원이었다. 무장으로 출사한 네 형들과는 달리 문과에 급제하여 벼슬길에 오른 이방원은 이때 26세로 한창 혈기방장한 나이였다.

그는 정몽주의 화란을 지켜보면서 분이 치밀었다. 목숨을 건 위화도 회군으로 사직을 안정시키고, 또 폐가입진으로 왕통을 바로잡았는데 정몽주에게 일격을 당한 것이 못내 억울했던 것이다.

'소인배들의 모함을 받아 만약 이대로 죽음을 당한다면 저들은 우리 이씨에게 모든 악평을 뒤집어씌울 게 아닌가. 우리 가문을 지키기 위해서라도 정몽주를 죽이지 않을 수 없다!'

이방원은 부친에게 가서 정몽주를 필살해야 한다고 역설했다. 이성계는 그러나 짐짓 방원을 나무랐다.

"애비인들 어찌 정몽주를 죽이고 싶지 않겠느냐? 허나 죽고 사는 것은 하늘의 명에 달려 있으니 순리를 따르지 않을 수 없느니라. 그리고 너까지 이런 일에 끼어들 것은 없으니 너는 어서 여막으로 돌아가 상사(喪事)나 마치도록 하거라."

"아버님, 사세가 위급한데 어찌 소자더러 한가하게 여막을 지키라 하십니까? 소자가 낄 일이 아니라면 집에 남아 아버님의 병상이라도 지키겠습니다."

"위에 형들이 있으니 걱정할 것 없다. 더구나 너는 일찍이 문관으로 출사했으니 상례(喪禮)를 지키는 데 조금도 어긋남이 없어야 할 게 아니더냐?"

방원이 두세 번 더 간청했으나 이성계는 끝내 허락하지 않았다. 부친의 엄명이 있는지라 이방원은 추동에 머물지 못하고 숭교리(崇敎里)에 있는 옛집으로 돌아가 한숨만 푹푹 내쉬었다.

그럴 때 광흥창(廣興倉)의 관리를 맡고 있는 정탁(鄭擢)이 찾아왔다. 정탁이라면 공민왕 때에 이존오와 더불어 신돈을 탄핵하다 모진 고문을 받고 유배를 당했던 정추(鄭樞)의 아들로 그의 형인 정총과 함께 일찍부터 정도전을 따르는 인물이었다.

"지금 나라의 꼴이 어찌 되어가는지요? 포은이 감히 삼봉 대감을 치다니, 이럴 수는 없는 일입니다."

"나도 지금 답답해서 울화가 터질 지경입니다."

"이러고 있을 게 아니라 윗분 형님들과 뜻을 모으면 되지 않겠소."

정탁의 말에 이방원은 곧장 맏형인 방우의 집으로 달려갔다. 이방우의 집에서는 마침 이지란을 중심으로 위엣 형들과 매형인 이제, 사촌매형인 변중량이 머리를 맞대고 있었다. 이방원은 안으로 들어서자마자 거리낌 없이 말하였다.

"형님들, 사마법에 '악한 자를 죽여서 만인을 편안케 한다면 죽여도 좋다(殺人安人 殺人可也)'라고 하였습니다. 그렇다면 우리 집안을 위해서나 종사를 위해서는 정몽주를 죽이지 않을 수 없는데 아버님이 저토록 망설이시니 우리 형제들이 나서야 할 것입니다!"

"그렇지 않아도 대책을 논의하던 중일세. 정몽주는 결코 살려둘 수 없지."

이제가 거들었다. 그런데 뜻밖에 방우가 아우들을 질타하였다.

"아버님도 모르게 어찌 함부로 대신을 죽일 수 있단 말이냐? 아버님을 역적으로 만들 셈이 아니라면 그런 말은 아예 꺼내지도 말아라!"

그러고는 방원을 향해 다짐을 두었다.

"너는 어머님의 여막을 지키라는 아버님의 말씀을 벌써 잊었더냐? 아버님의 불호령이 떨어지기 전에 냉큼 돌아가거라!"

그러나 방원은 물러서지 않았다.

"삼봉 대감의 목숨이 경각에 달렸다고 하는데 언제까지 한가롭게 논의만 하실 겁니까?"

그러면서 이지란을 보고 말하였다.

"장군, 저에게 장사 십수 명만 주십시오. 제가 가서 정몽주를 죽이고 말 것입니다!"

이방원의 눈에서는 불꽃이라도 튈 것 같았다. 그러나 이지란은 고개를 가로저었다.

"아니 될 말일세. 형님께서 허락하시지 않은 일을 내가 어찌 도와줄 수 있겠는가?"

"아버님께선 도무지 제 말을 들으려 하질 않으시니 어쩔 수 없지 않습니까? 정몽주를 죽이는 것이 그렇게 큰 허물이 된다면 그 허물은 제가 다 뒤집어쓰겠습니다."

"아무리 그렇다 해도 지금은 자네가 나설 일이 아니네."

이방원은 자리를 박차고 일어섰다.

"어째서 다들 발등에 불이 떨어지기만 기다리는 겁니까? 놔두세요. 정몽주쯤이야 저 혼자서라도 단번에 처치할 수 있습니다!"

그러고는 찬바람을 일으키며 횡하니 나가버렸다. 변중량은 전율을 느꼈다. 이방원의 눈빛에서 살기가 번뜩이는 것을 여실히 보았던 것이다. 그날, 이지란의 집을 나온 변중량은 남의 눈을 피해, 정몽주의 집이 있는 태묘동(太廟洞)으로 황급히 발길을 돌렸다.

"수시중대감, 지금이라도 화단을 멈추고 이 시중을 찾아가 용서를 구하세요. 지금 이 시중 휘하사들이 당장이라도 군사를 일으키자는 것을 겨우 말리고 오는 길입니다."

"……."

"이 시중의 아들 방원이 대감을 노리고 있으니 각별히 출입을 조심하시구요."

변중량의 말에 정몽주는 장탄식이 터져 나왔다. 공양왕이 원망스럽기까지 하였다.

'주상께서 결단만 내려주셨던들 이 지경까지 되지는 않았을 터인데. 내게 따르는 군사가 없음이 천추의 한이로다!'

변중량이 돌아간 뒤에 정몽주는 집안에서 꼼짝하지 않은 채, 식음을 전폐하다시피 하였다. 반란이라고 할 만큼 사태를 일으켰으나 수습할 방도가 보이질 않았던 것이다.

꼬박 하루를 서재에 들어앉아 있던 정몽주가 저녁 무렵 갑자기 외출할 차비를 차렸다. 그는 별다른 위의도 갖추지 않고, 견마잡이와 등롱을 든 구종배 하나만 앞세운 채 집을 나섰다.

'이성계를 만나 담판을 지으리라!'

이성계의 추동 저택은 무장한 가병들이 자못 위세를 부리며 지키고 있었다. 두 해 전까지만 해도 정몽주가 무시로 드나들던 곳이었다. 뜻하지 않은 그의 방문에 이성계의 휘하사들은 노골적으로 적대감을 드러냈다.

"여기가 어딘 줄이나 알고 찾아오신 겝니까?"

"제 죽을 자리를 알아서 찾아오신 모양이지요."

이방과가 달려나와 말리지 않았더라면 정몽주는 문전에서 칼을 받을 참이었다.

이성계는 병상에서 마지못해 몸을 일으키긴 했지만 달갑지 않은 기색이 역력했다. 그는 수인사도 건네지 않은 채 첫 마디부터 힐난이었다.

"대감께서 아주 큰일을 도모하셨더군요. 대단하십니다!"

정몽주는 이성계의 말을 애써 돌리려고 병세부터 물었다.

"환후는 좀 어떠신지요?"

"보다시피 이렇게 죽지 않고 살아 있습니다!"

말 속에 가시가 돋쳐 있음을 정몽주가 모를 리 없었다. 그래도 정몽주는 괘념치 않고 말했다.

"하루빨리 쾌차하셔야지요. 전하께서도 진념이 크십니다."

순간, 이성계의 눈빛이 무섭게 변했다.

"지금 내 앞에서 그런 소리가 나옵니까?"

"……."

"대체 무얼 어찌하실 작정입니까?"

정몽주는 직답을 피했다.

"대감, 정치란 흐르는 물과 같다 하지 않습니까?"

"흐르는 물이라? 무식한 무부가 무얼 알겠습니까마는 정치란 세상을 바루는[正] 것으로 알고 있는데, 이것이 정녕 세상을 바루는 것입니까? 온갖 협잡질만 난무하는데, 그것도 흐르는 물이라 하실 것이오?"

"대의를 따를 뿐이지요……."

136

대의라는 말에 이성계는 발끈하였다.

"대의라 하셨습니까? 허어, 삼봉이 지금 그대의 말을 들었다면 과연 무어라 할까요? 그대를 가리켜 언제나 유자(儒者)의 으뜸이라고 하던데, 아무래도 삼봉의 말이 틀린 듯싶소이다. 삼봉이 잘못 봐도 한참을 잘못 봤지요. 뜻을 같이했던 동지에게 어느 날 등 뒤에서 비수를 들이대는 것이 유자의 대의던가요? 사생을 결단하고 싸우는 전쟁터에서도 적에게 그렇게 야비하게 굴지는 않소이다!"

냉소적이다 못해 말마다 비수처럼 정몽주의 가슴을 찔렀다. 정몽주는 무어라 대꾸를 못했다. 아무리 해도 이성계의 마음을 움직여볼 만한 여지가 없었던 것이다. 그래도 지푸라기라도 잡는 심정으로 말을 꺼냈다.

"시중대감, 그래도 어떻게든 파국은 막아야겠지요?"

"……!"

"잘못이 있다면 제가 다 책임을 지고 물러나리다."

완곡했지만 정몽주는 이성계에게 용서를 구하고 있었다. 그러나 이성계는 싸늘했다.

"이미 이것으로 파국인데, 또 무슨 파국이 있겠습니까? 물러나고 말고는 내 알 바가 아닙니다."

그러면서 방과를 보고 말하였다.

"무엇하느냐. 그래도 문 밖까지는 모셔다 드리거라."

정몽주는 더 이상 말을 붙이지 못하고 일어설 수밖에 없었다.

　　　　　·　·　·

　바로 그 시각. 숭교리에 있던 이방원은 정몽주가 추동으로 찾아왔다
는 말을 듣고 벌떡 몸을 일으켰다.

　'정몽주가 죽을 곳을 알고 제 발로 걸어 들어왔구나!'

　이방원은 숨이 턱에 차도록 말을 몰아 추동으로 달려갔다. 그러나 정
몽주는 이미 한 발 앞서 떠난 뒤였다. 이방원은 형 방과를 붙잡고 따지
고 들었다.

　"아니, 형님! 어쩌자고 그 작자를 곱게 돌려보냈다는 말입니까?"

　"아버님께서 칼은 쓰지 말라 하시니 난들 어쩌겠느냐?"

　"형님, 지금이라도 늦지 않았으니 내게 열댓 명의 장사들 좀 내어주시
오. 기필코 정몽주 그놈을 처단하리다!"

　그러고는 휘하사들을 향해 소리를 높였다.

　"아버님 휘하에는 무용을 자랑하는 인사들이 많은데 이 중에서 이씨
를 위해 힘쓸 사람이 그렇게 없단 말이오?"

　그렇지 않아도 분기탱천해 있던 휘하사들이 너나없이 앞으로 나섰다.

　"정몽주를 처단하는 일이라면 내가 맡으리다!"

　조영규(趙英珪)가 먼저 나서자, 뒤미처 조영무(趙英茂)와 고여(高呂)와 이
부(李敷) 등 10여 명이 가세했다. 그들은 모두 이성계가 동북면에 있을
때부터 따르던 친병들로 무재가 뛰어나 일찍이 패두로 발탁되었던 자
들이었다.

　이방과가 미처 말릴 틈도 없이 방원은 그들을 이끌고 정몽주의 뒤를
쫓았다. 그러나 정몽주의 행방을 놓치고 말았다. 이성계의 집을 나온 정

몽주가 곧장 집으로 향하지 않고 판개성부사로 있든 유원(柳源)의 상사에 문상하러 갔던 것이다.

길이 엇갈리면서 잠시 당황했던 이방원은 태묘동 동구에 숨어 정몽주를 기다렸다. 태묘동은 외길이라 정몽주가 귀가하려면 그곳을 지날 수밖에 없었다. 숨을 죽이고 얼마쯤이나 기다렸을까. 불현듯 밤 부엉이 울음 소리가 들리는가 싶더니 구종배를 앞세운 채 말을 타고 오는 정몽주의 모습이 어둠 속에서 멀겋게 드러났다.

정몽주가 가까이 오기를 기다렸다가 한순간 조영규가 길을 가로막아 섰다. 앞서 오던 구종배가 난데없이 나타난 시커먼 그림자들을 보고 놀란 푼수에 버럭 고함을 질렀다.

"웬 놈이냐?"

하지만 앞쪽에서 누군가 칼을 쓱 빼들자 구종배는 기겁하여 입을 다물어버렸고, 말고삐를 쥐고 있던 견마잡이는 벌써 뒷걸음질을 쳤다. 비로소 사세를 짐작한 정몽주가 큰소리로 꾸짖었다.

"웬 놈들이기에 감히 길을 막아서느냐!"

정몽주의 호통에 구종배도 용기가 났는지 냅다 소리를 질렀다.

"수시중 대감이시다. 어서 길을 비켜라!"

뒤쪽에 서 있던 이방원이 앞으로 썩 나섰다.

"수시중 어른인 줄 알고 있으니 그렇게 떠들 것 없다."

"너는 누구냐?"

"이방원이올시다. 대감, 제가 누군지 아시겠습니까?"

어찌 그를 모를까. 정몽주는 이방원을 향해 대뜸 호통을 쳤다.

"어허, 무엄하기 이를 데 없구나! 자네가 아버님을 생각한다면 무엄한

짓을 그만두고 당장 길을 비키시게."

이방원은 그러나 눈 하나 깜짝하지 않고 대거리를 놓았다.

"대감은 우리 이씨 집안과 무슨 원한이 있기에 그리 하십니까? 우리 이씨가 왕실에 충성한 사실을 나라사람들이 다 아는데, 대감은 간사한 소인배들을 부추겨 충량(忠良)을 모해하고 나라를 어지럽히니 오늘 내가 대감을 죽이지 않을 수 없소이다!"

그 말이 떨어지기가 무섭게 조영무가 칼을 높이 쳐들고 정몽주를 향해 달려들었다. 정몽주는 거의 반사적으로 말머리를 돌려 도망쳤다. 그러나 어느새 등 뒤까지 쫓아온 조영규가 말 등을 칼로 내리치면서 그대로 고꾸라지고 말았다. 말에서 떨어진 정몽주가 필사적으로 몸을 일으키려는 순간 고여의 쇠망치가 그대로 뒷머리에 꽂혔다. 붉은 피와 뇌수가 사방으로 튀었고 정몽주는 더 이상 꿈쩍도 하지 않았다.

공양왕 4년(1392) 4월 어느 날 밤의 일이었다.

처음에는 이성계, 정도전과 뜻을 같이하여 우왕과 창왕을 폐하고, 공양왕을 세워 9공신이 되었던 정몽주. 당대의 사람들은 '2정(二鄭)'이라 하여 언제나 정도전과 정몽주를 꼽았다는데 어쩌다 길을 달리하면서 운명도 엇갈릴 수밖에 없었다.

· · ·

"네놈이 어찌하여 아비의 말을 거역하고 나라의 정승을 함부로 죽였더란 말이냐?"

이성계는 불같이 화를 냈다. 그러나 방원은 당당하였다.

"아버님, 소자로서는 어쩔 수 없는 일이었습니다."

"이놈아, 어쩔 수 없었다니?"

"정몽주가 대신들을 모함하고 아버님을 모함하여 장차 우리 집안을 멸살시키려 하는데 앉아서 당할 수만 없지 않습니까?"

"아무리 그렇다 한들 나라에는 엄연히 법이 있고, 또한 임금의 명이 있어야 하거늘 사험이 있다 하여 사람을 함부로 죽이다니 더구나 네놈은 경서를 배웠으니 인의가 무엇인지 아는 놈이 아니더냐?"

아들을 책망하는 소리가 어찌나 컸던지 마당 바깥까지 쩌렁쩌렁 울렸다. 그러자 부인 강씨가 들어와 방원을 적극 두둔했다.

"대감, 아들이 자식된 도리로서 할 일을 했을 뿐인데 너무 심하게 나무라십니다!"

"아들놈이 대신을 마음대로 죽였으니 이제 사람들은 내가 이 일을 사주했다고들 할 게 아니겠소. 주상께는 무어라고 변명한단 말이오."

"대감, 대감은 늘 대장군이라 자처하더니 오늘은 어찌 이다지 놀라고 두려워하십니까? 아들의 거사는 단지 우리 집안을 위함이 아니요, 정몽주가 먼저 흔단을 일으켜 충신들을 모함하고 나라를 혼란에 빠트렸으니 누구라도 당연히 난신을 응징했어야지요. 이렇게 책망만 하고 계실 때가 아닙니다."

부인 강씨의 말대로 아들을 탓하고 있을 때가 아니었다. 사태를 한시 바삐 수습하지 않으면 무슨 반격을 당할지 알 수 없었다.

"순군부에서 이미 보주로 천호를 보내 삼봉 대감을 죽이라고 했다는데 삼봉 대감이 위험하오이다!"

이화의 말에 이성계는 그제야 정신이 번쩍 들었다. 이제는 군사를 움직일 수밖에 없었다. 이성계는 당장 휘하사들 중에 가장 날쌘 자들을 골라 보주로 보냈다.

"너희는 당장 이 밤으로 보주로 달려가되, 만에 하나 지체되거나 삼봉이 잘못되면 살아 돌아올 생각을 말아야 할 것이다!"

뿐만 아니라 그날 밤으로 각 도에 이문(移文)을 급조하여 당장 파옥을 시켰다. 그리고 아침이 되자 황희석을 입궐시켜 정몽주를 살해한 사실을 고하였다.

"정몽주가 대간을 몰래 꾀어 충량을 계속 모함하니 지난밤에 어쩔 수 없이 복주하였사옵니다!"

"……!"

공양왕은 아연실색하여 한동안 말을 잃어버렸다. 애초에 정몽주가 이성계 일파를 도모할 때부터 이런 종말을 예견하지 못한 바는 아니었다. 하지만 이렇게까지 무참한 살육이 벌어질 줄이야.

"그래, 판문하는 앞으로의 일을 어찌하겠다 하던가?"

공양왕의 말 속엔 이성계를 향한 분노가 확연히 서려 있었다. 황희석은 이성계의 말을 대신 아뢰었다.

"정몽주와 김진양의 무리가 화란을 일으킨 것은 그 모의가 하루아침에 이루어진 것이 아니옵고, 또한 그들의 당여가 한두 사람이 아닌지라 이들을 그대로 조정에 둔다면 장차 화단이 그치지 않을 것이옵니다. 지금 즉시 김진양의 무리들을 순군에 가두고 엄히 국문하여 화를 근절토록 하소서!"

정적에게 불의의 일격을 당했던 이성계로서는 정몽주에게 편당했던 자들의 척결을 당연히 요구했다. 공양왕은 그러나 사세를 생각지 않고 순간의 감정에만 치우치고 말았다.

"설사 대간에 죄가 있다면 죄를 물어도 과인이 물을 것인즉 그리 알라 이르시오!"

황희석에게 그 말을 전해 듣는 순간 이성계는 분이 한꺼번에 끓어올랐다.

"그리 알라, 정녕 그리 말씀하셨단 말이냐?"

확인할 것도 없었다. 이미 깨진 항아리였다. 군신의 의를 따진다 한들 피차 마음만 상할 뿐이었다. 그러나 휘하사들은 격분을 참지 못했다.

"정몽주의 무리들에게 죄를 묻지 않겠다 함은 난신을 복주한 우리에게 죄가 있다는 말 아닌가!"

이들은 삼군도총제부 군관의 이름으로 소를 올려 정몽주의 가산을 적몰할 것과 그 당여에 대해 국문할 것을 청하였다. 무신들이 탄핵소를 올리기는 좀처럼 드문 일이라 말하자면 임금한테 으름장을 놓은 것이었다.

다른 자들도 아닌 무장들의 상소에 공양왕은 그제서야 덜컥 가슴이 내려앉았다. 자칫 반란이라도 일어나지 않을까 두려웠던 것이다. 공양왕은 마지못해 김진양과 이확 등 논핵을 주도했던 간관들에게 유배형을 내렸다.

하지만 그들 중에 이성계 일파를 논핵하는 데 누구보다 극렬하게 앞장섰던 대사헌 강회백은 빠져 있었다. 강회백이 부마인 강회계의 형인 까닭이었다. 이성계는 아들 방과를 보내 공양왕에게 따졌다.

"전하, 율문에 따르면 김진양 등이 대신들을 모해한 죄는 참형에 해당하옵는데, 그 무리들을 국문도 하지 않고 유배를 보낸 것도 잘못이옵고, 더욱이 강회백은 똑같은 죄를 저지르고도 전하의 인척이라 하여 여전히 헌사의 높은 자리에 앉아 있으니 이는 공평치 않은 처사이옵니다!"

공양왕은 마지못해 논핵에 참여했던 자들을 순군에 가두고 국문토록 하였다. 대간들은 저마다 둘러대기에 급급했다.

"우리들은 문하부의 이첩에 의거하여 그 뜻에 따른 것이지 결코 본의가 아니었습니다!"

하지만 김진양은 모든 사실을 순순히 털어놓았다.

"수시중이 한산부원군(이색)과 단산부원군(우현보) 등과 더불어 의논한 뒤에 이숭인과 이종학과 조호를 내게 보내 말하기를 판문하(이성계)의 수족인 정도전과 조준 등을 먼저 제거하면 가히 그를 판문하를 도모할 수 있다고 하였소이다!"

김진양의 자백에 따라 관련자들이 간관들과 함께 유배되었고, 배후로 지목된 이색은 고향인 한산으로 추방되었다. 하지만 이번에도 우현보 일가와 강회백에게는 죄가 미치지 않았다.

공양왕은 스스로 불씨를 남겨놓은 채 이성계를 다시 문하시중으로 삼았다. 이성계는 아직 몸이 회복되지 않아 병상에 누워 지내야만 하는 몸이었지만 예전과는 달리 빈틈없이 권력을 장악해 나갔다.

조준은 이미 해배되어 찬성사로 복귀했고, 이지란은 지문하부사에, 민개(閔開)는 대사헌에, 그리고 이방과를 비롯하여 이성계 휘하사 출신들을 요직에 들어앉혔다. 또한 남은과 윤소종, 조박 등이 돌아옴으로써 조정은 물론 궁궐까지 이성계 일파로 일색을 이루었다. 그들은 공양왕 곁에서 몸을 웅크리고 있는 우현보 일가와 강회백을 제거하는 데 주저하지 않았다.

"우현보와 그의 아들들은 일찍이 신우(辛禑)를 다시 임금으로 맞이하려고 음모를 꾀하였으며, 또한 김종연과 작당하여 나라를 위태롭게 한 죄를 지었음에도 전날 자기를 논죄한 것에 원한을 품고 보복할 기회를 노리다 정몽주에 편당하여 충량들을 모해하였으니 이들의 죄를 다스리지 않고서는 국법이 바로설 수 없사옵니다!"

공양왕은 그러나 끝내 고집을 꺾지 않았다.

"이들의 죄는 내가 이미 용서하였으니 더는 묻지 말라!"

우현보와 강회백에 대한 탄핵이 거세질수록 그들을 필사적으로 감싸고돌았다. 그럴수록 이성계와 간극이 벌어졌고 어느 순간에는 돌이킬 수가 없었다. 뒷날 남은이 폐위 사실을 공양왕에게 고하면서,

"신들이 우현보 부자 등을 단죄할 것을 수차 청하였건만 전하께선 그들이 단지 인척간이라는 이유로 결단하지 못하셨으니, 이는 전하께서 어쩌다 우씨의 생사만 염려하셨을 뿐, 5백 년 삼한의 유업은 생각지 않으신 것입니다!"

라고 하였을 만큼 군신간의 신의는 이미 무너져 있었다.

"더 이상 임금에게 기대할 것이 없으니 도당의 이름으로 처결할 수밖에 없겠습니다."

조준의 말에 이성계도 이제는 망설이지 않았다.

"마땅히 그리 하십시다!"

이성계는 도당의 이름으로 강회백과 우현보을 체포하여 유배를 보내버렸다. 거기에는 공양왕을 지근에서 보좌하던 환관과 종친들까지 포함되었다. 그런 뒤에 도당의 관리를 시켜 공양왕에게 고하도록 하였다.

"우현보 등이 여러 번 죄를 범하였으나 지금까지 용서가 지나쳤고, 그럼에도 마음을 고치지 않고 다시 난을 일으키려 하여, 화기(禍機)가 급하

므로 미처 아뢰지 못한 채 이 자들을 외방으로 나누어 귀양보냈습니다."

공양왕은 기가 질리고 말았다. 임금이 가납하고 자시고 할 것도 없었다.

임금을 헛 껍데기로 만들어버렸으니 군신간의 예를 따질 것도 없었다. 이성계는 그러나 앞일을 어찌 감당해야 할지 도무지 가닥이 잡히질 않았다. 답답했다.

"그런데 삼봉은 어찌 이리 길이 더디단 말이오?"

· · ·

그랬다.

이성계 세력의 중심에 있어야 할 도전이 그때까지 개경으로 돌아오지 않고 있었다. 정몽주가 피살되고 이성계가 정권을 장악한 지 두 달이 다 지나도록 도전은 어찌하여 모습을 보이지 않았던 것일까.

정몽주가 보낸 저승사자가 보주로 달려가고 있을 때 도전은 칼을 쓴 채 영락없이 죽음을 기다리고 있었다.

'포은이 결국 나를 죽이는구나……!'

더구나 이성계가 해주에서 중상을 입었다는 풍문이 들리면서 도전은 차라리 하늘을 원망하였다.

'운세의 부조화인가, 하늘이 버린 것인가!'

죽음을 눈앞에 두고 도전은 만감이 교차했다. 뜻을 위해서라면 한평생 베 이불을 덮고, 다 떨어진 짚자리에 앉아 지내며 때로 조석으로 끼니가 떨어진다 한들 무엇을 근심하랴. 하늘을 우러르고 청풍명월을 벗삼아 한평생 살 수도 있는 일이었다. 그러나 끝내 뜻을 이루지 못하고 죽는다는 것이 안타까울 따름이었다.

그러다 뜻하지 않게 파옥이 되었을 때 도전은 살았다는 안도감보다는 정몽주의 격살 소식에 더 경악하고 말았다. 비록 자신을 모함하고 죽이려고까지 했던 정몽주였지만 그의 죽음은 충격이었다.

고려는 이제 운명을 다한 것이나 마찬가지였다. 그렇다면 앞으로 혁명을 하는 데 또 얼마나 많은 사람들을 죽여야 하는가. 도전은 회의가 물밀듯이 일었다. 정녕 피 한 방울 흘리지 않고 하늘의 명을 따르려 했건만, 인의와 도덕을 실현할 수 없다면 차라리 전야로 돌아가 여생을 마치는 것은 어떨까. 아니면 산속으로 숨어 들어가 홍진(紅塵) 가득한 세상을 비웃으며 절개나 논하며 명리(名利)를 얻는 것은 또 어떤가.

이미 고려 왕조의 멸망을 무섭도록 예감하며 가슴에 혁명을 불태우던 사내는 그렇게 고뇌 속으로 빠져버렸던 것이다. 뜻이 큰 자는 고뇌도 깊던가. 병까지 겹쳐 도전은 한동안 몸을 움직이질 못했다. 그러나 이내 마음을 돌이켰다.

'개경으로 돌아가야 한다. 내가 어찌 하늘의 명을 잊고 있었던가!'

· · ·

도전이 개경으로 올라온 것은 공양왕 4년 6월.

6월도 이미 중순을 지나고 있었다. 이성계는 말 그대로 버선발로 뛰쳐나와 도전의 손을 움켜잡았다.

"삼봉!"

"장군!"

"삼봉과 다시는 살아서 만나지 못할 줄로만 알았소!"

"모두 하늘이 살피신 바가 아니겠습니까?"

서로가 생사의 고비를 한바탕 넘겼던 지라 만남이 더욱 감격스러울 수밖에 없었다. 이성계는 도전에게 아들 방원의 거사가 불가피했음을 강조하였다.

"그때 정 시중을 도모하지 않았더라면 삼봉은 물론 나도 장담할 수 없는 상황이었다오."

도전의 얼굴이 잠시 어두워졌다. 그러나 한 나라가 망하는데 어찌 한 편 정도의 신화가 없으랴. 정몽주는 비록 죽었지만 이제 고려조와 함께 만고의 충신이 되리라.

도전은 곧 어두운 기색을 떨쳐버리고 이성계를 바라보았다.

"대감, 이 왕조의 운명을 어찌할 것입니까?"

"어찌 하다니요?"

이성계는 도전의 눈빛이 예사롭지 않다는 것을 알고 조심스럽게 되묻고 있었다. 답은 이미 도전이 알고 있었다.

"그 명이 다했습니다!"

"……!"

"지난날 공민왕께서 난신들에게 흉변을 당하실 적에, 어쩌면 이 왕조의 명은 그때 이미 끊어졌던 것인지도 모릅니다."

"그렇다 한들 5백 년에 걸쳐 이어진 왕업이 어찌 하루아침에 무너지겠소?"

"대감, 일찍이 고려 태조께서 삼한을 얻은 것은 그분의 무략이 뛰어나서가 아닙니다. 민심을 얻었기 때문이었습니다. 만백성이 태조를 높이 받들어 삼한을 바르게 다스려달라는 것이었지요. 대감, 그러나 지금이 나라 백성들은 새로운 세상을 열망하고 있습니다. 혁명을 기다리고 있는 것입니다!"

이성계는 순간 숨이 막혔다.

'혁명이라면 나라를 뒤엎자는 말이 아닌가⋯⋯.'

이성계는 닥쳐올 파란을 생각하니 가슴이 요동을 쳤다. 도전은 그러나 흉중에 품고 있던 말들을 거침없이 토해냈다.

"임금보다 귀한 것이 나라요, 나라보다 귀한 것이 백성이니 천하의 만민을 위해서라면 혁명을 통해 어그러진 세도를 바로잡을 수밖에 없습니다."

"삼봉!"

이성계가 도전의 말을 막으려 했으나 그는 멈추지 않았다.

"장군, 이 왕조가 천명을 다해 백성들한테 버림을 받았다면 이제 누군가 그 천명을 대행해야 할 터⋯⋯."

"⋯⋯!"

"그렇다면 천명을 받을 만한 분은 오직 장군밖에 없습니다!"

요동을 치던 이성계의 가슴이 더욱 사나워졌다. 아니, 무슨 말인가를 하고 싶은데, 두렵고 떨려 차마 입술이 떨어지질 않았다. 도전은 그러나 전혀 흐트러짐 없이 이글거리는 눈빛으로 이성계를 똑바로 응시하였다.

"장군, 제가 계해년(癸亥年, 우왕 9년) 가을에 함주로 장군을 찾아갔을 때를 잊지 않았겠지요? 그때 제가 멀리 변방까지 장군을 찾았던 것은 천명의 소재가 그곳에 있기 때문이었습니다."

"삼봉, 나는 도무지 무슨 소린지 모르겠소. 어찌 신하된 자가 군왕을 몰아내고 그 자릴 차지한단 말이오? 아니오, 나는 그런 술수도 야욕도 없는 사람이오. 그러니 제발 그런 무서운 얘기는 하지 마시오!"

"어찌 야욕과 술수로 나라를 얻을 수 있겠습니까? 제왕의 자리란 하늘이 명하여 주지 않고, 또 사람이 따르지 않으면 감히 이룰 수 없는 법. 장군의 덕행은 이미 하늘이 살피신 바요, 민망은 이미 장군을 기다리고 있습니다!"

"나 같은 무부가 세상에 내놓을 만한 덕행이 무어 있겠소? 오히려 하찮은 위명을 믿고 임금을 핍박했다는 악평이나 듣지 않을까 걱정스러운 터에, 내가 무슨 덕이나 재주가 있어 세상을 다스린단 말이오?"

"대감, 옛날 위(魏)나라 무후(武侯)는 신하된 몸으로 외람되이 주군을 몰아내고 나라를 차지하였다 하여 처음에는 세상의 악평을 들었습니다. 하지만 무후는 현인을 등용하고 선정을 베풀어 능히 그 악평을 만회했으니, 세상을 다스리는 데 다른 방책이 무어 있겠습니까? 오로지 민심을 따라 하늘을 받들 뿐입니다!"

"삼봉, 나는 정녕 두렵고 떨릴 뿐이오."

"민망이 장군을 좇고 있으니 무얼 두려워하겠습니까?"

"하지만 태사관에는 무어라 아뢸 것이며, 조정의 기로와 대소신료들은 날 어찌 생각하겠소?"

"장군께서 위화도에서 회군하실 적에 이미 혁명의 기운은 움트고 있었습니다."

그랬었다. 우왕이 폐위되고 또 폐가입진을 할 때 사람들은 참언을 들먹이며 머잖아 나라의 주인이 바뀔지도 모른다고 여기고 있었다.

"정통이란 무작정 이어지는 것이 아니라 천하를 바루는 자에게 돌아가는 법입니다. 5백 년 왕조를 엎고, 왕씨가 아닌 자가 임금의 자리를 찬탈했으니 더러는 비분에 찬 원망도 따르겠지요. 허나, 그런 원망은 제게 돌아오게 할 것이니 대감께서는 부디 하늘의 뜻을 저버리지 마십시오. 임금의 명은 어길 수 있어도 하늘의 명은 누구도 어길 수 없는 법입니다!"

이성계의 심회는 거대한 태풍이 휘몰아치는 바다처럼 소용돌이쳐댔다.

'하늘의 명! 그러나 내가 과연 하늘의 명을 받을 만한가. 역성혁명이라고는 하나, 이것이 곧 반역이 아니고 무엇인가. 어찌하여 저 사내는 바람과 구름을 몰고 와 나의 운명을 바꾸어놓으려 하는가!'

이성계는 끝내 무어라 대답할 수가 없었다.

혁명은 그렇게 시작되었다. 날이 가면 달이 오고, 겨울이 가면 봄이 오며, 물이 흘러가고 또 어디선가 흘러오듯, 한순간도 어긋남이 없는 자연의 순리처럼 혁명의 시간이 그렇게 성큼성큼 다가오고 있었다.

· · ·

"왕씨 왕조가 무너지고 이씨가 들어선다!"

참언이 들려온 지는 이미 오래였다. 공양왕은 갑자기 초조해졌다. 앞날이 막연하고 알 수 없는 불안감이 하루에도 수없이 엄습하였다. 그러나 마음을 터놓고 얘기할 만한 사람도, 계책을 상의할 만한 사람도 없었다. 공양왕은 궁리 끝에 한 가지 묘책을 짜냈다.

7월로 접어들면서 찌는 듯한 무더위가 며칠째 계속되던 어느 날, 공양왕은 밀직제학 이방원과 성균사예 조용(趙庸)을 갑자기 편전으로 불러들였다.

"내가 장차 이 시중과 더불어 동맹을 맺으려고 하니 그대들은 가서 내 말을 먼저 이 시중에게 전하고 맹세문을 초하여 오라!"

조용은 자신의 귀를 의심했다. 군신간에 동맹이라니. 임금이 신하와 동맹을 맺겠다는 것은 스스로 왕으로서의 권위를 저버리겠다는 말이 아닌가.

"전하, 방금 동맹이라 하셨나이까?"

조용의 물음에 공양왕은 아무런 대답이 없었다. 되물을 필요가 없다는 뜻이었다. 이방원은 내내 침묵을 지켰고, 조용은 조심스럽게 왕에게 사뢰었다.

"전하, 신이 사관을 겸하고 있사와 아무리 상고해 보아도 군신간에 동맹을 맺었다는 말을 아직 듣지 못했사옵니다."

"어찌 그런 일이 없을까? 반드시 옛일에 있을 것이오."

"옛날에 열국간에 동맹은 있었으나, 임금이 신하와 더불어 동맹을 맺었다는 말은 신이 들은 바가 없사옵니다. 더욱이 맹세란 본디 헛되기 쉬운 것이라, 성인들도 좋지 않은 일로 여겼사온데, 하물며 군신간에 동맹이 있을 수 있겠사옵니까?"

공양왕은 그러나 더 듣고 싶지 않다는 듯 잘라 말했다.

"그렇게 따지지 말고 맹세문을 만들어 보세요!"

이방원은 그 길로 추동으로 달려가 임금의 말을 전하였다. 이성계는 놀라지 않았다.

"멀리 따지자면 한 고조가 회음후(淮陰侯 : 한신)에게 한 맹세도 허사가 되었고, 가까이로는 전하께선 보위에 오르실 때 9공신과 함께 효사전에 나가 맹세한 말도 뒤집었는데, 맹약이 아무리 구구한들 믿을 수 있겠느냐."

조용이 소위 동맹문을 만들어 올리자 공양왕은 냉큼 동맹 의식을 거행할 날짜까지 잡았다.

"바로 이날입니다!"

왕과 신하가 동맹을 하자던 바로 그날을 도전은 역성혁명의 날로 잡자는 것이었다. 도전의 말에 누구도 토를 달지 않았다.

그날. 그러니까 공양왕과 이성계가 군신의 동맹을 맺기로 한 7월 12일은 무더위가 무척 기승을 부렸다. 공양왕이 머물고 있던 북천동(北泉洞) 시좌궁(時座宮)은 시신들과 내수들이 이른 아침부터 땀을 뻘뻘 흘리며 부산하게 움직였다. 그들은 유례가 없는 군신간의 동맹 의식을 준비하느라 정신없이 바빴다.

그런데 그 시각에 수창궁 서쪽 별궁인 왕대비전에는 바깥의 무더위와는 사뭇 다르게 서늘한 긴장이 흐르고 있었다. 수시중 배극렴(裵克廉)을 비롯하여 조준, 남은, 정희계, 이방과 등 10여 명의 중신들이 왕대비 안씨(安氏)에게 공양왕의 폐위를 청하고 있었던 것이다. 중신들 뒤에는 무장을 한 이성계의 친병들이 시위하고 있었다.

그런 줄도 모르고 북천동 시좌궁에서는 임금의 거둥을 위해 의장이 거의 갖추어지고 백관들은 서열에 따라 어가를 따를 준비를 하고 있었다. 이제 왕이 어가에 오르는 대로 이성계의 사저로 거둥할 참이었다. 그럴 때 왕대비전에서 벌어지고 있는 일이 시좌궁에도 알려졌다.

"대신들이 왕대비에게 임금의 폐위를 주청(奏請)하고 있다 하옵니다!"

공양왕은 온몸에 힘이 빠져나갔다. 금방이라도 털썩 주저앉아 버릴 것만 같았다. 막연하던 불안이 드디어 현실로 나타난 것이다. 왕대비 안씨가 완강하게 버티고 있다고는 하지만 자신의 운명이 어찌 되리라는 것쯤은 짐작할 수 있는 일이었다.

어가는 뙤약볕 아래 축 늘어진 채 움직일 줄 몰랐다. 임금을 그림자처럼 따르던 시신들은 벌써 어디론가 모습을 감추어버렸고, 방금 전까지 정연하게 줄을 지어 서 있던 백관들도 흩어져버렸다.

왕대비전에서는 배극렴과 조준 등이 왕대비 안씨를 계속 압박하고 있었다.

"대비마마! 지금 임금께서는 혼암(昏暗)하여 군주의 도리를 잃고 나라와 백성들을 살피지 않으니, 천명도 인심도 이미 떠나간지라 더 이상 사직과 생령의 주재자(主宰者)가 될 수 없사옵니다!"

"그렇사옵니다, 마마! 전하께선 충신들을 멀리한 채 소인배와 인척들만 가까이 두어 정사를 더욱 문란케 하고 나라의 기강을 무너뜨렸으니 어찌 통탄스럽지 않겠습니까? 하여, 신들은 감히 왕대비마마의 교지를 받들고자 하는 것이옵니다!"

그러나 왕대비 안씨는 생각보다 완강했다. 왕대비는 떨리는 소리로 묻고 또 물었다.

"지금의 주상을 폐한다면 사왕(嗣王)을 누구로 정할 것인지 그것부터 말해 보세요!"

조준이 아뢰었다.

"장차 조정 대신들과 기로들이 모여 논의할 것이옵니다……."

"충렬왕 이후로 왕실은 원나라에 의해 풍비박산이 되고, 그나마 남은 종친들도 파계가 어지럽다고 하는데, 이제 와서 또 누굴 세운단 말이오?"

"하늘의 뜻에 반하지 않고 또한 민심이 순응할 만한 이가 어찌 없겠습니까?"

대신들의 입에서 끝내 왕씨 중에서 임금을 세우겠다는 말이 나오지 않자, 왕대비는 입술을 깨물었다. 공양왕이 폐위되면 나라의 운명이 어찌되리라는 것쯤은 짐작할 수 있는 일이었다.

"이 나라는 일찍이 태조께서 삼한을 얻으시고 대대로 왕씨가 다스려 왔는데, 내 어찌 한낱 아녀자의 손으로 5백 년 왕업을 다른 자에게 넘긴단 말이오? 나에게는 그럴 자격도 권한도 없소……!"

왕대비 안씨의 어조에는 절망과 분노와 한숨이 섞여 있었다. 그러나 연약하기 이를 데 없는 이 여인에게는 이미 기울어버린 왕실의 운명을 붙잡을 힘도, 대세를 돌릴 만한 명분도 없었다. 그저 비통한 눈물만 하염없이 흘릴 뿐이었다. 왕대비는 서서히 무너지기 시작했다. 정오가 지날 무렵. 왕대비 안씨는 마침내 공양왕을 폐위한다는 교서에 인을 내주었다.

남은과 정희계는 왕대비의 교서를 받들고 지체 없이 공양왕 앞으로 나아갔다. 우부대언 한상경이 왕대비의 교서를 고할 때 공양왕은 뜰에 엎드려 있었다. 그러나 교서는 한마디도 귀에 들어오지 않았다. 5백 년 왕업이 자신으로 말미암아 끊어진다고 생각하니 통분과 비애로 피를 토할 것만 같았다.

공양왕은 어느 순간부터인가 눈물을 흘리고 있었다. 그러나 골수에 사무치는 회한과 통분을 어찌 그 눈물로 다 씻을 수 있으랴. 세상 만물이 모두 다 정지되어 버린 듯싶은데, 매미 우는 소리만이 한낮의 적막을 가를 뿐이었다.

공양왕은 그날로 왕비 노씨와 세자 석과 함께 원주로 추방되었다. 보위에 오른 지 2년 9개월 만이었다. 바로 그날 왕의 사위 우성범과 강회계는 회빈문(會賓門) 밖에서 효수되었다.

다음날. 왕대비 안씨는 문하시중 이성계를 감록국사(監錄國事)로 삼았다. 임금을 대신하여 국사를 맡는다는 말이었다. 이로써 고려 왕조는 34대 475년 만에 역사의 막을 내렸다.

· · ·

사흘 후인 을미일(16일).

정도전과 조준을 비롯하여 52명의 대소신료들이 공양왕에게 거두어들인 국새를 받들고 이성계의 사저로 나아갔다. 이성계는 그러나 대문을 닫아걸고 그들이 들어오지 못하도록 하였다.

"예로부터 제왕이 일어나는 것은 천명이 있어야 하거늘, 실로 덕이 없는 사람이 어찌 제왕을 감당하겠는가!"

그러나 신료들은 물러나지 않았다.

"천리와 인심에 순응하여 속히 국새를 받들고 보위에 오르소서!"

하루가 꼬박 지났다. 그래도 닫힌 문은 열리지 않았다. 밤이 오고 그 밤이 다 새도록 국새를 받는 신료들은 이성계의 사저 앞에서 물러나지 않았다. 여명이 이르러서야 대문이 열리고 조카 천우(天祐 : 이원계의 아들)를 붙잡고 이성계가 모습을 나타냈다. 순간 대소신료들과 휘하사들이 환호를 지르고 북을 치며 만세를 불렀다.

마침내 이성계가 수창궁으로 거둥하여 왕위에 오르니 그날이 조선 태조 원년(1392) 7월 17일(병신)이었다.

태조 이성계가 보위에 오르던 날 오후에는 빗방울이 듣기 시작하더니 이내 장대비가 쏟아졌다. 날이 오랫동안 가물고 무더위가 며칠째 계속되었는데 모처럼 비가 내려 온 대지를 촉촉이 적셨던 것이다. 그날 뿌린 비는 고려 왕조의 종말을 슬퍼하는 하늘의 눈물이었을까. 아니면 새롭게 열릴 세상에 대한 환희의 성수였을까.

5. 천년을 꿈꾸다

새나라 이름은 조선(朝鮮).

단군 성조가 처음 나라의 이름을 '조선'이라 했으니 조선은 천손의 후예인 단군조선의 맥을 잇고 천명을 좇아 나라를 건국했다는 기상이 한데 어울러 있었다.

그러나 나라가 바뀌고 제왕이 바뀌었다고 해서 천지가 개벽하듯 세상이 하루아침에 달라질 수는 없는 일. 이제 전 왕조의 악과 폐습을 모조리 청산하고 새 하늘과 새 땅을 열어야 했다. 그것은 오로지 백성을 근본으로 삼는 나라였다.

도전은 어둠이 채 가시지 않은 새벽길을 따라 바쁘게 태조 이성계의 잠저로 향하고 있었다. 어제 즉위한 태조는 굳이 수창궁을 마다하고 잠저에 머물렀다. 신하의 신분에서 하루아침에 지존의 자리에 오른 태조는 여전히 두렵고 떨리는 마음을 감추지 않았다.

"내가 비록 보위에 올랐으나 덕이 없고 우매하니 오로지 경의 보좌를 의지할 뿐이오."

태조의 말에 도전은 신하로서 깍듯이 예를 갖추며 아뢰었다.

"신이 어찌 전하의 수성(修成)을 따를 수 있으오리까?"

어제까지는 생사를 같이했던 동지요, 때로는 벗처럼 허물없이 지내던 사이였지만 이제는 분명 임금과 신하의 관계였다. 태조는 근심 어린 표정으로 물었다.

"그래, 민심은 어떠한 듯싶소? 어제까지도 신하였던 자가 섬기던 임금을 쫓아내고, 5백 년 왕업을 갈아엎었으니 백성들이 날 어찌 생각할까 염려되고 또 염려되어 지난밤을 뜬눈으로 지새웠다오."

"전하께서 그처럼 민심을 두려워하심은 곧 이 나라 만백성의 홍복(洪福)인지라 신은 기쁘기 한량없사옵니다. 다만 민심을 얻는 것은 오로지 인(仁)에 있사옵고, 옛날 선한 임금들은 천하의 지혜를 자기의 지혜로 삼고자 소를 먹이는 초동의 말이라도 귀담아 들었사오니, 전하께오서 나라의 언로(言路)를 활짝 열고 누구라도 시정(時政)의 득실을 따지며 숨김없이 말하도록 하신다면 비록 몸은 궁궐에 계신다 해도 백성들의 기쁨과 근심을 환히 아실 것이옵니다!"

"과연 옳은 말이오."

태조는 곧 각 사와 백관에게 명하여 고려조의 정령과 법제를 상고하여 장단점을 상세히 고하고 백성들을 편안케 할 대책들을 낱낱이 적어 올리도록 하였다. 이어서 태조는 17조목으로 된 '편민교서(便民敎書)'를 내렸다. 개국교서라 할 수 있는 이 교지는 도전이 지은 것이었다.

왕은 이르노라. 하늘이 많은 백성을 낳아서 임금을 세우고, 이를 다스려 서로 편안하게 한다. 그러므로 왕의 도리에 따라 인심의 복종과 배반이 있고, 천명이 떠나거나 머무르니 이는 참으로 당연한 이치이다.

그렇게 시작되는 편민교서는 말 그대로 백성들을 편안케 하는 정책들을 조목별로 언급하였고, 도당에서는 교서의 뜻을 좇아 22가지 대책을 마련했다.

그러나 편민교서와 사목(事目)에서 가장 진통을 겪은 것은 전조의 왕족과 구 세력에 대한 조치였다. 처음에 대간과 사헌부와 형조 등 3성이 함께 모여 내놓은 대책은 극단적이었다. 3성은 태조에게 아뢰었다.

"전조의 왕족들을 살려둔다면 장차 간웅들에 의해 언제 변고가 일어날지 알 수 없는 일입니다. 더욱이 민심이란 어떻게 변할지 알 수 없으니 전하께서는 전왕(恭讓王)과 그의 친족들에게 천주(天誅)를 내리시고, 나머지 족친들은 해도(海島)에 안치하여 화란을 미연에 방지하소서!"

우현보와 이색 등 구 세력에 대해서도 극형을 주문했다.

"이들은 전조 말기에 도당을 결성하고 반란을 모의해서 전하와 여러 충신들을 멸절시키려 한 자들이니 마땅히 극형에 처하지 않을 수 없습니다. 만약 이들을 살려둔다면 장차 화의 뿌리가 되어 재앙이 닥칠 것이옵니다!"

한 왕조가 엎어지고 나면 그 세력들은 처자와 친족에 이르기까지 그 수를 헤아리지 않고 씨를 말려버리는 것이 고금의 예였다. 순전히 후환이 두렵기 때문이었다. 3성에서도 바로 그 점을 들어 모조리 죽일 것을 청하였던 것이다. 도전은 그러나 생각이 달랐다. 그는 태조에게 은

밀히 아뢰었다.

"본조는 방벌이 아닌 선양(禪讓)으로 창업하였사온데, 전조의 왕족과 정적들을 모두 죽인다면 아무리 명분이 있다 해도 후세 사람들은 분명 왕조를 찬탈하기 위해 그러했다 할 것입니다. 덕이란 하루아침에 얻어 지는 것이 아니요, 수십 년에 몇 대를 걸쳐야 쌓이는 것이니 지금은 마 땅히 죽여야 할 사람이라도 오히려 살려 온 세상에 덕을 끼쳐야 할 것입 니다. 전하의 덕이 날로 높아지고 백성들이 태평성대를 구가한다면 설 사 전조의 왕족들이 살아 있다 한들 두려울 것이 무어 있겠습니까? 또 한 우현보와 이색 등 이미 죄안(罪案)에 오른 50여 명의 무리들은 화란 을 도모하여 나라를 큰 혼란에 빠트린 것이 사실입니다. 하지만 그들은 원래 뛰어난 선비들이니 그 재주를 아끼지 않을 수 없사옵니다. 사람을 한번 죽이기는 쉬우나 그 재주를 구하기는 매우 어렵사오니 전하께서 는 이들을 잠시 유배시켰다가 적당한 때에 대사(大赦)를 내리고 장차 불 러 쓰신다면 그 인덕에 실로 감복할 것이옵니다!"

도전은 자신을 무함하고 심지어 죽이려 했던 자들까지 포용하였다. 태조도 도전의 생각과 크게 다르지 않았다.

"하늘이 과인을 한 나라의 군주로 삼았으니 그들도 이제 모두 과인의 신민(臣民)이라 극형까지 처할 까닭이 없습니다!"

태조는 다시 교서를 내렸다.

왕씨의 후손인 왕우(王瑀)를 귀의군(歸義君)으로 봉하고, 마전군(麻田郡 : 경기도 연천)을 식읍(食邑)으로 주어 왕씨의 제사를 받들게 하고, 나머지 자손들은 외방에서 편리한 대로 거주케 하라. 또한 그 처자와 동복들은 전과 같이 한 곳에 모여 살게 할 것이며 소재지의 관사는 이들을 잘 보살피도록 하라!

교서에 따라 원주에 안치되어 있던 공양왕을 공양군으로 강봉(降封)시켜 간성(杆城 : 강원도 고성)으로 옮겼고, 왕대비 안씨는 의화(義和)궁주로 삼아 예우했다.

죄안에 오른 구 세력들 중에 우현보와 이색은 해도에 종신토록 안치토록 하였다. 그리고 이숭인과 김진양, 강회백, 이종학, 이첨 등 32명은 장형을 집행한 뒤에 멀리 유배되었다. 또 강회계의 부친 강시와 정몽주의 아우인 정우(鄭寓), 정과(鄭過) 등 11명은 비교적 죄가 가볍다 하여 직첩만 회수한 뒤 유배되었고, 전오륜(全五倫) 등 9명은 단지 본향에 안치시켰다. 그러면서 교지 끝에 '태조 원년 7월 28일 이전'에 지은 죄에 대해서는 이미 발각된 것이든 아니든지 간에 모두 용서한다고 밝혔다. 전조때의 일로 더 이상 죄를 묻지 않겠다는 말이었다.

그조차 석 달 뒤인 10월, 태조의 탄신일을 맞이하여 이들을 모두 경외종편(京外從便)시켰고, 다시 두 달 뒤인 이듬해(태조 2년) 정월 초하루를 기점으로 사면하고 말았다.

그러나 경상도로 귀양간 이종학과 최을의(崔乙義), 전라도로 귀양간 이숭인과 김진양, 우홍수, 우홍명, 그리고 양광도로 귀양간 이확(李擴)과 강원도로 귀양간 우홍득 등 8명은 장형을 집행하는 과정에서 누군가의 보이지 않는 손에 의해 끝내 죽음을 당하고 말았다.

．．．

개국교서가 반포되면서 태조는 배극렴을 좌시중으로, 조준을 우시중으로, 정도전과 김사형을 찬성사로 삼았다.

조정의 틀이 어느 정도 잡히자 태조는 4대조의 존호를 추봉(追封)한 뒤에 부인 강씨를 현비(顯妃)로 세웠으며, 개국 전에 죽은 부인 한씨를 절비(節妃)로 추존하였다. 또 친자들과 종친들을 봉군하여 왕실의 면모를 갖추었다.

문제는 세자 책봉이었다. 세자를 세우는 일은 나라의 근본을 튼튼히 하는 막중대사였다. 그렇다면 과연 누구를 세자로 세울 것인가.

태조 이성계는 향처 한씨와 경처 강씨가 있었다. 당시는 몽골의 영향으로 다처제 풍습이 조선 초까지 이어지고 있었다. 특히 원나라 관직을 받은 가문에서는 다처제가 일반적인 풍속이었고 여자들의 재혼도 그만큼 자유로웠다.

이성계가 장가는 먼저 한씨에게 들었으나 강씨와 정식으로 성례를 치렀으니 두 사람 모두 정실부인이었고 모두 8남 3녀를 두었다. 한씨 소생으로는 위로부터 방우(芳雨)와 방과(芳果), 방의(芳毅), 방간(芳幹), 방원(芳遠), 방연(芳衍) 등 6남과 경신(慶愼), 경선(慶善)공주로 봉해진 두 딸이 있었다. 또 강씨 소생으로는 경순(慶順)공주와 방번(芳蕃), 방석(芳碩)이 차례로 있었다.

장남 방우는 우왕 초기의 권신인 지윤(池奫)의 사위로 일찍부터 벼슬에 나가 예의판서를 거쳐, 창왕 즉위년 11월에는 밀직부사로서 밀직사 강회백과 함께 창왕의 조근(朝覲)을 청하러 명나라에 다녀오기도 했다.

그러나 본디 술을 좋아하여 폭음을 일삼았고, 역성혁명에도 그다지 적극적이지 않았다. 방우는 진안군(鎭安君)에 봉해지면서 장남으로서 특별히 선대로부터 물려받은 동북면의 전답을 녹전으로 받았으나 술 때문에 병을 얻어 태조 2년 12월에 죽고 말았다.

2남인 방과는 영안군(永安君)에 봉해졌다. 왕자의 난 직후에 태조로부터 보위를 물려받은 정종*이다. 그는 우왕 3년에 부친을 따라 왜구를 토벌한 것을 시작으로 수차 무공을 세웠다. 형제들 중에서 벼슬도 가장 높아 공양왕 말년에는 삼사우사(정2품)에 이르렀다. 성품이 순했던 방과는 의흥삼군부로 군제가 개편될 때(태조 2년 10월)도 중군절제사로서 병권의 한 축을 맡을 만큼 태조의 신임도 두터웠다.

3남인 방의는 공양왕 때 벼슬이 판밀직사사에 이르렀는데, 평소에 욕심이 없고 어지간해서는 시사를 말하지 않았다고 한다. 익안군(益安君)에 피봉된 그는 왕자의 난 때 아우 방원을 도왔다.

4남 방간은 회안군(懷安君)에 봉해졌다. 고려조에서 군기시 소윤(少尹:종4품)을 지냈던 그는 바로 밑의 아우 방원과 함께 왕자의 난을 주도하였다. 그러나 방원의 독주에 불만을 품고 또다시 난(2차 왕자의 난, 정종 2년)을 일으켰다가 토산(兎山)으로 유배된 장본인이다.

5남이 정안군(靖安君) 방원이다. 태조는 일찍이 네 아들이 모두 무관으로 출사한 터라 나머지 자식들은 문관으로 입신하길 바랐다. 방원은 부친의 뜻대로 문과에 급제하여 벼슬을 살았지만 정몽주를 격살할 만큼 잔혹한 면을 지니고 있었다. 달리 보면 정세의 흐름을 짚는 정치적 감각이 탁월하고 결단력이 강한 야심찬 인물이기도 했다.

• 定宗, 재위 1399~1400.

6남인 방연은 방원과 마찬가지로 문과에 급제하여 고려조에서 성균박사(정7품)를 지냈으나 개국 이전에 요절했다. 한씨 소생의 두 딸인 경신·경선공주는 태조 2년과 5년에 출가한 것을 보면 개국 당시에는 한참 어린 나이였다.

강씨 소생의 경순공주는 우왕 10년 어름에 이인립(李仁立)의 아들 이제(李濟)에게 출가했는데, 이제는 바로 우왕 대의 권신 이인임의 조카였다. 그는 일찍이 가문의 후광을 업고 음보로 출사하여 좌대언과 전법판서, 밀직제학 등 여러 벼슬을 거쳤다. 흥안군(興安君)에 봉해진 이제는 개국 1등 공신이었으며 태조는 그에게 특별히 종성(宗姓)을 쓰도록 하였다. 때문에 이제는 다른 왕자들과 달리 정치적인 비중과 위상이 높았다.

7남이 방번이다. 이복형인 방원과는 14년 터울로 개국 당시에 12살이었는데, 고려 왕조에서 이미 고공좌랑(考功佐郎 : 정6품)의 벼슬을 지녔다. 무안군(撫安君)에 봉해진 방번은 개국과 함께 의흥친군위 절제사를 맡았고, 나중에는 의흥삼군부 좌군절제사가 되었다. 어린 나이에 벼슬을 받고 군권까지 맡은 것은 순전히 외가의 덕이었고 그만큼 세력이 비호해 주었다는 말이 된다. 이는 방번도 마찬가지였다.

8남이 방번과 1년 터울의 방석이다. 우왕 8년(1380)에 태어난 그는 유년에 이미 군기시(軍器寺) 녹사(정8품) 벼슬을 받았다. 방석의 군호인 의안군(宜安君)은 숙종 7년(1681)에야 추봉된 것이었다.

7명의 아들 중에 태조는 과연 누구를 세자로 세우고 싶었을까.

태조는 처음에 무안군 방번에게 뜻을 두었다. 집안을 변화시켜 나라를 이루었다 하여 '화가위국(化家爲國)'이라 하였으나, 태조의 심중에는 군사로 위협하여 나라를 빼앗았다는 자책감을 떨쳐버리지 못했다. 그래서 세자만큼은 무장 출신인 네 아들과 정몽주를 격살한 방원을 아예 배제한 채, 강씨 소생의 방번을 왕재로 키우고 싶었던 것이다.

도전은 그러나 반대의 뜻을 분명히 하였다.

"전하, 대체로 나라를 다스리는 일은 집안을 다스리는 일과 크게 다를 것이 없사옵니다. 하오나 집안의 일은 부모형제간이 정으로 매일 수 있으나 나라의 일은 아무리 임금이라도 사정(私情)이 섞여서는 아니 될 것이옵니다."

"그렇다면 경은 누구를 세자로 삼았으면 좋겠소?"

태조의 물음에 도전은 조심스럽게 아뢰었다.

"개국의 기본을 정함에 있어서 첫째는 임금이요, 둘째는 국호이며, 셋째가 세자이온데, 선왕들이 세자를 세우되 장자로서 한 것은 왕위 다툼을 막기 위함이었습니다."

"내게 장자가 있으나 자질과 덕이 이르지 못하고, 날마다 술독에 빠져 세월을 놓치고 있질 않소? 장자라는 이유만으로 큰놈을 세자로 세운다면 나라사람들도 따르지 않을 것이오."

장자가 군왕으로 적합치 않다면 아들 중에서 어진 사람을 세우는 것이 마땅했다. 그러나 선뜻 누구라고 지목할 수는 없는 문제였다. 그럴 때 좌시중 배극렴이 막내 방석을 적극 추천하였다.

"창업만큼 어려운 것이 또한 수성이라 하였사온데, 전하의 8남은 비록 연치가 어리시나 자질이 뛰어나고 성품이 온화하여 장차 수성의 군주로서 손색이 없을 것이옵니다!"

배극렴의 말은 태조의 마음을 움직였다.

'과연 좋은 계책이다. 막내를 세워 여러 형들로 하여금 서로 경계하고

돕도록 한다면 왕업의 터가 더욱 굳게 다져질 것이야……'

태조는 다시 여러 대신들과 종친들의 의견을 물은 뒤에 방석을 세자로 책봉하였다. 개국 한 달 만이었고, 누구도 이의를 달거나 불만을 나타내지 않았다. 태조는 도전과 조준을 세자의 사부로, 남재와 정총을 빈객으로 삼아 세자에게 왕도와 치국의 근본을 가르치도록 하였다.

· · ·

세자가 책봉되자 태조는 공신도감(功臣都鑑)을 설치하고, 개국에 공이 있는 43명을 직접 지목하여 개국공신의 위차(位次)를 정할 것을 명하였다.

왕명에 따라 배극렴과 조준, 김사형, 정도전, 이제, 이화, 이지란, 남은, 정총, 조박 등 17명이 개국 1등 좌명(佐命)공신으로 책록되었다. 조반, 윤호, 조영규 등 11명은 2등 협찬(協贊)공신으로, 오사충, 조영무, 손흥종, 심효생, 고여, 함부림 등 16명은 3등 익대(翊戴)공신으로 책록되었다. 또 공은 비록 개국공신에 못 미치나 왕업을 이루는 데 힘이 되었던 신료들과 친병 등 수백 명은 원종(原從)공신 녹권을 내렸다.

도전은 단연 1등 공신으로 봉화현(奉化縣) 개국백(開國伯)에 봉해지고, 2백 결의 전지와 25명의 노비를 하사받았다. 지난날 두 칸짜리 초옥에 살면서 때로는 끼니를 걱정해야 했던 살림과 비교가 되지 않을 만큼 부와 관작을 한꺼번에 얻은 것이다.

도전은 그러나 검소한 생활로 일관했다. 그보다 부귀와 영화를 누릴 겨를조차 없었다. 나라의 초석을 놓고 다지는 곳마다 그의 손길을 필요로 했고, 하다못해 그의 눈길이라도 미치지 않는 곳이 없었으니 그야말로 몸이 열 개라도 부족할 지경이었다.

이때 도전은 문하부의 찬성사말고도 의흥친군위의 절제사로서 군권의 한 축을 맡고, 인사와 문서출납을 책임지는 판상서사사(判尙瑞司事), 조세의 공납과 호구(戶口)를 맡는 판호조사(判戶曹事), 문한(文翰)과 역사 편찬을 맡은 예문춘추관사(藝文春秋館事), 인재를 교육하는 성균관의 도제조까지 맡았다. 거기에 지경연(知經筵)과 보문각태학사(寶文閣太學士)로서 임금에게 경전을 강의하고 왕실의 장서를 관리했으며, 세자이사(世子貳師)로서 세자를 가르치는 책임까지 겸하였으니 새 왕조에서 그의 위치와 역할을 가히 짐작할 수 있었다.

밤과 낮이 따로 없었다. 퇴청을 해도 도전은 서재로 곧장 들어가 새 왕조의 통치 규범을 연구하고 저술하느라 밤이 깊도록 등촉이 꺼질 줄 몰랐다. 그러고도 다음날 아침이면 집안의 노복들보다 늘 먼저 일어나 있었다.

어느 날은 도전이 등청하기 위해 말에 올라탔는데, 겸종이 가만 보니 신발의 짝이 맞지 않았다. 등청을 서두르라 한쪽은 검고 다른 한쪽은 흰색이었던 것이다. 겸종이 조심스럽게 말하였다.

"대감마님, 신발이 짝짝이옵니다?"

도전은 말 위에서 좌우를 물끄러미 살피더니,

"나는 말을 탔으니 왼편에서 본 사람은 내가 흰 신발을 신었다 할 것이요, 다른 편에서 본 사람은 검은 신발을 신었다고 여길 것이 아니겠느냐? 신발이 또 짝짝이면 어떠냐? 괜찮으니 어서 가자꾸나. 하하하!"

다른 공신들은 권세와 부를 한꺼번에 얻자 금세 호화로운 집을 짓는다, 좋은 옷을 입고 잔치를 베푼다, 하며 세월을 즐기려 들었다. 도전은 그러나 촌음을 아껴 새 나라를 반석 위에 올려놓는 데 혼신의 힘을 쏟았다. 때문에 태조의 대우도 남달랐다. 그렇지만 도전은 늘 배극렴이나 조준, 김사형 등에게 언제나 윗자리를 내주었으며 좀체 자신의 공을 내세우지 않았다.

그런가 하면 도전의 장남 진(津)은 외직으로만 돌았다. 개국의 원훈이요, 국사를 좌지우지하는 정도전의 아들이라면 응당 높은 자리에 올라 세도를 누릴 만도 하였다. 또 1등 공신의 직계는 벼슬을 3등급 올려주었고, 그 자신이 원종공신으로 책록되었으며 이미 고려조에서 정3품의 벼슬을 지낸 터라 떠르르했다. 그렇지만 스스로 외직을 청하여 연안부사(延安府使)로 나갔다. 그 뒤로도 경흥(慶興)과 원주의 수령을 더 지낸 다음 태조의 부름을 받고서야 경직(京職)으로 들어갔다. 부친의 개혁 정치에 걸림돌이 되고 싶지 않았던 것이다.

도전의 두 아우들도 형님의 지위와 세력에 의탁하지 않기는 마찬가지였다.

"형님께서 천명의 소재를 알고 혁명을 이루셨으니 우리가 무얼 더 바라겠습니까? 마땅히 시골로 내려가 평생 밭을 갈며 살아도 우리는 족할 것입니다!"

도존과 도복은 그렇게 말하며, 권력과는 거리가 먼 외직이나 한직으로만 돌았다. 그러기에 도전은 더 당당하고 떳떳했다. 한번은 태조가 개국공신들에게 연회를 베풀 때였다. 태조는 도전에게 술잔을 건네며 말하였다.

"경이 아니고서야 내가 어찌 이 자리에 있을 수 있겠소. 참으로 경은 나의 장자방(張子房 : 장량)이오!"

그러자 도전은 술잔을 받든 채 아뢰었다.

"하오나 전하, 한나라 고조(高祖:유방)가 장자방을 쓴 것이 아니라 장자방이 곧 한 고조를 쓴 것이 다를 뿐이옵니다!"

역성혁명을 이루기 위해 자신이 곧 태조를 택하여 썼음을 감히 말했던 것이다. 그러나 그 말이 틀렸다고 말하는 자는 아무도 없었다.

．．．

개국공신이 책록되고, 며칠 후에는 의안군 이화의 주관으로 세자를 비롯하여 여러 왕자들과 개국공신들은 왕륜동(王輪洞)에 한데 모여 천지신명께 맹세를 하였다. 이날의 맹세를 가리켜 '왕륜동의 회맹(會盟)'이라고 하였다. 그러나 맹세란 돌아섰을 때 더 허망하고 부질없는 것. 맹세문에 일렀듯이 누구나 처음은 있지만 종말은 있기 드물었다. 왕자들 중에 정안군 방원은 회맹조차 마땅치 않았던 것이다.

애초에 공신도감에서는 진안군 방우를 비롯하여 여러 왕자들도 잠저(潛邸) 때부터 태조를 보필한 공이 크다 하여 개국공신의 열에 들도록 청하였다. 태조는 그러나 신민의 몸으로 아비가 나라를 얻었고, 왕족으로 신분이 귀하게 되었는데 무얼 더 바라겠냐며 배제시켰다. 다만 전지 1백 결씩을 내리도록 하였다.

그래도 왕자들의 불만을 염려하여 도전은 조준, 남은과 함께 태조에게 아뢰었다.

"여러 왕자들은 의복을 갖추고 거마와 구종(驅從)을 거느려야 할 터이오니 바라옵건대, 본과 이외에 전지를 더 내려 용도가 넉넉하도록 하소서!"

태조는 그러나 고개를 가로저었다.

"전지가 1백여 결이나 되는데 왕자들이 설마 배고프고 추위에 떨 일이야 있겠소? 만약 전지를 더 내려준다면 나라사람들은 내가 친자들에게 사정을 쓴다고 할 것이니 경들이 더 주고자 하면 먼저 공신들에게 더 주도록 하오."

"공신들은 이미 과전(科田)말고도 사전(賜田 : 공신전)을 받았사오니 왕자들에게 더 주도록 하소서."

"경기도의 전지가 한정되어 있는데 어찌 함부로 더 줄 수 있겠소. 단지 왕자라고 해서 전지를 더 받는다면 결코 옳은 일이 아니오."

여러 왕자들은 부왕의 뜻을 충분히 헤아렸다.

그러나 오직 한 사람. 정안군 방원은 왠지 속이 뒤틀리고 화가 치밀었다. 엊그제까지만 해도 젖내 나는 아이쯤으로 여겼던 막내 동생에게 깍듯이 예를 갖추어야 한다는 사실도 그랬지만, 최대 정적이었던 정몽주를 일거에 쓰러뜨림으로써 창업의 길을 열었다고 자부하는 터에 왕자라는 이유로 개국공신에 들지 못한 것이 불만이었다.

비록 의흥친군위의 절제사로서 전라도 군사를 거느렸지만 형들은 물론 아우인 방번까지 저마다 군사를 맡고 있기는 마찬가지였고, 아무도 자신을 주목하지 않았다. 그는 다만 여러 왕자들 중에 한 사람일 따름이었다.

'왕자라고 해서 도당에 나가 대놓고 정사를 논할 수도 없고, 가만히 앉아서 왕실의 체통만 지키라고 하니 제아무리 왕자면 뭐 하나. 지존이 아니라면 왕자의 자리는 결국 껍데기일 뿐 아닌가!'

정안군은 은근히 자신의 처지를 한탄하며 입술을 깨물었다.

왕조가 바뀌었음을 명나라에 고하러 갔던 조반이 돌아온 것은 10월 하순이었다. 단 석 달 만에 사행을 마치고 조반이 무사히 귀국하자 태조는 물론 조야가 기뻐했다. 조반이 가져온 홍무제의 선유는 다소 힐난조였다.

삼한에 왕씨(공민왕)가 망하면서부터 벌써 여러 해째 이씨가 계책을 쓰는 것이 천태만상이더니 지금 보니 더욱 그러하다. 공민왕이 죽으매 아들이 있다고 하며 후사로 세우기를 청하더니, 또 왕요를 왕손의 바른 파계라 하여 세우기를 청하였다가 지금 또 제거해 버렸다……. 그러나 왕씨에서 이씨로 바뀐 것은 상제(上帝)의 명이니 짐이 어쩌겠는가. 다만 강역(疆域)을 조심하여 지키고 간사한 꾀를 쓰지 않는다면 이는 삼한의 복이 아니겠는가!

홍무제가 지칭한 '이씨'는 우왕 대의 권신 이인임을 두고 하는 말이었다. 이때까지도 홍무제는 이성계를 이인임의 아들로 여겼던 것이다. 그러나 나라의 주인이 바뀌어버린 엄청난 사건을 놓고 홍무제는 단지 '짐이 어쩌겠는가'라는 말로 대신함으로써 이성계의 등극을 용인한 셈이었다.

그렇다고 홍무제가 태조를 달갑게 여긴 것은 아니었다. 삼한의 새로운 주인이 무장 출신이라는 것과 새 나라의 국운이 어디로 뻗칠 것인지 못내 꺼림칙했는지, 변경을 넘보지 말고 강역이나 잘 지키라고 미리 경고했던 것이다.

홍무제가 왕조 교체를 용인했으니 이제 재상들 중에 누군가 명나라에 들어가 사례를 올려야 했다. 하지만 의심이 많고 흉포한 홍무제가 두려워 너나없이 꺼려했다. 그럴 때 도전이 사은사를 자청하고 나섰다. 태조는 펄쩍 뛰었다.

"지금은 나라를 세운 지 얼마 되지 않아 무릇 경이 아니면 되는 일이 하나도 없는데, 갑자기 조정을 비우고 먼 길을 가겠단 말이오?"

그러나 도전의 가슴속에는 태조가 미처 깨닫지 못한 웅대한 꿈이 있었다. 그것은 고구려의 고토 회복이었다. 요하(遼河) 이동(以東), 곧 요동은 고구려의 동명왕이 나라를 열고 다스리던 땅이었으니 말할 나위 없이 우리의 강역이었다. 때문에 동명왕의 성업(聖業)을 회복하는 것은 고려 태조 이래로 삼한의 염원이었다. 도전은 혁명의 와중에서도 명나라의 정세 변화에 촉각을 곤두세웠고, 또 앞날을 정확하게 예측하고 있었다.

명나라의 홍무제는 의문태자가 죽자 9월에 황태자의 둘째 아들인 윤문(允炆 : 훗날 명나라 2대 황제인 건문제)을 황태손으로 세웠다. 하지만 홍무제는 그런 사실조차 처음에는 다른 나라에 알리지 않았다. 그것은 황위 계승이 순조롭지 않을 것이라는 사실을 의미했다.

'어느덧 70을 바라보는 홍무제가 죽는다면 황태손이 제위를 이을 것이다. 하지만 25명에 이르는 번왕(藩王) 중에 틀림없이 제위를 노리는 자가 있을 것이다. 중국의 역사는 어린 황제가 등극하면 어김없이 찬탈과 반역이 되풀이되었다. 그리 되면 중원은 또다시 혼란에 빠질 것이다. 그때를 대비해야 하리라!'

도전은 이번 기회에 자신의 눈으로 직접 명나라의 사정을 탐지하고 싶었다. 태조는 못내 마음이 놓이질 않았지만 도전의 뜻을 알기에 가납하였다.

사흘 후에 도전은 명나라로 향했다. 홍무제에게 바칠 60필의 양마도 함께 끌고 가면서 그 틈에 도전은 아무도 모르게 심어놓은 자들이 있었다. 지리에 밝고 지도를 그릴 수 있는 자와 요동 출신으로 귀화한 자들이었다. 요동의 지세는 물론 산성과 요해처를 파악하고, 요동에 웅거하고 있는 부족장들을 조심스럽게 회유할 작정이었던 것이다.

세 번째 가는 이역만리길. 그 사이에 흥망의 갈림길이 있었으니 도전은 자주 회고에 젖었다. 맨 처음 정몽주와 더불어 사행을 갔을 때의 일이 주마등처럼 떠올라 봉창에 새벽빛이 어리도록 잠을 설치기도 하였다. 도전이라고 해서 깨어진 나라 고려에 대한 감상이 없었겠는가.

선인교(仙人橋) 나린 물이 자하동(紫霞洞)에 흐르노니
반천 년 왕업이 물소리뿐이로다
아해야 고국흥망 물어 무엇하리오

왕조의 흥망도 덧없고, 한때의 영화도 천고의 한이 되어 사라지는 것임을 절절이 깨달았다. 그러기에 막막한 광야에 산빛은 아스라이 멀고, 요해(遼海)를 끼고 달리는 만리 길에 인생은 한낱 뜬구름처럼 여겨졌다. 그러나 감상에만 젖어 있기에는 품은 뜻이 허락지 않았다. 장차 명운을 걸고 맞서야 할 홍무제가 기다리고 있었던 것이다.

신년을 앞두고서 금릉에 도착하니 황도의 위용은 여전했다. 그러나 거마가 먼지를 일으키며 달리던 대로는 어쩐지 한산했고, 관아가 즐비한 거리에는 조신들보다 환관들이 더 눈에 띄었고, 길을 가는 사람들은 어깨를 움츠린 채 어딘지 모르게 불안한 눈빛들이었다.

도전은 그 까닭을 짐작할 수 있었다. 끊임없이 일어나는 의옥(疑獄)과 한번 옥사가 벌어지면 수만 명씩 몰살을 당하는 판이라 사람들이 거의 공포에 질려 있었던 것이다.

홍무제가 그처럼 잔혹했던 이유는 자신이 죽고 난 다음에 누군가 제위를 빼앗지 않을까 염려했기 때문이었다. 이런 일화가 있다. 나이 어린 황태손이 할아버지인 홍무제에게 사람들을 그만 죽일 것을 청하자, 홍무제는 대뜸 가시나무 하나를 던져놓고서는 손자더러 맨손으로 잡아보라고 하였다. 황태손은 가시 때문에 그 나무를 손으로 잡을 수 없었다. 그러자 홍무제는 손자를 나무랐다.

"가시가 손을 찌르니 너는 저 나무를 잡을 수 없지 않느냐. 그래서 내가 살아 있을 때 너를 찌를지 모르는 그 가시들을 모두 없애려는 것이다!"

아무리 그렇다 해도 홍무제는 천성적으로 의심과 시기심이 많은 인물이었다. 그중에서 '문자(文字)의 옥(獄)'은 협량함의 극치를 보여주었다.

홍무제는 문신이나 시인묵객들의 문장에 행여 '광(光)' 자나 '독(禿)' 자가 들어 있으면 내용의 앞뒤를 가리지 않고 잡아다가 때려죽였다. 빛난다는 뜻의 '광(光)' 자나 대머리를 뜻하는 '독(禿)' 자는 중의 머리를 가리키며 이는 떠돌이 걸식승이었던 자신을 비웃었다는 것이었다.

또 문서에 '적(賊)' 자가 눈에 띄면 홍건적으로 도적의 무리였던 자신을 비난했다며 글쓴이를 끝까지 색출하여 분풀이를 해야만 직성이 풀렸다. 나중에는 조신들이 홍무제가 두려워 '적(賊)' 자의 동음이어(同音異語)조차 쓰지 못했다.

그런가 하면 본디 '원래(元來)'로 쓰던 글자는 주원장(朱元璋)의 휘(諱)를

피해 '원래(原來)'로 고쳐 썼는데, 누군가 실수로 '원래(元來)'라 쓴 것을 본 홍무제가 대로하여,

"천하에 명나라가 이미 있는데 어찌 원나라가 다시 온단 말인가. 이는 틀림없이 역심을 품고 하는 말이다!"

그 통에 '원래(元來)'라는 글자를 썼던 조신들은 하나같이 역적으로 몰려 죽음을 면치 못하였다. 이를 가리켜 '문자의 옥'이라 하였는데, 그로 인해 당대의 학자와 문사들이 숱하게 죽음을 당하였다. 그러니 글을 아는 자들은 벼슬에 나가려 하지 않았고, 황제의 주변은 자연 간신들과 입에 발린 소리를 잘하는 환관들이 차지하였다.

회동관에 머물던 수일 후. 도전은 환관들의 안내를 따라 봉천전(奉天殿)에 나아가 황제를 배알할 수 있었다. 도전은 홍무제 앞에 엎드려 신년을 하례한 뒤에 새 왕조의 창업을 고하였다.

홍무제는 그러나 의심 가득한 눈초리로 도전을 무섭게 쏘아보았다.

'너희 나라의 임금 이성계는 전에 요동을 침범하려다 물러난 자가 아닌가. 말로는 대국의 지경을 범한 죄를 용서해달라고 하지만 고구려 땅을 넘보고 있음을 내가 어찌 모를까!'

홍무제는 마치 그렇게 말하는 것만 같았다. 사람의 심장을 꿰뚫을 것 같은 황제의 안광에 누구라도 기가 질릴 법하였다. 사람의 목숨을 파리보다 더 가볍게 여기는 황제가 아닌가. 그러나 홍무제는 예전의 홍무제가 아니었다. 귀가 들리지 않는지 목소리는 더 크게 갈라졌고, 환관의 부축을 받지 않고서는 일어서지도 못했다. 또 황포에 가려진 손이 심하게 떨고 있는 것을 도전은 분명히 보았다.

절대권력이란 비록 천하를 잠시 힘으로 누를 수 있겠지만 한 군데에

틈이 생기면 어느 날 갑자기 허무하게 무너지는 법. 더욱이 25명이나 되는 번왕들 중에 변방에 나가 있는 태원(太原)의 진왕(晉王)과 북경의 연왕(燕王)과 서안(西安)의 진왕(秦王)은 군사력을 바탕으로 공공연하게 세력을 도모하고 있었다.

그중에서도 홍무제의 4남인 연왕 주체(周棣:훗날 3대 영락제)는 야심이 만만치 않다는 중평이었다. 그렇지만 제위를 이을 황태손은 환관들의 손에서 유약하게 자라고 있었다. 황제가 유명을 달리하면 피비린내 나는 골육상쟁이 벌어지리라는 것쯤은 얼마든지 예감할 수 있는 일이었다.

봉천전에서 물러나온 도전은 곧 금릉을 떠나 서둘러 귀국길에 올랐다. 하지만 요하를 건너면서 도전은 그다지 길을 재촉하지 않았다. 요동의 지세와 변방의 사정들을 속속들이 탐지하는 한편 알게 모르게 원나라 유장들과 부족들을 만났던 것이다.

· · ·

도전이 귀국한 것은 이듬해인 태조 2년(1393) 3월. 고국을 떠날 때는 가을 바람이 소슬했는데, 돌아와 보니 봄볕이 한창 꽃버들을 희롱하고 들녘에는 보리가 싹을 틔우고 있었다.

그런데 안주(安州:황해도 재령)에서 뜻밖에 최영지를 만났다. 최영지는 마침 황제가 '조선'이라는 국호를 승인한 것에 사은사로서 명나라에 가던 중이었다. 도전은 그 말을 듣고 깜짝 놀랐다. 최영지는 오랫동안 서북면을 지켜온 무장 출신으로 최영의 요동 출정 당시에 막중한 역할을 맡았던지라 장차 도전과 더불어 요동을 회복할 만한 인물로 꼽고 있었다. 더욱이 그에 대해 명나라에서도 잘 알고 있던 터라 사신으로 갔다가 무슨 화를 당할지 알 수 없는 일이었다.

"공께서 지금 명나라에 들어가는 것은 화를 자초하는 일이니, 여기에 잠시만 머물러 계십시오. 전하께 아뢰어 다른 사람으로 대신토록 하겠습니다!"

도전은 최영지의 길을 묶어둔 채, 급히 개경으로 달려와 그 까닭을 태조에게 아뢰었다.

"전하, 황제가 우리나라를 꺼려하는 것은 행여 요동을 넘보지 않을까 두렵기 때문이옵니다. 이러한 때에 중국에까지 이름이 널리 알려진 장수를 사신으로 보낸다면 황제는 틀림없이 자기네 나라를 정탐하러 온 것이라며 까탈을 잡아 그를 죽일지도 모를 일이옵니다. 하오니 다른 사람으로 대신하소서!"

도전의 말이 틀리지 않은지라 태조는 최영지 대신에 정당문학 이염을 사은사로 파견하면서, 지난날 홍무제가 공민왕에게 내렸던 금인(金印)을 송부했다. 왕조가 바뀌었으니 새로운 인신을 내려달라는 청이었다.

도전은 이어 황실의 불안한 기운을 태조에게 상세히 아뢰고, 요동 이서 지역의 정세를 알기 위해서는 번왕(藩王)들과 친교가 필요함을 역설했다. 도전의 계책에 따라 태조는 곧 요왕부(遼王府)와 영왕부(寧王府)에 행례사로 보냈다. 사실 요왕이나 영왕은 번왕으로서 그다지 실권이 없었다. 군사와 행정을 황제의 직속인 좌군도독부에서 관할했기 때문이었다. 그런데도 행례사를 보낸 것은 그들의 입을 통해 황실의 실정을 탐지하려는 것이었다.

그즈음 도전은 『오행진출기도(五行陣出奇圖)』와 『강무도(講武圖)』를 만들었다. 이미 『팔진36변도보』와 『태을72국도(局圖)』를 만들어 장수와 술사들을 감탄하게 만들었던 도전이었다.

『팔진36변도보』는 제갈량이 창술한 8진(陳)을 기본으로 삼아 지형과 군사력에 따라 36가지로 전술을 변화시키며 구사할 수 있는 진법이었고, 『태을72국도』는 점술가들의 음양의 점술을 병법에 적용한 것이었다.

『오행진출기도』는 제갈량의 8진뿐만 아니라 춘추전국시대부터 당나라 이정(李靖)까지 썼던 진법과 용병술을 바탕으로 창안한 병법이었다. 그리고 『강무도』는 사마법을 기초로 중국의 병법을 자세히 살피고 우리나라 실정에 맞게 저술한 것이었다.

도전은 병법서를 태조에게 바치면서 요동 회복 의지를 피력했다. 그가 창안하고 저술한 병법서마다 요동 회복을 염두에 두지 않은 것이 없었던 것이다. 처음에 태조는 다소 망설이는 눈치였다.

"지금은 나라를 세운 지 얼마 되지 않아 문물과 제도를 정비하고 내치에 주력해야 할 터에 군사를 일으키는 것은 무리가 아니겠소?"

도전은 그러나 고려 태조의 예를 들어 요동 회복을 설파했다.

"고려 태조께서 나라를 창업할 당시에 미처 예악을 제정할 겨를이 없었는데도 수차 서경(평양)으로 거둥하시어 친히 북변을 살폈던 것은 고구려의 옛 땅을 회복하려는 것이었으니 이는 실로 삼한 이래의 염원이었던 것입니다!"

도전의 말처럼 고려 태조 왕건은 고구려의 고토 회복을 위해 국도까지 평양으로 옮길 계획을 갖고 있었다. 그러나 불행히도 시운이 맞지 않아 북방에서 거란과 여진과 몽골이 차례로 일어나면서 고려는 내내 수난을 면치 못하였고, 고토 회복은 그저 여망으로만 간직해 왔었다. 그러다 다시금 북벌 의지를 불태운 임금이 공민왕이었고, 그 선봉에 섰던 인물이 이성계였었다.

태조 이성계는 공민왕 19년과 20년 두 번에 걸쳐 동녕부를 공벌하였다. 그때 요동을 장악할 거점을 확보하고도 군량과 물자가 부족했던 탓에 곧 철수해야만 했던 뼈아픈 기억이 남아 있었다. 그런가하면 우왕 14년 위화도에서 군사를 돌린 것은 장수로서 두고두고 치욕이었다. 그때는 나라에 단 열흘을 쓸 저축조차 없을 만큼 군량과 군비가 태부족했고 군사는 4만에 불과했는지라 어쩔 수 없는 선택이었다. 그러나 이제부터라도 꾸준히 군비를 확장하고 군사를 훈련시킨다면 천년의 반석에 나라를 올려 세울 수 있는 일이었다.

도전은 강한 어조로 아뢰었다.

"전하, 용도를 절약하고 양식을 족하게 하는 것은 왕정(王政)의 선무(先務)이며, 편안할 때에 위태함을 염려하는 것은 나라를 가진 이의 원대한 생각이옵니다. 신이 삼가 『주례』를 상고하옵건대, 나라의 살림을 꾸리는 데 수입을 먼저 헤아리고 지출을 통제한다면 3년에 1년 치를 저축할 수 있사옵고, 공자께서 '선인이 7년간 백성을 교화하면 백성은 기꺼이 싸움터로 나아가게 된다'라고 하였으니, 어찌 틀리다고 할 수 있겠사옵니까?"

도전은 계속해서 여진인들의 복속을 상기시켰다.

"생각하옵건대, 일찍이 전하의 4대조께서 북방으로 이주하셨던 것은 왕업을 성취할 기반을 닦으신 것이며, 장차 대업을 이루기 위함이었으니 참으로 하늘의 뜻이라 아니 할 수 없사옵니다. 이 나라의 강성과 전하의 성덕을 만세에 떨칠 기회를 실로 하늘이 정해준 것입니다. 이제부터라도 군사를 기르고 군비를 튼튼하게 갖춘다면 머잖아 동명왕의 성업을 회복할 때가 반드시 다가올 것입니다!"

누구도 감히 생각지 못한 원대한 안목과 책략이었다. 도전의 웅지는 태조를 전율시켰다.

"내 어찌 경의 말을 소홀히 들으리오. 머잖아 내 친히 요동으로 군사를 몰고 나가 삼한 이래의 업을 이루고 말 것이오!"

그러나 아직은 때를 기다려야 했다. 고려 망국을 무섭도록 예감하고서도 10년을 더 기다렸는데, 하물며 요동 회복은 국운을 좌우할 대업이었다.

태조는 이어 각 도의 군사를 점고(點考)하고 군적을 새롭게 정리했다. 이때 동서북면을 제외하고 8도의 군사는 마병과 보병, 기선군을 합하여 모두 20만 8백여 명에 이르렀다. 그러나 군사들은 제대로 훈련되어 있지 않아 쓸 만한 군사는 얼마 되지 않았다. 또 왕자들이 절제사를 맡고 있는 도는 군령이 제대로 먹히지 않았다. 그럴 즈음, 도전의 예견대로 명나라의 홍무제가 차츰 까탈을 부리기 시작했다.

· · ·

홍무제의 흠차내사(欽差內使) 황영기(黃永奇)와 최연(崔淵) 등이 조서를 가지고 들어온 것은 5월. 이들은 모두 우리나라 출신의 환관들이었다. 태조는 그들을 선의문 밖에서 맞이했고 정중하게 예를 갖추어 조서를 받들었다.

그러나 조서를 읽어가는 동안 태조의 용안은 일그러지고 말았다. 홍무제는 이른바 흔단(釁端)을 일으켰다는 '생흔(生釁) 3개조'와 황제를 모욕했다는 '모만(侮慢) 2개조'를 들어 왕을 실컷 힐문하더니, 뒤에 가서는 노골적으로 협박을 해댔던 것이다.

그 내용은 대개 이러했다.

조선왕은 어찌 화단을 일으키는가. 지난번 절동(浙東)·절서(浙西)의 사람들 중에 불량한 무리들이 조선왕을 위해 첩자 노릇을 하다가 들켰는데, 이것이 흔단을 일으킨 첫째요, 포백(布帛)과 금은 따위를 가지고 요동으로 찾아와 행례(요왕과 영왕을 만난 것)하면서, 속셈은 우리의 변장(邊將)을 꾀는 데 있었으니 이것이 흔단을 일으킨 것의 둘째요, 요사이 압록강 연안으로 몰래 사람을 보내 여진인 5백여 명을 꾀어갔으니 이것이 흔단을 일으킨 세 가지라. 이보다 더 큰 죄가 없을진대, 그대는 입으로는 신하라 일컬으면서도 조공으로 바치는 말[馬]마다 노쇠한 것들뿐이니 이는 짐을 업신여김이요, 국호를 고친다며 조지(詔旨)를 청하여 허락했는데, 감사의 표시는커녕 오히려 흔단을 일으켰으니 이는 업신여김의 두 가지라.

그대의 나라에서 병화(兵禍)를 일으키려 하였으니 짐은 장차 장수에게 명하여 동방을 정벌하고 '생흔과 모만' 두 가지 일을 기어이 설욕(雪辱)할 것이다. 그러나 삼한에서 잘못을 뉘우치고 전에 꾀어간 요동인들을 돌려보낸다면 짐의 군사가 쳐들어가는 일은 없을 것이다!

도전은 가슴이 덜컥 내려앉았다.

'정말이지 놀라운 일이다! 암암리에 간자를 보내 정세를 염탐하고 요동 지역의 부족장들을 회유했던 사실을 어떻게 이토록 빨리 간파했단 말인가!'

홍무제가 돌려보내라는 요동인들은 지난 4월 초, 동녕부 일대에 웅거하던 여진족 추장 탈환불화(脫歡不花)의 거민(居民)들 중에 조선으로 귀순한 5백여 명을 두고 하는 말이었다.

이들을 놓고 논의가 갈렸다. 좌정승 조준과 우정승 김사형은 황제의 명을 따르자는 입장이었다.

"황제의 성지를 보건대 우리 조선에서 사람을 보내 요동인들을 꾀어낸다고 믿고 있사오니, 이성과 강계를 통해 우리에게 몸을 의탁한 여진인들을 돌려보내는 것이 마땅하옵니다."

"그렇사옵니다, 전하. 어찌 황제의 계명(誡命)을 만홀히 여길 수 있겠사옵니까? 뿐만 아니라 추후로는 요동인들이 함부로 귀순하는 것을 허락하지 마소서!"

그러나 귀순한 요동인들 중에는 상당수가 원래 우리나라 사람들이었다. 그들은 대개 나합출과 호발도(胡拔都)에게 포로로 잡혀갔거나 고국에서 전토를 잃고 먹고살 곳을 찾아 흘러들어갔다가 명나라 군정에 충당된 자들이었다. 나라에서는 이들을 가리켜 '만산(漫散)군인'으로 부르며 적극적으로 초유하던 터였다.

도전은 두 정승들과는 생각이 분명히 달랐다.

"그들이 비록 명나라 군정에 편입되었다 하나 본디 우리 백성들로 고향과 부모형제를 찾아 다시 돌아왔는데 어찌 돌려보낼 수 있겠습니까? 그들을 보호해 주지는 못할망정 압송한다는 것은 차마 인정상 할 짓이 못 되옵니다. 더욱이 그들을 돌려보낸다면 우리 전하께 마음을 두었던 여진인들까지 필경 돌아설 것이요, 황제는 우리를 더욱 가볍게 여길 것이니 선뜻 응할 문제가 아닙니다."

조준은 미간을 찌푸렸다.

"언어와 풍습이 다른 여진인들이 귀순한다고 해서 우리나라에 무슨 득이 되겠소이까? 괜히 황제의 노여움만 더 커지고 그러다 정말 군사라도 일으킨다면 더 큰 화를 불러올 것입니다."

"좌정승, 전조 때부터 황제는 걸핏하면 응징 운운하였으나 함부로 들어오지 못했습니다. 또한 지금 명나라는 내정의 혼란으로 군사를 일으킬 틈이 없어, 다만 변방을 안정시키자고 까탈을 잡는 것이니 크게 신경 쓸 것은 없습니다."

그래도 지지 않고 조준은 태조를 향해 아뢰었다.

"전하, 전조에 왕실이 늘 불안했던 것은 명나라와 불화한 탓이었습니다. 게다가 우리나라는 아직 개국한 지 채 1년도 되질 않아 천조에 대해 더욱 공손해야 할 것이오니, 실로 사직의 안녕을 위해 결단하옵소서."

태조는 무거운 낯으로 좌우를 둘러보았다.

"황제는 군사력이 막강하고 또한 정형(政刑)이 엄준(嚴峻)하여 천하를 차지했겠지만 사람을 죽이는 데는 정도가 지나쳐 개국원훈들과 현량한 신하들 중에 명을 제대로 보전한 자가 없다고 하니 어찌 어질다 하리요……. 더구나 걸핏하면 작은 나라를 책망하고 강제로 조공을 요구하는 것이 끝이 없고, 지금에 와서는 나에게 죄가 아닌 것을 가지고 군대를 일으키겠다고 위협하니, 이것이 어린아이에게 공갈하는 것과 무엇이 다르리요?"

태조의 어조에는 작은 나라 군주로서의 비애와 노기가 그대로 배어 있었다. 그래도 김사형이 다시 아뢰었다.

"하오나 전하 앞날이란 알 수 없는 일이온데, 황제가 노여움을 풀지 않고 끝내 대군이 닥친다면 그 참화는 참으로 감당키 어려울 것이옵니다."

"옛사람 말에 임금에게 천 리의 국토만 있어도 두려울 것이 없다고 하였는데, 우리나라는 지경이 삼천 리나 되는데 무엇을 두려워하겠소!"

평생을 싸움터에서 보내면 지략과 용맹을 떨쳤던 태조다운 말인지라 조준과 김사형은 입을 다물어버렸다. 도전은 어금니를 깊숙이 사리물었다. 언제까지 중국 황제의 말 한마디에 벌벌 떨어야 하는가.

그렇다고 섣불리 감정을 앞세울 때가 아니었다. 태조는 곧 중추원학사 남재(南在)를 명나라에 보내 황제가 힐문한 조목에 대해 극구 변명하였다.

우선 절동과 절서의 첩자 문제는 알지도 못하는 일이라고 딱 잡아뗐다. 또 요동에 행례한 것은 상국을 경앙(景仰)하여 한 일이요, 공마가 좋지 않은 것은 토성(土性) 때문이니 어쩔 수 없다고 하였다. 그리고 요동인들이 귀순한 것에 대해서는,

여진은 이미 동녕부에 예속되어 있는데, 소방(小邦)에서 어찌 사람을 보내 꾀어냈겠습니까? 다만 요동에는 오래 전부터 본국의 인민이 들어가서 그곳에 의탁한 자들이 많은데, 그들이 고향과 친척들을 생각하여 다시 몰래 들어와 산골짜기에 숨어 살고 있을 뿐입니다. 그러나 폐하께서 진노가 크니 비록 소방의 백성들이지만 관군(官軍 : 명나라 군사)의 명부에 오른 자들은 돌려보내도록 하겠습니다!

그로부터 한 달 후인 7월 5일. 태조는 도전을 동북면도안무사(都按撫使)로 내보냈다. 태조의 명이 아무래도 뜻밖인지라 모두들 놀랐다. 그

러나 그것이 장차 요동 공략을 위한 사전 포석임을 아는 사람은 아무도 없었다.

· · ·

동북면은 요동 회복의 거점이었다.

사실 요동으로 통하는 길은 서북면의 의주나 이성이 빨랐다. 그러나 명나라는 조선의 요동 진출을 막기 위해 압록강 연안에 군사력을 집중하고 있는 실정이었다. 따라서 도전은 무리하게 서북면을 통하기보다 동북면을 거점으로 삼았다. 두만강 건너, 여진족의 본거지를 가로질러 서쪽으로 진격하면서 한편으로 강계에서 동녕부(東寧府)로 곧장 치고 들어가 동가강(佟佳江) 연안의 오라산성(兀羅山城)을 차지한다면 대세는 한판에 결정될 수 있었다.

오라산성은 요동으로 통하는 모든 요로와 연결되는 곳으로 동가강의 지류를 따라가면 요양(遼陽)과 한때 원나라 유장 나합출의 본거지였던 개원으로 통할 수 있고, 다시 요양에서 태자하(太子河)를 따라 동쪽으로 길을 뻗으면 평야인 회인(또는 환인桓仁) 일대를 제압할 수 있었던 것이다.

더욱이 태조의 휘하사 출신인 이원경(李原景)과 이백안(李伯顏), 이장수(李長壽), 김인귀(金仁貴), 주인(朱仁) 등은 본래 오라산성 주변에 웅거하던 부족의 추장들이었다. 공민왕 때 동녕부 공벌 당시 이성계에게 신복한 뒤로 완전히 우리나라 사람이 되었던 것이다. 그들은 태조의 명만 있으면 언제라도 요동 회복의 선봉에 설 수 있는 이들이었다.

그러나 두만강 연안은 아직 조선의 통치력이 미치지 않는 곳이었다. 공민왕 5년에 쌍성총관부를 회복한 뒤로도 고려의 강역은 사실 강계와 북청을 잇는 선에서 머물러 있었다. 그 뒤 이성계의 활약으로 길주(吉州)까지 영역이 넓혀지긴 했지만 그 이북은 아직 여진족 세상이었던 것이다.

장차 요동을 효과적으로 경략하려면 두만강 연안을 따라 갑주 이북의 혜산(惠山)에서 무산(茂山)과 회령(會寧), 온성(穩城)을 거쳐 공주(孔州: 함북 경흥)에 이르기까지 지경을 넓히고, 경계와 행정을 구획하여 우리의 영토로 확실하게 편입시키는 것이 급선무였다.

도전은 여진족들을 초유하여 종내는 우리 백성으로 삼는다는 복안으로 몸소 북단을 돌아다니며 여진족 추장들을 만났다. 추장들은 도전을 흔연히 맞이하면서 하나같이 말하였다.

"이곳은 일찍이 국조가 태어나신 곳이요, 왕업의 터를 닦으신 곳이라 우리들은 대왕의 위엄과 덕망을 흠모하지 않은 적이 없사온데 어찌 신복치 않겠습니까?"

한편으로 도전은 각 고을의 수령들에게 명하여 군량과 병기를 저장할 만한 전략처를 물색토록 하였다. 군량과 병기를 저장할 병참기지의 조건은 길이 사방으로 열려 있어, 전시에 신속히 물자를 조달할 수 있어야 했다.

그 결과 곡산(谷山)은 그야말로 천혜의 요충지였다. 곡산은 동북면과 서북면 가운데에 있으면서 동쪽으로는 화령(함흥)과 거리가 150리에 불과했고, 서쪽으로는 성주(평남 성천)를 거쳐 평양으로 연결되어 있어 동서북면 양쪽을 동시에 성원할 수 있었다. 더욱이 고을 북쪽으로는 산세가 험준하여 외적이 쉬이 침범할 수 없는 데다, 산성이 크고 넓어 수만 명의 군사가 한꺼번에 숨어 있어도 알 수 없는 요새였다.

문제는 군량이었다. 군량이 넉넉하지 못하면 아무리 용맹한 군사 백만이 있다 해도 쓸모가 없고, 철옹성이 천 길이 된다 해도 소용이 없었다. 그런데 곡산을 중심으로 8개 고을의 조세를 모두 군량으로 거두어들인다면 3~4년 이내에 수만의 군사가 몇 년을 소비해도 될 만큼의 양식을 저축할 수 있었다.

도전은 그러나 요동 회복의 책략을 다 세우지 못한 채 한 달 만에 발길을 돌려야 했다. 태조가 다급하게 그를 불렀던 것이다.

6. 조선경국전

동북면에서 돌아온 도전은 사태를 한눈에 파악하였다. 홍무제가 갑자기 요동을 폐쇄해버린 것이다. 더욱이 지난 3월, 최영지를 대신하여 명나라에 갔던 이염이 홍무제에게 매를 맞고 초주검이 되어 돌아오자 조야는 경악하고 말았다. 홍무제는 내심 최영지를 단단히 벼르고 있었는데, 중도에 이염으로 바뀌었다는 사실을 알고 분풀이를 해댄 것이었다.

조정은 불안하여 갈피를 잡지 못했다.

"황제가 요동을 폐쇄한 것은 분명 대군을 일으켜 장차 우리나라를 징벌하려는 것이 틀림없으니 속히 황제의 노여움을 풀어야 할 것입니다!"

그러나 홍무제의 노여움을 풀려고 해도 사신의 입국을 막으니 방도가 없었다. 그렇다고 명나라가 군사를 일으켰다는 첩보는 어디서도 없었다. 도전은 짐작되는 바가 있었다.

"황제가 지금까지 요동을 폐쇄할 때는 필시 전란이 일어났거나 내분을 감추기 위함이었습니다. 더욱이 지금 명나라는 남옥의 역모 사건*으로 나라가 뒤숭숭해 있는 터에 무슨 수로 대군을 일으킬 수 있겠습니까. 하오나 방비란 한시도 소홀히 할 수 없사오니 의주와 이성과 강계 등지에서 번상(番上)한 군사들은 모두 제자리로 돌려보내고, 가장 믿을 만한 자로 서북면을 방비토록 하소서!"

도전의 말에 태조는 당장 최영지를 꼽았다. 태조는 서북면 일대의 병마도절제사 겸 안주목사로 급파하면서 요해처마다 철옹성을 쌓도록 명하였다.

도전은 한편 동북면에 요동을 경략할 기지를 구축하고, 여진족을 초유하기 위해 이지란과 조무(趙武)를 보내도록 하였다. 이지란은 여진의 금패 천호 출신이었고 조무는 원나라 장수 출신으로 누구보다 쉽게 여진족과 접촉할 수 있었다. 태조는 도전의 계책대로 이지란을 동북면도안무사로 보냈다.

"그대가 이제 동북면에 가면 먼저 갑주와 공주 등지에 성을 튼튼히 쌓고, 야인들을 적극 초유하여 저들로 하여금 피발(被髮)하는 풍속을 버리고 관대(冠帶)를 쓰도록 하며 그곳에 학교를 세워 예의와 교화를 익히게 하오. 그리하여 우리나라 사람들과 혼인을 권장하고 종내는 우리 백성으로 삼아야 할 것이라, 이는 만세를 위한 계책이니 그대는 각별히 유념하오!"

• 남옥은 홍무제와 같은 고향 출신으로 무략이 출중하여 운남(雲南) 지역을 평정하고 원나라를 사막으로 쫓아내는 데 가장 공이 컸던 인물. 하지만 황제의 친위대인 금의위(錦衣衛)에서 모반의 징조가 있음을 고변하자 홍무제는 가차 없이 그를 숙청했고, 2만 수천 명이 학살을 당하였다. 정도전이 명나라에 다녀온 직후인 2월에 터졌다.

태조의 당부에 이지란의 눈빛이 빛났다.

"유념하고 또 유념하겠사오니 전하께서는 성려치 마소서. 전하의 원대한 뜻은 기필코 이루어질 것입니다!"

그러나 요동 회복은 아직 많은 시간을 필요로 했다. 군사를 일으키려면 군비를 확충하고 군사가 훈련되어 있어야 했다. 그러기 위해서는 군제 개혁이 필요했고, 군제 개혁을 하려면 나라의 통치 체제와 규범을 밝힐 전법이 우선 만들어져야 했다.

도전은 개국 초부터 기초를 잡아왔던 『조선경국전(朝鮮經國典)』 완성에 심혈을 기울였다.

『조선경국전』은 『주례(周禮)』의 6전(六典)을 본받았지만 원나라의 『경세대전(經世大典)』, 명나라의 『대명률(大明律)』, 김지(金祉)가 편찬한 『주관육익(周官六翼)』을 참고하고 중국의 한·당·송나라의 전례(典例)를 찾아 좋은 제도는 우리나라 현실에 맞게 받아들이되 그 바탕에는 철저하게 민본사상이 깔려 있었다.

『조선경국전』 첫머리에서부터 도전은 '민본'을 밝혔다. '정보위(보위를 바룬다)'에서 군주가 민심을 잃으면 크게 염려할 일이 생긴다는 사실을 적시한 것이다.

이렇게 이루어진 『조선경국전』은 이듬해(태조 3년) 5월 상하 두 권으로 찬진되었다. 태조는 법전을 받고서 연신 감격하였다.

"이제 법치국가로서 면모를 당당히 갖추었고 천년의 업을 이어갈 것이니 유사는 『조선경국전』을 금궤에 보관하여 자손만대에 길이 전하도록 하라!"

도전의 법제와 저술은 그것으로 그치지 않았다. 『조선경국전』을 편찬한 뒤로 태조 3년 한 해 동안에만 역대 부위제(府衛制)의 연혁과 장단점과 대책을 논한 『역대부병시위지제(歷代府兵侍衛之制)』를 찬진했고, 성리학의 입장에서 불교와 도교를 비판한 『심기리편(心氣理篇)』을 저술했다. 또 태조 4년 1월에는 정당문학 정총과 함께 『고려국사(高麗國史)』 37권을 완성하였다.

『고려국사』가 완성된 뒤에도 2월에 명나라의 『대명률』을 해설한 『대명률직해(大明律直解)』 30권 4책을 편찬했으며, 6월에는 『경제문감(經濟文鑑)』을 찬진했다. 상하 2권으로 된 『경제문감』은 『조선경국전』의 치전(治典)을 보완한 것으로 상권에서는 특히 재상 정치를 강조하였고, 하권에서는 대관(臺官)과 간관(諫官), 위병, 감사, 수령의 직책 등을 논하였는데, 감사에 관해서는 이듬해에 『감사요약(監司要約)』을 따로 저술할 정도로 중요하게 여겼다.

방대한 저술에 태조는 놀라지 않을 수 없었다.

"경의 학문은 경사의 미세한 부분까지 연구하여 식견이 고금의 변화를 관통하였고, 의논은 옛 성현의 말씀에 의거하여 시시비비를 가리니 경이 아니었다면 어찌 내가 감히 나라를 열고 이 자리에 앉아 있을 수 있으랴."

그토록 방대한 저술과 법제들은 오직 하나에 뜻이 있었다. 민본 정치였다. 놀라운 것은 국사에 매달리며 그야말로 몸이 열 개라도 부족할 지경에서 집필한 것들이라는 사실이다. 그는 세상에 있으나 없는 사람이었고, 세상에 홀로 남겨진 사람 같았으니 가히 초인이었다.

· · ·

그토록 바쁜 와중에도 도전은 군제 개혁을 꾸준히 추진하였다.

개국 초에 여러 왕자와 종친들을 각 도의 절제사로 삼아 군사를 나누어 맡긴 것은 군사를 장악하는 것이 급했기 때문이었다. 그러나 시일이 지나면서 절제사들은 군사들을 자신의 사병이라도 되는 양 사사로이 첩문(牒文)을 띄워 병력을 차출하는가 하면 무기를 만든다는 명목으로 세금과 물품을 징발하였다. 또 휘하의 장수들은 왕자들의 막료가 되어 함부로 용사(用事)를 부렸다.

태조는 절제사들이 군사를 차출할 때는 먼저 도당에 고하도록 하고, 임금의 윤허를 얻도록 했지만 왕명을 제대로 지키는 왕자들은 하나도 없었다. 최근에는 변방의 군사들까지 불러 올려 거느리는 통에 요해처를 지켜야 할 군사들 수가 태부족한 형편이었다.

도전은 사냥을 통해 대규모 전술 훈련을 실시할 수 있는 『사시수수도(四時蒐狩圖)』를 태조에게 올리면서 군제 개혁의 필요성을 역설했다.

"전하께서 천명을 받아 구폐를 혁파하여 백사(百事)가 유신되었으나 군사만큼은 오로지 구습을 따르고 있어 그 폐단이 여전하옵니다. 하오니 하루빨리 부위제도의 폐단을 혁파하시어 제도를 바르게 세우신다면 나라에 큰 다행이겠습니다!"

"그렇지 않아도 내 고민하고 있던 참이라오. 군령이란 한 군데서 나와야 하고 군사들은 전란을 대비하여 부단하게 훈련을 시켜야 할 터인데, 지금 체제로는 어림없는 일이니 과연 어찌하면 좋겠소?"

"그렇사옵니다, 전하. 훈련되지 않은 군사는 난군에 불과하여 비록 백만의 군사가 있다 해도 아무 쓸모가 없사오니, 지금부터라도 군사들 중에 무략이 있는 자들을 선발하여 훈련관에서 병법과 진도(陳圖)를 강습하고, 때마다 도시(都試)를 보아 합격한 자를 탁용토록 하소서."

'도시'란 무관들을 선발하는 시험을 말하였다. 고려 인종 이래로 3백여 년 동안 폐지되었던 무과를 부활시켜 문무의 차별을 없애자는 것이었다. 또 병농일치의 부병제를 강조하였다.

"이렇게 하여 무과에 뽑힌 자들을 각도에 보내 농한기에 백성들로 하여금 활쏘기와 전술을 익히게 한다면 한 사람은 열 사람을 가르칠 수 있고, 그 열 사람은 또 각각 열 사람씩을 가르칠 수 있으니, 이로써 병비(兵備)의 계책은 성취되고 군사는 더욱 강해질 것이옵니다. 그러기 위해서는 지금의 삼군부와 장수들의 협의체인 중방을 혁파하고 모든 군정을 한 군데로 통합하는 것이 바람직할 것입니다!"

태조는 도전의 말을 그대로 받아들였다. 도전을 판삼사사로 명하고 아울러 군제 개혁을 추진토록 하였다. 도전은 남은과 오몽을(吳蒙乙), 이근(李勤) 등과 함께 군사 문제를 논의했다. 그중에서도 남은은 문신이면서도 무인 기질이 강해 도전과 곧잘 의기투합했다.

그해 9월, 태조는 중방을 폐지하고 삼군총제부를 의흥삼군부(義興三軍府)로 개편하면서 도전을 판의흥삼군부사로 명하여 군정의 최고 책임자로 삼았다. 나라의 병권을 온전히 도전에게 맡긴 것이다. 그리고 영안군 방과를 삼군부의 중군절제사로, 무안군 방번을 좌군절제사로, 흥안군 이제를 우군절제사로 명하였다.

그러나 왕자들과 휘하장수들의 이해관계가 얽혀 병권의 일원화는 쉽지 않았다. 도전은 고민 끝에 진도(陳圖) 훈련을 통해 군령을 바로세우고

자 했다. 진도 훈련은 대규모의 병력이 군령에 따라 결진과 진퇴를 거듭하는 훈련이기 때문에 무엇보다 지휘 체계가 강조되었다.

도전은 태조의 허락을 받아, 여러 절제사들이 거느리고 있는 휘하의 군관들을 모아 구정(毬庭)에서 진도 훈련을 실시했다. 태조 2년 11월 12일에 실시된 이날의 훈련은 개국 이래 처음으로 실시하는 대규모 군사 훈련이었다.

결과는 만족스럽지 못했다. 병사들이 군사 훈련에 익숙지 않아 물러가고 나아가는 데 전혀 절도가 없었고, 각 절제사들은 훈련에 소극적이었다. 그러니 휘하의 군관들도 쉽게 명령에 응하지 않았다. 어느 정도 예상한 바였지만 군관들은 이미 각 절제사에게 사적으로 영속되어, 나라의 명보다 사적인 명령 관계를 더욱 중하게 여겼다. 한마디로, 왕자의 사병이 되어버린 것이다.

· · ·

태조3년 갑술년(1394)으로 해가 바뀌었지만 명나라와 관계는 악화일로를 치닫고 있었다. 나라에서는 사은사, 하천추절사, 주문사 등 갖가지 명목으로 사신들을 명나라에 보냈지만 요동도사에서 길을 열어주지 않아 모두들 돌아와야 했다.

태조는 전쟁을 준비했다. 피할 수 없다면 싸워야 했다. 대국이라고 해서 두려워 떨 것도 없었다. 전쟁은 피차 나라의 명운이 걸린 건곤일척의 싸움이었다. 태조는 판의흥삼군부사 정도전에게 독제(纛祭)를 지낼 것을 명하였다.

독제란 군사를 상징하는 군기(軍旗)에 대한 제례 의식을 말했다. 의식의 엄숙함을 통해 군기를 닦아세우고 사기를 진작시켰다. 태조는 왕자들과 장수들은 철갑을 갖추어 입고 참례토록 하였다. 그러나 왕자들은 마지못해 응할 뿐이었다.

도전은 보다 구체적으로 군제 개혁을 노정시켰다.

"예로부터 나라를 다스리는 사람은 문(文)으로써 다스림을 이루고 무(武)로써 난리를 평정하니 문무의 양직은 사람의 두 팔과 같아 한쪽만 취하고 다른 한쪽을 버릴 수 없사온데……, 유독 부위(府衛)의 칭호만은 그전대로요, 폐단도 전과 다를 바 없습니다. 신의 직책이 삼군(三軍)을 관장하는 자리이니 염려하지 않을 수 없사와 삼가 부위의 개혁을 조목별로 갖추어 올립니다!"

그렇게 서두를 꺼낸 상소에서 도전은 먼저 10군으로 이루어진 시위군의 편제를 왕궁과 임금을 호위하는 시위사(侍衛司)와 도성의 순검을 맡는 순위사(巡衛司)로 나누어 오로지 의흥삼군부의 지휘에 따르도록 하였으며, 군령을 어기는 자는 이유 여하를 막론하고 군율로 다스리도록 하였다.

또한 군직을 받은 자들은 체력과 재주를 시험하여 불합격하거나 평소에 태만한 자는 과감히 출척시키도록 하였다. 이들을 출척한 자리에는 태조의 친병들과 훈련관에서 병법과 무술을 익힌 자들을 뽑아 충원토록 하였다.

그리 되면 전조 말기에 첨설되어 부패의 온상이 되었던 사의(司衣)·성중애마(成衆愛馬) 등은 자연스럽게 혁파될 수밖에 없었다. 이들은 대부분 별다른 재주도 없으면서 왕자들에게 의탁하여 국록만 축내고 있었던 것이다.

한편으로 방어도감(防禦都監)과 화통도감(火㷁都監)을 군기시(軍器寺)로 통합한 뒤에 군기감으로 개편하였다. 이때부터 활과 화살, 검, 창, 화약을 비롯하여 갑옷과 깃발, 북, 나팔 등 군대에서 쓰는 모든 무기와 군수품은 군기감에서만 생산할 수 있도록 하였다.

그리 되면 절제사들이 각 도에 사람을 보내 무기를 제조한다는 구실로 철과 깃털, 전죽(箭竹) 등을 함부로 징발하는 폐단을 막을 수 있었다. 뿐만 아니라 군기감에서 생산되는 물품은 매달 말에 반드시 점검을 받도록 하여 무기의 질을 높이고 새로운 병기도 개발할 수 있었다.

다만 전함은 사수감(司水監 : 전함사典艦司)에서 계속 제작토록 하였다. 거기에는 외군(外軍)인 기선군을 강화한다는 목적도 있었다.

도전은 일찍부터 수군의 중요성을 깨닫고 있었다. 삼면이 바다로 둘러싸인 나라에서 수군이 약하면 외침(外侵)에 시달릴 수밖에 없고, 수군이 강성하면 바다 밖으로 나가 얼마든지 무위를 떨칠 수 있었다. 고려 충렬왕 이후 왜구가 기승을 부린 것은 수군이 전무하다시피 했기 때문이었다. 공민왕 때 수군을 꾸준히 증강시키긴 했지만 홍무제의 성언대로 수백 척의 군선을 거느리고 쳐들어온다면 꼼짝없이 당할 수밖에 없을 만큼 수군은 형편없었다.

더욱이 군사들은 기선군에 충군(充軍)되는 것을 끔찍이 싫어했다. 배를 타는 것도 고역이었지만 군사로서 제대로 대접을 받지 못했고, 심지어 천역(賤役)이라고까지 멸시받는 형편이었다. 도전은 수군의 사기 진작을 위해 만호에게는 3품 이상을, 천호와 백호는 각각 4품과 6품 이상의 무반직으로 임명했다. 그 결과 태조 6년쯤에는 병선이 5백여 척에 기선군만 5만을 헤아릴 정도로 막강해졌다.

문제는 지방의 군사였다. 도전은 당초 나라에서 통제를 강화하기 위해 지방을 3군으로 편제를 나누었다. 각 도 절제사는 전처럼 왕자와 종친들이 맡되, 절제사는 휘하의 병마사만 통할토록 했다. 도전은 그 까닭을 이렇게 아뢰었다.

"각 도 주군(州郡)의 군사는 병마사 이하에게 맡기고, 절제사는 병마사들의 근면과 태만을 규찰(糾察)토록 한다면 체통이 서로 유지되고 군사가 비록 한군데 모이더라도 반란을 도모할 근심이 없어질 것입니다!"

태조는 도전의 안대로 당장 시행토록 하였다. 그러나 왕자들의 거센 반발에 부딪쳤다. 그들은 우선 군권을 빼앗기는 것이 불쾌하고 내심 부요를 누리지 못할까 두려웠던 것이다.

도전은 격분하여 태조에게 강력하게 청하였다.

"새 나라에서는 전조의 폐단을 없애고 새 법을 거행해야 할 터이요, 숙위(宿衛)를 엄하게 하여 비상에 대비하고, 임금의 위신을 높여 국력을 무겁게 하는 것이 심히 중하온데, 지금 일부 무식한 무리들이 위령(衛領)의 직책을 받고서, 나라의 안위는 생각지 않고 단지 자기들에게 불리한 것만 가지고 비방하면서 법을 파괴시키니 이런 불충을 결단코 용납해서는 아니 될 것이옵니다!"

태조 역시 크게 노하여 삼군부에 교서를 내렸다.

"군사를 훈련하는 것은 군국(軍國)의 급무인지라 과인이 삼군부에 진도를 훈련토록 직접 명하였는데, 훈련에 참여하지도 않고 또 태만한 자들이 있었다니 이는 결코 용서할 수 없는 일이다. 삼군부는 즉시 군율에 따라 엄히 다스리도록 하라!"

태조의 엄명에 따라 훈련에 불참한 절제사와 군기를 어긴 병마사와 군관들이 줄줄이 삼군부로 불려나왔다. 그들 중에 익안군 방의와 회안군 방간과 정안군 방원도 끼어 있었다. 군율에 따라 어떤 수모를 당할지 알 수 없는 일이었다. 도전은 일벌백계로 다스릴 참이었다.

그러나 바로 그날. 전조의 왕씨들이 반란을 모의했다는 고변이 올라오면서 조정이 발칵 뒤집어지고 말았다. 왕씨의 반란 사건이 왕자들을 살려주었을 뿐만 아니라 군제 개혁까지 발목을 잡았다.

· · ·

운명이란 참으로 알 수 없는 일이었다.

비록 망국의 군주로서 관동(關東)에 안치된 몸이었으나 태조 3년 정월까지만 해도 공양군은 천수를 다 누릴 것으로 여겼다. 더욱이 전년 5월에 태조는 강화와 거제도에 안치되어 있던 고려 왕족들의 종편을 명하였다.

"왕씨의 족친들 중에 해도에 안치된 자들은 살기가 고생스러울 터라 내가 심히 민망하게 여긴다. 이들을 곧 육지의 주군으로 옮기도록 하고, 생계를 안정시킬 것이며 또한 재주가 있는 자는 마땅히 탁용하여 공도(公道)를 보여야 할 것이니 도당은 이 명을 하루빨리 시행토록 하라!"

그 뒤로도 태조는 사돈(무안군 방번의 장인)이자 공양군의 아우인 귀의군 왕우를 수시로 인견하여 족친들의 안부를 묻곤 했다. 한번은 함께 격구를 치면서 왕우가 태조에게 부탁을 하였다.

"전하, 공양군이 본래 고집은 있으나 주변머리가 없어 음모를 꾸밀 만한 사람이 아니니 행여 누군가 모함을 하더라도 결코 믿지 마소서."

"경과 과인은 사사로이 따지자면 인척인데, 어찌 경의 말을 듣지 않으리요. 경은 과히 염려하지 마시오!"

태조의 말은 진심이었다. 그러나 앞일을 내다본다는 점술가의 허망한 말이 도리어 왕씨의 명을 재촉하고 말았다.

이야기는 잠깐 거슬러 올라가 태조 이성계가 등극하던 해 가을 무렵.

동래현령으로 있던 김가행(金可行)이란 자는 고려가 망하자 아무래도 자신의 앞날이 불안했다. 그러던 차에 밀성에 사는 맹인 점쟁이 이흥무(李興茂)라는 자가 용하다는 말을 듣고, 냉큼 그를 찾아가 자신의 신수를 좀 보아달라고 했다.

"나리의 명운에는 금전(金殿)과 옥계(玉階)란 말이 행렬(行列)에 들어 있으니 하례드릴 만합니다!"

이흥무가 내놓은 점괘에 김가행은 적잖이 흥분되었다. 금전에 옥계라면 재상이 되어 어전에서 임금과 마주 앉아 국사를 논한다는 말이었다. 그러나 한순간의 흥분이 가시자 한숨이 절로 터져 나왔다. 아무리 생각해 봐도 자신의 재주와 능력으로는 옥당은커녕 중앙에 오르는 것조차 가망 없는 일이었다.

평소 친하게 지내던 염장관(鹽場官) 박중질(朴仲質)이 객사로 찾아왔다. 서로 한담을 나누던 중에 박중질이 어디서 주워들은 말이라며,

"공양군 원자의 명운이 참 좋다 하더이다……."

공양군 원자라면 세자의 자리에 있던 석을 두고 하는 말이었다. 김가행은 화들짝 놀라 물었다.

"아니, 어디서 그런 말을 들었는가?"

"남평군(南平君) 왕화(王和)가 지금 의창(義昌:경남 창원)에 안치되어 있지 않소? 그래서 내가 이흥무라는 점쟁이한테 슬그머니 물어보았지요."

그러면서 박중질은 주머니 속에서 복사(卜辭)를 꺼내 보여주었다. 김가행은 그것을 들여다보면서 왠지 자신의 명운과 들어맞는다는 생각이 들었다. 지금이야 전조의 종친들을 가까이하는 것이 죄가 될지 모르지만 행여 왕씨의 세상이 다시 돌아온다면 그때는 이야기가 달라졌다.

김가행은 박중질을 독촉하여 함께 이흥무를 찾아갔다. 그들은 복채를 두둑이 내놓으며 물었다.

"공양군의 명운이 어떠하신가? 지금의 임금과 비하면 어느 분이 더 낫겠는가?"

순간 이흥무는 얼굴이 굳어졌다.

"임금의 명운은 나라의 안위에 관계되는 일인데, 설사 소인이 알고 있다 하더라도 어찌 세 치 혀로 천기를 누설할 수 있겠습니까?"

"알고는 있다는 이야긴가?"

"알고는 있지만 말씀드릴 수가 없습니다."

"내가 실은 참찬문하부사로 있는 박위 장군을 아는데, 그분께서 큰 뜻을 품고서 내게 길흉을 알아보라고 시키신 일이라네. 자네가 잘만 보아준다면 결코 그 공이 적지 않을 것이야."

박중질이 거짓으로 이흥무를 떠보았지만 고개를 가로젓기는 마찬가지였다.

"그렇다면 하는 수 없지. 그럼, 왕씨 가운데 명운이 귀한 분이 누구인가? 그건 말해줄 수 있지 않겠는가?"

이흥무는 한참을 망설이던 끝에 점괘를 뽑았다.

"여러분들이 계시나 남평군 왕화의 명운이 가장 귀하고, 다음은 영평군(鈴平君) 왕거(王琚)올시다."

"귀하다면 평생 부귀영화가 따른다는 말인가?"

"당연하지요."

이듬해 봄. 김가행과 박중질은 아예 이홍무를 데리고 남평군 왕화의 적소로 찾아갔다. 그들은 이미 왕씨가 다시 삼한의 주인이 될 것이라고 철석같이 믿었다.

적소에서 오늘 죽을까, 내일 죽을까를 생각하며 불안한 나날을 보내고 있던 남평군으로서는 이들의 이야기에 귀가 솔깃해지지 않을 수 없었다. 남평군은 공양군을 다시 세우면 어떤지 물었다. 그러자 이홍무는 대뜸,

"퇴위하신 임금께서는 명운이 이미 쇠진했사옵니다."

"자넨 앞을 보지 못하는 소경에다 더욱이 점괘를 뽑아보지도 않고 어떻게 그리 잘 아는가?"

"소인이 여러 차례 뽑아보았으니 드리는 말씀입지요."

"정녕 복위하실 가망이 없단 말인가?"

"말씀드리기 황송하오나 본래부터 명운이 천박(淺薄)하신 분이라 어쩔 도리가 없습니다."

"그럼, 원자의 명운은 어떠신가?"

"초년에는 신고가 많으시나 만년엔 현달할 명운이니 차라리 머릴 깎고 때를 기다린다면 좋은 날이 올 수도 있겠지요."

"그럼, 내 신수는 좀 어떤가? 하루하루 불안해서 피가 마를 지경이라네."

"하하하! 근심을 놓으십시오. 지금은 비록 명운이 쇠하였지만 장차 크게 현달하실 운입니다."

"그러지 말고 좀 더 자세히 말해 보시게……."

"한마디로 군신이 경회(慶會)하고 천지가 덕합(德合)하는 명운이올시다. 47세나 48세쯤엔 호운(好運)이 돌아오고, 50세 이후에는 장수가 되어 군사를 거느리게 되니 반드시 대인(大人)이 되실 운셉니다!"

"대인이라면?"

"일인(一人)이 되는 명운입지요."

일인이란 군왕이 된다는 말이 아닌가. 왕화는 못 믿겠다는 듯 옆에 있던 한 승려를 돌아보았다. 그는 왕화의 숙부로 일찍이 중이 된 석능(釋能)이란 자였다. 석능도 무언가 믿기지 않는 듯 이번에는 자신의 사주를 내놓고 이흥무에게 점을 쳐보라고 하였다. 이흥무는 이리저리 점괘를 뽑아보더니 짐짓 놀라는 척하며 말하였다.

"어이쿠, 이분은 왕사(王師)가 되실 명운이올시다!"

앞도 보이지 않는 자가 대번에 승려인 것을 알아보자, 그들은 이흥무의 점괘를 곧이곧대로 철석같이 믿었다.

"점괘가 아무리 좋으면 뭐 하나? 거제도로 옮기라는 명이 떨어진 모양인데, 섬에 들어가서 어찌 견딜꼬……."

왕화의 말에 점쟁이가 웃었다.

"하하, 걱정하실 것 없습니다. 설사 섬에 들어간다 해도 3년 후에는 반드시 나오게 됩니다."

왕화는 금세 만면에 희색이 돌았다.

"그게 정말인가?"

"어느 안전이라고 소인이 허튼 소릴 지껄이겠습니까?"

이흥무의 말대로 하자면 3~4년 후에는 다시 왕씨가 나라의 주인이 된다는 말이나 다름없었다. 좌중은 금방이라도 그런 세상이 다가온 것처럼 흥분에 휩싸였다. 그러나 그놈의 입이 방정이었다. 김가행과 박중질이 이흥무의 말을 가지고 명색 없이 떠들고 다니다, 태조 3년 정월로 들어서면서 끝내 말꼬리가 잡히고 말았던 것이다.

김가행과 박중질과 이흥무가 체포된 것은 물론이요, 일인이 될 거라던 왕화는 안동의 옥에 갇히고 말았다. 더욱이 이들이 국문을 받으면서 뱉어내는 말은 일파만파로 파문을 일으켰다. 처음에 형조에서 대간과 함께 박위를 대역(大逆)을 도모한 죄로 다스릴 것을 청하였을 때만 해도 태조는 아무렇지도 않은 듯이 말하였다.

"박위는 정몽주가 나를 모해할 때부터 이미 나에게 모반하려는 마음이 있었다. 그러나 나를 두려워하여 감히 대적하지 못했는데, 이제 와서 그런 생각을 했겠는가. 이 사건은 다만 불측한 무리들이 박위를 빙자해서 난리를 일으키려고 했을 뿐인데, 어찌 박위한테 죄를 줄 수 있겠는가?"

그러고는 박위를 친히 불러들여 모함일 따름이니 염려하지 말라고 안심까지 시켰었다. 그러나 태조 원년 11월에 정양군(왕우)이 익천군(益川君)에게 사람을 보내 공양왕의 복위를 꾀하려 했다는 왕화의 공술이 나오고, 전 지신사 이첨이 공양왕의 복위를 놓고 이흥무에게 점을 쳤다는 사실이 새롭게 밝혀지면서 사건은 일파만파로 커졌다.

사헌부와 형조, 대간 등 3성(三省)에서는 왕씨 전체가 역모를 꾸민 것처럼 사건을 몰고 가는 바람에 조정은 하루라도 조용할 날이 없었다. 특히 전조에서 반개혁파 입장에 섰던 자들은 마치 충성 경쟁이라도 하듯 강경한 입장이었다. 게다가 회안군 방간과 정안군 방원도 한몫 거들었다. 왕씨 문제로 여일이 없으니 군제 개혁이 마냥 미루어졌던 것이다.

· · ·

4월이 되어도 정국은 여전히 왕씨 문제로 들끓었다.

태조는 김가행, 박중질, 이흥무 등을 난언을 한 죄로 원지로 유배시 켰다. 또한 왕명에 따라 섬에서 나와 살던 전조의 종친들은 다시 거제와 강화로 나뉘어 안치시킴으로써 파문을 가라앉히려 하였다.

그러나 3성에서는 왕화와 석능뿐만 아니라 태조가 늘 가까이하는 왕 강(王康)과 왕승보(王承寶), 왕승귀(王承貴), 왕격(王鬲) 등까지 원악도로 유배 시킬 것을 청하였다.

"왕강은 지모가 남보다 뛰어나고, 왕승보와 왕승귀는 용력이 대적할 사람이 없으니, 이들이 도성에 있으면 반드시 불측한 변을 꾀할 것이옵 니다. 원하옵건대, 이들을 유배시켜 훗날의 근심을 방비하소서!"

태조는 비답을 내리지 않고 오히려 왕강 등을 불러 안심시켰다.

"경들은 모두 장차 나라에 쓸 만한 인재요, 공이 사직에 있는지라 내 가 추호도 의심을 해본 적이 없소. 3성에서는 경들을 해도로 안치시키 라고 괴롭히지만, 나만 믿고 놀라거나 두려워하지 마시오."

그럴수록 3성의 주장은 강도를 더해갔다.

"이번 기회에 왕씨를 다 제거하여 화를 방비해야지, 몇 사람만 죽인 다고 해서 화가 없어지지 않사오니, 가라지도 없애지 않으면 곡식의 해 가 되듯이 간웅을 제거하지 않으면 반드시 사직에 화가 될 것이옵니다!"

급기야 공양군과 두 아들을 죽여야 한다는 소까지 올렸다. 거기에는 왕우 3부자와 왕강, 왕승보, 왕승귀 등도 포함되었다. 태조는 역시 부답을 내렸으나 이들은 강청을 멈추지 않았다. 태조가 끝끝내 윤허하지 않자 공무를 거부할 정도였다.

태조는 마지못해 조준과 김사형을 불러 의논하였다. 그 결과 공양군 3부자와 왕우 3부자를 제외한 나머지 족친들을 원지로 유배시키고 점술에 휘말린 자들은 참형에 처하도록 했다. 그러자 3성에서는 아예 대궐 뜰에 엎드려 간하기 시작했다.

"전하! 지금 왕씨의 지당은 참형에 처하였사오나, 남은 무리들이 각처에 남아 있어 신들은 당장이라도 불측한 환란이 생길까 두렵사옵니다. 원하옵건대, 전하께서는 대의로써 결단하시어 공양군 부자와 여러 왕씨들을 영절(永絶)시킴으로써 종사의 안녕을 기하소서!"

태조는 괴로웠다. 기껏 식견 없는 자들이 점을 쳐본 일을 가지고 공양왕 3부자와 전조의 왕족들에게 죽음을 내린다는 사실은 생각만 해도 끔찍했다. 그러나 3성의 주장도 틀린 것만은 아니었다. 민심이란 어그러지기 쉽고 또 어디로 쏠릴지 알 수 없는 일.

태조는 결단을 내려야 했다. 4월 14일, 태조는 도평의사사에 명하였다.

"왕씨를 제거하는 일은 인정으로는 차마 할 수 없는 노릇이니, 도당에서는 대소신료와 한량·기로를 모아서 각기 가부(可否)를 논의한 뒤에 결론은 밀봉하여 아뢰도록 하라!"

도당에서는 수창궁에서 백관회의를 열고 각 사별로 왕씨 문제를 논의토록 하였다. 그 결과 왕씨를 모두 제거하여 후일의 근심을 막아야 한다는 의견이 대부분이었다. 다만 서운관(書雲觀)과 전의시 관리들은 해도로 귀양 보내자는 입장이었다. 태조는 의견이 서로 다르다며 다시 의논토록 하였다. 도당의 결론은 간단했다.

"마땅히 여러 사람의 의논에 따라야 할 것이옵니다!"

태조는 도당의 의견에 따르지 않을 수 없었다.

"왕씨의 처리 문제는 각 관사에서 밀봉하여 올린 글에 의거토록 한다. 다만 왕우 3부자는 선조를 봉사(奉祀)해야 하니 특별히 사유한다!"

교지에 따라 도당에서는 삼척과 강화와 거제도에 관리들을 보내 왕씨들을 죽이도록 하였다.

태조 3년 4월 17일. 공양왕의 수 50이었다.

식견 없는 자들이 남의 운수를 가지고 점을 보았던 행위가 결국 대역의 죄가 되어 공양군 3부자와 수많은 왕씨에게 화가 미치고 말았다.

공양군이 교살된 뒤로 강화와 거제에 안치되어 있던 왕족들은 바다에 수장되었고, 뭍에서 살고 있던 다른 왕씨들도 명을 부지할 수 없었다. 다행히 죽음을 면한 왕씨들은 어머니의 성을 따라야 했으며, 고려 왕조에서 왕씨를 사성(賜姓)받은 사람과 집안은 다시 본성을 쓰도록 했다. 그에 따라 제사를 받들 명목으로 살아남은 귀의군 왕우를 제외하고 그의 두 아들도 어머니의 성을 따라 노씨로 바꾸어야 했다.

왕씨의 씨를 말려버린 이 사건은 개국 이래 가장 잔인한 살육이었다. 그해 7월, 태조는 『법화경』을 금사하여 각 사찰로 하여금 왕씨(王氏)들의 극락왕생을 빌도록 하였다. 신하의 몸으로 왕위를 찬탈하고 5백 년 왕업을 무너뜨렸다는 죄책감과 순전히 후환이 두려워 무고한 목숨들을 죽여야 했던 괴로움을 다소나마 덜어보려는 마음에서였을까.

· · · ·

압록강 북단에 위치한 의주만호부는 요동도사와 통하는 통로였다. 우리 측 사신이 명나라에 들어가거나 명나라 사신이 들어오면 요동도사와 서로 연락하여 사신들의 호송도 맡았다.

2월 초이레의 일이었다. 요동도사에 속한 마군(馬軍) 10여 명이 압록강 건너에 나타나자, 의주만호는 명나라 사신이 당도한 줄로 알고 3명을 보내 영접토록 했다. 그러나 사신은 없고 다짜고짜 영접원들을 잡아가 버렸다.

그것으로 그치지 않았다. 3월 21일에는 통역사와 진무 등 3명이 또 납치되었다. 명나라에서 흠차내사 4명이 당도했다고 하여 영접을 나갔는데 다시 잡아간 것이다. 의주만호는 요동도사에 납치된 자들을 돌려보낼 것을 요구했지만 묵묵부답이었다.

명나라 사신들이 들어온 것은 다음 달인 4일이었다. 흠차내사 최연(崔淵)과 진한룡(陳漢龍) 등 4명이 좌군도독부의 자문을 가지고 들어왔는데 말마다 억지였다.

최근 간자 호덕(胡德) 등 5명을 체포하여 공술을 받아낸 결과 이들은 조선의 수파관(守把官)이 파견하여 정탐한 자들이었소. 이에 황제의 명을 받아 호덕 등이 공술한 자들의 명단을 조선 국왕에게 보내니 국왕은 이들을 체포하여 보내도록 하시오!

명단에는 압록강 일대를 지키는 우리나라 무관들 이름이 줄줄이 들어 있었다. 게다가 최연이 전하는 황제의 선유는 황당하기까지 했다. 1만 필의 말과 엄인(閹人) 수백 명을 요구했던 것이다.

"저들이 국경을 수비하는 우리 군사들을 잡아가 혹독하게 고문하여 공술을 받아낸 것이 틀림없으니 우리 변방을 유린하려는 소위가 아니고 무엇인가. 또 진헌마 1만 마리와 엄인들을 바치라니 황제는 대체 어떤 사람이기에 이토록 나를 업신여기는가!"

격분한 태조는 더 이상 사신들을 만나지도 않았다. 또 병이 있다는 핑계로 정전에도 나오지 않았다. 태조의 불편한 심기를 거스르지 않으려 모두가 눈치만 살피고 있을 때 도전이 조심스럽게 나섰다.

"전하, 대개 새로 건국된 나라의 민심이란 동요하기 쉬운 법이온데, 지금 전하께서 정전을 피하시면 신민들은 혹시 병환으로 위독하신 것은 아닌가, 라고 여길 것입니다. 원하옵건대, 전하께서는 날마다 이른 아침에 반드시 정전에 앉아서 여러 장상(將相)들을 불러 군국(軍國)의 일을 함께 의논하소서!"

정사를 살피라는 것이 아니라 장상들을 불러 군국의 일을 함께 의논하자는 것이었다. 그제야 정전에 나온 태조는 예문관과 성균관과 교서감(校書監)에 명하였다.

"경사를 상고하여 부국강병의 방법과 임적응변(臨敵應變)의 계책을 문서로 아뢰도록 하라!"

이어서 삼군부에도 명하였다.

"삼군부에서는 절제사들과 함께 군사들을 빠른 시간 안에 훈련시킬 방도를 찾아 올리도록 하라!"

여차하면 일전도 불사하겠다는 강한 의지의 표현이었다. 도전은 삼군부에 장수들을 소집하였다. 모두들 긴장한 빛들이 역력한데 이방원만큼은 잔뜩 불만 섞인 얼굴이었다. 이방원은 바로 위엣형인 회안군 방간에게 넌지시 볼멘소리를 터뜨렸다.

"왕자들은 앞으로 죽어라 군사 훈련만 하게 되었소이다."

"아버님의 뜻이니 어쩌겠는가마는 사실 요즘 나도 사는 재미가 별로 없네."

"이게 다 권신 한 사람 때문입니다."

"권신이라니?"

"지금 이 나라에서 권신이라고 할 만한 사람이 누가 있겠습니까?"

"삼봉 대감 말인가?"

"두말할 것 있습니까? 이제 까딱하면 병사들마저 빼앗기게 생겼는데, 그럼 우리들은 영락없이 빈 껍데기에 지나지 않을 겁니다."

"아니, 누구 맘대로 병사를 내준다고 하던가?"

이방간이 미간을 찌푸리는데 방원이 상석에 있는 도전을 턱짓으로 가리켰다.

"아, 저 영감이 군제를 개혁한다지 않소? 그리고 아버님께서 내놓으라 시면 형님인들 별 수 있겠습니까?"

"그렇다면 흥안군과 무안군도 우리들과 함께 병권에서 손을 놓아야겠지."

"그리 되지 않으면 어찌하실랍니까?"

"우리만 털 빠진 꿩이 될 수 없지."

"지당하신 말씀입니다. 이러지 말고 몰래 나가서 술이나 한잔 하십시다."

두 사람은 슬그머니 삼군부를 빠져나왔다. 술이 몇 순배 돌아가니 취기가 오르면서 방간이 울분을 토해냈다.

"아버님이 임금이 되시고 왕자가 되었다고 해서 좋아라했더니 왕자

노릇 하기 정말 힘들구나. 이리 가도 왕실의 체통, 저리 가도 왕실의 체통이나 지키라고 하고 말이야, 이건 말이 절제사지 군사를 부르는데도 앞으로는 도당의 허락을 받아야 하니 조정 대신들 눈치까지 봐야 하는 신세가 아니더냐?"

이방간은 울분이 신세타령으로 변해갔다. 그러나 방원은 달리 말이 없었다. 울분을 토하고 신세나 한탄하면서 세월을 보내는 것이 싫었다. 그러기에는 아직 너무나 젊고 야심만만했다. 그런데 그의 야심에 불을 지를만한 사건이 운명처럼 다가오고 있었다. 그 기회는 뜻밖에도 명나라에서 날아왔다.

. . .

4월 초에 들어온 흠차내사 4명이 아직 돌아가지도 않았는데, 말일쯤에 다시 흠차내사로 황영기(黃永奇)라는 자가 역시 좌군도독부의 자문은 가지고 들어왔다.

"우리의 지경을 침범하고 염탐한 자들의 명단을 보내니 조선왕은 속히 이들을 체포하여 왕의 장남이나 차남을 시켜 압송토록 하시오!"

자문에는 압록강을 지키는 만호와 천호 등 무려 84명의 성명이 상세히 기록되어 있었다. 게다가 왕자의 입조를 요구하고 있었다.

조정은 크게 술렁였다. 변방의 무관들을 보내라는 문제도 그랬지만 왕자의 입조를 요구하는 홍무제의 속셈은 뻔했다. 여차하면 볼모로 잡아두겠다는 말이었다.

도당에서는 왕자를 입조시켜 일단 홍무제가 의구심을 풀자는 생각이었다. 그러나 왕자를 보내야 한다면 과연 누구를 보내야 하는가. 홍무제는 장남이나 차남을 요구했다. 그러나 장남은 이미 죽었고, 차남인 영안군 방과는 무장 출신이라 임기응변에 약했다. 익안군 방의와 회안 군 방간도 무장 출신이기는 마찬가지였다. 그리고 방번은 아직 나이가 어렸다. 그렇다고 세자를 보낼 수도 없는 노릇이었다.

마땅한 사람은 결국 5남인 방원뿐이었다. 그는 이미 서장관으로 명 나라에 다녀온 경험이 있는 데다 판단력도 뛰어났다. 그러나 왕자의 입 조는 태조가 결정할 수밖에 없었다.

방원은 이미 각오하고 있었다. 아니, 각오하고 있다기보다 명나라에 가고자 하는 열망에 오히려 들떠 있었다. 누구나 꺼려하는 명나라에 다 녀오면 왕자로서 위상뿐만 아니라 정치적인 입지도 단숨에 높아질 수 있는 절호의 기회였다. 방원은 한 치의 망설임도 없이 대답하였다.

"아바마마, 소자가 가겠습니다!"

"오……!"

"종사를 지키고 아바마마의 근심을 더는 일인데 어찌 소자가 마다 하겠습니까?"

태조는 근심스러운 눈빛으로 아들을 바라보았다. 아들을 바라보는 눈은 일국의 군왕이 아니라 필부의 그것이었다.

"명나라 황제가 의심이 많고 흉포하여 일을 그릇칠 수도 있느니라."

그러나 방원은 의연하게 말했다.

"알고 있습니다. 그렇다고 왕자인 저를 설마 죽이기야 하겠습니까? 설 사 잡혀 있다 하더라도 아버님의 아들답게 당당할 것입니다."

태조의 눈에 한순간 눈물이 고였다. 정몽주를 격살했다는 이유로 한 때 미워하고 소원하게 대했던 일들이 생각나 가슴이 미어졌다.

"네가 참으로 나라의 근심을 덜어주는구나 그런 꿋꿋한 마음이라면 꼭 성공하고 돌아올 것이다. 장하구나, 내 아들!"

태조 3년 6월 7일, 지중추원사 조반과 참찬문하부사 남재가 정안군 이방원을 수행하여 명나라로 향했다. 이날 태조는 백관을 거느리고 수창궁으로 나아가, 홍무제에게 표문을 올리는 의식을 행한 뒤에, 좌우로 의장을 갈라 세우고 또 악부를 앞장세워 선의문까지 나가 아들을 전송하였다.

그리고 좌정승 조준과 여러 대신들은 금교역에서 연회를 베풀어 사행을 떠나는 이방원을 격려했다. 도전은 이방원에게 말하였다.

"때가 여름철이라 장마가 계속 이어질 터인데 행역이 몹시 고달플 것이오. 하지만 나라의 안위가 정안군 한 몸에 달려 있으니 부디 잘 다녀오시오."

"염려해주시니 고맙습니다. 하지만 아직 젊은 몸이 무엇을 걱정하겠습니까!"

이방원 일행이 사행을 떠난 며칠 뒤, 태조는 말 1천 필을 명나라에 진헌하였다. 아들이 무사히 돌아오기를 바라는 아비의 마음에서였다. 두 달쯤 뒤에 방원이 무사히 금릉에 당도하였다는 소식이 전해졌다. 그리고 한동안 소식이 없었다. 거기에 이방원 자신도 예측하지 못했던 운명이 기다리고 있었던 것이다.

7. 국운

태조는 개경이 싫었다.

개경에는 고려의 권문세족들과 구신들이 도사리고 있었다. 그들은 새 왕조 앞에 부복했지만 속으로는 저주를 퍼붓고 있다는 것쯤은 태조도 알고 있었다. 더욱이 왕씨들을 몰살시킨 이후로 태조는 수창궁이 아니라 상락군(上洛君) 김진(金縝)의 사저를 행궁으로 쓰고 있었다.

사실 왕위에 오른 뒤에도 수창궁에는 좀처럼 머물지 않았다. 처음에는 잠저에 머물다가 중신들과 내수들의 출입이 번잡하고 비좁아 찬성사 윤호(尹虎)의 집을 행궁으로 삼았고, 아일(衙日)이나 의례가 있는 날만 수창궁으로 거둥할 뿐이었다. 아무리 천명을 받았다고 하지만 자신의 손으로 뒤엎은 왕조의 궁궐과 도읍이 싫었던 것이다. 밤이면 귀곡성이라도 들릴 것만 같았다.

태조는 즉위한 지 28일 만에 도당에다 천도를 명하였지만 신료들은 대개가 개경에 기반을 두고 있는 까닭에 시큰둥했다. 그러다 지난해 정월에 예문춘추관 태학사 권중화의 천거로 양광도의 계룡산을 도읍으로 삼았다. 서운관에서도 도읍으로 마땅하다고 했다.

그러나 1년 가까이 진행되던 신도 건설은 하륜의 상소로 중지되고 말았다. 하륜은 서운관과 궁중도서관에 비장된 비록(秘錄)들을 열람하고, 무악(毋岳) 남쪽(오늘날 서울 신촌 일대)을 도읍지로 꼽았다.

"신이 비록과 지리책을 상고하였는바, 만 갈래의 물과 천 봉우리의 산이 한 곳으로 향하고 큰산과 큰물이 있는 곳이 왕도와 궁궐을 정할 수 있는 땅이라 하였습니다. 이것은 산의 기맥이 모이고 조운이 통하는 곳을 말하옵는데, 우리나라 비결에 '삼각산 남쪽'이라 했고, 또한 '한강에 임하라' 했으며, 또 '무산(毋山)이라' 했으니 이는 분명 무악을 두고 하는 말이옵니다!"

태조는 곧장 좌시중 조준과 영삼사사 권중화 등 11명의 대신들에게 명하여 서운관 관리들과 함께 무악이 도읍으로 마땅한 곳인지를 살펴보도록 하였다. 무악은 산과 물이 한곳으로 모여들고 조운이 통할 수 있는 길지임에는 틀림없었다. 하지만 땅이 너무 좁고 궁궐이 들어설 만한 명당이 마땅치 않아 대신들은 고개를 가로저었다.

하륜은 대신들에게 강변하였다.

"무악의 명당이 비록 협착하지만 송도의 강안전과 평양의 장락궁(長樂宮)에 비한다면 더 넓은 편입니다. 또한 예부터 내려온 비록과 중국에서 말하는 풍수지리에도 모두 부합하니 도읍으로서 이보다 좋은 곳은 없을 것입니다!"

그러나 서운관의 관리들조차 무악이 도읍지로 마땅치 않다는 말에 태조는 선뜻 결정을 내리지 못했다. 태조는 서운관에 명하여 다른 곳을 물색토록 하였으나 음양술수와 비기 등을 놓고 설왕설래만 거듭할 뿐 천도는 지지부진했다. 건국한 지 3년째로 접어들면서 제도와 법전은 거의 정비되었지만 국도가 정해지지 않으니 몸은 새것인데 누더기를 걸치고 있는 기분이었다.

태조는 답답한 나머지 직접 무악으로 거둥하였다. 친히 지세를 살핀 다음에 도읍을 정할 작정이었다. 그런데 막상 무악에 당도하자 판서운관사 윤신달(尹莘達)과 서운부정 유한우(劉旱雨)가 간곡하게 아뢰었다.

"전하, 아뢰옵기 황송하오나, 신 등이 지리의 법으로 수차 상고해 보았으나 이곳은 도읍을 세울 만한 곳이 아니옵니다!"

태조는 대번에 미간을 찌푸렸다.

"그대들이 함부로 옳거니 그르거니 하는데, 그렇다면 대체 어디가 좋단 말이오?"

유한우가 잠시 망설이더니 조심스럽게 입을 열었다.

"고려 태조께서 송악산 명당에 터를 잡아 궁궐을 지었사오나 중엽 이후로는 오랫동안 명당을 폐하고 임금들이 여러 번 이궁(離宮)으로 옮겼사옵니다. 하여 신의 어리석은 생각으로는 명당의 지덕(地德)이 아직 쇠하지 않았을 것이니 송경을 그대로 도읍으로 삼되 궁궐을 다시 짓는 것이 어떨까 하옵니다!"

개경으로 돌아가자는 말에 태조는 역정을 내고 말았다.

"서운관의 말을 도무지 믿을 수가 없잖은가. 전조 말기에 송도의 지덕이 쇠했다며 한양으로 도읍을 옮기자고 한 것이 그대들이었고, 근래에는 계룡산이 명당이라고 하여 공사를 일으켰지만 아니라고 해서 중

216

단하였고, 무악이 도읍할 만한 곳이라 해서 왔는데, 이제 와서 도리어 송도가 명당이라고 하니 이는 나라를 속이고 과인을 속이려 드는 것이 아닌가!"

서운관의 관리들을 호되게 꾸짖은 태조는 무악에 유숙하면서 대신들에게 저마다 천도지를 상신토록 하였다. 도전은 일국의 치란성쇠는 지리나 참설에 달려 있지 않고 오로지 사람에게 달려 있음을 역설하면서 무악 천도를 분명히 반대했다.

"전하, 지금 지기(地氣)의 성쇠를 말하는 자들은 마음으로 깨달은 것이 아니라 모두 옛사람의 말만 앞세우고 있으니 어찌 제왕의 도읍을 술수에 의지하여 얻겠습니까? 신이 보옵건대, 이곳 무악은 나라 중앙에 위치하였고 조운이 통하는 것은 좋으나 지형이 골짜기에 끼어 있어서 궁침(宮寢)은 물론 밖으로 조시(朝市)와 종사(宗社)를 세울 만한 자리가 없으니 왕도로서 적당치 않사옵니다. 전하께서는 다시 한 번 깊이 생각하소서."

도전의 뒤를 이어 찬성사 성석린과 정당문학 정총도 무악 천도를 반대하였다. 그러나 첨서중추원사 하륜은 같은 이야기를 반복하며 무악을 고집하였다.

"우리나라에서 옛 도읍으로 국가를 오래 유지한 곳은 계림(경주)과 평양뿐이온데, 무악의 국세(局勢)가 비록 낮고 좁다 하더라도 계림과 평양에 비하면 궁궐의 터가 훨씬 넓사옵니다. 신이 삼가 생각하옵건대, 한 때의 인심에 순응하여 민폐를 덜려면 송도에 도읍을 그대로 둘 것이요, 전현(前賢)의 말씀에 의해 만세의 터전을 세우려면 이보다 나은 곳이 없사옵니다!"

논란이 계속되면서 천도 후보지로 삼국 시대의 도읍이었던 평양과 계림, 부소(부여), 완산까지 거론되었다. 의견이 분분하자 대신들 중에서는 천도를 아예 미루자는 말까지 나왔다.

"대저 도읍을 옮기는 것은 지극히 중요한 일이온데 어찌 한두 사람의 소견으로 정할 수 있겠사옵니까. 천도는 천운과 인심을 좀 더 살핀 뒤에 결정하시는 것이 바람직하옵니다!"

태조는 몹시 언짢은 표정으로 말하였다.

"그만들 두세요. 내 차라리 송경으로 돌아가 소격전(昭格殿)에서 점을 쳐본 뒤에 결정하는 게 낫겠소!"

태조는 그러나 개경으로 곧장 돌아가지 않고 어가를 남경(南京), 곧 한양으로 돌리도록 하였다. 도전이 새 도읍지로 한양을 적극 추천했던 것이다.

· · ·

도전이 한양을 꼽은 것은 도읍지로서 지리적인 조건도 갖추었지만 도참설이 이씨 왕조의 발흥을 예고했기 때문이었다. 산수가 이상적으로 배합된 곳을 명당으로 치는 것을 풍수지리라 하고, 그 명당의 지덕이 시대에 따라 성하고 쇠한다는 설을 도참이라고 하는데 한양 길지설은 단군조선 때부터 전설처럼 내려오고 있었다.

우선 한양은 나라의 중앙에 위치해 있었다. 사방으로 통하는 구간의 거리도 균형을 이루었다. 그런가하면 북쪽의 화산(삼각산)은 산세가 뛰어나고 동남쪽으로는 한강이 옷의 띠처럼 둘러 있어 조운이 연결되고, 서쪽으로는 바다의 조수와 통했으니 지리적인 조건이 완벽했다.

도참에 의하면 남경은 화산(火山)으로 목성(木姓)을 가진 나라의 도읍터였다. 실제로 술사들이 금과옥조로 떠받들고 있는 『도선비기(道詵秘記)』에 이씨가 남경에 도읍한다는 말이 있었다. 그런 참설을 배격할 이유가 없었다. 새 왕조가 하늘의 뜻에 순응하여 일어났음을 알리고 오히려 민심을 다잡을 수 있는 호재였던 것이다.

천시(天時)는 지리만 못하고, 지리는 인화(人和)만 못하다고 하였으나 도전은 풍수지리에서 국토지리의 맥을 정확히 짚어냈으며 술가들이 말하는 신비하고 예언적인 도참설은 물론 민가에서 떠받드는 미신조차도 필요에 따라서는 적극 받아들였다.

한양으로 거둥한 태조는 옛 궁궐터부터 유심히 살폈다. 한양에는 전부터 두 개의 궁궐이 있었다. 하나는 고려 숙종 때에 백악 남쪽(오늘날 경복궁 신무문 쪽)에 조성한 것이요, 다른 하나는 공민왕이 조성한 수강궁(壽康宮 : 오늘날 창경궁 터)이었다.

궁궐터는 폐허가 되어 우거진 잡초 사이로 초석만 듬성듬성 보일 뿐이었다. 그러나 황도(皇都)를 꿈꾸었던 선왕들의 원대한 계략을 생각하면 태조는 비장한 마음마저 들었다. 한양의 산세와 지세를 두루 살피면서 마음을 굳힌 태조가 옆에 있던 판서운관사 윤신달에게 넌지시 물었다.

"그대가 보기에 도읍으로서 이곳이 어떤가?"

"우리나라의 명당으로는 송경을 제일로 치고 남경은 그 다음으로 꼽았사옵니다. 다만 한되는 것은 건방(乾方 : 서쪽과 북쪽의 한가운데)이 낮아서 물과 샘물이 마른 것뿐이옵니다."

윤신달의 대답에 태조는 웃으면서 말하였다.

"송경인들 어찌 부족한 점이 없겠는가? 이곳의 산세는 사면이 높고 경관이 수려한 데다 고을이 넓으니 과연 왕도가 될 만한 곳이다. 더욱이 조운하는 배가 통하고, 사방으로 길이 고르게 뻗칠 수 있으니 백성들에게도 편리할 것이다."

개경으로 돌아온 대신들은 곧 도당의 이름으로 한양 천도를 상신했다. 곧 신도궁궐조성도감(新都宮闕造成都監)을 설치되면서 청성백(靑城伯) 심덕부(沈德符)와 좌복야 김주(金湊), 전 정당문학 이염, 중추원 학사 이직(李稷)을 판사(判事)로 임명하여 도성 건설을 맡겼다. 그러나 태조는 아무래도 마음이 놓이지 않았던지 며칠 후 도전을 불러 말하였다.

"개국의 시초를 경이 열고 도읍도 경이 정하였으니 도읍을 건설하는 일도 경이 맡아주어야겠소!"

몸이 열 개라도 부족하고 밤과 낮이 따로 없을 지경이었지만 새 도읍을 건설하는 것 또한 만세의 기초를 세우는 막중대사가 아닐 수 없었다. 그날부터 도전은 도제조로서 국도를 건설하는 데 혼신의 힘을 쏟았다.

· · ·

도전은 먼저 한양을 크게 5부 52방으로 나누었다. 그런 뒤에 궁궐, 종묘와 사직, 관부, 시장을 배치하고 도로와 성곽까지 직접 설계하고 구획하였다. 이때 『주례(周禮)』의 '동관고공기(冬官考工記)'에 적힌 조영 원리를 참고했지만 도읍을 건설하는 데도 '민본'을 바탕에 두었고 성리학의 이념을 실천했다.

도전은 본래 고려 숙종 때에 세운 이궁터(오늘날 청와대)에서 한 발 내려와 해산(亥山)을 주로 삼고, 임좌병향(壬坐丙向)으로 앉힘으로써 궁궐을 굳이 도성 한복판에 두지 않고 약간 서북쪽으로 치우쳐 남향으로 배치했다. 오히려 그 면세(面勢)는 용이 웅크리고 있는 형상이었다.

종묘와 사직은 왕조와 나라의 상징으로 좌묘우사(左廟右社)의 예에 따라 종묘를 궁궐 좌편에, 사직단을 궁궐 서쪽 인왕산(仁王山) 기슭에 세웠다. 그러나 지세에 따랐을 뿐 일부러 대칭이 되도록 배치하지는 않았다. 지형과 산세를 거스르지 않았던 것이다.

궁성의 남문(南門·광화문) 남쪽으로는 56척 5촌의 대로를 내어 그 좌우편으로 관청을 배치하였다. 또 남쪽에서 동서로 큰길(오늘날 동대문과 서대문을 잇는 종로)을 뚫어 시가지를 만들었다. 운종가(雲從街)에 육의전(六矣廛)을 만들면서도 길과 점포의 크기까지 법으로 정했다. 또 북촌과 남촌을 윗대와 아랫대로 구분하여 신분에 따라 집터를 배정했는데, 대신들의 저택이라도 40칸을 넘지 못하게 했으며 숙석(熟石)이나 화기(花棋)의 사용을 금하였다.

왕도의 권위를 규모의 웅대함에 두지 않았고, 궁궐을 짓는 데도 도덕성과 검소를 강조하였다.

"궁원(宮苑)의 제도는 사치하면 반드시 백성을 수고롭게 하고 재정을 손상시키는 지경에 이른다. 그렇다고 해서 너무 누추하면 조정에 대한 위엄을 보여줄 수가 없게 될 것이다. 검소하면서도 누추한 지경에 이르지 않고 화려하면서도 사치한 지경에 이르지 않도록 하는 것이 아름다운 것이다. 검소는 덕이 되지만, 사치란 악이 되는 것이니 사치스럽게 하는 것보다 차라리 검소해야 할 것이다. 옛날에는 궁궐을 비록 띠집과 흙과 섬돌로만 지었어도 태평스런 정치를 이룩할 수 있었다. 그러나 고대광실을 꾸민 자들은 오히려 화란을 피할 수 없었다!"

그에 따라 조선 왕조의 궁궐은 고려 왕조에 비해 웅장하지도 화려하지도 않았지만 자연과 한껏 어울렸다. 도전의 마음속에는 이미 화려하고 신비스러웠던 고려청자와 달리, 보면 볼수록 수수하면서도 절제된 미가 돋보이는 조선백자가 그려졌던 것일까.

신도 건설이 추진된 지 두 달 만인 10월 25일. 태조는 한양으로 서둘러 천도를 단행했다. 궁궐터에 초석도 채 놓아지지 않았는데 태조는 그만큼 마음이 급했던 것이다. 마땅한 거처가 없어 허름하기 짝이 없는 옛날 객사를 이궁(離宮)으로 삼았으나 마음만큼은 그렇게 편할 수가 없었다.

태조는 하룻밤을 재계하고, 황천후토(皇天后土)에 제사를 올리면서 국도 건설의 사유를 고하였다.

조선 국왕 신 이단(李旦)은 외람되게도 어리석고 못난 자질로서 음덕(陰德)의 도움을 받아 조선을 건국하였습니다. 이제 도성을 건설하는 크나큰 역사를 일으키니 이 백성들의 괴로움이 심히 많아질까 염려되옵니다. 우러러 아뢰옵건대, 때를 맞추어 비 오고 개는 날이 있게 하시고 공사가 잘되어 백성들이 큰 도읍에서 편안히 살 수 있게 하소서. 위로 천명(天命)을 무궁하게 도우시고 아래로는 민생을 길이 보호해주시면, 신 단은 황천을 정성껏 받들 것이며 정사를 게을리 하지 않고 신민들과 더불어 태평성대를 누리겠나이다!"

태조가 올린 고유문(告由文) 역시 도전이 지은 것이었다. 이윽고 대역사가 시작되자 도전은 「신도가(新都歌)」를 지어 정부(丁夫)들과 같이 노래를 불렀다.

이곳은 양주 고을이여, 신도의 형세 뛰어나구나

개국성왕이 성대(聖代)를 일으키시니

도성답구나, 이제 그 모습 도성답구나

성수만년(聖壽萬年)하시니 만민이 모두 즐기는도다

아으 다롱다리

앞은 한강수요 뒤는 삼각산이라

덕중(德重)하신 강산 좋으매 만세를 누리시라!

경쾌한 가락을 따라 '아으 다롱다리'를 한목소리로 부를라치면 사람
들은 흥이 절로 났고, 바야흐로 새 나라 조선의 국운은 욱일승천할 기
세였다. 때마침 명나라에 갔던 정안군 방원이 무사히 돌아오고 있다
는 소식이 알려지자 태조는 환하게 웃었고 백관들은 너나없이 환호성
을 질렀다.

· · ·

도성 건설이 한창이던 11월 중순, 정안군 방원이 귀국하였다. 이번 사
행은 대성공이었다. 왕자의 입조에 만족했는지 홍무제가 사신의 통행
을 허락하면서 명나라와 관계가 다시 회복되었던 것이다. 태조와 백관
들은 입이 마르도록 정안군 방원의 공을 치하했다. 도전도 그의 공덕을
진심으로 추켜세웠다.

"단 한 번의 사행으로 부왕에게는 효자가 되고 나라에는 충신이 되
었으니 정안군께서 참으로 큰일을 해내셨습니다!"

"하하! 과찬의 말씀입니다. 왕자로서 마땅히 할 일을 했을 뿐이지요.

하하하!"

이방원은 짐짓 호탕하게 웃었다. 그러나 웃음소리는 어쩐지 허망하게 들렸다. 웃음 속에 비수가 숨겨져 있었던가. 도전은 그러나 눈치를 채지 못했다. 아니 상상도 못할 일이었다.

"북경에 들러 연왕(燕王)을 만나셨다고요?"

도전의 물음에 이방원은 으쓱해서 대답했다.

"두 번씩이나 만났지요."

부왕의 명을 받아 금릉(金陵:남경)으로 가던 조선의 왕자 이방원이 일부러 먼 길을 돌아 그를 찾아갔던 까닭은 무엇이었을까. 그것은 본래 북경에 들러 명나라 정세를 파악하라는 부왕의 밀명이 있기 때문이었다.

도전은 이방원에게 물었다.

"두 번씩이나 만나셨다니, 연왕은 과연 어떤 인물이더이까?"

연왕의 야심이 외번(外蕃)에 있지 않고 장차 제위를 넘본다는 말을 들었기에 도전은 그의 인물됨이 몹시 궁금했다. 그러나 이방원은 말을 아꼈다. 그가 말하는 중국의 정세도 이미 도전이 알고 있는 것들뿐이었다.

이방원은 무언가를 숨기고 있었다. 그랬다. 연왕을 만나 나누었던 이야기는 말 그대로 천기(天機)였다. 북경에서 연왕은 이방원에게 대뜸 물었다.

"조선은 나라를 세운 지 얼마 되지도 않았는데 겨우 젖비린내 나는 어린아이를 세자로 세웠다고 들었습니다?"

세자를 두고 '젖비린내 나는 어린아이'라며 무시하는 연왕에게 이방원은 처음에 발끈했다.

"연치는 어리지만 지혜와 담력이 출중하여 왕재로서 흠이 없으니 장차 왕업을 크게 일으킬 만한 분입니다."

연왕은 대번에 헛웃음을 쳤다.

"허허, 모르는 소리. 아무리 왕재가 뛰어난들 어린아이가 무얼 하겠소이까? 아마 권신들 품에서 어리광이나 부리다가 나라를 망치고 말 것입니다. 원나라가 망한 것이 다 그 때문이올시다. 헌데, 우리 대명도 폐하께서 어린 황태손을 세우셨으니 앞일이 걱정이 돼서 하는 말이외다."

거침이 없었다. 이방원은 그 말뜻을 헤아리느라 대꾸조차 제대로 못했다. 그런데 이어지는 연왕의 말은 이방원을 충격과 혼란에 빠트렸다.

"내가 왕자께 한 말씀 드리리다. 장차 종사를 온전히 보전하려거든 어린애는 내쳐버리도록 하세요. 내가 보니 왕자의 호기 정도면 조선의 왕으로서 부족할 것이 없겠소이다!"

'무어라!'

이방원은 순간 몽둥이로 뒤통수를 맞은 것처럼 멍했다. 세자를 치고 왕위를 찬탈하라는 말이 아닌가. 반역이었다. 이방원은 숨이 다 막혔다. 연왕이 자신의 속마음을 다 꿰뚫고 있는 것만 같아 등허리에는 식은땀이 맺혔다. 연왕의 말은 그것으로 그치지 않았다.

"하하하! 우리 대명의 앞날을 걱정해서 하는 말이었소. 그러나 또 압니까? 내가 황제가 되면 왕자를 얼마든지 도와줄 수 있는 일. 아니면 그대가 나를 도와줄 수도 있지 않겠소이까?"

연왕의 말은 이방원의 야심에 불을 질렀다. 마침내 봉천전에서 황제를 알현했을 때 이방원은 홍무제에게 감히 독대를 청하였다.

"왕자가 짐을 따로 보자는 것이 무엇이뇨?"

이방원은 고개를 떨어뜨리고 떨리는 목소리로 아뢰었다.

"조선국 왕자 이방원은 황제폐하께 삼가 아뢰옵니다. 폐하의 크신 은 덕으로 조선이 개국하여 어리석고 굶주린 백성들을 겨우 안돈시켰사오 나, 오늘날 대국에 감히 흔단을 일으키고 변방의 일로 폐하께 성려를 끼 치고 있사온데 이것이 어찌 조선왕의 생각이겠습니까? 다만 전조 이래 로 권신들이 정권을 잡고 있어 지난날 최영처럼 감히 요동을 넘보고 있 으나 조선왕도 어쩌지 못해 따를 뿐이옵니다. 바라옵고 원하옵기는 폐 하께오서 후세를 위해 조선의 화근을 없애주신다면 이는 삼한의 복이 될 것이오며 조선은 대명의 영원한 변병이 되어 대대손손 충심으로 섬 길 것이옵니다!"

"그 화근이 누구더뇨?"

"재상 정도전이옵니다!"

그제야 홍무제는 정도전이 사신으로 들어왔다가 돌아가면서 요동의 원나라 유장들을 만났던 까닭을 비로소 알게 된 것이다.

"그대의 말이 참으로 진실하도다. 왕자가 짐에게 원하는 게 무엇이뇨?"

"신이 다만 원하는 것은 폐하의 노여움으로 대군이 들어올까 조야가 두려움에 떨고 있사온데, 화근이 제거되고 폐하께서 노여움을 거두신 다면 천만다행이요 이는 조선왕과 조선 백성들이 원하는 바이옵니다."

"왕자는 걱정 말고 돌아가라. 짐이 조선의 화근을 없애줄 것이다!"

"황제폐하 만세!"

홍무제의 말에 감격한 이방원은 감격하여 그 자리에서 일어나 '황제 폐하 만세!'를 외치고 또 외쳤다. 그 만세는 조선의 왕자가 아니라 간웅 이 외치는 소리였고, 무서운 파국을 예고하는 소리였다.

명나라에 다녀온 이후로 이방원의 눈은 날로 날카로워지고 눈빛은 무서운 야망으로 불타고 있었다. 방원은 한양은 아예 기웃거리지도 않고 개경에 남아 은밀하게 세력을 끌어 모으기 시작했다.

이방원은 먼저 절제사로서 휘하에 거느리고 있던 병사들 중에 힘과 재주가 뛰어나고 충성심이 강한 자들을 뽑아 자신의 수하에 두었다. 김도길(金都吉 : 후에 김우金宇로 개명), 마천목(馬天牧), 심구령(沈龜齡), 서익(徐益) 등이 바로 그들이었다. 김도길은 강계의 토호 출신으로 글자를 알지 못했지만 무재가 뛰어났고, 심구령은 말을 잘 몰고 활을 잘 쏘았으며 서익은 창과 방패를 아주 잘 썼다. 그 정도 날쌔고 용감한 무사 몇 명만 있어도 얼마든지 반역은 도모할 수 있었다. 크게 군사를 움직였다가 자칫 천기만 누설될 뿐이었다.

그들 말고도 처남인 민무구(閔無咎)·무질(無疾) 형제와 이숙번(李叔蕃)은 이방원에게 없어서는 안 될 존재들이었다. 민무구와 무질 형제는 벼슬살이조차 변변치 않았고, 이숙번은 문과 출신이었지만 외직으로만 떠돌던 터라 이방원에게 기대어 세상이 한번 어지러워지기만을 바라는 자들이었다.

이방원이 다음으로 손을 뻗친 자들은 개국과 동시에 숙청당했거나 정권으로부터 소외된 고려조의 구신(舊臣)들이었다. 건국 후로 태조는 구세력을 회유하고 적극 포섭하여 썼지만 그들은 개국공신들이 요직을 차지하고 있는 조정에서 정치적 입지가 좁을 수밖에 없었다.

하륜만 해도 그랬다. 무악 천도를 극력 주장하다가 뜻이 꺾인 뒤로 공연히 울분을 곱씹다 보니 국정을 주도하고 있는 정도전에게 앙금이 쌓일 수밖에 없었다. 특히 그는 이방원의 장인인 민제와 절친했던 터라 대번에 이방원의 모사가 되어 움직였다.

이방원은 하륜을 통해 여말에 부왕의 정적이었던 우현보를 끌어들었다. 그리고 정몽주를 격살한 이방원을 가리켜 천하에 둘도 없는 흉인이라고 비난했던 전 공양왕의 지신사 이행까지 포섭하였다. 출세와 권력 앞에 대의는 똥 친 막대기에 지나지 않았다.

이방원은 부왕의 심장을 향해 칼을 겨누고 시기를 기다렸다. 그러나 태조는 물론, 어느 한 사람 반역의 기운을 알아차리지 못했다. 더욱이 도전은 도성 건설과 부국강병에 혼신의 힘을 쏟고 있던 터라 다른 일에는 마음을 쓸 여유가 없었다.

· · ·

해가 바뀌어 을해년(1395년, 태조 4년, 홍무 28년)이 밝아오고 있었다.

도전은 을해년을 국운이 상승하는 해로 삼고자 했다. 이제 새 도읍을 건설하고 본격적으로 부국강병책을 실현하여 장차 요동을 회복하고, 그 대업을 만세에 물려줌으로써 혁명을 완성하고 싶었던 것이다.

때문에 도전은 단 하루라도 소홀히 할 수 없었다. 그야말로 촌음이 아까웠다. 나라의 모든 일이 도전의 손에 달려 있다 보니 때로는 독선적이라는 비난도 있었다. 그러나 깊은 골짜기에 시냇물 소리는 덮이기 마련이고, 도도하고 유유하게 흐르는 큰 물줄기에 개울물은 흔적도 없이 섞이기 마련이었다. 더욱이 인생은 유한했다. 제거해야 할 폐단이 아직 산적했고, 살아 있는 동안 기필코 성취해야 할 일들이 있었다.

그중에서도 군제 개혁은 참으로 골치 아픈 현안이었다. 각 도의 군사들을 왕자와 종친들이 여전히 사병처럼 거느리고 있었고 휘하의 군관들은 제대로 훈련되지 않은 채 국록만 축내고 있었다. 게다가 신료들은 전조의 관습과 무사안일이 몸에 배어 임금과 왕자들 사이에서 눈치를 살피고, 보신에만 급급한 형편이라 군제 개혁을 주창하는 사람은 사실 도전과 남은뿐이었다.

고려 말처럼 실제의 병력이 사병화되어 버린다면 언제 무슨 화가 일어날지 알 수 없는 일이었다. 게다가 새해 들어 요동에서 날아오는 첩보마다 심상치가 않았다. 명나라가 북방의 타타르를 치기 위해 대병력을 일으켰는데, 북원을 공벌한 뒤에는 군사를 조선으로 돌릴지도 모른다는 풍문이었다.

그 같은 첩보는 명나라의 간자(間者)인 각오(覺悟)라는 자의 입에서 어느 정도 사실로 확인되었다. 요동 사람인 각오는 승려로 변장하여 압록강 연안을 들락거리며 우리나라를 정탐하다 체포되었던 것이다.

명나라가 당장 군사를 일으켜 쳐들어오는 것은 아니었지만 조선으로서는 위기감을 느끼지 않을 수 없었다. 태조는 곧장 각 도에 사신을 파견하여 우선 군용(軍容)을 점고(點考)토록 하였다.

그러나 궁궐을 조성하느라 이미 많은 정부(丁夫)들을 동원한 터에 하필 농사철을 앞두고 군용을 점고하는 것은 아무래도 무리였다. 좌시중 조준은 아예 도전을 겨냥하여 태조에게 아뢰었다.

"우리나라는 삼한 이래로 중국을 성심껏 섬겨왔사온데, 대신들 중에는 사직의 중함을 망각하고 화란의 불씨를 스스로 키우려는 자가 있사오니 신은 심히 염려하지 않을 수 없사옵니다. 모쪼록 대국에서 우릴 의심하는 일이 없도록 스스로 조심해야 할 것이며, 대국을 성심으로 잘 섬기는 일이야말로 나라를 보존하는 가장 큰 계책임을 잊지 마소서!"

조준은 언젠가부터 도전과 거리를 두고 있었다. 도전은 가만히 듣고만 있을 수가 없어 조준을 향해 말하였다.

"소방에 지나지 않는 우리가 어찌 감히 대국과 대적하려 하겠습니까? 허나 지금의 황제는 우리에게 수차 협박과 위협을 서슴지 않고 있으니 가만히 앉아서 망하기를 기다릴 수는 없는 일입니다. 나라란 군사에 의지해서 보존되는 법이요, 그러기에 단 하루라도 국방을 소홀히 해서는 아니 되는 법입니다."

조준의 반론도 만만치 않았다.

"대감, 우리가 아무리 군사를 키운다 한들 대국인 명나라는 군사가 대단히 정연하고, 부병의 제도가 안정되어 있지 않습니까? 그런데 어찌 무모하게 명나라와 대적할 수 있겠소."

"전쟁이란 군사의 수에 승패가 갈리는 것이 아니라, 오직 그 시기와 군사들의 사기에 달려 있는 것입니다. 수나라와 당나라가 비록 강성하여 수백만 군사를 일으켰으나 고구려를 끝내 무너뜨리지 못했다는 사실을 좌시중께서도 잘 아시지 않습니까?"

지난날 수나라가 고구려를 눈엣가시처럼 여기고서 섣불리 덤벼들었다가 나라의 명을 재촉하고, 정관의 치를 이루었던 당나라 태종이 고구려를 한입에 삼키려다 도리어 눈 하나를 잃고 물러난 것은 여태껏 천하의 웃음거리로 남아 있지 않는가.

조준은 할 말이 막히자 다른 데로 말길을 돌렸다.

"대감, 누구인들 전쟁을 바라겠소이까? 더욱이 신도를 조성하느라 백성들이 몹시 피곤하고 지쳐 있는 터에 지금 또 군용을 점검한다고 하면 백성들의 원성을 사고 말 것입니다. 누구보다 민본 정치를 강조하시는 대감이 아니십니까?"

태조는 결국 점고사의 파견을 중지하는 대신에 각 고을의 수령들로 하여금 군적을 점고토록 하고, 삼군부에는 도전이 찬진한 『수수도(蒐狩圖)』와 『진도』를 간행할 것을 명하였다.

"오늘날 군관들은 병법을 알지 못하고 힘과 재주만 자랑하니 어떤 자들은 칼을 차고서 허명만 자랑할 뿐이다. 병사를 거느리는 군관은 무엇보다 병술을 터득해야 할 것이니, 전법을 간행하여 익히도록 하라!"

그러나 4월로 접어들면서 뜻하지 않은 근심이 나라에 생겼다. 가뭄이 들고, 그토록 강건하던 현비 강씨가 시름시름 앓기 시작했다. 엎친 데 덮친 격으로 5월에는 홍무제가 우리나라 출신 환관들을 한꺼번에 축출하면서 명나라와의 관계는 다시 악화되었다. 건국 이후로 흠차내사로 다녀갔던 황영기와 최연 등 20여 명의 환관들이 한꺼번에 쫓겨나 들어온 것이다. 황궁에 있으면서 조선을 위해 첩자 노릇을 하였다는 이유였다.

태조의 용안엔 날로 수심이 가득했다. 4월에 시작된 가뭄은 7월에 이르기까지 계속되더니 급기야 굶어죽는 자들까지 속출했다. 태조는 기민(饑民)들을 제때에 구휼하지 못한 도당을 질책하였다.

"도당에서는 각 도 관찰사에게 공문을 보내어 고을의 수령들로 하여금 창고의 곡식을 모두 풀어서라도 기민들을 구휼토록 하되, 만에 하나 구휼에 힘쓰지 않는 수령들이 있다면 그 죄를 물어야 할 것이니라!"

어명은 추상같았다. 도당에서는 즉시 아사자(餓死者)가 발생한 지방의 수령은 그 책임을 물어 파직과 함께 장형에 처할 것임을 밝혔다. 정부의 신속한 조치로 아사자들은 더 이상 속출하지 않았지만 경상도와 전라도는 가뭄으로 끝내 농사를 망치고 말았다.

그런 어려움 속에서도 신도 건설은 꾸준히 진행되었다. 이윽고 태조

4년 9월 29일에 궁궐과 종묘, 그리고 관청이 먼저 완공되었다. 태조는 도전으로 하여금 궁궐의 이름과 각 전문(殿門)의 이름까지 짓도록 하였다.

"도읍을 정한 것도 경이요, 궁궐을 세운 것도 경이니 궁전의 이름도 경이 지어서 나라와 더불어 한없이 아름답게 빛내주오!"

도전은 분부를 받들어 새 궁궐의 이름을 경복궁(景福宮)이라 정하고, 궁궐 안에 있는 크고 작은 전문(殿門)의 이름까지 직접 지었다. 도전은 궁궐의 이름을 경복궁이라 지은 까닭과 의의에 대해 이렇게 아뢰었다.

"신이 그윽이 살펴보건대, 궁궐은 임금이 정사를 보는 곳이요, 또한 신민들이 사방에서 우러러보는 곳이라 그 제도를 장엄하게 하여 존엄성을 보이고, 그 명칭이 아름다워야 신민들이 모두 감동할 것이옵니다. 신이 분부를 받자와 삼가 손을 모으고 머리를 조아려 『시경』 주아편(周雅篇)에 '이미 술에 취하고 덕에 배가 불러서 군자의 크나큰 복[景福]을 빈다'라는 구절을 따라 새 궁궐의 이름을 경복궁이라 짓기를 청하오니, 전하와 자손들께서 태평의 업을 세세만년 누리시옵고 사방의 신민으로 하여금 길이 보고 느끼게 하옵소서!"

그리하여 경복궁 정문을 들어서면 궁성을 가로지르는 작은 내와 그 위에 금천교가 있고, 금천교를 건너 수십 보를 걸어가면 근정문(勤政門)이 나타났다. 근정문을 열고 들어서면 근정전(勤政殿)이 위용을 드러냈다. 조회와 의식을 거행하고 나라의 법령을 반포하는 정전(正殿)이었다.

근정전 옆으로는 임금이 중신들과 더불어 국정을 의논하는 편전인 사정전(思政殿)이 있고, 좌우로 경성전(慶成殿)과 연생전(延生殿)이 보였으며, 그 뒤로 강녕전(康寧殿)이 크게 자리 잡고 있었다. 그리고 동쪽과 서쪽에는 융문루(隆文樓)와 융무루(隆武樓)가 우뚝 서 있었다.

그 이름들마다 오로지 백성을 생각하고, 백성들과 더불어 고락을 함께 한다는 민본 정치의 뜻을 담았다. 뿐만 아니라 도전은 궁전의 사면 벽 위에다 경서와 사서에서 뽑아 적은 훈계를 걸어두었는데, 문맥마다 한순간도 백성을 소홀히 하지 말라는 뜻이었다.

'구중궁궐에 있는 임금의 몸은 비록 귀하지만 백성들과 더불어 침식을 같이하고 생각한다면 만세를 누릴 수 있지 않겠는가!'

태조는 도전이 지은 명칭과 글들을 기꺼이 받아들였다. 궁궐과 관청이 완성되자 태조는 도성(都城)의 축조 역시 도전에게 맡겼다.

도전은 한양을 둘러싸고 있는 백악과 응봉, 인왕, 낙타, 남산 등을 일일이 답사하여 측량을 하고, 산세와 지형에 따라 평탄한 곳엔 토성(土城)을 쌓고 높고 험한 곳엔 석성(石城)을 쌓았다. 그리고 4대문과 4소문을 두어 파루(罷漏)와 인정(人定)을 치는 소리에 따라 도성을 출입하도록 했다.

이렇게 건설된 한양은 검소하면서도 장중했고, 백성을 근본으로 도덕정치를 실현한다는 새 나라의 건국 이념과 걸맞았으니 과연 '수선지지(首善之地)'라 일컬을 만하였다. 수선이란 천하의 규범을 세우고 교화의 기본이 되는 곳을 이르는 말이었다.

10월 4일. 태조는 백관들의 인도에 따라 종묘로 나아가 제례를 올렸다. 이때 종묘에 쓰인 의식과 차례는 물론 악장에 이르기까지 모두 도전에 의해 이루어졌다. 제례를 마친 태조는 중외의 조하를 받고, 국정을 쇄신하여 민본 정치를 실현하겠노라는 다짐의 교서를 반포했다.

백성은 오직 나라의 근본인데, 근래에 신도를 건설하면서 부역의 노고가 너무 많았다. 하지만 종묘는 조종(祖宗)을 편안하게 하고 효도와 공경을 다하자는 것이요, 궁궐은 나라의 정사를 듣고 존엄성을 보이려 하는 것이며, 성곽은 안과 밖을 가리고 비상 사태를 방비하려는 바이 었으니 모두 부득이한 일이었다. 이제 나머지 공역은 모두 정지하고 과인의 백성들을 더 이상 곤하게 하지 말라!

태조 4년 10월 30일. 이날은 경신일(庚申日) 수야(守夜)라고 하여 도교의 풍습에 따라 밤을 새우는 날이었다.

경신일 밤에 태조는 여러 훈신들을 경복궁으로 불러 잔치를 베풀었다. 전 왕조 같았으면 대궐 안에서 구나행(驅儺行)과 법석(法席)이 한창 벌어졌을 터인데, 새 왕조에서는 막대한 재용을 낭비한다고 하여 금하였다.

그렇지만 수백 년 동안 내려온 풍습인지라 태조는 훈신들과 더불어 밤을 지새우고 싶었던 것이다. 풍악을 울리고 주연이 한창 무르익어갈 무렵 태조는 여러 대신들 중에 도전을 보며 말하였다.

"내가 왕위에 오르게 된 것은 모두 경의 힘이오. 왕륜동의 회맹처럼 서로를 공경하고 삼간다면 이 광영이 어찌 자손만대에까지 이르지 않으리요?"

도전은 머리를 조아리면서 아뢰었다.

"제(齊)나라 환공(桓公)이 포숙(鮑叔)에게 묻기를, 어떻게 해야 나라가 다스려지겠소, 하니 포숙이 대답하기를, 원컨대 공께서는 거(莒) 땅에 계셨을 때를 잊지 마시고, 원컨대 중부(仲父)께서는 함거(檻車)에 갇혔을 때를 잊지 마소서, 라고 하였사옵니다. 포숙의 말을 빌려 신이 감히 말씀드리옵기는 지난날 전하께서는 말 위에서 떨어지셨을 때를 잊지 마시옵고, 신도 역시 목에 칼을 쓰고 발에 차꼬가 채워졌을 때를 잊지 않는다면 자손만대를 기약할 수 있을 것이옵니다!"

"과연 옳은 말이오. 내 어찌 경의 뜻을 저버릴 수 있으리요!"

그때 악공들이 '문덕곡'을 연주하자 태조는 도전에게 눈을 껌벅이면서 말하였다.

"이 노래는 경이 지은 것 아니오? 경은 어서 일어나 이 노래와 함께 춤을 추는 게 어떻겠소?"

도전이 기꺼이 자리에서 일어나 더덩실 춤을 추었고, 문덕곡은 멀리 멀리 울려 퍼졌다.

성인이 천명을 받아 나는 용을 타시니
뭇 재사들이 구름처럼 따르도다.
경계가 허물어져 오래도록 수리 못하고
강자는 겸병하고 약자는 빼앗겨 서로가 거칠었는데
우리 임금께서 바로잡으시니
창고는 곡식으로 가득 차고 백성들은 안식을 누리네.
정치하는 요령은 예악에 있고
집안에서 비롯되어 나라에 이르리니
우리 임금께서 법칙을 정하시어
질서가 바로잡히니 평화롭고 즐겁구나!

그날, 태조는 연회가 파하는 자리에서 도전에게 '유종공종(儒宗功宗)'이라 쓴 대서특필을 하사했다. 유학의 으뜸이요, 나라를 세우는 데 공도 으뜸이라는 말이었다. 그리고 태조는 거북이 등껍데기로 만든 갑옷과 투구를 도전에게 더 내려주었다.

갑옷과 투구.

도읍을 새로 세워 만세에 전할 왕업의 터전을 닦았으니, 이제는 갑옷과 투구를 입고서 요동으로 나가자는 마음 아니던가.

그즈음. 홍무제의 트집과 협박이 날로 심해지면서 조선과 명나라의 관계는 차츰 파국을 향해 치닫고 있었다.

그래도 조선에서는 작은 나라로서의 예를 차리기 위해 절기가 닥치면 어김없이 사신들을 파견하여 하례하였다. 10월에는 태학사 유구(柳珣)와 한성윤 정신의(鄭臣義)를 하정조사로 보냈고, 11월에는 태학사 정총을 보내 고명과 인신을 청하였다. 홍무제는 그러나 고명과 인신은커녕 걸핏하면 사신들을 잡아 가두고 매질을 서슴지 않았다.

그런데 이듬해(태조 5년) 2월 명나라 예부에서 보내온 한 통의 자문은 조정에 파란을 일으켰다. 신년을 하례하여 올린 표문(表文) 속에 황제를 희롱하고 모멸하는 문구가 있다며, 사신으로 간 정총과 유구과 정신의를 억류한 채, 표문의 작성자를 압송하지 않으면 군사를 일으키겠노라 협박해 왔던 것이다.

본래 표문이란 신하가 임금에게 어떤 사실을 명백하게 고하는 글을 말했다. 그러다 후대로 내려오면서 황제에게 올리는 글을 표문이라 하고 황태자나 제왕에게 올리는 글은 전문(箋文)이라 하였는데, 표문은 작은 나라에서 중국 황제에게 보내는 사대외교의 한 문서 양식이었다.

표전문은 특히 황제에 바치는 글인지라 문장에 온갖 정성을 다 기울였는데, 그 문장의 아름다움은 중국의 문인들도 감탄할 정도라 시비에 휘말린 적이 거의 없었다.

조정에서는 급히 진상을 파악해 보았다. 그러나 표전문의 사본을 놓고 아무리 뜯어보아도 홍무제를 모만(侮慢)할 만한 내용이나 글귀는 어디에서고 보이지 않았다.

표문은 성균대사성 정탁(鄭擢)이 초고를 쓰고, 전문은 판전교시사 김약항(金若恒)이 수찬한 것이었다. 그리고 두 사람이 쓴 글을 가지고 예문관 직관(直館) 노인도(盧仁度)가 예문관의 도제조를 겸하고 있는 판삼사사 정도전에게 보내 교정을 청한 것으로 되어 있었다.

그러나 도전은 그때 마침 종묘 제향과 새 궁궐의 이름을 짓는 일로 바빠 표전문을 들여다볼 틈이 없었고, 부제조관인 정총과 권근이 교정한 뒤에 그대로 전결한 것으로 드러났다.

태조는 대신들과 논의한 끝에 통사 곽해룡(郭海龍)을 대장군으로 삼아, 표전문의 찬자로 김약항을 압송하면서 극구 변명했다.

"그윽이 살피건대, 소방(小邦)은 해외의 한 구석에 있어 성음(聲音)과 언어가 중화와 같지 않아, 반드시 통역에 의해서만 겨우 문자의 뜻을 익히옵는데, 배운 바가 얕고 표현이 비루하여 표전문의 체제를 제대로 알지 못해 언사(言辭)가 경박하게 되었사오니 하해와 같은 인덕으로 살펴주소서!"

태조는 김약항을 보내면서 특별히 중추원학사로 벼슬을 높여주었다. 그러나 신하를 제대로 지켜주지 못하는 임금이라는 자괴감 때문에 태조의 마음은 결코 편하지 않았다.

며칠 후 태조는 성균관 대사성 함부림(咸傅霖)을 의주에 보내 김약항에게 각별한 위로의 말을 전하였다.

"그대를 보내야 하는 과인의 심간은 찢어질 듯하나, 황제의 의심과 오해를 풀지 않을 수 없으니, 그대는 모쪼록 좋은 말로 대답하고 실수가 없도록 하오."

김약항은 도성을 향해 삼배를 올리며 아뢰었다.

"신이 나라를 위해 죽어도 좋다고 생각한 지 오래인데, 어찌 마음을 다하지 않겠사옵니까? 전하께오서는 신이 죽고 사는 것은 염려하지 마옵시고, 원컨대 군자를 가까이하시고 소인을 멀리하시어, 정치와 법제를 밝게 닦으시고 다스림을 도모하사 장차 대업을 이루소서!"

그런 뒤에 김약항은 압록강을 건넜다. 다시는 돌아오지 못할 길이었다.

태조는 명나라가 억류하고 있는 사신들을 곧 보내줄 것이라 믿었다. 그러나 김약항을 압송한 지 한 달쯤 지나, 3월 29일에 들어온 예부의 자문에서 홍무제의 힐난과 협박은 강도를 더했다.

"조선에서 때마다 사신을 보내 표전을 올리며 하례하니 예의가 있는 듯하나, 문사(文辭)는 경박하기 짝이 없고 멋대로 짐을 능멸하니 이는 국왕의 본의인가, 신하들의 잘못인가. 표전문을 짓고 교정한 자들을 전부 압송해야만 다른 사신들을 돌려보낼 것이다!"

홍무제는 억류되어 있는 사신들의 아내와 시종들까지 중국으로 보낼 것을 요구했다. 만약 가족을 보내지 않으면 억류하고 있는 사신들은 모두 금치위(金齒衛)로 안치시키겠다는 협박도 빼놓지 않았다.

태조는 그러나 홍무제의 요구를 무시하고 중추원 부사 8명으로 하여금 서북면의 주요 주군의 수령을 겸하도록 하였다. 여차하면 일전을 불사하겠다는 의지의 표출이었다. 일촉즉발의 전운이 감돌고 있을 때, 현비 강씨의 병은 까닭 없이 더욱 악화되어갔다. 먹는 음식마다 토해냈던 것이다.

'누군가 현비의 수라에 독을 넣은 것 아닐까.'

듣기에도 흉악한 소문이 떠돌았지만 확인할 길은 없었다.

태조는 아침저녁으로 현비의 곁을 지키며 극진히 간호하였다. 2죄 이하의 죄수들을 석방하고, 궁중과 대찰에서 법석을 열어 현비의 쾌유를 빌기도 했다. 그러나 현비는 좀체 차도를 보이지 않았다.

바로 그즈음. 명나라에서 사신이 들어온다는 통보와 함께 황제가 권신의 압송을 요구할 것이라는 풍문이 들려왔다. 권신이라면 누구를 가리키는 것인가. 조정은 아연 긴장하였다.

· · ·

명나라의 상보사승(尙寶司丞) 우우(牛牛)와 환자 왕례(王禮)가 조선의 통사 양첨식(楊添植)을 앞세우고 한양에 들어온 것은 6월 11일.

그런데 그들이 전하는 예부의 자문은 조야를 경악시켰다. 홍무제가 표전문의 찬자로 정도전을 지목하고 그의 압송을 요구했던 것이다.

"조선왕에게 표전문의 작성자를 압송하라 했더니, 단지 전문을 지은 자만 보내고 표문을 지은 정도전과 정탁은 여태껏 보내지 않았다. 내가 다시 사람을 보내니 이들 편에 정도전을 속히 압송하고, 여기 붙잡혀 있는 사신들의 가솔들도 함께 보내 완취(完聚)토록 하라!"

태조는 격분하고 말았다.

"나라에 없어서는 안 될 대신이요, 나의 팔다리와 같은 사람인데, 그를 압송하라는 것은 바로 나를 잡아들이겠다는 말이 아닌가. 황제는 대체 어떤 사람이기에 이토록 나를 업신여기는가!"

태조는 더 이상 명나라 사신들을 접견하지 않고, 백관들로 하여금 의장을 갖추어 연일 궐문을 시위토록 하였다. 대신에 도당과 여러 왕자들로 하여금 사신들에게 연회를 베풀도록 하였다.

사신들의 행태는 볼썽사나웠다. 특히 우우라는 자는 대신들 앞에서 잔뜩 거드름을 피우는가 하면 공공연히 창기(娼妓)를 요구할 정도로 체모가 없었다. 그런데 그토록 오만하고 방자하기 이를 데 없던 우우가 정안군 방원을 만났을 때는 태도가 돌변했다.

우우는 정안군이라고 하자 앉아 있던 자리에서 벌떡 내려와 고두례(叩頭禮)를 행하는 것이 아닌가. 다른 왕자들은 의아하지 않을 수 없었다.

"천자의 사신이 왕자에게 고두례를 행하다니, 어찌 이런 경우가 있을 수 있는가? 이는 필시 무슨 까닭이 있을 것이다."

형들뿐만 아니라 중신들 중에 의혹을 제기했지만 곧 흐지부지되고 말았다. 현비의 병환과 표전문 문제로 가뜩이나 불편한 부왕의 심기를 건드리지 않고 싶었던 것이다.

우우 일행은 정도전을 잡아가기 전에는 결코 돌아가지 않겠다고 버티었다. 사신들이 입국한 지 한 달여 만에 태조는 내관을 보내 그들을 내전으로 불러 달래었다. 그러나 우우는 먼저 확답을 요구하였다.

"황제의 명령을 받들고 온 일을 아직 끝내지 못했는데, 한갓 술이나 마시고 지내다가 나중에 황제폐하께 가서는 무어라 복명하겠사옵니까? 전하께서 황제의 명을 어찌 거행하실 것인지 먼저 말씀해 주시고, 계책만 정해진다면야 날마다 술에 취해도 상관없사옵니다!"

그가 말하는 계책이란 물론 정도전을 압송하는 문제였다. 태조는 답을 주지 않았다. 이번에는 조준과 김사형을 보내 그들을 달래었다. 그러자 우우는 낯을 붉히며 두 정승에게 따지고 들었다.

"어찌하여 국왕전하께서는 정도전이란 작자를 감싸고도는 것이오? 우리는 정도전을 잡아오라는 황제의 지엄하신 명을 받고 왔는데, 만약 그를 잡아가지 못하면 어차피 죽음을 면치 못할 것이니 차라리 여기서 죽는 게 낫겠소이다!"

우우는 집요했다. 내전에서 열린 연회 자리에서도 태조에게 요구하였다.

"정도전의 압송이 늦어지면 늦어질수록 황제폐하의 진노는 더욱 크실 것이오니 전하께선 속히 결단을 내리소서!"

태조는 짐짓 웃으며 말하였다.

"정도전은 표문을 지은 장본인이 아닌데 어찌 그를 보낼 수 있겠소?"

"그자가 표문을 지었는지 아닌지는 저희가 알 바 아닙니다. 저희들은 다만 폐하의 명만 따를 뿐. 명을 따르지 않으면 뒷일은 어찌 될지 저희들도 알 수 없음을 유념하소서!"

숫제 협박이었다.

도전은 난처하고 괴로웠다.

'궁궐 안에 나를 노리고 명나라와 내통하고 있는 자가 있는 것 아닌가.'

한편으로 의구심도 고개를 들었지만 설마했다. 오히려 강경한 사람은 남은이었다.

"대국의 사신들이 정안군에게 고두례를 행했다는 말을 못 들으셨습니까?"

"글쎄, 그랬다는 말은 들었소만 여러 왕자들이 있다 보니 사신들이 정안군을 세자 저하로 착각한 것 아니겠소?"

"그날 연회에 세자 저하께선 나가지도 않으셨는데, 착각하고 말 것이 무어 있겠습니까? 하여튼 이 문제는 결코 가볍게 넘길 일이 아니올시다."

남은은 이번 기회에 왕자들의 권력 남용과 군제 문제까지 확실하게 짚고 넘어가자고 하였다. 도전은 그러나 고개를 가로저었다. 그렇지 않아도 현비의 병환으로 수심이 깊은 태조에게 성려를 끼치고 싶지 않았다.

"확실하지도 않은 사실을 가지고 섣불리 말을 꺼냈다간 자칫 왕자들과 간극이 있는 것처럼 비칠 수 있어요."

"하지만 이는 나라의 체통에 관계된 일입니다."

"아니오. 심증은 가지만 실증이 없고, 또 설사 실증이 있다 해도 당사자들이 부인하면 의혹만 남게 될 것이니 좀 더 일을 지켜보도록 하십시다."

과감하고 정확한 정도전이었지만 이때만큼은 망설였다. 그가 권모술수에 능했더라면 이때쯤 정적들에게 필살의 수를 써야 되지 않았을까. 하지만 도전은 애초부터 그런 말과는 거리가 멀었다. 도전은 오히려 명나라에 가야 한다면 기꺼이 가겠다는 입장이었다.

남은은 아무래도 답답했던지 태조에게 상서하여 표전문의 찬문자는 물론이려니와 억류되어 있는 사신들의 가솔들을 보내는 것도 허락해서는 안 된다고 강하게 주장하고 나섰다.

그럴 때 예문춘추관 학사 권근이 정도전을 대신하여 명나라에 잡혀가겠노라고 나섰다.

"전하, 표문을 짓는 일은 실상 신이 참여하였고, 종묘 제례로 바빴던 도제조 대신 신이 부제조로서 글을 전결하였으니 책임은 마땅히 신에게 있사옵니다."

"과인이 이미 아무도 보내지 않기로 했는데 어찌 경을 보내겠는가. 황제가 경을 지목한 것도 아니니 그만두시오."

"비록 황제께서 신을 지목하지는 않았지만 언젠가는 신의 책임이 드러날 것이옵니다. 그리 되면 도리어 죄가 중하여질 것이니 차라리 스스로 죄 받기를 청한다면 황제께서도 너그러이 용서하실 것이요, 다른 자들도 의심을 면하게 될 것이옵니다!"

권근이 거듭 청하자, 태조는 마지못해 허락하였다. 하지만 권근만 혼자 보낼 수는 없는 일이었다. 태조는 권근과 표문의 초안을 작성한 정탁, 표문을 교정한 노인도를 관압사를 붙여 명나라에 보냈다. 그리고 한성윤 하륜을 따로 계품사로 삼아 정도전을 보낼 수 없는 까닭을 아뢰도록 했다.

"삼가 분부하신 대로 표문을 지은 정탁과 이를 교정한 권근, 또한 교정을 계품한 노인도까지 경사로 압송하여 폐하의 결재를 청하옵니다. 하오나 정도전은 표문과는 전혀 관계가 없는데다, 또 본인이 복창(腹脹)과 각기병을 앓고 있어 보내려 해도 보낼 수가 없었음을 삼가 아뢰옵니다!"

태조는 또 억류된 사신들의 가솔을 보내는 문제에 대해서도 조심스럽게 거부했다.

"그윽이 생각하옵기는, 소방이 성조(聖朝)를 섬기는 데 감히 조금도 게을리하지 않았사온데, 이제 하정사 유구 등이 방환(放還)되지 않은 채, 또 가솔들을 들여보내라는 성지에 온 나라 신민들이 놀라며 두려워하고 있사오며, 그 가솔들 역시 고국을 떠나게 되어 슬프게 부르짖음이 간절하고 지극하오니 진실로 불쌍하옵니다!"

태조는 백관을 인솔하고, 반송정(盤松亭)까지 나가 전별하면서 권근에게 몰래 금덩이 하나를 주었다. 명나라에 가게 되면 억류된 사신들을 구완하라는 것이었다.

이렇게 하여 김약항의 뒤를 이어 권근과 정탁, 노인도 등이 죄인의 몸으로 명나라에 압송되었다. 그러나 우우 일행은 정도전을 잡아갈 때까지는 돌아갈 수 없다며 버티다가 종내는 정도전의 실각을 요구하고 나섰다.

"정도전은 큰병이 들었다면서 아직까지 조정의 권한을 쥐고 있으니 그 말을 누가 믿겠습니까? 천자께 죄를 지은 몸인데 버젓이 높은 자리에 앉아 있다니요? 전하께서 그자를 내치신다면 아마 황제폐하의 노여움이 조금이나마 풀리지 않겠습니까?"

그 말을 전해들은 도전은 곧장 태조에게 사직을 청하였다.

"억류되어 있는 우리 사신들의 안전을 위해서라도 신이 물러나지 않을 수 없사오니, 전하께서는 대계를 생각하시어 신을 질책하소서. 그래야 황제의 사신들이 의심치 않고 돌아갈 것이옵니다!"

태조는 어쩔 수 없이 도전을 실각시키고 설장수로 하여금 판삼사사를 대신케 하였다. 이때 남은도 대업을 위해 같이 치사하였다.

· · ·

문득 멀리 삼각산을 바라보니 산봉우리에 걸린 구름이 그를 부르는 듯싶었다. 하루아침에 모든 벼슬자리에서 물러난 도전은 한순간 회의가 밀려들었다.

성공자거(成功者去)라 했다. 공을 이루었을 때 물러가라는 말이다. 도

전은 적송자(赤松子)를 따라갔다는 장량의 심정을 헤아릴 법했다. 장량이 유방을 도와 한나라를 세운 뒤에,

"세 치 혀를 놀려 임금의 스승이 되고 유후(留侯)에 봉해졌으니 나로서는 족하다!"

하고는 은둔해 버렸으니, 삼족이 멸문지화를 당했던 한신(韓信)의 비참한 최후에 비한다면 참으로 명철한 보신이었다. 공명을 이룬 다음 신하된 자의 처지는 대개 난처하게 마련이었던 것이다.

그렇다면 의관의 속박을 벗어던져 버리고 고향으로 돌아가는 것은 어떠한가. 그러나 '책임이 막중하고 갈 길이 머니 죽은 다음에야 그만둔다(任重而道遠 死而後已)'라는 공자의 말이 생각나면서 퍼뜩 정신을 차렸다. 무엇보다 태조와 맺은 군신의 의가 너무 소중하기에 저버릴 수 없었다. 아직 해야 할 일이 그에게는 남아 있었던 것이다.

도전은 그동안 미루어두었던 저술을 집필하는 데 몰두했다. 그즈음 집필한 책이『경제문감별집』과『경제의론』이었다.

이미 태조 4년 6월에 찬진한『경제문감』이 신하의 직책과 도리를 밝힌 책이라면,『경제문감별집』은 요순우 3대로부터 원나라 순제까지 중국의 역대 제왕과 또 고려 역대 왕들의 치적을 사찬 형식으로 기술하면서 군주의 도리를 논한 책이었다. 그리고『경제의론』에서는 군주의 바른 몸가짐을 밝혔다.

『경제문감별집』에서 도전은 태조 왕건에 대해서는 요동 회복을 염두에 두고 극찬을 아끼지 않았다.

어려서부터 총명했고 용안(龍顔)의 일각(日角)이 너그럽고 후중하여 세

상을 구제할 도량이 있었다. 그가 정사를 실시할 적에 살리기를 좋아하고 죽이기를 싫어하되 신상필벌을 엄히 하였으며, 공신에게는 성의를 보이고 피폐한 백성들을 돌보았다.

거란이 강성하여 동맹국(발해)을 침략하매 국교를 끊어버렸고, 발해가 약하여 땅을 잃고 돌아갈 데가 없으매 돌보아주었다. 국초에 미처 예악을 정비할 틈도 없었지만 여러 번 서도(西都 : 평양)에 행행하고 친히 북쪽 국경을 순행했으니, 그의 뜻이 대개 고구려 동명왕 때의 옛 강토를 회복하고야 말리라는, 실로 '그 규모가 크고 원대한 책략(宏規遠略)'이었다. 또한 고구려의 유민이 세운 여국(與國) 발해를 침벌한 거란과 단교하고 그 유민들을 적극 포섭한 것은 참으로 '심인후택(深仁厚澤 : 깊은 인정과 두터운 혜택)'한 정책이었으니, 고려 왕조가 5백 년 국맥을 배양할 수 있었던 것은 바로 그 때문이었다.

『경제문감별집』과 『경제의론』은 이듬해(태조 6년)에 찬진되었다. 그런데 도전은 그것말고도 또 하나 필생의 역작이 될 저술을 집필하고 있었다. 『불씨잡변(佛氏雜辨)』이었다.

이미 태조 3년에 『심기리편』을 저술하여 불교를 이론적으로 비판하는 데 단초를 열었던 도전이 『불씨잡변』을 저술하게 된 동기는 조선 왕조로 넘어와서도 불교계의 폐단이 좀체 고쳐지지 않았기 때문이었다.

청정과욕(淸淨寡慾)을 종지(宗旨)로 삼아야 할 사찰과 승려 들이 고리대금업과 산업을 경영하고, 여색(女色)을 탐하면서도 부끄러움을 모르며, 또 사찰의 재산을 놓고 소위 법손(法孫)이라는 자들끼리 분쟁이 끊이지 않았다.

더욱이 태조의 불교 숭상은 도전에게 여간 불만이 아니었다. 전조의 우왕이나 공양왕 대에 비하면 규모와 횟수가 줄어들었지만, 태조는 자초(自超:무학대사)와 조구(祖丘)를 왕사와 국사로 삼고 궁궐에서 법석과 반승을 베풀곤 했던 것이다.

도전은 『불씨잡변』에서,

"성상께서 내 말이라면 다 들어주시고, 계획하는 것마다 따르시니 뜻을 얻었다 할 만하나, 성상께서 아직도 불씨를 물리치지 못하시니……내가 이 글을 지어 후세 사람들에게 깨닫게 하려는 것이다."

이렇게 하여 저술된 『불씨잡변』은 불교의 윤회설과 인과응보, 지옥, 화복(禍福), 걸식 등을 성리학적 입장에서 비판한 15편과 불교의 폐단을 사실적으로 열거한 4편으로 이루어졌다.

그 사이에 현비 강씨의 병세가 급속도로 악화되었다. 먹는 음식마다 토해내더니 이제는 까무룩 의식을 놓아버리곤 했다. 태조는 현비의 거처를 판내시부사 이득분(李得芬)의 집으로 옮기고 친히 그 곁을 지켰다.

그러나 태조의 지극한 정성에도 불구하고 태조 5년 8월 13일 밤, 현비 강씨는 끝내 승하하고 말았다. 태조는 체통도 잃고 목 놓아 울었고, 백성들은 저자를 폐하며 국모의 죽음을 애도했다.

8. 아, 요동!

현비 강씨가 승하한 뒤로 태조는 침전에서 술을 찾는 일이 부쩍 늘
어났다. 허전하고 쓸쓸한 마음을 달래기 힘들었던 것이다. 때로는 현비
에 대한 그리움으로 목이 메었다.

이른 새벽 조회를 보러 나갈 때면 여염의 아낙처럼 강녕전 문 밖까지
나와 배웅을 하고, 저녁에는 어김없이 촛불을 들고 마중하던 현비였다.
그러나 이제는 반가이 맞아주고 마음을 나눌 사람이 없었다.

품성이 정숙하여 마음에 꺼리는 일은 하찮은 것이라도 조심하고 경
계하던 현비였다. 그러면서도 대범한 면모가 있었다. 태조 이성계가 해
주에서 낙마하여 위기에 처했을 때는 스스로 대책을 결정하여 남편을
구했고, 역성혁명을 주저할 때는 천명과 대의를 논하며 보위에 오를 것
을 권하던 여인이었다. 그러기에 강씨의 빈자리는 더욱 크게 느껴졌다.

태조는 울적할 때면 광화문에 올라가 황토마루 너머 정릉(貞陵)을 하

염없이 바라보곤 하였다. 그래도 못내 마음을 추스를 길이 없으면 친히 정릉으로 거둥하였다.

하지만 돌아오는 길은 언제나 쓸쓸하고 외로울 따름이었고, 그런 날이면 밤이 깊도록 잠을 이루지 못했다. 태조가 밤늦게 거둥할 때면 밤새 등촉을 켜놓은 채 기다려주고, 정사로 바빠서 수라가 늦어지면 손수 상을 들고 와서 올리던 현비의 따뜻한 모습이 눈에 선했던 것이다.

그러나 임금의 근심은 곧 나라의 근심이었다. 태조가 정전을 피한 지 오래 되었다는 말을 듣고 도전은 궁궐로 달려갔다. 수척해진 용안을 대하면서 도전은 한순간 눈시울이 뜨거워졌다. 현비를 향한 은애가 얼마나 컸던가 느끼지 않을 수 없었다. 그러나 이제 태조는 필부가 아니라 일국의 왕인 몸이었다. 도전은 그러나 무거운 마음을 억누르며 비장하게 아뢰었다.

"전하, 죽고 사는 것은 실로 하늘이 정한 바이옵니다. 하오나 전하의 한 몸에 나라의 명운이 달려 있음을 한시도 잊어서는 아니 될 것이옵니다."

"내 어찌 그 뜻을 잊었겠소. 하지만 임금의 자리가 지극히 높고 영화롭다지만 돌아보면 나 또한 여느 필부와 다를 것이 무어 있겠소?"

"전하께오선 천명과 민심에 순응하여 나라를 여시고, 정치를 유신하여 민생을 소생시키셨사옵니다. 그리고 이제 도읍을 세우심으로써 문물과 제도가 정비되었으니 새 나라의 면모가 다 갖추어졌다 할 수 있사옵니다. 하오나 전하께오선 혁명이 아직 끝나지 않았음을 유념하소서!"

"……?"

"전하께선 요동을 벌써 잊으셨나이까?"

순간 안개처럼 흐릿하던 태조의 눈빛이 강렬해졌다.

그랬었다. 혁명의 완성은 고구려가 잃어버린 옛 땅, 곧 요동을 회복하여 삼한 이래의 염원을 이루는 데 있지 않았던가.

그 길만이 지난날 위화도에서 대업을 저버리고 군사를 돌렸다는 수치를 씻고, 신하의 몸으로 임금의 자리를 빼앗았다는 오명을 털어버릴 수 있으리라.

요동을 회복하여 요하까지 나라의 지경을 넓히고 국운을 만방에 떨친다면 중국이 어찌 감히 우릴 넘볼 것이며, 한양에 이씨가 도읍을 세우면 사해의 조공을 받는다는 예언을 어찌 참언이라고만 할 수 있을 것인가.

태조는 곧 마음을 다잡았다. 이른 아침부터 편전에 나가 정사를 살폈으며, 밤이면 홀로 병서를 탐독하고 고금의 역사를 통해 부국강병의 책략을 구하였다.

10월에는 최영의 공업을 논하여 시호를 내리도록 하였다. 요동 회복이라는 대의를 앞두고서 그의 기상과 충심을 기억하지 않을 수 없었다. 이리하여 최영에게 '무민공(武愍公)'이란 시호가 내려졌다. 참형을 당한 지 9년 만에 역성혁명을 이룬 조선 왕조에서 복권된 것이다.

· · ·

11월 4일에는 계품사 하륜이 돌아왔는데, 뜻밖에도 표문의 찬자로 압송되었던 정탁도 함께 돌아왔다.

홍무제는 정탁에게 노모가 있기 때문에 돌려보낸다고 했다. 그러나 정탁의 친형인 정총은 그대로 억류되어 있었다. 그것은 정총이 정도전과 가깝기 때문이었고, 또 홍무제가 표전문을 놓고 시비를 일으킨 것은 애초부터 정도전을 제거하기 위한 술책임이 분명했다.

정도전은 이미 밝혀진 대로 표전문을 짓는 데 전혀 관련이 없었다. 다만 책임이 있다면 문한을 관장하는 예문관의 도제조를 맡고 있다는 것뿐이었다. 그런데도 홍무제가 정도전의 압송을 집요하게 요구한 것은 그가 바로 요동 회복을 추진하고 있기 때문이었다.

자문에 실린 홍무제의 말을 보면 누구라도 눈치 챌 수 있었다. 홍무제는 태조에게 정도전을 압송하지 않는다고 힐난하면서,

"옛사람의 말에, '도(道)로써 임금을 도와주고, 군사로는 천하에 강한 척하지 말라' 했는데, 지금 경사(京師)에 붙잡혀 있는 선비들은 자기 나라 왕을 위해 힘쓸 생각은 않고, 감히 짐을 경멸하는 문자를 쓰고 또 여기에 와서도 반항하니, 결국은 저희들 나라에 앙화(殃禍)를 미치게 할 자들이다. 하여 이들을 조선왕 곁으로 보내지 않고 계속 붙잡아 두는 것을 왕은 오히려 다행으로 알라!"

사신을 계속 억류하겠다는 말이었다. 태조는 하륜에게 물었다.

"그대는 경사에서 우리 사신들을 만나보았던가?"

"아뢰옵기 황송하오나, 황제의 허락이 떨어지지 않아 도무지 만날 길이 없었사옵니다."

"그럼 황제가 장차 사신들을 어찌할 것 같던가?"

"황제의 명대로 봉화백을 압송하지 않는다면 황제는 필시 우리 사신들을 죽이고 말 것입니다! 하루라도 빨리 봉화백을 경사로 보내 황제의

의심을 풀도록 하소서!"

"황제가 속이 좁고 의심이 많아 무고한 사람들을 숱하게 죽였는데, 무슨 의심을 풀란 말인가?"

"전하께서 대신을 보호하시려는 마음은 알겠사오나, 신은 다만 나라에 큰 화가 닥칠까 두렵사옵니다."

하륜은 어떻게든 정도전을 명나라에 보내고 싶었다. 그가 조선땅에 없어야 정안군 방원이 기회를 엿볼 수 있었다. 태조는 그러나 단호하게 잘라 말하였다.

"무엇이 두렵단 말이오? 황제가 설사 백만 대군을 끌고 온다 해도 나는 하나도 두렵지 않소. 더구나 봉화백은 나라에 없어서는 안 될 공신인데 어찌 그를 사지로 밀어 넣는단 말이오."

하륜이 들어오고 나서 엿새 뒤인 11월 10에는 하성절사로 갔던 조반이 사신들의 처자를 들여보내라는 홍무제의 선유를 갖고 돌아왔다. 조정에서는 논의 끝에 가솔들을 보내기로 하였다. 홍무제의 요구를 마냥 거절할 경우 사신들에게 화가 미칠 것이라 염려했던 것이다.

그 며칠 후. 명나라 사신 우우 일행이 조선에 입국한 지 6개월여 만에 돌아갔다.

명나라 사신들이 돌아가자 의흥삼군부에서는 기다렸다는 듯이 군사들에게 강무(講武)를 실행할 것을 청하였다. 강무란 사냥을 통해 무예를 익히는 군사 훈련이었다.

"이제부터 중외의 군사들에게 강무를 명하시고, 서울에서는 계절의 마지막 달에 강무를 시행하고, 외방에서는 봄과 가을에 강무하여 무사(武事)가 익숙해지도록 하소서!"

태조는 즉시 시행토록 하였다. 또한 의흥삼군부 내에 사인소(舍人所)를 설치하여 양반 자제들을 예속시키고 경사와 병서, 율문·산수, 사어(射御) 등을 익히도록 하였다. 이때부터 요동 회복을 위한 대대적인 군사 훈련이 시작되었다.

· · ·

표전문과 관련하여 죄인의 한 사람으로 명나라에 압송되었던 권근이 돌아온 것은 태조 6년 3월.

권근은 홍무제가 친히 지어주었다는 어제시(御製詩) 3편과 칙위(勅慰)와 선유(宣諭), 그리고 2통의 예부 자문을 받들고 수행했던 일행들과 함께 돌아왔다. 그러나 나머지 세 명의 사신들은 여전히 명나라에 억류된 채였다.

홍무제의 말인즉슨,

"조선에서 보낸 자들 중에서 오로지 권근만 노성하고 진실하기에 놓아 돌려보낸다. 남아 있는 자들은 두 나라 사이에 매양 농간을 부리고 그 마음이 바르지 못하니, 좀 더 있다가 나중에 보내든지 하겠다!"

그런데 홍무제가 유독 권근만 진실하다며 놓아 보내고, 나머지 사람들은 바르지 못하다며 억류한 까닭은 무엇이었을까.

권근이 명나라에 들어가자 홍무제는 표전문에 관해서 몇 가지만 문고는, 정총과 함께 문연각(文淵閣 : 한림원)에 나가 명나라 한림학사들과 경사를 강론하도록 하였다. 권근의 학식이 대단하다는 것을 홍무제는 이미 알고 있었던 것이다.

어느 날은 권근과 정총을 불러 제목을 내놓고 시를 짓도록 하였다.

권근은 그 자리에서 그야말로 일필휘지로 24편의 시를 지어 홍무제를 놀라게 만들었다. 그 시들은 대개 삼한의 역사를 상고하면서 아울러 명나라의 융성함과 황은을 찬양하는 노래였다.

홍무제는 권근의 시를 보고 칭찬을 아끼지 않으며 어제시를 내렸다. 그 중 '압록강'이란 시에서 홍무제는 '압록강의 지경은 옛날 정한 대로이니, 한나라와 요나라가 (삼한을) 정벌하여 남긴 자취를 살펴야 할 것일세.'라며 국경에 선을 긋고 있었다.

그런데 정총이 지은 시는 홍무제의 눈에 거슬렸다. '압록강'이란 똑같은 제목의 시에서 정총이 '용만(龍灣)이 소색(蕭索)하다'라는 시구를 썼는데, 홍무제가 그게 무슨 뜻인지를 꼬치꼬치 캐물었다. '소색'이란 시들었다는 뜻. 홍무제는 명나라가 시들었다는 뜻으로 받아들였던 것이다.

때마침 고국에서 현비 강씨가 홍하였다는 사실을 알고 사신들은 상복으로 갈아입었다. 명나라 예부에서는 중국에서는 함부로 상복을 입을 수 없다고 했지만 정총은 상복을 벗지 않았다.

"본국의 왕비가 홍하였으니 신하된 자로서 상복을 입지 않을 수 없소이다!"

홍무제는 사신들에게 새옷을 주면서까지 상복을 벗도록 하였다. 그런데 권근만 황제가 하사한 옷을 입었을 뿐, 나머지 세 사람은 백의를 입은 채 알현했다. 홍무제는 순간 얼굴이 일그러지고 말았다.

"그대는 무슨 마음으로 짐이 내려준 옷을 입지 않았는가?"

그렇게 정총에게 묻고 있는 홍무제의 말 마디마디에 노기가 서려 있어 떨리기조차 하였다. 정총은 그러나 또렷한 어조로 아뢰었다.

"폐하, 아뢰옵기 황송하오나, 미천한 신이 오늘날 황제폐하를 친견할 수 있는 영광을 누림은 모두 나라의 은덕이옵고, 또한 군사부일체(君師父一體)라 하였으니 신하된 자로서 국모의 상을 당하여 상복을 입는 것은 마땅한 도리인 줄로 아옵니다. 소신들이 멀리 중국에 와 있다고 해서 상례를 지키지 않는다면 그것은 곧 나라의 은덕을 배반하는 처사가 아니겠사옵니까?"

참으로 놀라운 기백이자 충심이었다. 그러나 홍무제는 가슴이 다 서늘했다. 천자의 명이라면 죽었던 자라도 벌떡 일어나야 하고 산천초목도 벌벌 떨어야 할 터인데, 작은 나라의 사신으로 들어와 생사를 장담할 수 없는 처지에 있으면서도 두려워하는 기색이 전혀 없었던 것이다.

'저들이 무얼 믿고 오히려 저토록 당당하단 말인가!'

홍무제는 정총과 김약항과 노인도를 당장 금의위(錦衣衛)에 가두었다. 다만 상복을 입지 않은 권근만 살려 보내주었던 것이다.

· · · ·

조빙을 왔던 작은 나라의 사신들을 가두어놓고 협박을 일삼는 홍무제의 처사는 천하를 다스린다는 황제로서 체통이 아니었다.

"황제가 스스로 협량을 드러내 사신들을 가두었으니 시정잡배와 다를 것이 무언가!"

만약 홍무제가 인덕을 갖춘 자였다면 사신들을 오히려 칭찬하여 돌려보내 천하에 자신의 도량이 얼마나 크고 넓은가를 보여줄 일이었다.

태조는 사신들이 금릉에서 당하고 있을 고초를 생각하니 가슴이 찢어지는 것만 같았다. 임금을 섬기는 신하로서 당연한 말을 했거늘 그것이 죄가 되어 목숨까지 위태로워진 것이다. 그럼에도 자문에 실린 홍무제의 힐난은 더 심했다.

지금 조선왕 곁에 있는 자들 중에 비록 유사(儒士)라고 일컫고는 있으나 실상은 왕을 덕으로 돕지 못하고, 작은 나라로 큰 나라를 섬긴다고는 하나 문장 하나에서조차 화를 만들기를 구하고 있다. 이자들은 실상 삼한에 병란의 앙화를 만들고, 결국은 조선 국왕으로 하여금 몸 둘 땅이 없게 만드는 것이다. 이런 무리들을 써서 왕에게 무슨 도움이 되겠는가? 장차 화가 닥칠 날을 반드시 피하지 못할 것이다!

홍무제가 말하는 유사란 다름 아닌 정도전과 그를 따르는 무리들이었다. 그것은 권근이 귀국한 지 한 달쯤 지나, 설장수가 명나라에서 돌아와 전하는 홍무제의 선유와 예부의 자문에서 사실로 드러났다. 홍무제는 노골적으로 정도전을 지목하였다. 정도전을 '삼한의 화수(禍首)', '화의 근원'이라며 태조에게 제거할 것을 요구했던 것이다. 자문과 선유는 이러했다.

지금 조선 국왕 이단(李旦)에게 정도전이란 자는 대체 어떤 도움을 주는가? 이자가 화의 근원이라는 것을 조선왕은 어찌 모르는가. 나라를 열고 가업(家業)을 온전히 이어가려면 소인(小人)은 쓰지 말아야 하는데, 새로 개국한 조선에서 등용한 자들을 가만 보니 삼한 백성들의 복이 아니요, 삼한의 화수이다. 지금 여기에 있는 정총과 김약항과 노인도가 만일 조선에 있었다면 반드시 정도전의 우익이 되었을 것이요, 곧 이들로 인하여 화가 벌써 왕에게 미쳤을 것이니 왕은 살필지어다. 만일 정하게 살피지 않으면 화가 곧 조선에 미칠 것이다!

그대는 짐의 말을 잘 듣고 조선왕에게 가서 고하라. 조선왕은 사람을 분간할 줄 모른다. 정도전을 써서 대체 무엇을 하자는 것이냐? 전에 정도전이 여기에 왔다가 돌아가는 길에 산해위(山海衛)를 지나면서 그곳 장수들을 회유하려 했다는 사실을 나는 알고 있다. 또 그대 나라에서 온 화자(火者)들은 내 궁원(宮苑)에 살면서 고향을 찾아가 부모를 만나고 싶어 하기에 내가 은자를 주어 다녀오게 하였다. 그런데 그들은 몸에서 서번(西藩) 글자로 가득한 서신이 나왔다. 이것을 보면 지금도 조선은 달자(達子:북원이나 타타르를 가리킴)와 통하는 모양인데, 내가 머지않아 그들을 정벌할 터인즉 너희가 2만의 인마(人馬)를 거느리고 협공한다면 내가 의심하지 않겠다. 너희가 과연 할 수 있겠는가?

자문과 선유로 미루어 보건대 홍무제는 조선의 내부 사정과 요동 회복 계획을 훤히 꿰뚫고 있었다. 도전이 명나라에 다녀오면서 요동 지역의 부족장들을 회유한 사실은 얼마든지 알 수 있었다. 그러나 요동 공벌 계획까지 홍무제가 알고서 정도전의 압송을 요구하고, 또 제거할 것을 요구하는 것은 누군가의 밀고가 없이는 불가능한 일이었다.

헌사에서는 당연히 설장수와 권근에게 의혹의 눈초리를 두고 국문할 것을 청하였다. 그러나 자칫 의옥(疑獄)이 될 수 있는지라 태조는 신중을 기했고 두 사람은 벼슬에서 물러나는 것으로 그쳤다. 정안군 방원이 명나라와 몰래 통하고 있으리라고는 누구도 생각지 못했다.

· · ·

"요동의 낌새가 심상치 않다!"

태조 6년 5월이었다. 좌군도독부에 속해 있는 요동 군사들의 움직임이 전에 없이 부산하다는 첩보가 들어왔다. 도전은 촉각을 곤두세웠다. 아니나 다를까, 요동이 다시 폐쇄되었다.

그 전에, 사은사로 파견되었던 상의중추원부사 유운(柳雲)이 요동에 당도한 것은 4월 21일이었다. 그러나 요동도사는 황제의 명을 기다려야 한다며 길을 열어주지 않았다. 유운은 요동에서 무려 42일 동안이나 기다렸다. 유례가 없는 일이었다. 결국 시의(時宜)가 적절하지 않아 사신을 받아들일 수 없다는 황제의 명에 따라 회정하고 말았다.

'시의가 적절하지 않다?'

그것은 명나라 내부에 무슨 사정이 있다는 말이었다. 황제의 신변에 이상이 있거나 내란이나 전쟁이 일어났을 경우를 추측해볼 수 있었다.

중국의 정세 변화에 촉각을 곤두세우고 있을 때, 사막으로 완전히 패퇴한 줄로만 알았던 북원이 타타르와 함께 북경(北京)을 공격했다는 첩보가 들어왔다. 겨우 명맥만 유지하는 줄 알았던 북원이 신흥 세력인 타타르와 함께 명나라 북방을 위협하고 있다는 사실은 태조와 도전에게 요동 회복 의지를 더욱 확고하게 해주었다.

요동을 확보함으로써 국경을 넓히고, 요하를 경계로 하여 한족(漢族)의 명나라와 몽골족의 타타르, 그리고 조선이 정립(鼎立)할 수 있는 기회였다. 더구나 명나라는 황위 계승을 둘러싸고 이미 내연의 조짐이 곳곳에서 드러나고 있었다.

태조와 도전은 장차 군사를 일으킬 시기가 다가오고 있음을 예감하고 요동 공벌을 구체화시켰다. 내년 봄까지 성곽을 재정비하고 군비를 완전히 갖춘 뒤에 때를 엿본다는 것이었다.

태조는 도전으로 하여금 좌정승 조준의 집에 가서 요동 공벌 계획을 알리도록 하였다. 이때 조준은 병으로 휴가를 얻어 집에 있었다. 도전은 남은과 함께 연화방(蓮花坊)에 있는 조준을 찾아가 태조의 밀명을 전하였다.

"전하께서 드디어 삼한의 대업을 위해 결단을 내리셨습니다!"

그러나 조준의 얼굴은 대번에 일그러졌다.

"아니, 그게 무슨 말씀이십니까?"

남은이 대신 대답했다.

"두 분으로 하여금 요동을 정벌하는 데 선봉에 설 것을 전하께서 명하신 겁니다."

조준이 도전에게 따지듯이 물었다.

"그럼 중국의 지경을 범하자는 말이오?"

"요동이 어찌 중국의 땅입니까? 고구려의 동명왕이 나라를 열고 다스리던 우리의 옛 땅이 아닙니까?"

도전의 대답에 조준은 발끈하였다.

"대감께서 무언가 오산을 하는 것 아니오? 아랫사람이 윗사람을 범하는 것은 인륜에 어긋나는 일이요, 작은 나라로서 큰 나라를 범하는 것은 불의 중에 가장 큰 것인데, 신하임을 자처하면서 감히 대국을 넘보려 하다니요?"

도전은 조준을 설득하였다.

"수상, 사대란 작은 나라가 큰 나라를 섬기는 것입니다. 그러나 사대는 시세를 아는 지혜일 뿐이지 결코 굴종하거나 굴복하라는 것은 아닙니다. 그러나 지금의 황제는 우리에게 굴종을 강요하고 있으니 이는 자손만대의 수치가 될 수 있는 일입니다. 무엇보다 요동은 대국을 함부로 넘보자는 것이 아니라 우리의 옛 땅을 되찾자는 것입니다. 요동 회복은 삼한 이래의 염원임을 수상도 아시잖습니까? 전하께서는 지금 고토(故土)를 회복하지 못한다면 그 기회를 영영 잃게 되리라는 것을 아시기에 군사를 일으키려는 것입니다!"

"내가 개국 원훈의 반열(班列)에 있으면서 어찌 전하의 뜻을 저버릴 수 있겠소? 허나 지금은 개국 초인데다 국도를 옮기느라 백성들이 너무 오랫동안 토목공사에 시달렸고, 또 군량이 넉넉한 것도 아닌 터에 어떻게 군사를 일으키겠다는 겁니까?"

"개국 이래로 비축해 놓은 군량은 이미 넉넉하고 군사들은 이제라도 훈련을 다지면 되는 일입니다. 건국 초라 비록 혼란스럽지만 국가의 대계는 요동에 둘 수밖에 없습니다. 요동을 회복함으로써 사직과 생민을 보존하고 만세를 위한 터전을 닦으려 함인데, 지금 편하자고 하여 나중의 어려움을 깨닫지 못한다면 이는 후세에게 마땅한 일이 아닙니다."

"아무리 그렇다 해도 대국과 맞서려다 자신이 먼저 망하고 급기야는 나라에까지 큰 화를 미치고 말 것이오. 요동에 닿기도 전에 스스로 몸을 망쳤던 최영을 생각해 보세요."

"최영의 요동 공벌은 처음부터 질 수밖에 없는 싸움이었습니다. 허나, 무릇 질 싸움은 피해야겠지만 이길 수 있는 싸움은 때를 놓쳐서는 아니 될 것입니다!"

도전의 말에 조준은 언제나 '옳습니다'며 응해주었다. 그러나 이번만큼은 완강하게 고개를 가로저었다.

"그래도 난 아니오! 당장이라도 전하께 불가함을 아뢰고 싶지만 지금은 이리 몸져누워 있으니 두 분들께서는 내 말을 그대로 주상전하께 말씀드려 주시오."

도전과 남은이 전할 것도 없이, 조준은 다음날로 입궐하여 태조에게 요동 공벌을 중지할 것을 청하였다.

"전하께서 대군을 일으키신다는 말씀을 전해 듣고 신은 그저 놀랍고 두려운 나머지 마음을 아직까지 진정시킬 수가 없사옵니다. 아무리 명분이 있다 해도 작은 나라로서 큰 나라를 범하는 것은 불가한 일이옵니다. 하물며 지금의 천조(天朝)는 당당하옵고 천자는 지극히 밝아 감히 도모할 틈이 없거늘 어찌하여 불의를 일으키려 하시옵니까? 설사 전쟁을 일으킨다 하여도 부역으로 인하여 몹시 지쳐 있는 백성들을 싸움터로 끌고 간다면 패배는 불을 보듯 하옵고, 그리 되면 뜻밖의 변이 생기지 않을까, 신은 심히 염려될 따름이옵니다!"

조준은 얼마나 간곡했던지 목이 메이면서 눈물까지 흘렸다. 태조의 마음은 착잡하지 않을 수 없었다. 군사를 일으킬 때는 나라 안에 불화가 있다면 결코 출군하지 말라는 것이 전쟁의 기본이었다.

· · · ·

조준이 불가론을 펴면서 조정 대신들 간에 요동 회복을 놓고 논쟁이 벌어졌다. 우정승 김사형은 조준의 편에서 태조에게 아뢰었다.

"전하, 우리나라는 예로부터 중국에 대해 신하의 예절을 각듯이 지켜

왔습니다. 옛날에 양(梁)나라 무제(武帝)가 후경(候景)에게 핍박을 받았을 때 우리나라에서는 사자를 보내 조회하였으며, 당나라 현종(玄宗)이 안록산(安祿山)의 화를 당하여 서쪽 멀리 촉도(蜀道 : 사천성)로 행차하였을 때도 우리의 사신이 그곳까지 찾아가니, 현종이 대단히 기뻐하여 사신에게 친히 시를 지어주기까지 했었습니다. 또한 원나라 말기에는 황제가 상도(上都)로 옮겼는데도 그곳까지 달려가 빙문(聘問)함이 오히려 공손하였으니 이것은 신들이 지켜본 바입니다. 이렇게 삼한이 대대로 중국을 향해 신하의 예를 지극히 지켜왔사온데, 당당하기 이를 데 없는 지금의 천조에 대해 어찌 감히 사대의 예를 어길 수 있겠습니까?"

그에 질세라 조준이 덧붙여 아뢰었다.

"우정승의 말이 하나도 틀리지 않사옵니다, 전하! 자고로 대국에서 응징지사를 일으킬 때의 '응지(應之)'는 상대가 불충한 짓을 하기 때문에 어쩔 수 없이 출병하는 것을 말하옵니다. 지금 공벌을 들먹이는 자들은 황제가 우릴 위협하기 때문에 어쩔 수 없다고 하는데, 우리나라가 능히 제후의 도리를 조심하여 닦는다면 누가 감히 우릴 업신여기겠습니까?"

도전은 조준과 김사형의 사대론을 정면으로 비판했다.

"작은 나라로서 큰 나라를 사대한다는 것은 굴신하자는 것이 아닙니다. 더욱이 외이(外夷)였던 요·금·원나라가 중원의 주인 노릇을 한 뒤로 화이(華夷)의 경계는 이미 무너진 지 오래이옵니다. 오히려 아골타의 역량이 요와 송을 삼킨 것은 참으로 위대했다고 말할 수 있으며, 천하를 크게 안정시킨 금나라 세종의 치적은 가히 한나라와 당나라의 성세에 못지않사옵니다. 그렇다면 이제 누구라도 힘이 있는 자는 제왕으로 설 것이요, 힘이 없는 자는 영원히 굴종과 모멸을 당할 수밖에 없을 것이온데 언제까지 굴종하겠다는 것입니까? 이것은 후대를 위해서도 결코 좋은 계책이 아니옵니다!"

화이관(華夷觀)은 천자의 나라인 중국이 세계의 중심에 있어 천하를 다스리고, 다른 민족은 오랑캐라는 것이었다. 그러나 한족들이 야만인으로 취급했던 거란과 여진족, 몽골족이 차례로 중국을 지배하면서 중화의 우위성은 벌써 상실된 터였다. 도전은 계속해서 중국의 정세와 고금의 예를 들어가면서 요동 회복의 당위성을 역설했다.

"나라가 약하면 그 나라는 반드시 쇠하여 국토가 깎이고, 반대로 나라가 너무 강성해도 그 나라는 반드시 망하게 되는 것입니다. 옛날 한나라와 위나라가 진(秦)나라의 환심을 사기 위해 조공을 바치고 땅까지 바쳐가면서까지 한때의 편안함을 구한 것은 순전히 나라에 힘이 없어 그리했던 것이요, 결국은 굴복만 하다 사직을 위태롭게 하고 말았습니다. 그렇지만 나라의 힘이 강하고 약한 것을 적당히 쓸 때 그 나라는 이름을 떨치게 되니, 지금이야말로 요동을 회복할 때입니다. 언제까지 작은 나라로서 중국 황제의 한마디에 사세를 헤아려야 하고 모멸을 당할 것입니까?"

그래도 조준과 김사형이 계속 불가론을 펴자 남은이 두 정승을 향해 통렬하게 공박했다.

"지금은 마땅히 중흥의 공을 이루어야 할 때인데, 어찌하여 원대하게 경영할 계책을 쓰지는 않고 당장 편할 계책에만 힘쓰려 하시는 겁니까? 이제 보니 두 분 정승께서는 몇 말 몇 되의 곡식은 출납하실 줄 알아도 일국의 정승으로서 기모(奇謀)와 양책(良策)을 내실 만한 분들이 아니라 실망스럽기 그지없소이다!"

"의성군은 말씀을 삼가세요! 전쟁이 어린아이 장난인 줄 아시오?"

발끈한 조준이 남은을 노려보았다. 그러나 남은도 지지 않고 대거리를 놓았다.

"그럼, 두 분 수상께선 이제 신분이 귀해지고 부요를 누릴 만하니 가만히 드러누워 세월이나 희롱하자는 겁니까?"

"그만들 두세요!"

그때 태조가 조준과 남은의 말을 가로막지 않았더라면 분위기가 자못 험악해질 판이었다. 태조는 두 사람 모두를 나무랐다.

"막중대사를 논의하자는데 어찌 그리 언성들을 높이십니까?"

"황공하옵나이다, 전하!"

조준과 남은은 동시에 고개를 떨구었다. 태조는 조준과 김사형을 향해 말하였다.

"두 분 정승의 말이 어찌 틀리다고 하겠소? 모두 나라의 안위를 염려해서 하는 말인 줄은 잘 압니다. 허나, 지금 당장 군사를 일으키자는 것은 아닙니다. 때와 결단은 과인이 내릴 터이니 여러분들은 부디 내 마음을 따라주시오!"

조준과 김사형은 태조의 요동 회복 의지가 확고하다는 것을 깨닫고 더 이상 토를 달지 못했다. 다만 조준은 요동 회복 논의에 자신을 배제시킨 사실에 섭섭함을 나타냈다.

"이 일로 해서 의가 좋던 대신들 사이에 갈등이 생기고, 신료들이 갈라져 험담을 일삼을까 두렵사옵니다!"

"그럴 리가 있겠습니까? 모두 종사와 백성을 염려해서 하신 말씀임을 알고 있답니다."

도전의 말에 조준도 공감을 했다. 그러나 요동 공략에 대해서는 굳이 자신의 주장을 내세우지 않았다.

. . .

6월로 접어들면서 요동 공략은 차츰 구체화되기 시작했다. 태조는 도당에 명하였다.

"이제부터 도당에서는 중외의 모든 공역을 파하고 오로지 군사를 양성하고 군비를 확충하는 데에만 전념토록 하라!"

그리고 찬성사 김주를 서북면 도찰리사로 삼아 수륙(水陸)의 군병을 감독하고 왜적을 잡도록 하였다. 그러나 그의 실제 임무는 평양성을 축조하고 궁터를 살피는 것이었다. 태조는 북벌을 효과적으로 단행하기 위해 서경을 경영할 생각이었다.

7월 2일. 봉화백 정도전과 의성군 남은에게 태조는 특별히 군마를 하사하였다. 요동 회복 의지를 표출한 태조는 일본의 패가대(覇家臺)에 서한을 보내 왜구의 근절을 강력히 촉구하고, 곧장 대대적인 왜구 토벌을 단행했다. 요동 공략에 앞서 후방의 근심을 완전히 제거하려는 것이었다.

7월과 8월 사이에 이루어진 대대적인 토벌 작전으로 왜구는 순식간에 근거지를 잃게 되었고, 왜인들은 비로소 조선의 국세를 두려워하며 속속 내조를 청하였다.•

후방을 안정시켰으니 다음 목표는 응당 북방이었다. 그런데 한창 곡

• 이미 태조 4년 무렵부터 일본의 구주(九州)절도사 원료준(源了俊)이 내조를 해왔고, 태조 6년 9월 이후에는 일본의 일향주(日向州)와 살마주(薩摩州) 등에서도 사신을 보내 토산물을 바쳤으며, 육주(六州)의 자사는 사자를 보내 대마도와 일기도에 근거를 두고 있는 왜구들을 스스로 척결하겠노라고 약속할 정도였다.

식을 거두어들어야 할 추수기에 갑작스럽게 수재가 닥치면서 북벌 의지를 한풀 꺾어놓았다.

수재의 피해는 세곡의 최대 산출지인 경상도와 전라도가 가장 극심했다. 군량은 건국 이후로 착실히 비축해온 터라 넉넉했지만 백성들은 심리적으로 위축될 수밖에 없었다. 그러나 대업을 위한 군비 확충은 미룰 수가 없었다. 도전은 태조에게 유비고(有備庫)의 설치를 건의했다.

"수재와 한재로 인하여 경상도와 전라도가 실농하여 국용과 재부(財賦)에 막대한 손실을 가져왔으나 다행히 경기도는 환곡이 풍년이옵니다. 그러니 지금부터는 일체의 씀씀이를 알맞게 조절하여 국용을 넉넉히 하고, 그러기 위해서는 유비고를 설치하되, 금년에 한하여 궁고(宮庫)와 진역(津驛)과 과부(寡婦)의 전토를 제외한 모든 공사전(公私田)의 조(租)를 알맞게 공수(公收)하여 군비에 보충토록 하소서!"

태조는 곧 유비고를 설치하고 도전을 도제조로 삼았다. 그리고 교지를 내렸다.

"지금 내가 유비고를 설치하는 것은 오로지 군수(軍需)에 대응하기 위함이다. 그 수입된 전곡과 포와 화폐는 삼사로 하여금 회계토록 하되, 반드시 수입을 헤아린 다음에 지출이 이루어지도록 하라. 만약 전시가 발생하면 그때마다 계문하여 조절할 일이다. 또한 이 법은 항구적으로 시행하라!"

유비고를 설치한 것은 태조 6년 10월 16일.

바로 그날. 태조는 삼군부에 명하여 절제사에서 산원(散員)에 이르기까지 날마다 시가에서 진도를 연마토록 하였다. 또 군사를 움직일 때는 반드시 호부(虎符)를 사용할 것과 만에 하나 호부 없이 군사를 부르거나 천단하는 자는 엄히 다스리도록 했다.

호부란 군사를 움직일 때에 오로지 왕지(王旨)를 받들어서 징발하는 것. 태조는 왕명이 아니고서는 절제사라도 마음대로 군사를 움직일 수 없도록 못을 박은 것이다.

이때부터 중외에서는 군사 훈련이 날마다 계속되었다. 진도를 가르칠 훈도관들은 이미 각 도와 각 진(鎭)에 파견되어 있었다.

그로부터 한 달 후. 명나라에서 충격적인 소식이 날아들었다.

"전하! 명나라에 억류되어 있던 사신들이 모두 죽음을 당했다하옵니다!"

하성절사를 수행했던 예조전서 정윤보(鄭允輔)가 돌아와 전한 말이었다. 그러나 태조는 도저히 믿을 수 없었다.

"황제가 아무리 잔학하다 하나 만일 정총 등을 죽였다면 예부에서 반드시 자문이 있었을 것이 아닌가. 그런데 아무 언질이 없었으니 정윤보의 말을 믿을 수 없다."

태조는 세 사람의 집에서 발상(發喪)하는 것까지 미루도록 하였다. 그러나 그들의 죽음은 사실이었다. 태조는 격분하면서 자책하였다.

"이들은 신하로서 충성을 다했는데, 나는 임금이라고 하면서 그들의 목숨조차 지켜주지 못했으니 이 분을 풀지 않고서야 어찌 임금의 자리에 앉아 있을 수 있겠는가!"

12월 15일. 태조는 양주 목장에서 대규모 강무를 실시한 뒤에 좌정승 조준에게 삼군부의 수장을 겸하도록 하였다. 삼군부 수장은 도전의 사직으로 그동안 공석이었는데, 조준에게 맡김으로써 요동 경략을 앞두고 대신들 간의 불협화음을 사전에 차단하고, 조정을 전시 체제로 돌리려는 것이었다.

또 최영지를 서북면 도안무찰리사 겸 평양윤으로 삼았다. 22일에는 도전을 동북면 도선무찰리사(都宣撫察理使)로 삼고, 이지란을 도병마사로 명하였다. 태조는 도전에게 교서를 내려 말하였다.

"내가 부덕(不德)한 몸으로 조종(祖宗)께서 쌓으신 덕을 이어받아 동방(東方)을 차지한 지가 6년이 되었다. 경은 학문이 고금을 통하고 재주는 문무를 겸하여 일대의 전장(典章)이 경으로 말미암아 만들어졌으므로, 이제 경을 명하여 동북면 도선무찰리사를 삼으니 경은 갈지어다!"

동북면은 요동 경략의 전초기지였다.

· · ·

도전이 동북면으로 떠나자 방원은 쾌재를 불렀다. 도전과 주요 군사들이 동서북면으로 가고 없으니 정변을 일으킬 절호의 기회였다.

조정 대신들은 얼마든지 굴복시킬 자신이 있었다. 그들은 어차피 양지만을 좇을 자들이었다. 시세에 어두운 자는 처신이 늦고, 민감한 자는 선수를 쳐서 양지를 향했다. 불사이군(不事二君)의 충절을 말하던 자들도 이제 와서는 원종공신이 되지 못해서 안달이지 않은가.

이방원은 급히 하륜과 이숙번을 불렀다.

"대국을 잘 섬겨도 부족한 판에 감히 대국을 상대로 군사를 일으키겠다니, 지금 전하를 충동질하는 정도전이 과연 전조의 최영과 다를 게 무엇입니까?"

민무구와 무질, 이숙번은 당장이라도 반란을 일으킬 기세였다. 그러나 하륜은 모사답게 정세를 살필 줄 알았다.

"정도전과 이지란이 북방으로 나갔다고는 하나 친군위 갑사들이 궁중을 숙위하고 있는데, 주도면밀한 계책 없이 함부로 덤볐다가는 낭패를 당하고 말 것입니다. 문제는 친군위의 갑사를 어떻게 우리 편으로 끌어들이느냐에 달려 있습니다."

"그렇다면 끌어들일 만한 인물이 있소이다!"

이방원의 눈에서 시퍼런 불꽃이 튀었다. 부왕이 삼한의 옛 땅을 회복하려 절치부심하고 있는 사이에 아들은 권력욕의 화신이 되어 오로지 왕위 찬탈을 꿈꾸고 있었던 것이다. 그러나 태조나 정도전, 그 누구도 겨드랑이 밑에서 쥐가 슬고 있는 것을 알지 못한 채 새해가 밝아왔다.

태조 7년(1398, 홍무 31년) 정월 초하룻날. 태조는 해마다 그래왔듯 근정전에서 백관들로부터 조하(朝賀)를 받았다. 그 자리에는 일본의 패가대와 유구국, 그리고 여진족의 올량합과 올적합, 오도리의 사인(使人)들이 참예하여 방물을 바쳤다.

조선의 위상이 달라졌음을 실감케 하는 장면이었다. 이제 요동을 성취하여 대국을 건설한다면 수십 개국이 사해에서 달려와 조공을 바치지 않으랴.

1월 7일. 태조는 손흥종(孫興宗)을 동북면 병마절제사를 겸하여 영흥윤(永興尹)으로 삼았다. 그리고 중추원부사 최유경(崔有慶)을 서북면으로, 공조전서 이화상(李和尙)을 동북면으로 보내 최영지와 정도전에게 궁온을 내리고 노고를 격려했다.

이때 도전은 그동안 중앙의 통치력이 제대로 미치지 않았던 안변(安邊) 이북에서부터 청주(靑州) 이남까지를 영흥도(永興道)로, 단주(端州) 이북에서부터 공주(孔州) 이남까지를 길주도(吉州道)로 나누어 칭하였다. 그리고 찰리사가 군사와 행정을 함께 다스리도록 하였다.

도전이 가장 심혈을 기울인 것은 동북면의 군사 조직이었다. 도전은 촌락과 인정(人丁)의 수에 따라 통주(統主, 10명을 통할)와 백호·천호를 세우고, 평시에는 농사를 짓지만 유사시에는 언제라도 군사 체제로 전환시킬 수 있도록 하였다.

또 이지란을 앞세워 북변의 크고 작은 여진족들을 완전히 복속시킨 뒤에 종사(從事) 최긍(崔兢)을 보내 요동 경략을 위한 전략이 다 갖추어졌음을 고하였다. 도전의 보고를 받은 태조는 놀라지 않을 수 없었다.

"불과 두 달도 되지 않는 짧은 시간에 이토록 큰 성과를 거두다니 봉화백의 능력은 과연 어디서 나오는 것인가. 내가 동북면에 있으면서도 감히 엄두를 내지 못한 일을 봉화백이 해냈으니 이 성과는 윤관(尹瓘)의 9성 개척보다 더 높이 평가받을 만한 공이로다. 윤관은 다만 9성을 쌓고 비(碑)를 세웠을 뿐인데, 봉화백은 주군(州郡)과 참로(站路)를 구획하고 관리의 명분(名分)에 이르기까지 모든 제도를 정비하여 삭방도(朔方道)를 다른 도와 다를 바가 없게 하였으니 그 공이 참으로 크도다!"

도전의 공이 윤관보다 낫다는 태조의 말은 결코 과찬이 아니었다. 고려 예종 때에 이루어진 윤관의 9성 개척은 여진족의 저항에 부딪쳐 불과 1년 만에 땅을 도로 내주고 말았지만, 도전은 전투 한 번 치르지 않고 여진인들을 완전히 복속시켜 조선의 경계로 들어오게 했던 것이다.

태조는 좌승지 이문화(李文和)에게 일렀다.

"내가 들으니 전조의 충숙왕이 스스로 거사(居士)라 일컬으며 예천군 권한공(醴川君權漢功)에게 글을 보냈다는데, 이는 군신보다는 인간적으로 신뢰하기 때문이 아니었겠는가. 하여 나도 봉화백에게 거사라고 일컬어

글을 보내려고 하는데, 호를 무엇으로 하면 좋겠는가?"

"전하, 잠룡(潛龍) 때의 헌호(軒號)가 어떠하온지요?"

"옳거니, 그때는 호를 송헌(松軒)이라 했었지."

태조는 중추원부사 신극공(辛克恭)을 도전에게 보내 신한(宸翰 : 임금이 친히 쓴 편지)과 함께 도전에게 옷과 술을 내려주었다.

> 삼봉은 보오.
>
> 서로 작별한 지가 여러 날이 되니 생각하는 바가 매우 깊소. 신 중추(신극공)를 보내어 행역(行役 : 관명에 따른 토목사업이나 국경을 지키는 일)을 묻고자 하였더니, 마침 최긍이 와서 사실을 고해주니 조금 위로되고 풀린다오.
>
> 바람과 이슬이나마 막도록 저고리 한 벌을 보내니 영납(領納)하면 다행이겠소. 이 참찬(이지란)과 손 절제사(손흥종)한테도 저고리 한 벌씩을 부치는 바이니 간절하게 생각하며 그리워하는 나의 마음을 전해주오. 나머지는 신 중추의 구전(口傳)에 있소. 춘한(春寒)에 스스로 건강을 보전해서 변방의 공(功)을 마치고 만날 때를 기다리겠소!
>
> 송헌거사(松軒居士)가 쓰오.

태조가 도전에게 신한을 보내면서 송헌거사라 한 것은 오랜 우정과 신뢰의 표시였다. 군신의 격식보다는 장차 대업을 완수해야 할 동지의 마음을 나타내고 싶었던 것이다. 그리고 신극공의 '구전'을 통해 태조는 요동 공벌에 대한 때를 언제로 정할 것인지를 물었다.

요동 회복. 이제 그 시기의 선택만 남아 있을 뿐이었다. 도전은 신극공 편에 밀서를 올려 때를 가을로 잡았다. 도전의 밀서를 받은 태조는 며칠 뒤에 평주(平州) 온천으로 거둥하면서 전에 없이 종묘에 그 사실을 고하였다.

태조가 우정승 김사형과 의성군 남은을 비롯하여 몇몇 중신들만 데리고 도성을 출발한 것은 2월 30일. 처음에는 각 사의 사령(使令)들이 줄줄이 어가를 따랐으나 태조는 번잡하고 백성들에게 폐가 크다는 이유로 모두 한양으로 돌려보냈다. 군사 기밀을 유지하기 위한 조치였다.

한양을 떠나 회암사(檜巖寺)에 들러 왕사 자초(自超)를 만난 뒤, 풍천에 이르렀을 때 태조는 어가를 멈추도록 하고 그곳에서 하룻밤 머물렀다.

지난날 도전이 변방의 무장 이성계를 찾아가던 도중에 그곳 풍천에서 궁예의 옛 궁궐터를 보며 삼한의 옛일을 회상했었는데, 그날 태조는 과연 무슨 생각을 했을까.

다음날 아침. 태조는 김사형과 남은을 침소로 불렀다.

"내가 지난밤에 한 꿈을 꾸었는데, 꿈속에서 시를 짓지 않았겠소. 헌데, 연구(聯句)만 생각나는구려."

하면서 태조는 시를 읊조렸다.

"북소리와 종소리가 울리어 중외에 통하니, 정히 삼한만세의 기지여."

남은이 감격하여 아뢰었다.

"이는 전하께서 장차 고구려의 고토를 회복하여 자손만대에 그 복을 누리라는 하늘의 명이니, 동명왕의 성업을 회복하실 때가 된 것입니다!"

"오, 과연 그러한가!"

태조의 용안에는 감격과 기쁨이 그대로 어리었다.

그날 태조는 조카인 중추원부사 이천우를 서북면의 최영지에게 보내, 관모(冠帽)와 칼을 하사하고 평주온천으로 오라는 밀지를 내렸다.

한양을 떠난 지 보름 만인 3월 13일. 태조는 평주에 이르렀다. 사나흘이면 족한 거리에 시일이 걸린 것은 요해처마다 들르면서 성곽과 군비를 꼼꼼히 확인한 탓이었다.

특히 태조는 곡산의 요충지에 쌓아놓은 군량에 대단히 만족했다. 도전이 병참 기지로 삼았던 곡산에는 20만의 군사가 3년 이상을 먹을 수 있는 군량이 비축되어 있었다.

엿새 후인 19일. 최영지가 먼저 평주에 도착했다. 그 다음날에는 도전과 이지란이 당도하였다. 태조는 그들에게 안마를 하사하고 연회를 크게 베풀었다.

태조와 정도전, 최영지, 이지란, 남은의 평주 회동.

명나라와 건곤일척의 일전을 앞두고 군사 계획을 낱낱이 점검하고 결의를 다지는 자리였다.

군비를 확충하기 위해서는 제주도에 축마점고사(畜馬點考使)를 파견하여 우마(牛馬)의 장적(帳籍)을 바치도록 하고, 각 도에 경차관(敬差官)을 파견하여 어량(魚梁:염세와 선세 등)의 적(籍:장부)을 만들고, 그 세는 삼사가 아닌 유비고에 들이도록 하였다.

이렇게 되면 군비 확충을 위해 백성들을 괴롭히지 않아도 되었다. 도전은 특히 경원부(慶源府) 경계에 신익만호부(新翼萬戶府)를 설치하고, 병선(대선) 10척을 두만강에 정박시키도록 하였다. 또 가을 이전에 단주 이북의 각 주군으로 군량 1천 석씩을 수운(輸運)토록 하였다.

책략이 거의 결정되었을 때 태조는 문득 남은을 보고서 말하였다.

"충성된 말이 비록 귀에는 거슬리나 행실에는 이롭다고 하니, 경은 내게 하고 싶은 말이 있으면 숨기지 말고 하라."

남은은 좌중을 한번 살피더니 태조에게 진언하였다.

"상감께서 잠저에 계실 때에 일찍이 군사를 장악하시지 않았던들 어떻게 오늘날이 있겠사오며, 신 같은 자도 몸을 보전할 수 없었을 것입니다. 하오나 개국 초에 여러 왕자들과 공신들로 하여금 군사를 맡긴 것은 가하였지마는 이제 전하께서 즉위하신 지가 오래되었으니 마땅히 여러 절제사를 혁파하고 군령을 한 군데로 통합하는 것이 요동 공벌에 만전을 기하는 일인 줄 아옵니다!"

왕자들이 쥐고 있는 병권을 회수하고 사병을 혁파하라는 말이었다. 태조는 고개를 끄덕였다.

"누가 경의 말을 무실(無實)하다 하겠는가? 그대의 말이 진실로 시종(始終)의 경계이라!"

닷새 후. 태조는 한양으로 돌아왔다. 이때 최영지와 이지란은 다시 변방으로 돌아갔으나 도전은 태조와 함께 귀경하여 요동 회복을 본격적으로 추진해나갔다.

그러나 하늘이 무심하게도, 봄부터 시작된 가뭄이 4월이 되도록 비한 방울 뿌리지 않았다. 씨앗을 뿌릴 시기를 놓치고 보리와 밀의 수확이 크게 떨어졌다. 가뭄이 계속된다면 작년의 경상도와 전라도 수재 때보다 더 큰 피해를 볼 수도 있었다.

게다가 5월 3일. 도성 내 가회방(嘉會坊)에서 일어난 불이 크게 번지면서 민가 143채를 태우고, 미곡이 저장된 요물고(料物庫)까지 잿더미로 변해버렸다.

극심한 가뭄에다 큰 화재로 민심이 자못 흉흉해지자 간관들의 상소가 잇따랐다. 간관들은 재변군사점고를 중지하라고 요구하였다. 간관들의 상언이 틀리다고만은 할 수 없었다. 그런데 좌정승 조준까지 군비 확충을 그만둘 것을 강하게 주장했다.

도전은 고민에 빠졌다. 만세의 터전을 닦는 일이 이다지도 어렵던가. 그러나 우선은 굶주려 죽어가는 백성들을 구제하는 일이 급했다.

태조는 도당에 명하여 혼신을 다해 백성들을 구휼하도록 하였다. 만약 한 사람이라도 굶어 죽는 자가 발생한다면 수령관들에게 죄를 묻도록 하였다. 그러자 조준이 아뢰었다.

"굶주린 백성이 각 도마다 넘친다 하옵는데, 만약 이들을 모두 진휼한다면 창고에 남는 저축이 없을 것이옵니다!"

"지금 굶주린 백성들이 슬피 울면서 먹여주기를 기다리고 있는데, 그 배를 채워주지 못한다면 내 어찌 임금이라고 할 수 있겠는가. 창고에 비축해둔 곡식을 있는 대로 다 내어 굶주린 백성들을 진휼토록 하시오."

하늘이 감동했는지 그날부터 사흘 동안 비가 내렸다. 태조의 눈에서도 뜨거운 눈물이 흘러내렸다.

. . .

한재가 겨우 진정되었지만 북벌 계획은 주춤할 수밖에 없었다. 그러다 천추절 계본을 작성한 3인을 추가 압송하라는 명나라의 요구를 계기로 요동 경략에 다시금 불을 지폈다.

천추절 표전문을 잘못 썼다는 이유로 앞서 명나라로 압송당한 조서(曹庶)의 종인(從人) 최록(崔祿)이 가지고 들어온 예부의 공술장은 태조를 격분하게 만들었다. 자문은 격식부터 숫제 조선을 깔아뭉개고 있었다. 지금까지는 황제의 선유를 받아 예부의 수장인 상서의 이름으로 국서를 보내왔다.

그런데 이때 보낸 자문의 서두는 이렇게 시작되고 있었다.

"대명나라의 예부시랑(禮部侍郞) 장병(張炳)은 조선국왕에게 황제의 뜻을 전달한다!"

시랑 따위의 이름으로 조선국왕에게 국서를 보낸 것이다. 문사는 여전히 오만하고 무례하기 이를 데 없었다. 게다가 압송된 조서가 공술했다는 내용들은 황당했다.

공술장대로 하자면, 전 예조정랑 윤규(尹珪)가 예조전서 조서와 성균사성 공부(孔俯), 예조정랑 윤수(尹須) 등과 모의하여 천추절 계본에다 황제를 기롱하는 문구를 넣었다는 것이었다. 그러니 모의에 참여한 나머지 세 사람을 압송하라는 요구였다.

태조는 이 문제를 놓고 전에 없이 백관과 기로들에게 의견을 물었다. 백관들도 이제는 강경했다. 좌간의대부 정구(鄭矩) 등은 연명으로 상소하기를,

"조서와 공부 등 3인이 희모(戲侮)를 하지 않은 것은 온 나라 신민이 명백히 알 뿐만 아니라 천지신명께서도 아시는 일이옵니다. 헌데, 상국에서 거짓을 꾸며서 3인을 압송하라고 억지를 부리니 오늘 우리나라가 대국의 모략임을 뻔히 알면서도 3인을 압송하게 된다면 이는 스스로 겁내고 나약함을 보이는 일이옵니다. 원컨대, 전하께서는 3인을 보내지 마시고 저간의 사정만 알리도록 하소서!"

백관들 중에서는 이번 기회에 아예 명나라와 관계를 끊어야 한다는 주장까지도 나왔다. 태조는 조준과 김사형을 불러 의논했으나 결론이 나질 않았다. 그럴 때 우산기상시 변중량의 상소는 그야말로 피를 끓게 하였다.

"전하께오서 왕위에 오른 이후로 대국을 섬기는 정성이 지극하였는데도, 이미 정총·김약항·노인도·유호(柳灝) 등을 가두어 죽이고, 다시 조서와 곽해룡을 억류해 놓고 희모(戱侮)와 간첩(間諜) 누명을 씌우고 있습니다. 그런데 3인이 떠나고 머무는 것은 비록 가볍다 하더라도, 우리나라의 형세가 이 일에 따라 가볍고 무겁게 될 것입니다. 만약 우리나라가 옳지 못한 명령에 먼저 겁내고 약한 형세를 보인다면 상국에서는 분명 우리에게 더욱 어려운 요구를 할 것입니다. 원컨대, 변례(變例)를 따라서 이 3인을 보내지 말고 장계(狀啓)를 갖추어 그 원통함을 변명하고, 한편으로는 우리의 강한 형세를 보인다면 구류된 사신들도 빨리 돌아올 것입니다!"

그러나 요동 경략을 눈앞에 둔 시점에서 의심을 사지 않으려면 홍무제의 요구대로 할 수밖에 없었다. 태조는 몹시 괴로운 표정으로 말하였다.

"신하는 나라와 임금을 지키기 위해 때로 몸을 버리는데, 임금이란 자는 그들을 지켜주지 못하니 어찌 하늘은 나를 임금으로 삼아 이런 고통을 당하게 하는가?"

6월 3일. 태조는 공부, 윤수, 윤규 등을 압송하면서 간곡하게 일렀다.

"마음을 곧게 가지면 하늘이 반드시 그대들을 도울 것이다!"

그들이 떠나는 길에 백관들은 반송정까지 나가 전송하면서 비분의 눈물을 흘리지 않는 이들이 없었다. 그런데 태조의 말대로 정녕 하늘이 도왔는지 그들은 요동에서 발이 묶이고 말았다. 요동도사에서 아무런 설명 없이 입국을 허락하지 않았던 것이다. 그 소식은 곧 중원의 동태가 수상하다는 첩보와 함께 조정에 알려졌다.

도전은 변고를 직감하고 태조를 급히 알현했다.

"저들이 죄인의 압송을 요구해 놓고도 아무런 설명 없이 받아주지도 않고 또 갑자기 국경을 폐쇄한 것을 보면 분명 무슨 변고가 있기 때문인 듯하옵니다."

"변고라면……?"

"여러 가지 첩보를 놓고 신이 생각건대, 아무래도 제위에 변화가 있는 듯싶사옵니다!"

도전의 예측은 정확했다. 그해 윤5월 10일에 명나라 황제 주원장이 71세를 일기로 숨을 거두었던 것이다. 떠돌이 탁발승에서 몸을 일으켜 대륙의 황제가 되어 천하를 호령했던 홍무제도 세월과 죽음 앞에서는 무력한 한 인간에 지나지 않았다. 홍무제가 죽음이 조선에 공식적으로 알려진 것은 9월이 훨씬 지나서였다.

도전은 그러기 전에 이제야말로 요동을 회복할 때가 왔음을 태조에게 고하였다.

"전하, 병사들은 이미 훈련되었고 군량과 군비도 갖추어졌으니, 동명왕의 옛 강토를 회복할 만하옵니다!"

태조는 마침내 결심을 굳혔다. 도전을 다시 판삼군부사로 삼고 중외의 군사들에게 명하였다.

"과인이 나라를 연 지 벌써 7년인데, 그동안 군비를 엄하게 갖추고 군사를 키우고자 한 것은 모두 삼한 이래의 대업을 성취하고자 함이었다. 이제 대대적으로 군사를 일으킬 것인즉, 중외의 군사들은 판삼군부사 정도전의 지휘를 따라 군사 훈련에 임하라. 과인의 뜻을 헤아리지 못하고 불평불만을 터뜨리거나 음해하는 자들은 대역의 죄로 다스릴 것이니라!"

태조 7년 6월 28일. 도전은 판삼군부사로서 친군위와 여러 도의 절제사들을 휘하에 두고서 양주 목장에서 대규모 군사 훈련을 실시했다. 도전이 진법을 중시한 것은 진을 치고, 나아가고, 빠지는 것이 훈련되지 않으면 대군이 움직일 수 없기 때문이었다.

진법 훈련의 요체는 깃발과 북소리에 맞추어 군사들이 나아가고 물러서는 절차를 익히고, 그런 다음 5진을 결성하는 것이었다.

이날 동이 트는 시각에 태조는 갑옷과 투구를 갖춘 백관들의 호종을 받으며 양주 목장으로 나아갔다. 태조가 목장에 이르자 먼저 수십 발의 포가 터졌다. 어가를 맞이하는 예포였다. 이때 중외에서 올라온 군사들은 이미 5군으로 나뉘어 결진하고 있었다.

도전은 3년 전 경신야(庚申夜)에 태조가 특별히 하사했던, 거북 등껍데기로 만든 갑옷과 투구로 무장을 갖추고 군사들을 지휘하였다. 위풍도 당당했다. 이윽고 판삼군부사 정도전의 호령이 떨어지자 나팔수가 큰 나팔을 길게 세 번 불었다.

"뚜우! 뚜우! 뚜우!"

이내 중군과 좌군과 우군에서 작은 나팔을 불어 응대하면서 진도 훈련이 본격적으로 시작되었다.

"둥! 두둥! 둥! 두둥!"

북소리에 따라 군사들이 일사불란하게 진세(陣勢)를 갖추었다.

"둥! 둥! 둥!"

다시 북소리가 울리면 백·적·황·흑·청으로 된 5색기를 앞세운 중군의 지휘에 따라 우군과 좌군이 차례로 움직이는데, 언제나 기병이 앞서고 보병이 뒤를 따랐다.

중군과 좌우군이 나팔 소리와 북소리, 때로 깃발의 신호에 따라 일사불란하게 사방으로 홀연히 흩어졌다가 어느새 대오를 갖추고 결진을 하는 위용은 가히 태산이 움직이는 것만 같았다.

그러다 어느 순간, 태산명동(泰山鳴動)의 함성으로 적진을 향해 과감히 돌진하고, 다시 물러섰다가 좌우로 치고 빠질 때마다 포를 쏘고, 북을 치고, 나팔을 불면서 수시로 진형을 바꾸었다.

이날의 군사 훈련은 대성공이었다. 펄럭이는 깃발은 하늘을 뒤덮고, 군사들의 사기는 하늘을 찔렀으니 기세를 몰아 지축을 울리며 과연 요동 벌판으로 달려나갈 만했다.

9. 꽃이런가 낙화로다

왕명은 추상같았다.

"장병을 훈련하는 것은 군국(軍國)의 급무이다. 이제부터 중외의 관리들 중에 무릇 군직을 가진 자는 사졸에 이르기까지 지위고하를 막론하고 모두 진도를 익히도록 하라. 훈련에 태만하거나 진도에 숙달하지 못한 자는 군율에 따라 엄히 다스릴 것이다!"

7월로 들어서면서 군사 훈련의 강도는 날로 더해갔다. 태조는 각 도와 진(鎭)마다 훈도관을 더 파견하여 진도를 가르치도록 하였다. 또 수시로 관찰사를 보내 군사를 점고하고 진도 훈련 상태를 감찰토록 했다.

7월 8일에는 군사 훈련에 소홀한 경기 좌우도와 충청도와 풍해도(서해도)의 관찰사들을 경질하고, 중추원부사인 최유경과 이정보(李廷輔), 장지화(張至和), 전백영(全伯英) 등으로 대신케 했다. 태조는 이들을 경복궁 융무루로 불러 교서와 부월(斧鉞)을 친히 내렸다.

그중 충청도 관찰사 장지화는 불과 열흘 만에 다시 경질되었다. 부임 지에 하루 늦었다는 것을 알고 당장 파직시켜버렸다. 그 자리는 하륜으로 대신케 하였다.

태조는 이어서 병마사나 첨절제사(僉節制使)들 중 진도를 익히지 못한 자들에게 태형을 가하고, 훈도관들에게도 그 책임을 물을 정도로 군사 훈련을 무섭게 다그쳤다.

8월 1일에는 사헌부에 교지를 내렸다.

"절제사를 맡고 있는 종친들과 군직을 가진 중신들 중에 진도 훈련에 불참하거나 익히지 못한 자들이 있다는데 사헌부는 이들의 죄를 즉시 논결토록 하라. 만약 인정에 감추는 자는 군율로 다스릴 것이다!"

교지에 따라 사헌부에서는 사흘 후에 왕자들을 포함하여 상장군·대장군 등 군직을 가진 중신들 292명을 한꺼번에 탄핵하였다. 그중에는 의안백 이화와 회안군 방간, 정안군 방원, 무안군 방번이 포함되어 있었다.

태조는 전에 없이 크게 화를 냈다.

"내가 군사 훈련을 독촉하는 것은 장차 삼한의 대업을 성취하려 함이요, 나라의 지경을 넓혀 국세를 떨치고 후손을 복되게 하려는 것인데, 왕실의 지친(至親)들이 내 명을 따르지 않는다면 누가 왕명을 따르겠는가. 결코 용서할 수가 없으니 마땅히 군율로 다스리도록 하라!"

태조는 이들의 수하에 있는 진무(鎭撫)들을 잡아다가 태형 50대씩을 가하도록 하였다. 매는 비록 휘하의 진무들이 맞았으나 그것은 왕자들에게 직접 태형을 가한 것이나 마찬가지였다. 왕자와 종친들은 궁궐로 나가 석고대죄(席藁待罪)하였다.

이렇게 되자 무신들은 물론이요 문신이라도 군직을 가진 자들 중에 진도를 익히지 않는 자들이 없었고, 군사는 비로소 군기가 바로설 수 있었다.

·　·　·

정안군 방원은 부득부득 이를 갈았다.

'그까짓 진도 훈련에 참여하지 않았다고 해서 왕자들에게 매질을 다 하다니, 이런 치욕을 당하고도 대죄(待罪)는 무슨 대죄란 말인가!'

이방원은 그 길로 회안군 방간을 찾아가 분을 터트렸다. .

"형님, 매는 매대로 맞고 석고대죄한 기분이 어떻습니까? 인제 수하의 군졸들도 우릴 우습게 알 터인데, 이러고도 우리가 이 나라의 왕자란 말입니까?"

이방간도 분을 삭이지 못하기는 마찬가지였다.

"아버님이 친자들에게 이렇게까지 하실 줄은 몰랐네. 우리더러 전쟁터에 나가 개죽음이나 당하라는 말이 아닌가?"

이방원은 대번에 화살을 도전에게 돌렸다.

"이 모든 것이 삼봉 대감 때문이올시다!"

"그런데 삼봉 대감은 대체 뭐가 부족해서 대국과 전쟁을 하려는지 모르겠네? 혁명을 했으면 봉토(封土)나 잘 지킬 일이지, 요동을 차지해서 감히 칭제(稱帝)라도 하자는 것인가?"

"말이야 동명왕의 성업을 회복합네 어쩌고 하지만 기실은 대단한 공을 세우고 싶어서겠지요. 허나, 용기와 지략이 뛰어나 군주를 떨게 한 자는 자기 몸이 위태롭고, 공로가 천하를 덮을 만한 자는 도리어 상을 받지 못한다는 말을 삼봉 대감은 잊고 있는 모양이올시다."

이방원은 도전을 비난하면서 방간의 마음을 은근히 떠보려는 것이었다. 회안군은 그러나 이방원이 하는 말의 속뜻을 얼른 헤아리지 못하고 어눌한 어투로 물었다.

"그게 무슨 말인가? 어디서 많이 들은 것 같긴 하네만……."

"참, 형님도, 『사기열전』에 나오는 말 아닙니까? 한신이 한 고조 유방을 도와 천하에 공을 세웠지만 군사를 좌우에 거느리고 감히 주군에게 위세를 부리다 삼족이 멸문지화를 당하지 않았습니까?"

"그렇지. 그런데 지금 삼봉 대감이 무슨 위세를 부리는 것은 아니잖은가?"

"형님, 참 답답하십니다. 군국의 중대사란 백관들이 의논하고 양부(兩府)의 대신들이 합좌해서 결정해야 하는 법인데, 지금 나라 돌아가는 꼴을 보면 오로지 삼봉 대감 혼자서 결정하고, 아버님께선 좋다고 따르고만 계시질 않습니까?"

이방원은 핏대를 세워가며 도전을 계속 성토해댔다.

"요동을 정벌하겠노라며 군사를 일으키는 일만 해도 알고 보면 황제에게 잡혀가지 않으려고 전쟁을 하자는 것 아닙니까? 이는 삼봉이 제 한 몸 살자고 나라를 온통 화란에 빠트리겠다는 심산이 아니고 뭡니까? 황제가 삼봉 대감을 두고 '삼한의 화수'라고 한 말이 결코 틀리지 않습니다. 아버님도 그렇습니다. 지난날 위화도에서 군사를 돌릴 때는 언제고, 이제 와서 요동을 치겠다니요!"

"자네 말을 듣고 보니 나랏일이 참으로 걱정스럽네. 세상에 전쟁을 좋아하는 사람이 누가 있겠는가? 그나저나 앞으로 어찌 되겠는가?"

"어떻게든 전쟁을 막아야겠지요!"

이방원의 말이 하도 단호한지라 방간은 이 아우에게 대단한 묘책이라도 있는 줄 알고 몸을 기울이면서까지 물었다.

"무슨 수로 막는단 말인가?"

그러나 이방원의 대답은 의외로 싱거웠다.

"아버님을 설득하는 수밖에 더 있겠습니까?"

이방간은 적이 실망스러운 표정이었다.

며칠 후 태조의 엄명이 떨어졌다.

"여러 왕자들이 사사로이 시위패를 거느리는 것은 나라의 법에 어긋나니 일체 파하도록 할 것이며, 병장기는 군기감에 반납토록 하라!"

부왕의 명이 지엄한지라 왕자들은 따르지 않을 수 없었다. 각자가 거느리고 있던 사병을 파하고 병권도 내놓았다. 그러나 방원은 무기를 반납하지 않고 부인 민씨와 처남들을 시켜 따로 숨겨두었다. 그런 뒤에 형 방간을 찾아갔다.

"군기감에 무기를 반납하라고 했는데, 어째서 자네는 아직 반납하지 않는가?"

방간이 대뜸 묻는 말에 방원은 둘러댔다.

"아니, 형님께서 어찌 그걸 아십니까?"

"허어, 삼군부에서 일일이 조사한다는 사실을 모르는가?"

"알면 어쩔 것이고 모르면 어쩔 것입니까? 저는 병기들을 진즉에 다 불에 태워버리고 없습니다."

"이 사람아, 누가 그 말을 믿겠나. 아버님께 말이 들어가기 전에 반납토록 하시게. 그러다가 또 석고대죄하지 말고……."

어느 순간, 이방원은 정색을 하고서 형 방간을 쳐다보았다.

"형님, 이렇게 뺏길 수는 없는 일 아닙니까?"

"뺏기지 않으면?"

"그냥 처버립시다!"

"뭐? 누구를?"

"누구긴 누굽니까? 정도전이지요!"

이방간은 소스라치게 놀랐다. 목덜미가 서늘했다. 반역을 도모하자는 것이다.

"아니, 이 사람아! 그렇다고 어떻게?"

"형님, 이 나라가 누구의 나라입니까?"

"……?"

"이씨의 나랍니다. 헌데, 이씨가 아니라 정씨가 다스리고 있질 않습니까? 신하의 위세가 왕실의 권위를 누르고 있어요. 형님, 고려를 한번 생각해 보세요. 5백 년 사직이 엎어진 것은 왕실이 무능했기 때문 아니었습니까? 우리가 지금 바로잡지 않으면 몇 대도 못 가 이씨 왕조는 끝나고 말 겁니다!"

이방원의 눈에서는 어느새 살기가 느껴졌다. 그 눈빛에 기가 질려서인지 방간도 방원의 모의에 말려들기 시작했다.

"자네 뜻이 그렇다면 방과 형님이나 방의 형님하고도 한번 상의해 보세."

"두 분 형님은 일을 도모할 만한 분들이 아닙니다."

"그렇지만 우리 둘이서는 어렵지 않겠는가?"

"걱정하지 마세요. 제게 다 책략이 있습니다. 형님은 제가 하자는 대로 하시기만 하면 됩니다. 거사만 성공하면 후사(後嗣)는 형님이 이으서야지요!"

후사라는 말에 이방간의 눈빛이 한순간 달라졌다.

"어차피 세자는 쫓아내야 할 것 아닙니까?"

이방원이 다시 한 번 강조하자 방간은 앞뒤 가릴 것 없이 덤벼들었다.

"내 그렇지 않아도 아우가 큰일을 해낼 것이라 생각했네. 정몽주를 일거에 격살해 버린 자네가 아니던가."

방간은 아우의 손을 힘있게 붙잡았다. 이방원의 음험한 속내는 알 리가 없었다.

. . .

회안군 방간을 모의에 끌어들인 이방원은 다음으로 친군위 도진무 조온(趙溫)을 몰래 만났다. 조온은 태조 이성계의 매부인 조인벽의 아들이었다. 그러니까 태조에게는 외조카가 되고, 이방원에게는 외사촌 형이 되었다.

"형님, 애써 화가위국을 이루었는데 봉화백 한 사람 때문에 나라가 거덜나게 생겼소이다."

"그게 무슨 말씀이십니까? 봉화백은 전하뿐만 아니라 나라사람들이 다 유종공종으로 추앙하는 분이신데."

"형님께서 몰라서 하시는 말씀입니다. 지금 대국과 전쟁을 일으키려는 것은 섶을 지고 불로 뛰어드는 것과 다를 것이 없답니다. 공이 아무리 천하를 덮어도 한순간에 종사가 무너지면 어찌할 것입니까?"

"……?"

"형님, 내, 거사만 성공한다면 형님의 공을 제일로 치리다!"

이방원의 말에 조온은 이내 마음이 동했다. 자기를 형님으로 깍듯이 존대해주는 정안군이 왕이 된다면 세상은 곧 제 것이라도 될 것만 같았다. 조온은 이방원의 손을 덥석 잡으며 말했다.

"내 정안군의 뜻에 기꺼이 따를 터이니 계책만 내놓으시게!"

궁궐을 숙위하고 있는 도진무 조온의 가담은 이방원에게 그야말로 천군만마와 같은 힘이 되었다. 이방원은 조온 말고도 군기직장(軍器直長) 김겸(金謙)을 포섭하여 거사일에 맞추어 반란에 필요한 병기를 빼내 오도록 했다. 이방원은 곧 민무구를 시켜 지안산군사(知安山郡事)로 나가 있는 이숙번을 급히 불러 올렸다.

"곧 군사를 일으켜 요동으로 출병할 모양인데, 조만간 거사를 도모하지 않으면 안 되겠네!"

이방원의 말에 이숙번이 짐짓 목소리를 낮추어 물었다.

"누구 누구를 치실 생각이십니까?"

"정도전과 남은일세!"

"그자의 우익들이 조정에 다 깔려 있지 않습니까?"

"고려 때도 정몽주 하나 요절내고 나니까 다 끝났네. 정도전과 남은만 베고 나면, 다른 놈들이야 제 발로 기어 나와서 우리 편이 되려고 환장할 걸세. 정 반항하는 자들은 그 씨를 말려버려야겠지……."

이방원은 이숙번과 처남인 민무구, 무질 형제들과 머리를 맞대고서 모의를 꾸몄다. 그러나 그 자리에 이방간은 부르지 않았다. 그는 단지 결정적일 때 이용만 할 생각이었다.

이방원은 거사를 결행할 시기를 저울질하였다. 방원은 신덕왕후 강씨의 대상(大祥) 이후로 잡았다.

8월 13일. 태조는 흥천사(興天寺)로 거둥하여 신덕왕후 강씨의 대상재(大祥齋)를 지냈다. 흥천사는 강씨의 명복을 빌기 위해 태조가 정릉에 세운 원찰이었다. 대상재가 끝나자 세자 방석은 비로소 상복을 벗고 길복을 입었다.

신덕왕후 강씨의 대상이 끝나자, 태조는 석왕사로 거둥하여 며칠 동안 머무르며 삼성재(三聖齋)를 드렸다. 삼성재는 태조의 3대조를 위한 불사였다. 요동 정벌을 앞두고 선대의 음덕을 기리려는 것이었다.

석왕사에서 돌아오면서 태조는 여러 왕자들과 종친들을 경복궁으로 부르도록 했다. 국모의 대상도 끝났으니 왕자들에게 잔치를 베풀어 위로하고, 장차 요동 정벌에 선봉으로 나서줄 것을 당부하려는 것이었다.

이방원은 쾌재를 불렀다. 더없이 좋은 기회였다. 이방원의 모사라 할 수 있는 하륜이 갑자기 충청도관찰사로 내려가버린 통에 당장 모의에 가담할 수가 없는 게 아쉬웠다. 그러나 계책은 이숙번이 내놓았다.

왕자와 종친들이 대궐로 모여들면 어떻게든 이방원의 진영으로 끌고 나오고, 여의치 않으면 갑사(甲士)를 동원하여 위협한다, 그리고 왕자들을 볼모로 잡고 있는 사이에 정도전과 남은을 제거한다는 계획이었다.

궁궐은 친군위 도진무 조온이 이미 이방원과 손을 잡고 있으니 얼마든지 가능한 일이었다. 문제는 정도전과 남은을 어떻게 처치하느냐였다.

· · ·

노을이 타는 듯 붉고 아름다웠다. 벌써 가을이 왔는지 회랑 사이로 제법 쌀쌀한 바람이 불었다. 근정문 밖 서쪽에 있는 빈청에는 벌써 햇불이 환했다. 태조의 부름을 받은 왕자와 종친들이 속속 입궐하고 있었던 것이다.

맨 먼저 익안군 방의와 회안군 방간이 입궐하고, 이어서 청원군(淸原君) 심종(沈悰)과 상당군(上黨君) 이백경(李伯卿), 무안군 방번, 의안군 이화와 홍안군 이제가 차례로 들어왔다.

마지막으로 정안군 방원이 입궐했다. 그러나 방원은 곧장 빈청으로 들지 않고 행랑에서 서성거렸다. 그는 초조한 기색으로 자꾸 행랑 밖에 눈길을 주었다. 신시(申時)쯤에 종 소근(小斤)이 달려오기로 되어 있었던 것이다.

"빈청으로 들지 않고 뭐 하시는가?"

등 뒤에서 들리는 소리에 이방원은 화들짝 놀랐다. 돌아보니 숙부인 의안군 이화였다.

"아, 예, 그냥……."

이방원은 적당히 둘러대고 넘어가려는데 이화는 꼬치꼬치 캐물었다.

"아까부터 자꾸 행랑 밖을 쳐다보던데, 누굴 기다리시는가?"

"뭐, 기다린다기보다…… 영안군 형님께서 아직 오시질 않아서요."

"허, 사람도……. 영안군은 지금 소격전(昭格殿)에서 대업의 성취를 비는 초례(醮禮)를 드리고 있지 않은가."

"아참, 그렇습니까?"

"어서 들어 가세나. 곧 입직승지가 부를 걸세."

그때 소근이 헐레벌떡 달려와 금방 숨이 넘어갈 듯이 말했다.

"마마님께서 갑자기 병이 나셨습니다요!"

물론 거짓말이었다. 궁궐 밖으로 잠깐 빠져 나갔다가 돌아오기 위해 입을 맞춰놓았던 것이다. 이방원이 짐짓 큰소리로 소근에게 물었다.

"아니, 오늘 아침까지도 멀쩡하던 사람이 갑자기 무슨 병이 났단 말이냐?"

"소인이 어찌 알겠습니까요. 문지방에서 갑자기 쓰러지시면서 의식을 잃으셨다 하옵니다. 다행히 깨어나시긴 했지만 아주 위급하니 어서 집으로 가보셔야겠습니다요!"

두 사람의 장단이 척척 들어맞았다. 아무것도 모르는 의안군 이화는 청심환과 소합환(蘇合丸)을 방원에게 내주면서 빨리 가보라고 하였다.

방원은 마치 사지에서 탈출이라도 하듯 재빨리 궁궐을 빠져 나왔다. 집안에는 이미 이숙번과 민무구, 무질 등이 마천목과 서익(徐益), 문빈(文彬), 심구령(沈龜齡), 전흥(田興) 등 장사들과 함께 기다리고 있었다.

"정도전과 남은은 지금 어디에 있다 하던가?"

이방원이 다급하게 물었고, 민무질이 자신있게 대답했다.

"송현(松峴)에 있는 남은의 집에 함께 있습니다."

"무어라? 같이 있단 말인가?"

"그렇다니까요. 제가 두 눈으로 똑똑히 확인하고 왔습니다."

며칠 전부터 민무질이 정도전과 남은의 동태를 철저히 파악해왔던 터라 틀림없었다. 이숙번이 이방원을 향해 들뜬 소리로 말하였다.

"정도전의 무리들이 한꺼번에 모여 있다니요? 이것은 정녕 천운입니다. 하늘이 우릴 돕고 있어요!"

이때 남은의 집에는 정도전과 남은을 비롯하여 세자 방석의 장인인 심효생과 판중추원사 이근, 전 참찬 이무(李茂), 홍성군(興城君) 장지화, 성산군(星山君) 이직(李稷) 등이 모여 요동 공략을 놓고 논의를 하고 있었던 것이다.

애초에 이방원은 장사들을 여러 군데로 풀어 한밤중에 기습할 작정이었다. 그런데 그들이 한 군데 모여 있다니, 실로 천운이라 아니할 수가 없었다.

더욱이 그들은 호위하는 군사나 으레 따르는 구종배들조차 전부 돌려보낸 뒤였고, 송현은 광화문에서 활 두 바탕 거리밖에 되지 않았다. 이방원은 주먹을 불끈 쥐었다.

"거사는 성공한 것이나 마찬가지다!"

어느덧 어둠이 짙게 깔리기 시작했다.

이방원은 민무구에게 20여 명의 무사들을 데리고 송현에 대기토록 하고, 자기 집 바로 앞에 있는 신극례의 집을 군영으로 삼아 이숙번과 나머지 휘하사들을 대기토록 했다. 조온은 거사가 시작되면 바로 친군위를 이끌고 궁을 빠져 나오기로 되어 있었다.

그런 뒤에 이방원은 소근과 마천목 등 5~6명의 종자들을 데리고 다시 궁궐로 뛰어갔다. 궁궐에 모여 있는 왕자와 종친들을 궁궐 밖으로 끌어내 자신의 군영에 가둘 생각이었던 것이다.

그런데, 중추원의 수직장교가 이방원을 저지하였다.

"종자들은 들어갈 수 없사옵니다!"

"내가 몹시 몸이 아파 부축을 받으려는 것이니 양해하여 주시게……."

그러나 궁궐의 숙위는 엄했다. 신표(信標)를 받지 않은 사람은 누구라도 궁궐에 들어갈 수가 없었다. 이방원은 하는 수 없이 소근과 마천목을 행랑 밖에서 기다리게 하고 빈청으로 들어갔다.

빈청에는 부왕을 만나기 위해 여러 군(君)들이 아직 기다리고 있었다. 이날따라 태조의 거둥이 늦어지고 있었던 것이다. 석왕사에서 돌아오느라 여독이 아직 풀리지 않은 모양이었다.

그러나 아무리 생각해도 왕자들과 종친들을 궁 밖으로 끌어낼 방도가 없었다. 이때까지도 회안군 방간은 이방원의 거사 계획을 까맣게 모르고 있었다. 이방간이 무장으로서 용맹하고 재주가 있을지는 몰라도 생각이 짧고 단순한지라 괜히 거사를 그르칠까 싶어 입도 뻥긋하지 않았던 것이다.

이방간은 아우의 그런 속도 모르고 빈청에 들어앉아서 물색없이 떠들고 있었다.

방원은 배가 아프다는 핑계로 다시 빈청을 빠져 나와, 뒷간에 쭈그려 앉아 궁리를 해보았다.

그러다 한 가지 묘책이 떠올랐다. 궁문을 밝히고 있는 불을 꺼버리는 것이었다. 근정문에 수직을 서고 있는 장교는 기껏해야 두 명뿐이었다. 마천목을 시켜 그들을 해치우는 것쯤이야 일도 아니었다.

· · · ·

뒷간에서 나온 이방원은 행랑에서 매제인 이백경을 불러냈다.

"자주 들락거리시는 것을 보니 배탈이 나도 단단히 나신 모양입니다?"

"그게 아닐세!"

"그럼?"

"적변(賊變)의 징후가 있네!"

이백경은 소스라치게 놀라고 말았다.

"적변이라니요?"

"쉿! 소리를 낮추시게."

"아니, 적변이라면 중추원과 순군부에 한시바삐 고해야 할 것 아닙니까?"

"일이 그렇게 간단치가 않네. 그러니 자네는 지금부터 내 말대로만 하시게!"

방원은 이백경의 귀에 뭔가 속닥거렸다.

그리고, 잠시 후.

빈청 밖 행랑을 밝히던 등불이 갑자기 꺼지면서 궁궐은 한순간 어둠에 휩싸였다. 그때 이백경이 다급하게 문을 밀치고 빈청으로 뛰어들면서 말했다.

"궁중에는 한밤중에도 등불을 밝혀야 하는데, 지금 행랑은 물론 다른 궁문들도 등불이 모두 꺼진 것을 보니 아무래도 적변이 일어난 것 같소이다!"

이백경의 말이 끝나기가 무섭게 빈청 안에 있던 종친들은 반사적으로 몸을 일으켜 밖으로 뛰쳐나갔다. 익안군 방의와 회안군 방간이 헐레벌떡 뛰어나오는데, 이방원은 그들에게 달려가 천연덕스럽게 물었다.

"형님들께선 어찌 그리 놀라십니까?"

"적변이 난 모양일세!"

"그렇다면 정도전이 반란을 일으킨 것이 분명합니다!"

밑도 끝도 없이 던지는 이방원의 말에 익안군 방의는 어이없다는 표정으로 물었다.

"정도전? 봉화백이 말인가?"

"그렇습니다, 형님!"

"무엇 때문에 그가 반란을 일으킨단 말인가?"

그러자 회안군 방간이 모든 것을 이미 알고 있었다는 듯이 방의를 향해 말했다.

"아니오, 충분히 그럴 수 있는 위인이올시다. 우리의 병권까지 빼앗아 가버린 놈이 아니오?"

그때 뒤에 있던 이백경이 말하였다.

"이렇게 길에 있다가는 무슨 위험이 닥칠지 모르니, 일단 어디로든 피하십시다!"

그러자 이방원이 덧붙였다.

"정도전한테는 이미 제가 손을 써놓았으니 형님들께선 저만 따라오시지요."

이렇게 해서 익안군 방의와 회안군 방간, 청원군 심종, 상당군 이백경은 얼떨결에 이방원을 따라 쏜살같이 말을 타고 달렸다. 그러나 이화와 무안군 방번은 그대로 궁궐에 남았다. 낌새가 이상하다는 것을 알고 홍안군 이제가 뒤에서 옷깃을 잡아당겼던 것이다.

이방원이 동구 밖에 이르자 이미 이숙번이 신극례와 서익, 문빈 등 장사들과 함께 갑옷 차림으로 나와서 기다리고 있었다. 이방원은 그들의 호위를 받으며 다른 왕자들과 함께 신극례의 집으로 들어갔다.

신극례의 집 안팎으로 무장한 병사들이 진을 치고 있는 것을 보고서야 이방의는 비로소 정도전이 아니라 아우인 방원이 반란을 도모하고 있다는 사실을 깨달았다. 이방의는 길길이 날뛰며 방원을 크게 꾸짖었다.

"정안군, 자네가 지금 무슨 짓을 저지르고 있는 줄 아는가?"

이방원은 방의를 똑바로 쳐다보며 말했다. 눈빛에 살기가 돋아 있었다.

"봉화백이 부왕을 부추겨 나라를 멸망의 길로 끌고 가는데 두고 볼 수가 없었습니다. 형님이 저를 좀 도와주십시오!"

"듣기 싫네. 봉화백이 없었더라면 아버님이 어찌 임금의 자리에 오를 수 있었으며, 또 우리들에게 오늘날과 같은 영광이 있었겠는가. 그런데 자넨 지금 아버님의 뜻을 거스르고 개국원훈을 도모하려고 하다니, 있을 수 없는 일이네!"

익안군 이방의의 반발에 부딪치자 방원은 그를 다른 방으로 데려가 미끼를 던졌다.

"형님, 봉화백 일파가 제거된다면 방석을 쫓아내고 형님을 세자로 추대하리다!"

그러나 이방의는 단순한 방간과는 달랐다. 이방의는 어처구니없다는 표정으로 말했다.

"세자? 날 세자로 추대한다고?"

"맹세코 그러리다!"

"누가 말인가? 자네가 나를?"

"형님……!"

"그리고 보니 자네가 세자 자리가 탐이 나서 반역을 저지른 것이로구만? 천하에 몹쓸 사람 같으니라구! 비키시게, 난 그만 돌아가겠네!"

이방의는 방원의 어깨를 밀치고 신극례의 집을 나서려고 했다. 그 순간, 이숙번이 이방의의 앞을 썩 가로막았다.

"정 가시겠다면 칼을 피할 수 없을 것입니다!"

등 뒤에서는 누군가가 칼을 쓱 빼들고 있었다. 이방의는 꼼짝없이 신극례의 집에 주저앉을 수밖에 없었다. 매제인 심종과 이백경은 이미 이방원 편으로 달라붙었다.

이방원은 종자들과 노복들한테도 철창을 주어 무장을 시켰다. 수를 헤아려보니 얼추 1백여 명은 넘었다. 그러나 병사들의 숫자가 너무 적다는 생각이 들자 이방원은 문득 불안해졌다. 이방원이 이숙번에게 물었다.

"오늘의 일은 어찌하면 되겠는가?"

"일이 이미 이 지경에 이르렀으니 어쩔 수가 없습니다. 속히 송현으로 달려가 남은의 집을 포위하고 불을 지른 뒤에 밖으로 나오는 족족 잡아 죽이는 것이 좋겠습니다."

"옳거니, 옳거니!"

"그보다 먼저 군호(軍號)를 정하시지요."

"산성(山城)? 산성이 어떻겠는가?"

"좋습니다. 오늘 밤 군호를 대지 못하는 놈들은 가차 없이 처단할 것입니다!"

이방원은 곧 송현으로 내달렸다. 이때 종루에서 인정을 치는 소리가 정확히 28번 울리고 있었다.

송현에 도착하여 동정을 살피니, 안장 갖춘 말 서너 필이 문 밖에 매여 있고 노복들은 모두 잠자리에 든 모양이었다. 그러나 대신들은 저승사자들이 문 밖에 들이닥친 줄도 모르고 등불을 밝힌 채, 둘러앉아 담소를 나누고 있었다.

이방원은 소근을 시켜 남은의 이웃집 세 곳에 불을 질렀다.

"불이야! 불이야!"

적막을 찢는 고함에 집주인인 남은이 밖으로 뛰쳐나가 보니 이미 사방에 불길이 치솟고 있었다. 남은은 순간 적변임을 직감하고 방으로 다시 뛰어 들어와 소리를 쳤다.

"난리가 난 모양이니 어서들 피하시오!"

그 소리를 듣고 심효생과 이근과 장지화가 놀라 밖으로 뛰쳐나갔다. 그러나 세 사람은 비오듯이 쏟아지는 화살을 맞고 마당 한복판에서 쓰러지고 말았다.

· · ·

도전은 이직의 도움으로 남은의 집을 겨우 빠져 나와 어느 양갓집으로 숨어들었다. 그곳은 전 판사 민부(閔富)의 집이었다. 주인인 민부는 대뜸 도전을 알아보고는 그의 몸을 숨겨주었다.

"잠시만 계십시오. 바깥 동정을 살피고 돌아오겠습니다."

그러나 민부가 돌아와서 전하는 말은 절망적이었다.

"사방이 난군으로 가득합니다. 궁궐 쪽에서 횃불을 밝히고 함성을 지르며 시위하고 있습니다만, 아마 난군이 더 강한지라 감히 나오지들 못하는 모양입니다."

도전은 맥이 탁 풀리고 말았다. 도성의 주요 도로와 관사는 난군에게 완전히 점령된 듯하였다. 도전은 더 이상 도망갈 곳이 없다는 것을 깨달았다. 민부의 이야기를 자세히 듣고 보니 적란을 주동하고 있는 자는 이방원임이 틀림없었다.

'정안군이 반란을……!'

도전은 가슴을 쳤다. 이방원이 반란을 일으켰다면 결국은 왕위를 노리고 있다는 말이었다. 삼한 이래에 아들이 부왕을 향해 칼을 빼든 경우가 있었던가.

그 사이에 이방원의 군사들은 시시각각 포위망을 좁혀오고 있었다. 민부가 하얗게 질린 얼굴로 방으로 뛰어 들어왔다.

"대감, 난군들이 거의 집 앞에 다다랐습니다. 빨리 다른 곳으로 피하셔야겠습니다!"

"내가 피할 만한 곳이라도 있겠소?"

"그것이……."

민부는 잠시 망설이다가,

"뒷간에 숨는 게 어떻겠습니까?"

도전은 잠시 말이 없었다. 그러다 차분한 목소리로 말을 꺼냈다.

"내게 지필묵을 좀 가져다주시겠소?"

"아이고, 지금 어디다 서신을 쓰시려구요? 사방팔방에 난군이 쫙 깔려 있어 이대로 나갔다가는 죽고 맙니다!"

"이제 모두 허사가 된 것 같소이다. 남기고 싶은 말이 있으니 지필묵이나 주시오."

민부가 지필묵을 가져오자 도전이 말하였다.

"민 판사께선 지금 난군들에게 가서 찾는 사람이 혹시 내가 아니냐고 물어보세요……."

"네에? 아니, 그게 무슨 말씀이십니까?"

민부는 잠시 어안이 벙벙한 표정으로 도전을 바라보았다.

"날 찾는다면 내가 이곳에 있다고 전해주시오!"

이미 죽음을 각오하고 있었던 것이다. 민부는 깜짝 놀라 도전에게 물었다.

"저더러 지금 대감을 고자질하란 말씀이십니까?"

"나야 어차피 죽을 몸이지만, 나 때문에 민 판사까지 해를 당할 필요는 없지 않소."

"아무리 그렇다 해도 어찌 제 입으로 저 대역무도한 자들에게 대감을 고자질하란 말씀이십니까? 훗날 사람들이 분명 저더러 혼자 살자고 의인을 팔아먹은 놈이라고 손가락질할 것입니다. 차라리 대감과 함께 여기서 죽겠습니다!"

강개하기 이를 데 없는 민부의 말에 도전은 목젖이 뜨거워졌다.

"고맙소, 정녕 고마운 말씀이오! 허나, 우리 두 사람만 죽는 게 아니라 이 집에 있는 처자들까지 살아남지 못하리다. 집안에 화가 닥치기 전에 난군의 괴수를 불러주세요. 그것이 공께서 나를 도와주시는 길입니다."

민부가 눈물을 흘리며 밖으로 나가자 도전은 종이를 폈다. 그리고 천천히 먹을 갈았다. 마음은 태산이라도 된 듯 흔들리지 않았다. 그러나 먹을 갈고 있는 손끝은 가늘게 떨고 있었다.

어찌 죽음이 두렵지 않겠는가. 저들에게 굴신을 하고 굳이 살 길을 찾는다면 얼마든지 목숨이야 건질 수 있을 것이다.

그러나 생(生)도 바라는 바요, 의(義)도 또한 바라는 바이나 둘을 다 얻을 수 없을 때는 생을 버리고 의를 취하라 하지 않았던가. 그리하여 세상에는 홍모(鴻毛)보다 가벼운 필부의 죽음이 있는가 하면 태산(泰山)과 같이 무거운 죽음이 있는 법이었다.

그러나, 그러나……

삼한의 대업을 끝내 성취하지 못한 것이 한이었다. 차라리 산고수려

(山高水麗)의 저 요동 땅에서 싸움을 하다 장렬하게 전사했더라면 더 바랄 것이 없었다.

어느 순간 바깥이 갑자기 소란해지나 했더니 이내 대여섯 명의 난군이 거칠게 처들어왔다. 난군들은 냉큼 도전에게 칼을 겨누었다. 도전은 그러나 눈 하나 깜짝하지 않고 붓에 먹물을 듬뿍 묻혀 '자조(自嘲)'라 제하였다. 사세시(辭世詩) 한 편이었다.

자조 自嘲

한결같은 마음으로 양조(兩朝)에 공력을 다 기울여 操存省察兩加功
서책에 담긴 성현의 말씀 저버리지 않았네 不負聖賢黃券中
30년 세월 온갖 고난 다 이겨내고 이룩한 사업 三十年來勤苦業
송현방에서 한번 취하여 모두 허사로구나 松亭一醉竟成空

붓을 놓았다. 그러나 난군들은 감히 도전에게 다가갈 수 없었다. 그토록 태연함에 오히려 겁이 났던 것이다. 정도전이 병법술에 능하여 칼을 잘 다루고 축지법까지 쓴다는 말이 있지 않던가.

죽음을 눈앞에 두고 저토록 찬찬할 수 있는가. 도전의 얼굴은 평온하기 이를 데 없었다. 세상 사람이 아닌 듯했다. 아니 세상이 없고 오로지 홀로 남은 사람이었다. 난군들은 자신도 모르는 사이에 도전에게 겨누었던 칼을 거두어들이고 말았다.

"반역의 졸개들이더냐?"

도전이 입을 열었다. 누구 하나 감히 선뜻 대답을 하지 못했다. 도전이 다시 물었다.

"누구더냐? 반역의 수장이?"

"예……, 저희들은 그저……."

"너희들을 탓하려는 게 아니다. 수장이 누구더냐?"

"정안군 나으리올시다!"

"가서 내가 여기 있다고 전하거라."

그때 이방원이 마당에 들어선 듯, 누군가가 방 안에 있는 졸개들에게 큰소리로 명령을 내렸다.

"어서 대감을 모시고 나오너라!"

그러나 졸개들은 감히 도전의 몸에 손을 댈 수 없었다. 태산과 같이 버티고 앉아 있는데, 어떻게 끌고 나간단 말인가.

"아니다. 내가 직접 대감을 뵙겠다!"

곧 정안군 방원이 칼을 빼든 채 방 안으로 들어섰다. 이방원은 병사들을 물리친 뒤에 도전 앞에 무릎을 꿇었다.

"대감, 어쩔 수 없는 일이었습니다!"

도전은 한순간 만감이 교차했다. 지난 날 치악산 원천석의 서재에서 우연히 만났던 애송이 소년이 이제 권력욕의 화신이 되어 칼을 겨누고 있다. 혁명이, 동명왕의 성업이, 천년의 업이 그 칼끝에 무너지고 있는 것이다.

"명분이 무엇이던가?"

목소리는 얼음장보다 더 차가웠고, 분에 겨운 눈빛은 매의 눈보다 더 매서웠다. 이방원은 갑자기 할 말을 잃어버렸다. 마치 거대한 절벽을 마주 대하고 있는 느낌이었다. 그 앞에 대놓고 왕권이라고 말할 수는 없는 일이었다. 처음에는 정몽주한테 그랬던 것처럼 무작정 쳐죽일 작정이었다. 그런데 도전을 보는 순간, 어떻게든 설득하여 자기편으로 끌어들이고 싶었다.

"대감, 저를 도와주십시오……!"

"무엇을? 나더러 무엇을 도와달라는 것인가?"

"아시지 않습니까?"

"임금이 되고 싶은가?"

"……!"

"아니될 말. 백성을 속이고 하늘을 속이는 일이네!"

"고려를 반역한 것과 무엇이 다르오이까?"

"고려가 망하고 조선이 선 것은 정녕 하늘의 명이었지만, 지금 정안군의 행위는 반역이 아니던가? 어찌 혁명을 함부로 들먹이는가? 일찍이 삼한 이래에 아들이 부왕을 향해 칼을 빼든 경우는 없었네!"

도전은 방원에게 하대를 하며 엄하게 나무라고 있었다. 이방원은 어떻게든 도전의 마음을 움직여보려고 했다.

"대감, 저를 도와주신다면 오로지 대감과 더불어, 대감께서 하시자는 대로 모두 다 하겠소이다! 요동 정벌을 하자면 하고, 명나라를 치자면 치겠소이다! 그러니 저를 도와주십시오!"

"내가 지금 원하는 것은 그대가 칼을 거두는 것……. 그대의 철없는 칼부림에 역성혁명의 뜻이 꺾이고, 만세에 물려줄 대업이 무너지지 않는가. 지금이라도 칼을 거두시게. 그것이 내가 바라는 바일세. 그렇지 않다면 어서 나를 죽이시게."

이방원은 매달려도 소용없음을 알면서도 다시 매달리고 있었다.

"이미 사세는 우리에게 기울었습니다. 두 분 정승 대감도 저와 뜻을 함께 하기로 하셨습니다. 대감께선 그냥 가만히만 계셔도 됩니다. 어찌하여 대감은 목숨을 버리려고 하십니까?"

"섬기는 곳에 따라서는 생명을 바쳐야 하고, 계책을 같이했으면 끝내 그와 더불어 죽는 것이 마땅한 일 아닌가. 나더러 주상전하를 죽이란 말이신가?"

방원은 말을 이어가지 못했다. 구차하게 목숨을 구걸할 사람이 아니라는 것은 알았지만, 죽음을 눈앞에 두고도 전혀 두려워할 줄을 모른다. 오히려 자신이 두려움에 떨고 있는 게 아닌가.

"그대의 야심을 채우기 위해 너무 많은 사람들이 죽어가는구려."

"야심이 아니올시다."

순간, 도전은 이방원을 똑바로 쳐다보며 준엄하게 꾸짖었다.

"그렇다면, 칼을 거두고 전하께 달려가 백배사죄하시게. 그렇지 않으면 이 나라의 왕업은 형제가 형제를 죽이고, 부모가 자식을 죽이는 찬탈이 계속될 것이며, 설사 성공하여 왕위에 올라 부귀영화를 누리고, 신하들을 호령하며 백성들 위에 군림은 하겠지만 살아 있는 날까지 하루라도 잠자리가 편할까? 그대 자식들이 그대의 목을 또 노릴 터인데 그깟 왕위에 무슨 수작이란 말인가!"

이방원은 일어설 수밖에 없었다. 문 밖에서 기다리고 있던 이숙번이 다가와 물었다.

"어찌하실 겁니까?"

이방원은 잠시 망설이는 듯하더니,

"어쩔 수 없네!"

이숙번과 소근이 서로 눈짓을 주고받으며 방으로 들어가자 도전은 궁궐을 향해 숙배를 올리고 있었다. 그러나 그들은 그 잠깐을 기다리지 않고 그대로 칼을 내리쳤다.

태조 7년(1398) 8월 26일 늦은 밤이었다.

·　·　·

송현에 큰불이 일어난 것을 보고 궁중을 숙위하던 군사들은 적변이 일어났다는 것을 알았다. 그러나 궁궐을 숙위하고 있어야 할 친군위의 갑사들은 조온을 따라 이방원의 휘하에 들어가 있었다. 그런데 갑사들은 자신들이 난군이라는 사실조차 모르고 있었다.

"간신들이 당여를 만들어 왕실의 종친들을 해치고 임금을 몰아내려고 하니 처치하지 않을 수 없다!"

갑사들은 조온의 말만 믿고 무작정 따라나섰던 것이다.

한편 세자 방석은 적변이 일어났다는 말을 듣고 군사를 거느리고 나가 싸울 작정으로 예빈소경(禮賓少卿) 봉원량(奉元良)을 시켜 난군의 동태를 살피도록 하였다.

그러나 경복궁 남문에 올라가서 보니 광화문에서 남산에 이르기까지 횃불을 든 기병들이 꽉 차 있는지라 감히 나설 수가 없었다.

세자는 친군위의 도진무를 맡고 있는 박위를 시켜 군사들로 하여금 북을 치고 피리를 불면서 고함을 치도록 했다. 난군들에게 겁을 주어 쫓아내려는 것이었다. 그러나 속을 알고 있는 난군들은 태연했고, 조온을 따라 나온 갑사들은 궁궐에서 자신들을 응원하는 줄로만 알고 도성을 휘젓고 다녔다. 그러니 난군들에게 힘 한번 써보지 못하고 완전히 도성을 내준 셈이었다.

도전을 살해한 방원은 운종가로 나와 진을 치고서 박포와 민무질을 좌정승 조준에게 보내 도당으로 나오도록 하였다.

조준은 이방원이 반란을 일으켰다는 사실을 알고 선뜻 몸을 움직이질 않았다. 그러나 민무질의 협박과 회유에 사세가 이미 기울었음을 깨닫고 우정승 김사형의 집에 들러서 함께 길을 나섰다.

조준은 만약을 대비한다는 생각에 반인(伴人)들로 하여금 무장을 갖추고 따르도록 하였다. 그러나 가회방(嘉會坊) 동구에 이르렀을 때 파수를 서고 있던 난군들이 길을 가로막았다.

"다만 두 분 정승만 들어갈 수 있소이다!"

조준과 김사형은 하는 수 없이 말에서 내려 방원이 있는 데까지 걸어갔다.

이방원은 말을 탄 채로 두 사람에게 말하였다.

"정도전이 오래 전부터 역심을 품고서 남은과 세자의 아비인 심효생 따위를 시켜 왕자들을 제거하고 장차 임금까지 해치려 하였는데, 경들은 어찌하여 우리 이씨의 사직을 걱정하지 않으셨소이까?"

"그게 무슨 말씀이십니까? 봉화백이 역모를 꾸몄다니요?"

조준이 펄쩍 뛰자 대번에 이숙번이 윽박질렀다.

"정안군 나으리께서 그럼 터무니없는 말씀을 하셨겠습니까? 나라의 정승이라는 분들이 어찌하여 그리 눈이 어둡더란 말이오! 정안군 나으리가 아니었더라면 사직이 거덜 났을 것이오. 두 분은 어서 정안군께 예를 갖추시오. 우리 군사들이 두 분을 주시하고 있소이다!"

순간 조준과 김사형은 정안군이 타고 있는 말 앞에 털썩 무릎을 꿇으며 말하였다.

"우리들은 저들이 하는 짓을 전혀 몰랐습니다……."

이방원은 두 사람을 향해 냉소를 보냈다.

"이제라도 알았으면 다행이오. 정도전과 남은 등이 우리 동모형제(同母兄弟)들을 제거하려고 하는지라 약자인 내가 선수를 친 것뿐이오!"

"하오시면……."

"벌써 저승길로 보냈소이다."

조준과 김사형은 머리를 조아리면서 말하였다.

"정도전이 역모를 꾸민 것을 아셨으면 저희들에게 미리 귀띔이라도 해주시지 그러셨습니까?"

"마땅히 조정에 알려야만 될 것이나, 오늘의 형세가 급박하여 미처 알리지 못하였으니, 이제 공(公)들이 빨리 합좌(合坐)해서 전하게 아뢰어야 할 것이오!"

"여부가 있겠습니까?"

두 정승은 완전히 넋이 나간 얼굴로, 마치 코가 꿰인 소처럼 정안군을 따라 도당으로 향했다.

시각은 어느덧 사경(四更)을 지나고 있었다. 그때 찬성사 유만수가 아들 원지(原之)와 함께 말을 타고 달려오다 맞닥뜨렸다. 이방원이 유만수를 불러 세우고 물었다.

"공은 지금 어디로 가는 길이었소?"

유만수는 이방원이 난군의 수장인 줄은 모르고 대답했다.

"변고가 있다는 말을 듣고 주상전하를 시위하고자 이렇게 급히 쫓아 나오는 길이오!"

"시위를 한다면서 어째 갑옷은 입지 않았소이까?"

"주상전하의 안부가 급하다 하여 단숨에 달려오는 길이오."

"주상께서는 안전하시니 공께서는 일단 말에서 내려 저와 함께 계시면 됩니다."

"아니, 궁궐로 가지 않고 어디로 가시는 겁니까?"

"궁궐은 안전하다고 하지 않았소? 적들은 이미 다 처형되었으니 도당으로 가서 수습하고자 하오!"

그러나 유만수는 조준과 김사형이 아무 말 없이 죄인처럼 한쪽에 서 있는 것을 보고 이방원이 반란의 주동자라는 사실을 알아차렸다. 유만수는 이방원이 타고 있는 말의 고삐를 잡고서 말했다.

"정안군, 어찌하여 이런 천인무도한 일을 저지를 수 있단 말이오?"

이방원이 종자를 시켜 말고삐를 놓도록 했으나 유만수는 결코 놓을 태세가 아니었다. 순간, 이방원을 그림자처럼 따라다니는 소근이 단도를 꺼내 유만수의 턱을 찌르자, 이숙번의 칼이 그의 등을 쳤다.

"그대는 이 죄를 천추에 씻지 못할 것이오!"

유만수는 그 말만을 남기고 그 자리에서 숨을 거두었고, 그의 아들 원지는 도망치다가 결국 예빈시(禮賓寺) 앞에서 난군들에게 붙잡혀 죽고 말았다. 두 정승은 눈앞에서 벌어지는 살육극을 보면서 벌벌 떨며 말했다.

"속히 도당으로 가서 앞으로의 일을 논의하는 것이 좋겠습니다!"

도당에는 몇몇 재상들이 미리 와서 기다리고 있었다. 물론 이방원이 시켜서 불러온 것이다. 그래도 불안을 느낀 이방원은 조준에게 다시 지시했다.

"우리 형제들은 지금 노상에 있는데, 재상들이 이렇게 도당에 앉아 있는 것은 마땅치 않소이다. 여러분들은 즉시 운종가로 옮기도록 하시오!"

조준과 김사형은 이방원의 명을 감히 거부할 수가 없었다. 그들은 이미 이방원의 손아귀에 잡혀 있는 꼭두각시에 불과했다.

. . .

태조가 이방원의 난을 알게 된 것은 새벽닭이 홰를 칠 무렵이었다. 태조는 세자와 박위에게서 반란 사실을 들으면서 격분을 이기지 못해 부들부들 떨었다. 자식이 아비의 심장을 향해 칼을 겨눈 것이다. 태조는 혀라도 깨물고 자진하고 싶은 심정이었다.

태조는 곧 정신을 수습하고, 즉시 친군위 갑사를 동원하여 이방원을 칠 것을 명하였다. 그러나 조온이 난군에 가담했다는 사실을 알고서는,

"그놈이, 그놈이 날 배신했단 말이냐? 부모로부터 물려받은 것이라곤 피육(皮肉)뿐이라 내가 먹여살리고, 출세를 시켜 개국공신의 열에 들게 해주었는데, 그놈이 나를 배신하다니!"

태조는 궁중에 숙직하고 있던 신료들과 환관과 내노(內奴)에 이르기까지 갑옷을 입고 칼을 차도록 하였다.

이때 궁궐에는 세자와 이화, 이제, 이방번이 있었고, 박위를 비롯하여 중추원부사 장사길과 장심, 정신의 등이 직숙을 서고 있었다. 그러나 궁궐을 수비하고 있는 병사들은 기껏해야 1백여 명에 불과했다. 게다가 난군들이 궁궐을 에워싸고 있어 태조는 안위조차 위험했다.

어둠 속을 짚어가며 융무루 옆 정자로 옮긴 태조는 승지들을 모두 불러오도록 했다. 이내 좌부승지 노석주(盧石柱)가 먼저 들어오고, 이어

우부승지 변중량과 좌승지 이문화(李文和), 우승지 김륙(金陸)이 차례로 들어왔다.

태조는 그들에게 명하여, 정안군 방원과 반란에 참여한 자들을 난신적자의 무리로 단정하고, 주륙하라는 내용의 교서를 쓰도록 하였다.

"이방원과 이방의, 이방간 등은 몰래 반역을 도모하여 개국원훈들을 해치고자 하였으니……."

태조는 교서를 즉시 도당에 내리도록 하였다. 그러나 도당에서 먼저 글이 올라왔다.

"정도전과 남은, 심효생 등이 도당(徒黨)을 결성하고 비밀리에 모의하여 우리의 종친과 원훈들을 해치고, 사직을 어지럽게 했으므로 신등은 일이 급박하여 미처 아뢰지 못하였으나 이미 주륙하여 제거하였으니 원컨대 성상께서는 놀라지 마옵소서!"

좌정승 조준과 우정승 김사형이 백관들과 함께 연명으로 올린 글을 보고 태조의 분노는 극에 달하였다.

"대체 어느 놈이 그따위 소릴 하더냐? 그러고도 이놈들이 이 나라의 정승이란 말이냐?"

홍안군 이제가 분을 못 이겨 아뢰었다.

"신이 나가 저 대역무도한 자들을 처단하겠습니다!"

그러나 나가서 싸울 만한 군사도 없고, 난군들이 궁궐을 에워싸고 있으니 나가는 순간 황천길로 들 참이었다. 더욱이 이방원이 갑사 신용봉(申龍鳳)을 시켜 궁 안에 있는 종친들의 출궁을 요구했다.

"시녀와 내노를 제외한 나머지 종친과 대소신료들은 당장 모두 궁 밖으로 나가시오!"

갑사들이 칼을 들이대면서 쫓아내니 어쩔 수가 없었다. 의안군 이화가 별일 없을 거라며 앞장을 서자, 흥안군 이제와 무안군 방번이 그 뒤를 따라 나왔다. 그러나 이화를 빼놓고 두 사람은 수문(水門)으로 끌려가 곧바로 죽음을 당하였다.

이방원은 다시 세자 방석의 출궁을 요구했다.

"결코 다치게 하지 않고 다만 가까운 곳에 안치시킬 것이오니, 세자를 속히 출궁시키도록 하소서!"

태조는 세자를 보낼 수 없다며 옆에 꼭 붙어 있으라고 하였다. 그러나 세자 방석이 눈물을 흘리며 아뢰었다.

"아바마마, 소자를 보호하시려다 자칫 아바마마께 화가 돌아갈까 두렵사오니, 차라리 소자를 보내주소서. 차마 형님들이 저를 죽이기야 하겠습니까!"

이내 세자 방석이 절을 올리고 하직하니, 현빈(賢嬪)이 옷자락을 붙잡으면서 통곡했다. 방석은 그러나 현빈의 옷자락을 뿌리치고 당당히 걸어 나왔다.

세자 방석이 궁성의 서문으로 나오자 이방원은 기다렸다는 듯이 이숙번을 시켜 참살하였다. 한순간의 망설임도 없었다. 그리고 태조에게는 세자 방석과 무안군 방번을 먼 곳으로 안치하였다고 거짓으로 고했다.

· · ·

해가 중천쯤에 이르렀을 때 조준과 김사형은 도당의 이름으로 또다시 태조에게 청하였다.

"적자를 세자로 세우면서 장자로 하는 것은 만세의 상도(常道)인데, 전하께서는 장자를 버리고 유자(幼子)를 세우셨사옵니다. 그리하여 정도전 등이 세자를 감싸고서 여러 왕자들을 해치고자 하여 화가 불측한 처지에 있었으나, 다행히 천지와 종사의 신령에 힘입어 난신들이 모두 참형을 당하였습니다. 세상이 태평하면 적장자를 먼저 하고, 세상이 어지러우면 공이 있는 이를 먼저 하니, 원컨대 전하께서는 정안군을 세자로 삼으소서!"

태조의 분노는 극에 달하였다.

"정안군이라고 했느냐? 그런 천인공노할 놈을 세자로 세우라니! 개국의 공로로 따지나, 또 적장자의 순서가 그렇게 중요하다면 당연히 영안군(永安君)으로 세울 것이다!"

이방원은 부왕의 노기를 가라앉히기 위해서라도 영안군 방과를 찾을 수밖에 없었다. 그런데 영안군의 행적이 묘연했다.

이때 이방과는 소격전에서 재계(齋戒)를 드리다 변고가 났다는 말을 듣고는 종 하나를 거느리고 성을 빠져 나와 풍양(豊壤)에 몸을 숨겨버렸다. 영안군 방과가 도성으로 돌아왔을 때는 해가 이미 기울어가고 있었다.

정안군은 여러 왕자들과 함께 감순청(監巡廳) 앞에 장막을 치고서 부왕에게 사람을 보내 아뢰었다.

"이제 영안군을 세자로 봉하시어 왕자들의 마음을 달래소서! 그렇지 않으면 더 많은 인명이 다칠 것입니다."

그러기를 사흘. 그래도 태조의 마음이 움직일 기미가 보이질 않자 방원은 다시 삼군부에 들어가 시위를 계속하였다.

태조는 어쩔 수 없음을 알고 영안군을 책명(策命)하여 세자로 삼는다는 교지를 쓰도록 하였다. 그러나 누구도 교서를 쓰기를 꺼려했다. 영안군 방과를 세자로 세운다는 것은 정도전과 남은의 역모를 인정하는 것과 진배없었다.

좌승지 이문화는 좌부승지 노석주에게 교서를 쓰도록 했다. 그러나 노석주도 쓰고 싶지 않기는 마찬가지였다.

"나는 문장에 재주가 없으니 못 쓰겠소!"

"공민왕 때 한산군(韓山君)이 지은 '주삼원수교서(誅三元帥敎書)'의 뜻을 모방해서 지으면 되지 않겠는가?"

'3원수'란 공민왕 때 홍건적의 난을 깨끗하게 물리치고도 김용이란 자의 간계에 빠져 억울하게 죽음을 당한 안우, 김득배, 이방실을 말하였다.

"그 글을 아십니까?"

이문화는 한숨을 한번 내쉬더니 읊조렸다.

"적을 부순 공로는 한때에 혹 있을 수 있지마는 임금을 무시한 마음은 만세에 용서할 수 없다.* 뭐 그렇게 쓰면 되지 않겠소?"

"그렇다면 지금 죄인의 괴수는 누구란 말입니까?"

"죄인의 괴수는 다시 임금에게 품신하겠으니 먼저 글의 초안부터 잡으시오!"

노석주는 그러나 차마 자기 손으로 교서를 쓸 수가 없었다. 3원수가 억울하게 죽었듯이, 정도전과 남은 또한 억울하기 짝이 없는 죽음이지 않은가. 노석주는 붓을 잡은 채 이문화에게 말했다.

"정 그러시면 승지께서 불러주시오. 내가 그대로 쓰겠소이다!"

---

* 破賊之功 一時之或有 無君之心 萬世之不宥

이문화가 한참을 생각하더니 불러주었다.

"개국공신 정도전과 남은 등이 몰래 반역을 도모하여 왕자와 종실들을 해치려고 꾀하였다. 지금 그 계획이 누설되어 공이 죄를 가릴 수가 없는지라 모두 살육되었으니, 그 협박에 따라 행동한 당여는 죄를 다스리지 말지어다!"

태조는 시녀의 부축을 받으며 교서에 겨우 압서(押署)하더니, 끝내 분을 이길 수 없었는지 갑자기 토악질을 해댔다. 그러나 속에 것들을 토하고 싶어도 토할 수가 없었다.

"무언가 분명히 목구멍에 걸려 있는데, 내려가지도 않고 토하려 해도 토해지지 않으니 너무 괴롭구나! 내가 어쩌다 임금이 되어 이 지경에 이르렀는가. 방원이 이놈이 날 이렇게 죽이는구나. 그놈이 나의 죄업이구나!"

태조의 눈에는 핏발이 섰다. 눈물을 흘리고 싶어도 흐르지 않았던 것일까. 태조는 가슴을 쥐어뜯으며 신음을 토해냈다.

"화가위국을 이루었지만 골육상쟁으로 업을 마치니 이 일을 어찌할 것인가, 어찌할 것인가!"

· · ·

왕자의 난이 일어난 지 열흘째 되던 9월 5일(정축).

태조는 수척한 얼굴로 도승지 이문화에게 일렀다.

"세자에게 선양할 것이니 교서를 지으라!"

그러고는 조준과 김사형을 불러 전국보(傳國寶)를 휙 내던지고서는 고개를 돌려버렸다. 두 번 다시 보고 싶지 않다는 뜻이었다.

그날 정릉으로 행차한 태조 이성계는 아내의 무덤을 손으로 쓸어내리다 끝내 치솟는 눈물을 어찌할 수가 없었다. 어깨를 들썩이며 울음을 토해내는 초라한 몰골의 이 사나이를 삼각산은 말없이 내려다보고 있었다.

누가 하늘로 치솟은 삼각산의 푸름을 두고 천하의 절개라 하고 굽이쳐 흐르는 한강수의 결백을 만년의 마음이라 했던가. 그날 삼각산은 천둥처럼 갈라지고 한강수는 미친 듯이 굽이쳤다.

꽃이 피니 낙화였다.

못 다 한 이야기

이방원이 일으킨 왕자의 난은 왕조사로 보면 단순한 왕위 찬탈이었
다. 그러나 민족사로 본다면 엄청난 반역이자 변란이었다.

아무리 역사에 가정이란 있을 수 없다고 하지만 만에 하나 태조와 정
도전에 의해 요동 공략을 단행했더라면 얼마든지 요동을 차지할 수 있
었다. 그것은 뒤에 일어난 역사적 사건들이 충분히 입증하고 있다. 그리
되었다면 오늘날 광활한 만주 땅은 우리의 강역일 것이다.

명나라의 홍무제가 죽고, 22살의 나이로 황위에 오른 건문제(建文帝)는
태자 시절부터 측근으로 있던 제태(齊泰)와 황자징(黃子澄) 등을 크게 등용
했다. 그러나 이들은 말만 그럴듯했을 뿐 경륜이 부족했다.

이들은 한나라 때 오초칠국(吳楚七國)의 난을 예로 들면서 번왕의 세
력을 약화시켰다. 그만큼 홍무제 이후 명나라 정국이 불안했다는 이
야기다.

건문제는 이들이 부추기는 대로 주왕(周王)과 제왕(齊王), 대왕(代王) 등을 폐하고 서인으로 만들어버렸다. 그리고 상왕(湘王)은 건문제의 명에 따라 스스로 목숨을 끊어야 했다. 번왕들은 불안할 수밖에 없었다.

마침내 연왕은 1399년(조선 정종 원년, 건문 원년) 7월에 반란을 일으킨다. 조선에서 왕자의 난이 일어난 지 딱 1년 뒤였다. 이방원이 명나라에 갔을 때 북경에서 연왕을 두 번이나 만났다는 사실을 상기하면 우연의 일치로만 보기에는 너무 절묘하다.

연왕은 간신들을 제거하고 황실을 구한다는 명목으로 정난(靖難)을 부르짖고, 자신의 군사들을 정난군이라 칭하며 금릉으로 진격하니 이를 '정난(靖難)의 변(變)'이라고 한다.

이때 연왕의 정난군은 10만이었다. 건문제는 연왕 토벌을 외치며 50만의 대병력을 일으켰다.

'50만 대 10만!'

병력의 수만 가지고 본다면 건문제가 절대적으로 우세했다. 건문제는 대군을 이끌고 한달음에 북경으로 치고 들어갔다. 그러나 건문제는 병력의 규모만 컸지 실제로는 오합지졸에 지나지 않았고, 연왕의 정난군은 북방에서 타타르와 여러 번 전투를 치른 경험이 있는 정예부대였다.

건문제는 연전연패를 당하였다. 건문제는 북경 점령을 포기하고 금릉으로 돌아왔다. 이때부터 명나라의 내란은 3년 동안 계속되었다.

그 3년 동안 요동은 그야말로 주인 없는 땅이었다. 이방원의 난이 없었더라면 정도전의 요동 공략은 실행되었을 것이고, 명나라는 내전으로 미처 요동에 눈을 돌릴 틈이 없었을 것이고, 조선은 크게 싸우지 않고도 요동을 차지하였을 것이다. 무엇보다 요동 지역의 부족들은 요동을 고려 땅으로 여기고 있었다.

더욱이 요양에 흩어져 있던 만산(漫散) 군인들은 정난의 변이 일어나자 무려 4만여 명이 조선으로 흘러 들어온다. 또 당시 타타르의 국력은 황제를 칭할 정도로 강성했으며 태종 9년에는 중국의 관중 일대를 차지하고, 세종 31년에는 한때 요동을 점령하기도 했다.

태종 9년 8월에 명나라의 구승(丘勝)은 20만 군사를 거느리고 타타르를 치기 위해 북정(北征)에 나섰다. 그러나 이들은 타타르에 의해 순식간에 궤멸되고 말았다.

이때 조정에서는 명나라와 타타르의 전쟁으로 불똥이 튀지나 않을까 걱정하고 있었다. 이때 태종 이방원은 이렇게 말하였다.

"타타르가 명나라에 쫓기면 반드시 우리에게 달려올 것이며, 만일 북쪽 군사가 이기면 남쪽 사람이 또한 이와 같을 것이니 비유하면 큰물이 내려갈 때에 지류를 휩쓸어버리는 것과 같다!"

그러면서 동서북면에 경계를 강화하라는 명을 내린다.

이처럼 타타르가 막강해지자 영락제는 태종 9년 10월에 사신을 보내 태종에게 군사 10만을 일으켜 동북면을 통해 타타르를 공격해줄 것을 요구할 정도였다.

이런 사실들을 되짚어본다면 정도전의 요동 회복은 허황된 꿈이 아니라 기어이 성공했을 것이다.

고려 건국 초부터 염원이었던 요동 회복 의지는 공민왕에 의해 분명 부활했다. 우왕 때 최영의 요동 정벌 계획은 공민왕의 유업을 계승한 것이었다.

비록 이성계가 위화도에서 군사를 돌리고 말았지만 조선 개국 후에 정도전과 함께 요동 공벌을 추진함으로써 그 오명을 벗으려 했을 것이다. 또 시기적으로도 맞아떨어졌다. 그러나 왕자의 난이 일어남으로써 요동 회복 의지는 무참하게 꺾이고, 다시는 그 기회가 돌아오지 않았다.

훗날 임진왜란 이후에 건주여진의 추장 누루하치가 등장하여 청나라를 세우고, 중원을 삼킨 뒤에 조선에게 치욕을 안겨준 것을 생각하면 더욱 안타깝다.

이야기를 잠시 거슬러 올라가 원나라 망국사를 보자.

공민왕 19년(1370), 원나라 순제가 응창(應昌)에서 죽은 뒤 기 황후의 소생이었던 황태자 애유식리달랍이 황위를 이어받아 소종이 되었다. 그러나 소종은 응창마저 함락되자 화림(和林 : 카라코룸)으로 도망해 들어갔다.

그러나 이때까지만 해도 북원은 요동 이북 일대와 감숙, 운남 등에 흩어져 있는 몽골 세력을 지배하고 있어, 대한(大汗 : 대칸大Khan)의 자리와 함께 강국으로서의 면모를 그래도 유지하고 있었다. 그래서 소종은 여전히 명나라를 남적(南賊)이라 부르며 중원을 회복하는 데 전력을 쏟았다.

그러나 황실 내부의 분란이 끊이지 않은 채 소종은 즉위 8년 만인 고려 우왕 4년(홍무 11년, 1478)에 죽었고, 아우인 탈고사첩목아(脫古思帖木兒)가 뒤를 이었으나, 우왕 13년 20만 대군을 거느리고 요동 이북을 차지하고 있던 원나라 유장 나합출이 명나라에 투항하면서 보호막을 잃어버린 북원도 급격히 무너졌다.

이듬해 명나라 장수 남옥의 정벌로 몽골 초원까지 내주었고, 그 뒤 탈고사가 신하에 의해 살해되면서 쿠빌라이 왕조는 사실상 맥이 끊어지고 말았다.

그 뒤로 북원은 사막을 전전했다. 그러나 몽골족의 한 족속인 타타르(達達, 韃靼)가 황제를 칭할 정도로 강성해지면서 명나라 북방을 위협하였다.

따라서 요하를 사이에 두고 명나라와 타타르, 그리고 조선이 서로 경계에 맞닿아 있었지만 어느 쪽도 힘이 미치지 못하였고, 그 땅에 살고 있는 여진족들은 또 여러 부족으로 나누어져 세력을 크게 형성하지 못한 상태였다.

물론 요동을 선점한 것은 홍무제였다. 원나라 잔존 세력을 완전히 몰아내기 위해 건국 초부터 요동을 경략했던 홍무제는 공민왕 20년(홍무제 4년)에 원나라의 요양로(遼陽路)를 점령하여 그곳에 요동위를 설치했다.

그리고 다시 4년 뒤에는 요양에 요동도지휘사사(遼東都指揮使司, 약칭 요동도사)를 설치하여 요동 땅에 사는 여러 부족들에게 군정을 실시했다.

그러나 요동은 대지가 워낙 광활하여 군정이 미치지 않는 곳이 더 많았다. 홍무제는 고육지책으로 성벽을 쌓아 여진족들이 함부로 들어오는 것을 금하고, 대신 성 바깥 지역에는 위소(衛所)를 설치하여 형식상으로 복속시키고 있을 뿐이었다. 여진족 부족장들이 왕을 칭하든 추장이나 만호를 칭하든 관계치 않고 위인(衛印)과 칙서(勅書)만으로 다스렸던 것이다.

그렇다면 여진족들은 누구인가.

여진족은 시대에 따라 이름이 달라 춘추전국시대에는 숙신(肅愼), 한나라 때는 읍루(挹婁), 남북조시대는 물길(勿吉), 수·당나라 때는 말갈(靺鞨)

로 불리다 송나라 때부터 여진족이라 칭했으며, 청나라 때부터는 만주족으로 불렀다.

이들은 크게 건주(建州)여진, 해서(海西)여진, 야인여진으로 나뉘었다. 그중에 야인여진은 지금의 만주 북부 삼림지역에서 수렵과 어로 생활을 하였고, 해서여진은 야인과 건주여진 사이 송화강(松花江) 유역에서, 그리고 건주여진은 압록강의 지류인 동가강에서 두만강 유역까지 흘러 내려와 농경 생활을 하며 부족 중심의 전통을 유지하고 있었다.

고구려가 요동의 주인이었을 때는 여진족들은 당연히 고구려에 예속되어 있었다. 그러다 고구려가 망한 뒤로는 한때 고구려의 유민들과 함께 발해를 건국했고, 발해가 망한 뒤에는 거란족의 지배를 받았다.

그러다 1백여 년쯤 지나 완언부(完顏部)의 추장 아골타(阿骨打)가 출현하면서 위세가 달라지기 시작했다. 아골타는 황야에 흩어져 살던 여러 부족들을 통합하고, 고려 예종 10년(1115)에 마침내 금(金)나라를 세워 황제를 칭하면서 단번에 요(遼)나라를 갈음하고, 한때는 송나라를 집어삼켰다가 뱉어놓을 정도로 국력이 강성했었다.

하지만 고려 고종 21년(1234), 몽골에 의해 금나라가 무너지면서 원나라의 지배를 받았고, 원나라가 멸망하자 명나라에 속하게 된 것이다.

우리나라에서는 여진족을 모두 야인(또는 요동인)이라 불렀으나 종족과 관습에 따라 올량합(兀良哈 : 오랑캐), 올적합(兀狄哈 : 우디캐), 오도리(吾都里) 등으로 나누어 부르기도 하였다. 올량합과 오도리는 주로 건주여진을, 올적합은 해서와 야인여진의 일부를 가리킨 말이었다.

특히 압록강과 두만강을 사이에 두고서 30여 개의 성을 가진 여진족들이 길주 이북에서부터 지금의 만주 일대에 수백 호에서 수천 호씩 부족 단위로 할거하였다.

하지만 요동 땅은 옛날부터 고려와 거란의 유민들이 오랫동안 흘러 들어가 풍속이 서로 뒤섞였고, 피차 국경이나 종족에는 무관한 채, 대륙의 정세 변화와 경제적인 조건에 따라 그들에게 이득이 될 수 있는 세력에게 순응하면서 생존을 도모했다.

따라서 여진인 부족들이 비록 명나라에 귀부하여 관작을 받기는 했지만 그것은 어디까지나 형식적일 뿐, 실제적으로 지배를 받는 것은 아니었다.

공민왕 때에 두 번에 걸쳐 단행된 동녕부 정벌 당시에도 압록강 중류의 황성(皇城)에서 요양 이남의 1만여 호가 고려에 신복(臣服)했는데, 이들은 사실 고려 정부보다는 '이성계'라는 한 장수의 위명을 좇아 신복한 것이었다.

여진족 추장으로 원나라의 금패(金牌) 천호였던 고륜두란첩목아(古倫豆蘭帖木兒 : 뒷날 이지란으로 개명)가 공민왕 20년에 5백 호를 이끌고 귀부하고, 또 여진족 백호 보개(甫介)라는 자가 1백 호를 거느리고 고려에 내투했지만 이들은 곧 이성계의 편장이 되었다는 사실만 보아도 알 수 있는 일이었다.

더욱이 이성계의 친병인 가별치(家別赤)들 중에 상당수는 놀랍게도 여진인이었다. 이성계가 동북면 도지휘사였던 우왕 8년 당시에 휘하의 여진인 가별치만 10여 개의 부족에 모두 1천20여 호에 달하였던 것이다.

그것은 이성계가 동북면을 근거로 하여 군사력을 지닌 탓도 있었지만 4대조(이안사) 때부터 끊임없이 여진족과 교류해왔던 덕이었다. 더욱이 이성계가 삼한의 주인이 되면서 두만강 유역의 여진족은 물론 강 북쪽 연해주에 거주하는 올적합족과 토문강(土門江) 유역의 올량합족까지 앞다투어 달려와 토산물을 바치고 벼슬을 청하였는데, 여진족들 사이에 이성계의 위명과 덕망이 그만큼 높기 때문이었다.

명나라에서 '정난의 변'이 계속되는 동안 건문제와 연왕은 조선을 서로 자기들 편으로 끌어들이려고 애를 썼다. 건문제는 정종이 고명과 인신을 청하자 두말없이 허락하고 사신을 보내 비단 40필을 선물했다.

태종 원년 9월에는 건문제가 정중하게 사신을 보내, 북벌에 필요한 군마 1만 필의 매입을 요구하는데, 홍무제 때와는 사정이 사뭇 달랐다.

건문제는 먼저 태종과 상왕으로 물러나 있던 태조와 정종한테까지 선물을 보내고, 종친 13명과 조준과 이거이 등 24명의 대신들에게 문견(文絹)과 문기(文綺) 등을 따로 보낸다. 그리고 말 1만 필 값으로 면포 등 9만 필과 중국산 약재를 수레 150대, 우마 3백 대분을 미리 보낸다.

홍무제 때 같았으면 감히 생각지도 못할 일이었다. 건문제가 얼마나 다급했으면 그랬을까. 이때 조선에서는 이듬해 3월까지 6차례에 걸쳐 6천 필의 말을 보냈다.

그런데, 이때 중국의 대세는 이미 연왕한테 기울고 있었다. 건문 3년 12월에 연왕은 마침내 금릉으로 쳐들어갔다.

건문제는 다급하게 근왕병을 모집했으나 민심은 이미 등을 돌린 뒤였다. 위기에 몰린 건문제는 연왕에게 사신을 보내 협상을 시도했다. 건문제는 나라를 반분하는 조건으로 철군해 달라고 한다.

그러나 하늘의 해는 두 개일 수가 없었다. 연왕은 협상을 거부하고, 이듬해인 건문 4년 6월 13일, 노도와 같이 금릉으로 치고 들어가 단숨에 함락시켜 버렸다.

이때 건문제는 황궁에 불을 지르고 어디론가 사라져버렸다. 연왕은 건문제의 시신을 찾기 위해 수일 동안 궁성을 뒤졌다. 그러나 검게 타버린 황후의 주검만 찾았을 뿐, 건문제의 행방은 묘연했다. 건문제가 승복으로 갈아입고 황도를 탈출했다는 소문이 돌기도 했지만 그를 다시 보았다는 사람은 아무도 없었다.

금릉을 손아귀에 넣은 연왕은 바로 다음날 제위에 올라 연호를 영락(永樂)이라 하였다. 그가 바로 명나라 3대 성조(成祖)인 영락제이다.

제위에 오른 영락제도 부황인 홍무제 못지않은 철권 통치를 했다. 번왕으로 있던 형제들을 불러들여 무참하게 죽이고, 건문제의 측근들과 그 가족 등 수만 명을 주륙했다.

조선의 태종은 영락제가 등극하자마자 좌정승 하륜을 명나라에 보내 건문제로부터 받은 고명과 인신을 반납하고 새로운 인신을 청하였다.

영락제가 마다할 이유가 없었다. 영락제는 사신을 보내 새로운 고명과 금인(金印)을 내려주었다. 이때 받은 금인을 가지고 조선에서는 명나라가 망할 때까지 2백 년간 사용했다.

영락제 때부터 중국에 대한 조선의 사대의 예(禮)는 비굴할 정도로 극진했다. 왕자의 난으로 북벌의 꿈은 영원히 사라지고, 대명외교는 사대 굴욕으로 변질되었던 것이다.

조선 건국과 동시에 요동인들이 대거 귀순하면서 홍무제가 그들의 소환을 요구했을 때, 태조는 재위하던 7년 동안에 10회에 걸쳐 6백여 인을 송환한 것이 전부였다.

그런데 태종은 정난의 변으로 우리나라로 귀순한 요동인들을 태종연간에만 46회에 걸쳐 무려 3만 5천 명을 명나라에 송환시키고 있다. 오죽하면 영락제가 태종을 보고 이렇게 말한다.

"다른 곳에서 잡힌 자들까지도 하나도 보내지 않은 것이 없으니 왕의 지성이 참으로 기특하도다!"

조선의 사대외교는 기특할 정도가 아니었다. 명나라에서 사신이 한 번씩 들어오면 태종은 친히 예조에 명하였다.

"사신이 장차 이를 것이니 각 도로 하여금 수륙(水陸)의 소산물을 연속하여 바치도록 하고, 경기도는 사신을 공궤할 신선한 은구어(銀口魚)를 연속 바치게 하라!"

오죽하면 실록에서 태종을 가리켜, '임금이 중국의 사신을 중하게 여기어 무릇 먹이는 음식물을 극진히 생각하지 않은 것이 없었다'라고 할 정도였다.

그리하여 사신을 한번 접대하는 비용만 해도 중앙 관아의 1년 치 예산을 한꺼번에 까먹을 정도였다. 그렇지만 황제가 내린 물품은 궁궐에서 쓰는 몇 가지 사치품이 전부였다. 황실에 우리나라 처녀를 바치는 공녀도 이때 다시 부활되었다.

조선의 기특한 사대에 힘입어 영락제는 요동을 아예 걱정할 필요가 없었다. 그래서 동쪽은 안심하고 영락 8년(1410)부터 21년(1424)까지 5차에 걸쳐 북벌을 단행하여 몽골 세력들을 차츰 정복하였다.

뿐만 아니라 영락 3년(1405)부터 시작된 정화(鄭和)의 남해(南海) 원정은 이후 28년 동안 7차에 걸쳐 오늘날의 남지나해, 인도양, 페르시아만, 아프리카 동안까지 그 세력을 떨쳤다.

영락제가 19년(1421)에 북경으로 천도하면서 명나라는 제2의 성대를 누렸다. 그러나 홍무제 때부터 성행하던 환관 정치가 영락제를 거쳐 후대로 갈수록 더욱 심해져, 환관과 권신들이 발호하고 농민들이 몰락하면서 여진족이 일으킨 청나라에게 결국 중원을 넘겨주고 말았다.

왕자의 난이 일어나던 날, 이방원은 귀의군(歸義君) 왕조(王珛)와 그 아우 왕관(王琯)을 아무 까닭 없이 참형에 처하였다.

태조가 간관들의 숱한 반대를 물리치고 살려두었고, 고려 왕조의 제사나마 받들게 했던 이들을 죽인 것은 행여 민심이 그들을 다시 왕으로 추대할 것이 두려웠기 때문이었다.

송현에서 변고가 났다는 소식을 들은 도전의 아들 정유(鄭游)와 정영(鄭泳)은 부친을 구하기 위해 수진방(壽進坊: 지금의 서울 종로구청 정문 앞에 집터 표석이 있다)에서 송현으로 달려갔다. 그러나 도중에 이방원의 난군에게 살해되었고, 조카인 정담(鄭湛)은 집에서 자결했다고 한다.

정도전의 장남인 중추원부사 정진은 태조가 석왕사에 삼성재를 지내러 갈 때 수행했다가 화를 피할 수 있었다. 그러나 곧 이방원의 명에 의해 체포되어 순군옥에 하옥되었다가 전라도 수군으로 충군되었다. 당시의 수군은 거의 노예나 마찬가지였다.

그러다 태종 7년 10월 3일자에 나주목사로 관직에 복귀하고, 이듬해에 공주목사로 전임이 된다. 그런데 직첩을 돌려받은 것은 태종 16년 6월이다. 아무튼 정진은 세종 때까지 벼슬을 살아 다행히 가문의 맥을 잇는다.

정도전의 아우들 중에 정도존은 북변에서 요동 정벌을 추진했다는데, 생사를 확인할 길이 없다. 다만 한성판윤을 지냈던 정도복은 낙향

하여 영천에 살다가 달봉산 자락에 은거하니 사람들이 그곳을 가리켜 한성동이라 했다.

두 명의 반인(伴人)을 거느리고 무사히 도망쳤던 남은은 수문(水門)으로 빠져 나가, 성 밖 포막에 숨어 지냈다. 그러다 세자가 바뀌었다는 말을 듣고, 스스로 순군부로 찾아가 참형을 자청하였다.

왕자의 난 이후 이방원은 삼군부의 우군절제사를 맡고 판상서사사(判尙瑞司事)를 겸하여 조정을 장악했으며 이방의·방간과 함께 개국 1등 공신으로 책록되었는데, 조준의 예에 따라 포상을 받았다. 민제와 조박, 하륜, 조영무, 조온, 이숙번 등 이방원의 우익들은 곧 조정을 독차지하고 이방원의 사졸이었던 마천목, 문빈, 전흥과 처남인 민무구, 무질 등은 장군, 대장군, 상장군으로 출세했다.

한편 조준은 왕자의 난 이후로도 좌정승으로서 정사공신(定社功臣)의 호와 함께 다시 전지(田地)와 노비를 하사받았다. 그러다 정종 때 헌사로부터 탄핵을 받는다.

"국가에서 천도할 때에 조준이 사삿집을 짓기를 극히 장려하게 하였으며, 그 밖에 음란하고 사치하고 무도(無道)하여 전택(田宅)을 널리 점령하고, 남의 노비를 빼앗은 것은 붓으로 다 기록할 수가 없습니다!"

그러나 이방원이 왕위에 오르자 판문하부사에 제수되었다가 곧 다시 좌정승이 되었다. 그의 아들 조대림(趙大臨)은 태종의 딸 경정궁주(慶貞宮主)에게 장가들어 평녕군(平寧君)에 봉해졌다.

정종은 왕위에 올랐으나 그야말로 좌불안석이었다.

남재(南在:남은의 동생)는 대궐 뜰에서 서슴없이 큰소리로 말하기를,

"지금 당장 정안공을 세자로 삼아야 한다. 이 일은 지체할 수가 없다!"

정종한테 들으라고 하는 소리였다. 남재는 왕자의 난으로 두 형제가 죽었으니 살아남기 위해서는 어쩔 수 없었을 것이다.

그런데 하륜은 아예 정종에게 대놓고 말하였다.

"정몽주의 난에 만일 정안공이 없었다면 큰일이 이루어지지 못했을 것이고, 정도전의 난에 만일 정안공이 없었다면 어찌 오늘이 있었겠습니까? 이로써 천의와 인심을 알 수 있는 것이니, 정안공을 빨리 세자로 삼으소서."

정종은 이방원을 세자로 삼은 뒤에 아들 15명을 모두 중으로 만들어 버렸다. 아우인 방원이 나중에 왕이 되면 틀림없이 자식들을 살려두지 않을 것이라 여겼던 것이다.

이를 두고 실록에서는 이렇게 쓰고 있다.

"임금이 왕자를 절로 보내 머리를 깎고 중이 되게 하였으니 그 기미를 알고 후환을 염려하는 마음이 또한 지극하였다."

이방원은 세자가 되자 이번에는 노골적으로 전위할 것을 요구하였고, 정종의 비는 생명을 위협을 느끼다 못해 사정을 하였다.

"속히 위를 전해주고 마음이나마 편하게 사십시다!"

정종은 재위 1년 만에 세자이던 이방원에게 전위해 주고는 그날로 별당으로 거처를 옮겨 상왕이 되고, 태조는 태상왕이 되었다.

그러나 정종은 재위 때는 물론이거니와 죽어서도 임금으로서 대우를 받지 못했다. 사후에는 묘호가 없이 단지 공정왕(恭靖王)이라 했고, 종묘에도 배향시키지 않았다. 「용비어천가」에서 태조 다음으로는 태종을

삼을 정도였다. 정종이란 묘호를 받은 것은 숙종 7년(1681)이었고 그때야 비로소 종묘에 들 수 있었다.

이성계는 죽을 때까지 아들 방원을 용서하지 않았다. 이는 실록에 단편적으로 남아 있는 기록들만 봐도 충분히 알 수 있다.

정종이 즉위하자 태조는 방번이 살던 옛집으로 옮기려고 하였다. 형의 손에 죽은 자식의 원혼이라도 달래고 싶었던 것일까. 그러나 태조는 정종의 반대로 뜻을 이루지 못했다.

태조는 금강산 유점사(楡岾寺)에 가서 보살제를 베풀려고 했지만 그것도 막혔다. 그러자 태조는 단기로 관음굴에 거둥하였다. 관음굴은 현비 강씨와 자주 찾아갔던 곳이었다.

태종이 이듬해 3월 개경으로 재천도를 하자 이성계는 낮에는 출입을 하지 않았다.

"내가 한양으로 천도하여 아내와 아들을 잃고 오늘날 환도하였으니, 실로 도성 사람 보기에 부끄럽도다. 이제 밤에만 출입하여 다른 사람들에게 내 모습을 보이지 않아야겠다!"

그리고 백운사(白雲寺)의 승려에게 죽음을 당한 두 아들에 대한 안타까움을 말하고 있다.

"방번과 방석이 다 죽었으니 내가 잊으려 해도 잊을 수가 없구나."

그 말 속에는 이방원에 대한 원망과 분노가 가득 배어 있었다.

정종이 세자인 방원과 함께 문안을 드리러 가서 연회를 베풀었다. 그 자리에는 이화와 성석린, 우인열 등도 참석하였다. 술에 취하니 태조가 연구(聯句)를 짓기를,

"밝은 달은 발에 가득한데 나 홀로 서 있네⋯⋯."

그러고는 방원을 보고 웃으면서,

"네가 비록 문과에 급제를 했다고는 하지만, 이런 글귀는 쉽게 짓지 못할 것이다!"

그러고는 다시 시구를 지었다.

"산하(山河)는 의구한데 인걸은 어디 있느뇨?"

모두들 당황하여 어쩔 줄을 모르는데, 태조는 좌우를 돌아보며 태연히 말하였다.

"나의 이 글귀에는 깊은 뜻이 있다⋯⋯."

정도전과 남은 등 왕자의 난으로 희생된 대신들을 말하는 것이었다. 그 또한 이방원에 대한 원망을 표현한 것이었다.

태조 이성계는 정종 2년 10월, 여주 신륵사에서 방번과 방석과 이제, 그리고 대신들을 위해 불사를 크게 베푼다.

한번은 태종이 태조의 거둥을 막자, 밤을 틈타 몰래 소요산으로 거둥해 버렸다. 태종이 회가할 것을 청하지만 태조는 집을 짓고 살겠다고 한다. 그러자 태종이 태조를 직접 찾아가자,

"내가 부처를 좋아하는 것은 다른 이유에서가 아니라 다만 두 아들과 한 사람의 사위를 위함이다!"

태종 2년 10월, 회암사로 거둥한 태조는 호위하던 군사들까지 그대로 거느리고, 태종에게는 한마디 말도 없이 안변의 석왕사로 옮겼다.

이때부터 태조를 따르는 군사들이 1천여 명에 달하였다. 태종은 부왕의 마음을 돌리기 위해 쫓아갔다가 군사들이 많다는 사실을 알고 위협을 느껴 그대로 발길을 돌려버릴 정도였다.

11월 1일에 태조는 마침내 동북면으로 길을 틀었다.

옛날 한나라 패공(沛公)은 천하를 얻은 후에 고향으로 돌아가 옛 친구들과 함께 대풍가(大風歌)를 불렀다는데, 이성계는 갖은 회한을 안고 함흥으로 돌아갔다.

그로부터 불과 닷새 후인 11월 5일에 안변부사 조사의(趙思義)의 난이 일어났다. 그 난의 배경에는 태조가 있었다. 태조는 조사의를 조종하여 방원을 방벌할 계획이었다.

이때 조사의 군사는 6~7천이었으나 곧 올량합이 당도하면 1만을 헤아릴 것이라고 호언할 정도로 동북면 이북의 여진족들까지 가세했다.

이 난은 불과 20여 일 만에 진압되었지만 태조의 분노가 얼마나 컸던가를 여실히 말해 주고 있다.

왕자의 난 이후로 조선과 동북면 이북의 여진족은 차츰 소원해지기 시작하더니, 조사의 난 이후부터는 적대적으로 변했다. 태종에서 세종 대는 동북면을 수시로 침범하여 조선에서는 나중에 4군 6진을 개척할 수밖에 없었다.

태종 8년 5월 24일. 태조가 죽을 때 태종은 마지막으로 부왕의 입에 청심환을 넣어주었다. 그러나 태조는 그것을 넘기지 못하고 승하했다. 그러나 태종은 어서 빨리 부왕이 죽어주기를 바랐을지도 모른다. 태조가 죽은 뒤로 태종 이방원의 행위가 그런 사실을 말해주고 있다.

태조가 죽자 이방원이 가장 먼저 한 일은 마치 설분이라도 하듯 신덕왕후 강씨의 능을 파헤쳐 양주 남쪽 사아리(沙阿里 : 지금의 정릉)로 옮겨 버린 일이었다.

그것도 능은 제대로 격식조차 가꾸지 않은 채, 본래 자리에 있던 석물은 깨뜨려 버리거나 개천의 다리(수표교)를 놓는 데 썼다. 뿐만 아니라 종묘에 배향하기는커녕 일체의 전례를 폐해버렸다. 개국의 왕비이자 국모를 하루아침에 첩실로 전락시켜 버린 것이다.

대신에 태종은 생모인 한씨(韓氏)를 신의왕후(神懿王后)로 추존하여 배향한다. 뿐만 아니라 태종은 '정릉이 나에게 조그마한 은의도 없었으니 나의 어머니가 될 수 없다'라고 부정했다.

이에 대해 훗날, 『연려실기술(練藜室記述)』은 이렇게 적고 있다.

> 태조의 내사(內事)를 도운 이는 오직 신덕왕후 강씨뿐인데, 만약 신덕왕후를 깎고 낮추어서 태조의 정배(正配)로 하지 않는다면 태조가 개국의 성조로서 일국의 국모 노릇을 한 정배도 없었다는 말이다. 태조의 정배이면 일국의 국모로서 태종의 모후인데, 신덕왕후를 깎아서 부실(副室)의 자리로 내려 앉히고, 왕비의 위에는 이르지도 못한 신의왕후보다 낮게 본다면 이는 태조가 정배가 없는 것이요, 태종이 모후가 없는 것이며 일국의 신민에게는 국모가 없는 것이다.

정릉은 그 후로 2백여 년 동안 능이 어디에 있는지도 모를 정도로 피폐해졌다. 능소가 다시 봉안된 것은 선조 대에 와서였다. 그러나 태묘에 배향되어 개국의 국모로 제자리를 찾게 된 것은 다시 1백 년이 더 지난 현종 대에 이루어졌다.

혼히들 조선 태종을 당나라 건국자 이연의 아들로서 형들을 죽이고 황위를 차지한 당 태종 이세민, 또는 조카를 죽이고 즉위한 명나라 영락제와 비슷한 성격과 능력을 갖춘 인물이라고 말한다.

그러나 형이나 아우 또는 조카들을 죽이고 보위에 오른 것은 비슷할지 몰라도 치세는 크게 다르다. 당 태종은 '정관의 치'를 이루었고, 영락제는 명나라의 국토를 넓히고 그야말로 사해에 위세를 떨쳤다.

그러나 태종이 이루어놓은 것은 과연 무엇인가. 전조의 폐악이 다시 살아났을 뿐이었다. 만약 세종이라는 현군이 없었더라면 태종의 악명은 천추에 씻기지 못했으리라.

왕자의 난과 이방원의 등극을 도운 정사공신과 좌명공신들 중에는 개국공신들을 빼놓고는 하륜, 권근을 위시하여 대부분이 고려 말에 사전의 개혁과 조선의 건국을 반대했던 자들이었다.

따라서 왕자의 난 이후로는 고려조의 구 세력이 다시 득세를 하였으니 역성혁명의 의미는 퇴색해 버렸다. 단순한 왕조 교체 이상의 의미를 찾아보기 어렵게 만들어버린 것이다.

사실 고려 말과 조선 초의 과전법 실시로 지주들은 큰 타격을 입었다. 병작반수가 금지되고, 소작료는 공전에서 걷는 조(租)와 마찬가지로 10분의 1로 규정했던 것이다. 대신에 농민들은 살 만한 세상이었다. 열심히 일한 만큼 소득을 누릴 수 있었던 것이다.

그러나 왕자의 난으로 고려조의 구 세력들이 다시 권력을 잡으면서 당연히 과전법은 무너지고, 사전(私田)이 확대되기 시작했다. 사전의 확대로 다시 대지주가 등장하고, 작은 땅을 가지고 있는 농민들은 피폐할 수밖에 없게 된다.

결국 태종 말기에는 '한 이랑 건너서 공전이요, 다른 하나는 사전'이 되었고, 대지주들의 횡포가 가속화되면서 성종 이후에는 그나마 토지를 소유하고 있던 농민들이 경작권을 권문세가에 팔고 노비로 전락하면서 양인 계층이 무너지고 말았다. 고려 말의 현상과 다를 바가 하나도 없었다.

태종은 권근의 주청으로 정몽주를 익양부원군(益陽府院君)에 봉하고 문충공(文忠公)이란 시호를 내렸다. 그 뜻은,

'섬기는 이에게 마음을 오롯이 하여 그 지조를 바꾸지 않았다.'

어떤 이들은 이를 두고 창업할 때의 마음과 수성의 마음이 달라서 하는 말이라고 했다. 그런데 제 손으로 죽여 놓고도 나중에는 조영규와 고여를 오히려 비난하면서 은근히 그들의 책임으로 돌린 것은 도대체 무슨 마음일까.

똑같이 이방원의 손에 의해 죽음을 당하였지만 정몽주는 당사자인 태종에 의해 복권이 된다. 그렇지만 정도전은 조선 왕조 5백여 년 동안 철저히 소외당하고 왜곡, 폄하된다.

한국 유학의 도통에서 정도전은 아예 배제되었다. 학문이나 당대의 업적을 보아도 한국 유학의 학통은 삼봉 정도전에서 양촌 권근으로 이어져야 한다. 실제로 권근은 정도전에게서 많은 것을 배운 것으로 나타난다.

그런데 정몽주와 야은 길재로 학통이 이어지고 있다. 하지만 정몽주가 남긴 저술은 단편적인 것 몇 가지뿐이요, 학술적인 문집조차 없다. 절의를 숭상해서라고 하지만 참된 절의가 과연 무엇인지.

정몽주와 정도전을 비교할 때에 한 가지 사실만 기억하면 된다. 한

사람은 왕조를 위해 충성을 다했고, 다른 한 사람은 오로지 민족과 백성을 위해 충성을 했다는 사실이다.

그러나 아무리 나쁜 임금이라도 신하라면 섬겨야 한다는 식의 충절을 강조하고, 다른 임금을 받들면 변절이라고 말하는 것은 단지 가신윤리에 지나지 않을 것이다.

정몽주에 대한 극단적인 추숭과 함께 두문동 72현은 고려조 절의의 상징이다.

본래 두문동에는 고려조의 성균관 생원인 임선미(林先味), 조의신(曹義臣)과 맹씨(孟氏) 성을 가진 3명이 수절을 지키며 은거했다고 한다. 그래서 개성의 표절사(表節祠)에서는 이들 3명만을 제향한다.

그런데 어떻게 해서 두문동 72현이 생겼을까. 말 그대로 두문동 72현이란 고려가 망하고 조선이 들어서자 두문동에 들어가 수절을 하며 다시는 세상에 나오지 않았다는 사람들을 말한다.

그런데, 소위 두문동 72현의 면면을 들여다보면 과연 고려의 수절신이라고 믿을 만한 인사들이 과연 몇 명이나 될까.

72현 중에는 조선 개국 훨씬 이전에 죽은 이존오, 정추, 정지 등이 포함되어 있다. 그들은 포함시킬 수 있다손 치자.

그러나 72현 중에 이무방, 최칠석, 김약항, 유구 등은 조선 개국 초부터 분명히 현직에 있었고, 이성계가 등극했다는 말을 듣고 음독자결했다는 김자수(金子粹)는 개국 초부터 태종 대까지 현달한 사람이다.

더욱이 태종이 즉위하면서 소위 두문동 72현이란 자들 중에는 상당수가 벼슬길에 오른다. 태종 때를 성세라 하여 출사한 이행(李行)과 이감

(李敢), 왕자의 난을 도와 태종의 공신이 되고 자손들이 현달한 우현보, 홍강, 홍부 부자. 그리고 태종과 세종을 거치면서 현달과 부귀를 누린 성부(成溥), 하자정(河自定), 이양중(李養中), 안성(安省), 곽추(郭樞) 등은 대체 어떻게 두문동 72현이 되었는지 알 수가 없다.

두문동 72현과 정몽주의 선죽교 순절설과 혈흔설은 영조 때 만들어졌으며 사림파들에 의해 추숭된다. 그런데 우리는 그것을 역사적 사실로 받아들이고 또 그렇게 가르치고 있다.

조선 개국과 함께 이성계 세력을 반대했던 수구 세력들은 죄안(罪案)에 오른다.

그 결과 우현보와 이색은 해도에 종신 안치토록 하였다. 이숭인, 김진양, 강회백, 이종학, 이첨 등 32명은 장형을 집행한 뒤에 멀리 유배되었다. 또 강회계의 부친 강시와 정몽주의 아우인 정우(鄭寓), 정과(鄭過) 등 11명은 비교적 죄가 가볍다 하여 직첩만 회수한 뒤 유배되었고, 전오륜(全五倫) 등 9명은 단지 본향에 안치시켰다.

그러면서 교지 끝에 '태조 원년 7월 28일 이전'에 지은 죄에 대해서는 이미 발각된 것이든 아니든지 간에 모두 용서한다고 밝혔다. 전조 때의 일로 더 이상 죄를 묻지 않겠다는 말이었다.

그조차 석 달 뒤인 10월, 태조의 탄신일을 맞이하여 이들을 모두 경외종편(京外從便)시켰고, 다시 두 달 뒤인 이듬해(태조 2년) 정월 초하루를 기점으로 사면하고 말았다.

그러나 경상도로 귀양간 이종학과 최을의(崔乙義), 전라도로 귀양간 이숭인과 김진양, 우홍수, 우홍명, 그리고 양광도로 귀양간 이확(李擴)과 강원도로 귀양간 우홍득 등 8명은 장형을 집행하는 과정에서 보이지 않는 손에 의해 끝내 죽음을 당하고 말았다.

그런데 이들 8명의 죽음을 놓고 『태조실록』에서는 정도전이 사주하여 죽였다, 라고 적시하고 있다. 태조의 교지에 따라 장형을 집행하기 위해 상장군 김노(金輅)와 손흥종(孫興宗)을 각각 양광도와 경상도로, 판군기감사 황거정을 전라도로 보냈는데, 우현보에게 원한을 가지고 있던 정도전이 남은과 짜고서 교서사(敎書使)들을 시켜 죽였다는 것이다.

실록에 따르면 이숭인은 나주 남평에서 황거정이 등골을 매질하여 죽였고, 이종학은 손흥종이 계림에서 등골을 매질하여 죽이려는 것을 판관이 가로막자 몰래 목을 매어 죽였으며, 우홍수는 황거정이 곤장으로 역시 등골을 쳐서 참으로 무자비하게 죽인 것으로 되어 있다. 그러면서 실록에 쓰기를,

'정도전이 남은과 짜고, 황거정 등을 시켜서 우홍수 3형제와 이숭인 등 5인을 때려죽였으나 우리 전하(太宗)께서 (춘추의 법에 따라) 신묘년(태종 11년, 1411) 가을에 황거정과 손흥종 등이 임금을 속이고 제 마음대로 죽인 죄를 다스려 그들의 원통함을 풀어주었다.'

이 기록대로 하자면 정도전은 영락없이 야비하고 잔악한 인간이고, 태종 이방원은 춘추의 법을 따르는 의로운 임금인 셈이다.

그러나 실록을 좀 더 자세히 살펴보면 모든 죄를 정도전에게 의도적으로 뒤집어씌우고 있음을 알 수 있다.

정종 2년 2월, 사헌부에서 개국 1등 공신이자 정사(定社)공신으로 당시 판문하부사였던 조준을 탄핵하면서 말하기를,

"상왕(太祖)께서 인명을 중하게 여기시어 개국하던 초에 죽을죄를 지은 자라도 죽이지 않고, 장형(杖刑)에 처하거나 혹은 펌적(貶謫)하는 것으로 그쳤는데, 조준은 몰래 당여(黨與)를 보내어 임의로 몇 사람을 죽여, 임금을 속이고 법을 어지럽히면서까지 사사로운 원한을 갚았으니……"

여기서 조준이 사사로운 원한을 갚기 위해 몰래 사람을 시켜 죽였다는 자들은 과연 누구를 가리키는 말일까.

그리고 11년 뒤, 태종이 갑자기 이숭인 등 8명을 모살(謀殺)한 사건을 들추어내며 그 죄를 정도전에게 뒤집어씌우려 하자 조영무, 안경공, 정탁, 한상경 등 당시 조야에 있던 개국 공신들이 정도전에게 죄를 주는 것은 불가하다며 강력히 반발하고 있다. 그것은 정도전에게 분명 죄가 없기 때문이었다.

이방원을 도와 왕자의 난을 성공시켰던 하륜이 이색의 문생이요, 또 『태조실록』의 찬술자였다는 사실 등을 되짚어본다면 정도전이 이숭인과 이종학, 우홍수 등 8명을 죽였다는 말은 믿을 수가 없다.

『태조실록』은 4차에 걸쳐 개수되었다.

태종 13년 하륜에 의해 편찬이 완료되었지만 중복된 기사가 많다는 이유로 개수를 명하였다. 그리고 세종 때에 두 번에 걸쳐 개수되었으며, 문종 때는 폐왕 우를 신우(辛禑)로 개수했다.

그런데 『태조실록』은 개국 당시의 기록들을 포함하여 어느 실록보다 양이 많아야 함에도 오히려 다른 실록에 비해 분량이 적다. 혹자들은 태종이 정도전을 폄하하기 위해 그에 관한 기록을 빼다 보니 그렇게 되었다고 한다.

그런데 분명한 것은 요동 공벌에 대한 기사는 거의 일부러 빼트렸다는 것이다. 요동 공벌을 반대하는 조준의 기사는 상세하게, 그것도 중복하여 기록했는데, 요동 공벌을 주장하는 정도전과 남은 등의 기사는 두세 줄이 전부인 것이다.

고려사의 왜곡은 더 심하다.

애초에 『고려국사』는 태조 원년 10월에 조준, 정도전과 예문관학사 정총·박의중, 병조전서(兵曹典書) 윤소종에게 고려사를 수찬토록 했던 것으로 정도전과 정총에 의해 완성되었다.

그런데 내용에 불만을 가진 태종이 14년에 하륜과 변계량으로 하여금 개수토록 하여 세종 3년에 마무리되었다. 그런데 세종이 보니 태조와 태종에 대한 기사에 불만이 많아 다시 개수를 명하여 3년에 걸쳐 소위 『수교(讎校)고려사』를 완성했다.

하지만 이번에는 세종의 마음에 들지 않았다. 세종은 유신들의 반대에도 불구하고 『태조실록』을 열람하고, 또 『태종실록』까지 보려고 했다가 뜻을 이루지 못하고 대신에 고려사의 재편찬을 명하였다.

재편찬은 세종 24년에 완료되어 『고려사전문』이라는 제목으로 인쇄까지 하였다. 그러나 최종적으로 세종이 반포를 금하였다. 이때 세종은 반포를 금지한 『고려사전문』을 편찬한 권제(權踶)와 안지(安止), 신개(申槪) 등에게 역사를 잘못 편찬했다는 죄를 물어 권제는 시호와 고신을 추탈하고, 안지 등은 삭탈관직에 다시는 서용하지 말도록 했다.

세종은 한글을 창제하고 「용비어천가」를 만든 뒤인 세종 31년 김종서와 정인지로 하여금 『고려사』를 다시 편찬토록 하였다.

정인지가 편찬한 고려사는 문종 원년에 완성되어 단종 2년에 인쇄

반포되었다. 이것이 오늘날의 『고려사』이니 67년 동안 네 번에 걸쳐 개수하고, 또 집필자들이 처벌을 받거나 바뀌는 우여곡절 끝에 완성되었다. 그러니 사실과 진실을 얼마든지 함몰시키거나 왜곡할 수 있는 일이었다.

특히 『고려사』에는 우왕과 공양왕 대에 정도전을 비롯한 개혁파들의 활약상과 역성혁명 과정이 상당 부분 생략되어 있다.

『고려사』 세가(世家)편의 개국공신들 행적을 보면 봉배(封拜)와 유배 기사만을 간단히 기술하고, 그들이 올린 수많은 개혁 상소는 거의 삭제되었다. 때문에 그들이 조선 건국에 어떤 역할을 했는지 자세히 알 길이 없다. 특히 정도전에 관한 기록은 거의 전무하다시피 하다. 일부러 인멸시킨 것이 분명하다.

그와는 달리 개혁과 이성계 세력을 반대하던 이색, 정몽주, 권근, 우현보, 하륜, 이숭인 등에 대해서는 상당히 호의적이고 자세하게 서술하고 있다.

예컨대, 『고려사』 세가 공양왕편에서는 이성계 반대파의 상소와 활약이 집중적으로 기록되고, 정도전이나 조준 등에 대해서는 오직 유배된 사실만 기록하고 있다. 특히 조선 혁명 과정은 왕대비 안씨에게 교서를 받았고, 52명의 공신들이 어보를 들고 태조를 추대했다는 정도가 전부라고 해도 과언이 아니다.

이성계의 위화도 회군은 이소사대(以小事大)라는 '사대' 때문이 아니라 현실적인 조건 때문이었으며, 명나라에 대한 반감은 개국 후 이성계의 발언에서 그대로 드러난다. 그런데도 실록에서는 회군을 크게 부각시키고, 북벌과 대명 거병 계획에 대해서는 단지 정도전이 용사한 것처럼 철저하게 축소, 은폐, 왜곡시키고 있다.

정도전에 대한 애도시[輓詩]는 지금 단 두 편만이 전해져올 뿐이다. 진
의귀(陳義貴)가 쓴 「정 삼봉을 곡함(哭 鄭三峯)」과 탁신(卓愼)이 남긴 「정 삼
봉을 애도함(哀 鄭三峯)」이 그것이다.

진의귀는 태종 때 유일인사로 천거되어 형조전서, 공안부윤(恭安府尹)
을 지냈으며, 탁신은 태종·세종 때에 벼슬하여 참찬의정부사에 이른 인
물로 전조에서 예의판서를 지낸 탁광무(卓光茂)의 아들이었다. 탁광무는
정도전이 나주에 유배되었을 때 교류한 인물이다.

탁신의 시는 정도전에 대한 안타까움과 연민을 엿볼 수 있다.

정 삼봉을 애도함 哀 鄭三峯

이미 고려조의 판삼군을 지냈고 已蹟故國判三軍

또한 본조에서는 첫째 임금을 섬겼네 又事本朝第一君

어느 날인들 감히 선왕의 후의를 잊을손가 何日敢忘先誼厚

지금도 은근한 옛 정을 받들어 간직하구나 至今奉叙舊情慇

어두운 시대에도 이 마음 죄됨이 없었거늘 是心暗世猶無罪

무슨 일로 밝은 시대에 훈공이 삭탈되었나 底事明時況削勳

정승의 그 풍류 사라진 지금 相國風流虛影裏

성하고 쇠하는 이런 이치를 보니 뜬구름과 같구나 盛衰此理視浮雲

정도전이라는 이름에 5백 년 동안 씌워진 역사의 굴레는 허균의 역

모 사건에서도 읽을 수 있다. 광해군 9년 허균에게 역모죄를 뒤집어씌우면서, "허균은 한평생 정도전을 흠모하여 항상 현인(賢人)이라고 칭찬하였으며, 동인시문(東人詩文)을 뽑을 때도 정도전의 시를 가장 먼저 썼습니다." 라며 죄문을 들 정도였다.

정조 15년(1791)에 임금은 영백(嶺伯) 정대용(鄭大容)에게 삼봉의 유편(遺篇)을 5대 사고에 소장하여 영구히 보존하여 전해갈 수 있게 하라는 명을 내리고, 곧 『삼봉집』을 간행토록 하였다.

"차천로(車天輅) 같은 사람의 글도 간행하여 보존하는데, 하물며 개국원훈의 경국지문(經國之文)에 있어서랴."

차천로는 송도 출신으로 1589년 통신사 황윤길(黃允吉)과 일본에 가서 불과 며칠 사이에 5천 수의 시를 지어 사람들을 놀라게 하고, 또 명나라에 보내는 표전문의 대부분을 담당하여 그 문명(文名)을 명나라에까지 떨쳐 동방문사(東方文士)라는 칭호를 받았던 인물이었다. 그리하여 당대 글씨의 한호(韓濩)와 문장의 최립(崔岦)과 더불어 송도 3절로 일컬어졌다.

그러나 개혁 군주에게는 한낱 글재주로밖에는 보이지 않았던 것이다.

정도전은 고종 11년(1872)에야 복권되었다.

고종 2년(1865)에 대왕대비 조씨가 전교하기를,

"경복궁을 재건하고 나니 궁전의 이름을 정하고 송축하는 가사를 지은 것이 길이길이 생각케 한다. 따라서 천년 뒤에도 가슴 깊이 감동을 느끼게 하고 있으니 훈작을 회복시키고 시호를 내리도록 하라!"

그리고 고종 11년(1872)에 황제는 경복궁을 중건하면서 정도전을 신원

(伸寃)하고, 그에게 문헌공(文憲公)이란 시호와 함께 태조가 내렸던 '유종공종(儒宗功宗)'의 대서특필을 다시 내려주었다.

실로 474년 만의 복권이었다.

이때의 치제문(致祭文)은 정도전이 과연 어떤 인물인가를 단적으로 말해 주고 있다.

"주공(周公)과 같은 마음, 공자와 같은 생각, 이윤(伊尹)과 같은 충심, 부열(傅說)과 같은 보좌심(補佐心)에 의하여 『조선경국전』과 『경제문감』을 찬(撰)했는데, 이는 자신의 심성을 그대로 나타낸 것이다!"

_ 끝

정도전

초판 1쇄 펴낸 날   2014. 4. 3.
초판 2쇄 펴낸 날   2019. 11. 22.

지은이   임종일
발행인   양진호
발행처   도서출판 인문서원

등 록   2013년 5월 21일(제2014-000039호)
주 소   (07207) 서울시 영등포구 양평로21가길 19 우림라이온스밸리 B동 512호
전 화   (02) 338-5951~2
팩 스   (02) 338-5953
이메일   inmunbook@hanmail.net

ISBN   979-11-952090-3-3 (04810)
       979-11-952090-0-2 (세트)

© 임종일, 2014

값은 뒤표지에 있습니다.
잘못 만들어진 책은 구입하신 서점에서 바꾸어 드립니다.

이 도서의 국립중앙도서관 출판시도서목록(CIP)은 서지정보유통지원시스템 홈페이지
(http://seoji.nl.go.kr)와 국가자료공동목록시스템(http://www.nl.go.kr/kolisnet)에
서 이용하실 수 있습니다.(CIP제어번호: CIP2014008507)